ミルメオン

真田意継

されど罪人は竜と踊る 24

いつかこの心が消えゆくとしても

Dances with the Dragons

浅井ラボ
［イラスト］
ざいん

ぎぎな・じゃーでぃ・
どるく・めれいちす・
あーゅれい・ぶふ

されど罪人は竜と踊る 24

いつかこの心が消えゆくとしても

Dances with the Dragons

浅井ラボ

［イラスト］
ざいん

登場人物

ガユス――――大惨事の場になぜかほぼいる、攻性呪式士（こうせいじゅしきし）
ギギナ――――体は美神、心は古代人という、ドラッケン族の剣舞士（けんまいし）
ジヴーニャ――――ガユスの妻、半アルリアン人
ドルトン――――機工士
デリューヒン――――元軍人
テセオン――――識剣士
ピリカヤ――――智天士（ヒエルビン）
リコリオ――――整備士兼狙撃手
ニャルン――――ヤニャ人の勇士
シビエッリ――――法院アブソリエル支部、法務官
ソダン――――法院アブソリエル支部、中級査問官
カチュカ――――戦乱に巻きこまれた、ゴーズ人の少女
イチェード――――後アブソリエル帝国、初代皇帝
イェドニス――――イチェードの弟、皇太子
ペヴァルア――――イチェードの妻
ミルメオン――――ガユスとギギナの兄弟子、人類最強の覚者
リンド――――ミルメオンの秘書、女忍者
ディーティアス――――ソレル家の長男
アレシエル――――ソレル家の末妹
モルディーン――――龍皇国枢機卿長、オージェス選皇王代理
オキツグ――――十二翼将、筆頭、人類最強の侍
ヨーカーン――――十二翼将二位、大賢者
バロメロオ――――十二翼将三位、公爵にして将軍、翼将筆頭代理
カヴィラ――――十二翼将五位、静寂の寡婦
イェスパー――――十二翼将九位、隻眼の機剣士
ベルドリト――――十二翼将十位、少年のような虚法士
キュラソー――――十二翼将十一位、忍者
ジェノン――――十二翼将十二位、変幻士
ニニョス――――神聖イージェス教国、第十五枢機将
メルジャコブ――――神聖イージェス教国、第十四枢機将
ワーリャスフ――――〈踊る夜〉の一人、調律者
ウーディース――――〈踊る夜〉の一人、氷炎の男
ガズモズ――――〈大禍つ式〉で〈享楽派（ヴォルスト）〉の大侯爵
プファウ・ファウ――――〈大禍つ式〉で〈享楽派〉の侯爵
トタタ・スカヤ――――〈大禍つ式〉で〈享楽派〉の大総裁
ゲ・ウヌラクノギア――〈黒竜派〉が崇拝する黒淄龍（こくし）

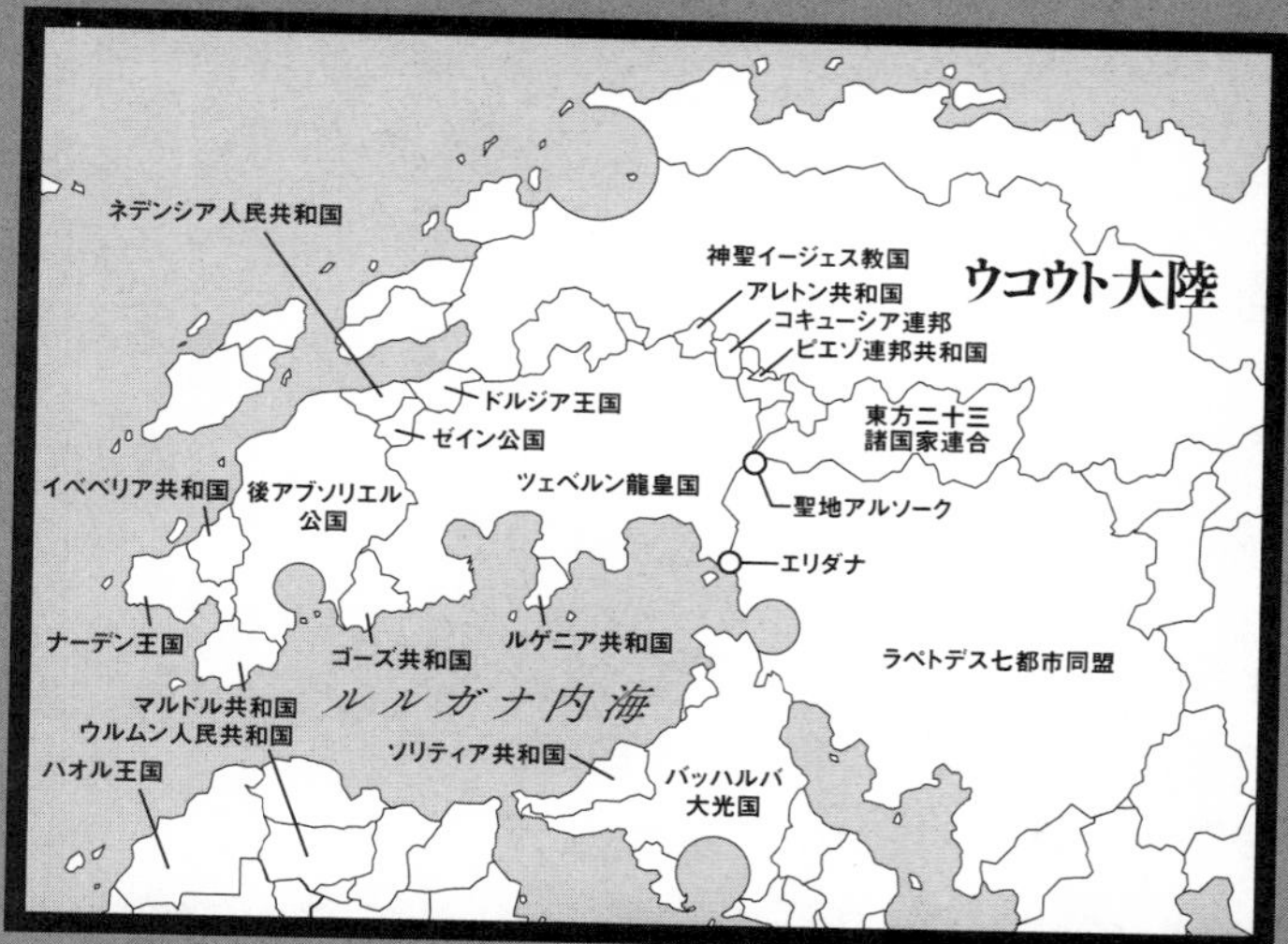

ウコウト大陸

ネデンシア人民共和国
神聖イージェス教国
アレトン共和国
コキューシア連邦
ピエゾ連邦共和国
ドルジア王国
ゼイン公国
東方二十三
諸国家連合
イベベリア共和国
後アブソリエル
公国
ツェベルン龍皇国
聖地アルソーク
エリダナ
ナーデン王国
ゴーズ共和国
ルゲニア共和国
ラペトデス七都市同盟
マルドル共和国
ルルガナ内海
ウルムン人民共和国
ソリティア共和国
ハオル王国
バッハルバ
大光国

ジェストホテル
パンハイマ
綜合警備保障
ツザン診療所
BAR青い煉獄
エリダナ市庁舎
オリエラル
大橋
プロウス軽飯店
アシュレイ・ブフ&ソレル
咒式事務所
ラルゴンキン咒式事務所
エリダナ中央病院
ロルカ屋
パルティナ川
銀鱗亭
海鳥亭
オルテナ橋
ガーソン造船所
ラズリー造船所
テンペリオンビル
ゴーゼス経済特区

目次

○章 この一時を永遠に止めて

後アブソリエル公王宮は城壁に囲まれ、尖塔が連なる。間には中庭が広がっていた。

敷地には、丁寧に掃き清められた土の通路が伸び、分かれていく。間には緑の芝生が整然と配置されている。各所に木々が梢を茂らせ、優しい木陰を敷地に落とす。通路の左右には白い柱と彫像が並ぶ。円形の噴水からは時間とともに水が出て、変化していく。

植木の間にある草原に、三つの人影が横たわっていた。

貴族服の青年が寝転がっていた。左にはドレス姿の貴婦人が転がる。後アブソリエル公国の王太子イチェードと王太子妃ペヴァルアの夫婦が並んで転がっていた。イチェードの右には、王太子弟、公子イェドニス少年が転がっている。

三人は並んで芝生に転がり、肘を大地について顔を並べていた。全員の目にも同じ優しい色が並んでいる。

少し離れた木の下には、軍服を着崩したベイアドトが腰を下ろしている。青年は手に持っている本から目を離し、三人を見た。

「後アブソリエル公国の未来を担うお三方が、なにをしているのやら」

「なにをではない。大事なことをしている」

寝転がったままで、イチェード青年が宣言した。親友に答えながらも、眼差しは前から外されない。

「そうです、大事なことです」

答えを重ねるペヴァルアも、前から目を離さない。

寝転ぶ三人の目は前にそそがれていた。草原の先には猫が横たわっている。

白と黒の母猫が体を伸ばしていた。腹部には親に似た三匹の白黒模様の子猫が丸まっている。母猫は、人間たちに見られていてもとくに興味もない様子だった。子猫たちは寝ながらもより良い場所を探し、もさもさと動いていた。位置が定まると安心して動きを止めて眠りつづける。四匹の猫の腹部が上下し、命を主張していた。

三人は公王宮に寝そべる猫を見ていた。飼われているのではなく、元々は野良猫だった。近衛兵が排除しようとしたが、たまたま見かけたイチェードが制止し、王太子公認の猫となった。以降は公王宮の内外を自由気ままに出入りしている。

母猫は何週間か前に三匹の子猫を産んで、公王宮の庭を歩いていた。親子を見たいと思っていた三人がようやく四匹の行進を見つけて、歩いて追っていた。三人の護衛のベイアドトもついてきた。猫の親子たちが木陰で草原で昼寝をしだしたため、王太子と妃と王太子弟が寝転がって見守る事態となったのだ。

「かわいいですね」

両肘を草原につき、手に顎を載せたイェドニスが言った。

「ああ、かわいいな」

重ねた腕の上に顎を載せて、イチェードが答えた。

「かわいいです」

重ねた手の上に顎を載せて、ペヴァルアも素直な感想を述べた。

三人は、親猫と三匹の子猫の寝姿を眺めていた。小さな命がそこにあった。触りたいが起こしてしまってはいけないと、全員がただ見ているだけに留めていた。

春の風が吹き、ベイアドトが根元に座す木の梢を揺らした。青い空を白い雲が行く。時間はゆるゆると流れていく。

寝転がるイチェードの胸には温かい感情が湧きあがった。

「ずっとこの一時が続けばいい」

イチェードの口から自然と言葉が零れていた。言った本人が、自分の口から出た平凡すぎる言葉に少し驚いていた。青年にとって驚きは不愉快ではなかった。

「ずっとこの一時が続けばいい。私はそれ以上を望まない」

恥ずかしがることもなく、青年は繰り返した。

「私もそう思います」

ペヴァルアが微笑(ほほえ)んだ。

「ずっとずっと続けばいい」

妻の心からの言葉だった。イチェードは左手を伸ばし、金髪に包まれた妻の頭を引きよせる。髪に鼻先を沈め、愛情を表現する。凡庸な自らの感想と妻の同意も好ましかった。

「ええと、僕も兄上たちの横にいていいですか?」

イェドニスがおずおずと言葉を差しだした。イチェードは微笑む。妻を左手で抱えたまま右手を伸ばして、弟の頭を引きよせる。

「ああ、みんないっしょだ。ずっといっしょだ」

イチェードは上半身を起こしながら、最愛の妻と弟を引きよせる。二人はイチェードの胸に抱かれる。やや乱暴な抱擁(ほうよう)にペヴァルアが笑う。イェドニス少年も声を出して笑っていた。全員の心が通じあっていると、全員が確信していた。ここには疑いも裏切りも、狂気も悪もない。

「私もそこに入れてくださいな」

少し離れた木の下で、ベイアドトも笑っていた。

「もちろんだ」

イチェードは断言した。そこで自分が笑っていることに気づいた。幼少時からの過酷な戦場と政務ゆえに笑うことは少なかったが、今はできていた。今より幸せな時間が自分の生涯にあるのだろうか。

「未来は素晴らしくなる」

イチェードが言った。

「私がそうしてみせる」

運任せではなく、自らの努力と覚悟で引きよせるとイチェードは自らに誓った。

「四人だけではない。いずれ私とペヴァルアの子供が産まれる」

夫の言葉にペヴァルアが小さくうなずく。少し恥ずかしそうだったが、幸福の予感が顔にはあった。イチェードは愛する妻の額（ひたい）に口づけし、続いてイェドニスを見た。

「そうだ、イェドニスもいずれは結婚する」

「えー、僕はまだそういうの分からないですよ」イェドニスが少年らしい答えをした。「だけど兄上とペヴァルア義姉上（あね）のような夫婦になれるなら、結婚してもいいかな」

イェドニスが素直な憧（あこが）れを口にした。

「いい。それでいい」

イチェードはさらに笑う。

「ここにいる者や子供たち、イェドニスの未来の花嫁だけではない」イチェードは澄み切った目で、妻と弟、親友を見ていく。「アブソリエル国民や世界のみんなが幸せになれるなら、私はどんな犠牲でも支払う。どんなことでもしてみせる」

「できますよ。兄上ならできる」

イェドニスもうなずいてみせた。

「僕も全力で命をかけて兄上を支えます」

イェドニスの言葉に、ペヴァルアも同意するようにうなずいてみせた。ベイアドトも遠くで胸に拳を当てて、誓ってみせた。

強めの声で、前に横たわる親猫が顔を上げた。木陰で少し広がった瞳孔が三人を見た。猫は大口を開けて欠伸をして、また目を閉じた。顔を草原に戻して、眠った。母猫の動きで子猫たちがまた動き、止まった。三匹ともに幸せそうに寝ていた。

猫たちの動きを見て、四人がまた小さく笑った。

ささやかな笑い声は木の梢のざわめきにまぎれ、優しく空へと消えていった。

二十一章　掲げられし戦旗

名付けられない叫びの歌声よ、空を貫き、この世の不条理なる律に届け。

ジャガンティ「台上論」神楽暦八二四年

ビルや建物の間にある大通りを、兵員輸送車の群れが徐行して進む。

車輛の先には、全身甲冑で盾に魔杖槍と完全武装の兵士たちが整然と連なる。最前列では、呪式馬が並んで進み、跨がる騎兵が魔杖槍の穂先を立てていた。

イェドニス皇太子の直轄部隊である千五百名の兵と、護衛隊の五百人が通りを整然と進んでいく。縦隊行軍は数百メルトルの長さとなっている。

緩い丘を進む一軍には、左右から人々が歓呼の声をあげている。群衆の間にいる兵士も敬礼をする。皇弟にして次の後皇帝である皇太子とその一軍は、アブソリエルの未来を継ぐ希望なのだ。

見物人となれたらいいが、俺たちアシュレイ・ブフ&ソレル咒式士(じゅしきし)事務所の面々は、皇太子軍の中心にいる。装甲(そうこう)兵員輸送車の一台に、兵士たちと混じって座っていた。俺たちは偽装のために皇太子軍の青の長外套(コート)を羽織っている。

顔を出すわけにはいかないので、俺たちは立体光学映像で外を見ていた。人々の声だけは、音の津波となって装甲越しに左右から聞こえている。

俺たちの目的は、皇宮(こうぐう)にいる後皇帝の身柄の確保と〈宙界(ちゅうかい)の瞳(ひとみ)〉の奪取。戦争の停止と皇位禅譲(ぜんじょう)による事態の収拾である。民衆や兵士たちの希望とは相反するため、失敗したら国中を敵に回して即死する。

何度考えても、俺たちが国家と大陸西部の運命を懸けた一戦になぜ向かっているのか。分かるようで分からない。

車内では誰(だれ)も口を開かない。車と周囲の一軍だけが前に進んでいく。

「葬儀かよ」

「ガユスのな」

俺が言っても、ギギナ以外の返答はない。全員が緊張しきっている。俺の隣に座るギギナは屠竜刀(とりゅうとう)を抱えて目を閉じていた。よく見ると、腰の新しい魔杖短刀(まじょうたんとう)二振りに、手斧(おの)が増えている。禁庫(きんこ)から得た得物のひとつだが、由来は聞いていない。どうせろくでもないのだ。

俺の右隣に並ぶトゥクローロとモレディナは、やはり緊張しきった横顔となっている。医療と情報担当の二人は、俺とギギナの側に置いておく必要がある。他の咒式士たちは装甲車八台に分乗して、兵士たちにまぎれている。

　映像を挟んだ向かい側の席には、シビエッツリ法務官が腕組みをして、黙っている。咒式士諮問最高法院でも、アブソリエル支部は最大の賭けに出ている。横に座るソダンは大きな背嚢を背負っていた。背嚢の内部にあるのは、禁断の〈六道禍骸嵬餓狂宴〉の咒式を発動させる、最悪の咒式弾頭だ。

　歴戦で命知らずとされるような咒式士たちも、シビエッツリとソダンの両隣の席を空けている。咒式を受けた旧ウルムン軍とドーチェッタの死に様の報道を見れば、死にも最悪と、さらに最悪の底が抜けたものがあると知ってしまっていた。最悪の場面でシビエッツリが起動式を駆使しなければ発動しない、と分かっていても、距離を取りたくなる。

　視線を左へと動かす。荷台の先頭には、イェドニス皇太子が座っていた。指揮官は完全武装の甲冑姿。鞘に入った魔杖剣を床に立てて、柄頭を両手で握っていた。

　皇太子の左右には皇太子護衛隊でも、二人の副隊長のうち、ティフォンと三番隊の分隊長が座す。もう一人の副隊長であるアデイドは先行している。周囲には側近の隊員たちが座している。彼ら護衛隊は、イチェードの親衛隊と同じ仕組みである。幼少時から付き従うか、選抜によって集められ、イェドニスのために生きて死ぬ部隊であった。

　護衛隊員の顔には主君への誇らしさがあった。イェドニスは姿だけならイチェードに似て、将軍の風格を持つが穏健派。同時に隊員たちから慕われている。良い王となってくれると今は信じるしかない。

「到着したようですね」

イェドニス皇太子が言った瞬間、先の音が止まった。行軍が停止し、俺たちが乗る兵員輸送車が止まる。後続も連鎖的に止まっていく。

「まずは第一関門だ」

独り言を言って、立体映像で縦隊の先頭を拡大する。先頭を止めているのは、かつての公王宮、現在では皇宮となった敷地への前門だった。先頭を行く副官のアデイドが、門衛相手に手続きをしている光景が見える。

門衛は誰何するどころか最敬礼で門が開く。先頭から一団が進んでいく。俺たちと皇太子の本陣も問題なく門を通過した。前回はさまざまな準備をして苦労して通ったが、イェドニス皇太子がいると素通りとなる。

皇太子軍の二千人は敷地を進軍していった。皇宮の敷地は広大で、いくつもの建物が並ぶ。美術館に音楽堂に議事堂、官公庁が連なる。建物の内部では背広の男たちが忙しそうに歩む。

遠くには、激戦地となった公王競技場の跡地があった。〈龍〉の一撃で破砕された競技場は倒壊していた。瓦礫の間では重機や作業員が動きまわり、解体作業が続いている。

外の映像を前に戻すと、皇太子軍は敷地を進む近衛兵の部隊とすれ違う。さらに別の部隊が進んでいく。建国と即位式典で暗殺があっただけに、警備は増強されていた。

近衛兵の一軍を撃破しなければ皇宮を突破できず、確実に軍隊が必要となる。それ以前に、どのような超大国や超呪式士であっても、アブソリエル軍に阻まれ、首都に到達することすらできないだろう。

戦列は進んでいく。官公庁が建ち並ぶ先に、再び高い壁が見えた。高い壁の先には尖塔に円蓋の屋根の先端が見えた。

決戦の地、皇宮だ。あそこに後皇帝がいて〈宙界の瞳〉がある。車内にも緊張感が満ちる。

一軍が進み、壁の前に到達する。第二の関門である、皇宮敷地への内門がそびえていた。左右には巨獣のような呪式化戦車が伏せっていた。砲塔は斜め前の通路に向けられている。左右開きの正門の前には装甲車が六台、二列となって塞いでいた。車体を防壁としている。

前方には車止めの防御柵が並ぶ。周囲には甲冑に盾に魔杖槍と、完全装備の近衛兵が数十人ほど立っている。

厳重だが、装甲車と戦車が何台かあるだけで、厄介な甲殻呪兵は見えなかった。最大の懸念であった呪式兵器は、弱腰に見られるために過剰に配置しないのではなく、できないと予想されたとおりだ。

見上げると、門の左右から監視塔に兵士と銃座が設えられている。左右に映像が動くと、壁の上を近衛兵が行き交っている。後皇帝の内心は不明だが、かなり信頼度の高い近衛兵を皇宮周辺の守りに配置している。絶対忠誠を持つ親衛隊の青の制服は見えない。

　門前では、再び副官のアデイドが門衛と話している。緊張の時間が流れる。もし計画が露見していたら皇宮前と敷地前の軍隊に前後から挟撃される、最大の難所なのだ。

　門衛がうなずき、手を掲げる。門を塞いでいた装甲車が左右に下がる。歩兵が防御柵を退けていき、通路を開ける。最後に正面扉が左右に開いていく。

　先頭の副官が合図をし、皇太子軍が進軍を再開する。騎兵が進み、歩兵が歩む。兵員輸送車が続く。俺たちを乗せた車も進みだす。

　徐行速度だが、長い長い時間が経過していくように思える。ようやく車内からの映像で門が近づく。近衛兵や装甲車の間を抜ける間は緊張する。戦車の前では思わず魔杖剣の柄を摑んでいた。一二〇ミリメルトル咒式砲弾の先制を受けたら、まず生存不可能だ。

　正門前で車が停まる。車内に緊張感が溢れる。運転席から隊員が顔を出し、イェドニス皇太子の耳元で囁く。

　兵員輸送車の前方の窓が開く。イェドニス皇太子が横を向いて、軽く手を振る。外から近衛兵たちの歓呼の声があがる。皇太子は手を振りつづけ、そして窓が閉められる。本人確認と同時に、近衛兵への顔見せ要請だったのだ。

　再び車が徐行で進む。イェドニス皇太子の顔には痛みを堪える表情があった。この後に皇太子と一軍が彼らと殺しあいをするのだ。平静ではいられないだろう。だからこそイェドニスは信頼できた。

兵員輸送車が正門の間を抜けた。歩兵が続き、背後で扉が閉まっていく。静かに閉まった門を確認。もう退路はない。

立体映像は前へ向けられる。広い敷地には緑の植木が並ぶ。噴水と中央にある女神の彫刻が見えた。先にある皇宮を見て、車内の攻性(こうせい)呪式士たちの口から感嘆の声が漏(も)れる。俺も内心で驚嘆していた。

正面には青の円蓋や三角屋根をいただく、いくつもの白い建物が連なる。間を空中回廊がつないでいる。建物からは、数十もの尖塔(せんとう)が円錐(えんすい)の屋根を天へと向けている。巨大にすぎて、先が見えない。壮麗かつ荘厳なアブソリエル様式の粋を尽くした、大宮殿の威容があった。

元々はアブソリエル帝国の第二都市だったアーデルニアの地にあったため、アーデルニア宮と呼ばれていた。帝国崩壊後にアーデルニアが後公国(ごこうこく)の首都となり、宮殿もアブソリエル公王(こうおう)宮となった。六度の改装と二度の大改装で増築され、かなり大きくなっている。後帝国の建国と同時に皇宮となっている。

観光案内によれば、公王宮時点での総部屋数は九九五室。従業員は侍女に料理人、庭師に馬丁など六百五十名。公王とわずかな王族を世話する侍従などが五八名。

皇宮内の衛兵は親衛隊だけが任命され、常駐で百名。戦時中の現在は二百から三百名ほどという皇太子の情報がある。親衛隊は外で秘密裏に動く歴史編纂(へんさん)室調査隊を兼ねており、全兵力を集中できない。皇宮外の防衛を近衛兵が受けもっている。さらに外は首都防衛軍、周辺地域は八つの基地が防衛している。

後皇帝の信頼の度合いによる内外の護衛の格差が、俺たちとイェドニス皇太子がつけいる唯一の箇所だ。内の俺たちと外の蜂起軍の二重攻撃が最善手となる。

一団の行進が変化していく。兵員輸送車が左右の壁となり、歩兵を囲む。盾を連ねた重装歩兵が最前列となる。騎兵は前方と左右に並ぶ。全方位からの攻撃に備えた陣形での行進となっていった。

俺たち攻性咒式士も、偽装していた皇太子護衛隊の長外套を脱いで、隊服に戻す。武具を引きだし、安全装置を解除。遊底を引いて初弾を魔杖剣に装填する。

前方には、皇宮正面口が見えてくる。近衛兵の門衛が左右に十数人。武装も儀式用魔杖槍に大盾。他に数十人の兵が装甲車とともに待機し、総勢で五十名もいる。外の防備があっても、後皇帝は用心深く備えさせている。

俺たちが乗る兵員輸送車の一部が、歩兵と騎兵の列を抜けていく。最前列のすぐあとに並ぶ。歩兵と装甲車の多くは速度を調整して、後方に下がっていく。

車が速度を上げる。騎兵も追随する。前方の城門の門衛たちが、速度に訝しげな表情となる。門への距離はもう二〇〇メルトルを切った。

俺とギギナは目を合わせ、うなずく。先にギギナが壁にある階段を上って、天井の円蓋に手をかける。俺も追う。ギギナが円蓋を開けて、風のなかを外に出る。続いて俺も出る。冷たい風が前髪を巻きあげる。

兵員輸送車の上にある銃座に、俺とギギナが並ぶ。

「さて楽しい楽しい死闘が始まる」

「ギギナ以外、誰もそんなことを思っていないからな」

言いあっていると、下からイェドニス皇太子が出てきた。俺たちの間に座る。

ギギナも俺も皇太子を無謀だとは言わない。多数が死ぬであろう反逆作戦だ。総指揮官が戦旗となって姿を見せて士気を上げる必要がある。実際に、周囲の車から歓声があがる。

俺は皇太子を見直していた。傑出した君主であるイチェードに、年の離れた弟で若き皇太子でしかないイェドニスが対抗するには、命を懸けるしかない。イェドニスは才気煥発とはいかないが、勇気は確実にある。俺や兵たちが命がけで押しあげるに足る男なのだ。

左右に併走する、八台の兵員輸送車の上にも、デリューヒンやドルトン、リコリオや皇太子護衛隊が出ていた。全員が銃座の防楯の陰に潜む。すでに魔杖剣や魔杖槍を抜いて準備をしている。

「これから死ぬのに、全員が威勢の良いことだ」

「ガユスも予約済み特等席の死者になる」

「最前列の死者がギギナだけどな」

俺とギギナはいつもの軽口を叩く。この戦いは誰かが死ぬ。俺かギギナ、両者どころか他の全員が死ぬかもしれないほどの死闘が待っている。だからこそ言うのだ。

「会談と連絡の短期間でしか知りませんが、お二人はいつもその調子ですね」

イエドニスが笑って言った。

「いや、喧嘩するほど仲が良いという、よくある勘違いをしないでほしいのですが」

俺は皇太子に苦言を呈しておく。

「本当に仲が悪いだけだ」

風に髪をなびかせながらギギナも同意してみせた。事務所の連中も勘違いするので否定してきたが、皇太子からも誤解を受けている。

「なぜでしょうか?」

向かい風のなかで皇太子が問うてきた。目には疑問があった。

「当然ながら、我らはお二人の経歴を調べました。師を失い仲間と別れ、お二人だけが遺訓を継いで事務所を続けた。そこからいくつもの死闘を乗り越えてきた、まさに戦友です」イエドニスは当然の流れを示した。「それでも、仲が悪ければ、どこかで道を違えたはずです。しかし今、この場にも同道しています」

「ええと」

真正面からの問いに俺も戸惑う。あまり深く考えたことがなかったのだ。

「それはギギナが突っかかってくるからですが。というか」疑問が湧いてきて、俺は先に座るギギナを見た。「そういえば、なぜ最初に拾われたときからギギナは俺に喧嘩腰なんだ？」

　長年の疑問を問うてみた。

「言う必要はない」

　ギギナも言いよどんだ。

「いや、本気で言うのは止めてもらえませんかね？　物心つく前に鉄仮面をつけて地下牢に幽閉され、今日初めて兄弟と入れ替わって世間に出てきたの？　蟬なの？」最近元気がなかったが腹が立ってきた。「そこはいつものように、下手なりに俺の悪口を言うところだろうが？」

　俺が言葉を重ねると、ギギナは息を吐いた。重い息だった。なぜか覚悟のようなものが見え、口が開かれた。

「ガユスを拾ったとき、クエロが不吉だと言った。最初は無能や無思慮さへの直感的な反発だと思い、気にも留めなかった」ギギナの目には迷いの銀があった。「だが、ここ最近になってクエロの言葉が実感できてきた。ガユスといるとなぜか不吉さを感じる」

「なんだそれ。戦いが好きなドラッケン族でも、毎回死にかけることは嫌になったのか」

　俺は軽く笑ってみせるが、相手からの冷笑はない。相棒だと思っていた男の銀の目には、俺への疑念があった。

「言っていいなら」ギギナですらまだ言いにくい言葉らしい。「ガユスの目には無能で根性なしのガユスとは別に、冷たいなにかがたまに見えるときがある」

「なんなんだ、長いし無意味だし遠回りにもほどがある皮肉だし、三重に訳が分からん。帰れ」

拍子抜けして俺は鼻先で笑っておく。

「前に殺人犯と対峙したとき、救った少女にも、俺は心なき怪物だと指摘されたことがあったな」嫌とまでは言わないが不愉快な過去が蘇る。「たしかに残酷な敵に対しては、俺も冷酷に対処することがある。誰でもある一面だが、度を超えたことはない」

言っているうちに、クエロやギギナ、少女からの俺への評価の理不尽さに気づいてきた。

「だけど、よりにもよって、常に暴力解決主義のギギナに言われると腹が立つな」

「直感や感覚の話だから、言いたくなかったのだ。単純に初見からガユスが生理的に気持ち悪いから嫌いだった。そう言うべきだった」

ギギナは不満そうに答えた。俺も上手く言い返せない。反発しあいながらもジオルグの後継者同士で、死闘を越えた相棒として一定の信頼はあったつもりだが、会話が変な方向になってしまった。俺としても言い返しておきたい。

「ギギナ、だからそれは」

「お話はそこまでです」

疾走する車の上で、イェドニス皇太子が小さく右手を掲げる。合図で車上の全員が、防楯の上や間から魔杖剣を突きだす。俺も魔杖剣を前に向け、皇宮正面の扉を照準に捉える。ギギナも腰にある屠竜刀(とりゅうとう)の柄(つか)を握り、背中の刃(やいば)に連結する。

「吶喊(とっかん)せよ」

静かな、だが力強い命令とともに、イェドニスの手が前へと振られる。全兵員輸送車は加速。向かい風も強くなる。車と騎兵たちの速度は上がりつづける。

最前列となった車や騎兵たちは全力疾走となっていた。正面口までの距離は一五〇メルトルを切った。俺の魔杖剣の切っ先では、砲弾呪式(じゅしき)が展開。他の銃座からも切っ先を前へと向けていて、砲撃や狙撃呪式が点灯していく。

距離は一二〇メルトル。門衛たちも異変に気づいて、門の前に走っていく。近衛兵(このえへい)と装甲(そうこう)車が動いて、正面を塞(ふさ)ごうとする。俺も気分を切り替えて、眼前の死闘に集中する。距離は一〇〇メルトルに到達。ここが欺瞞(ぎまん)の限界と火力効率の均衡点。

「斉射！」

俺の合図で砲手たちが放つ、戦車砲弾の群れが飛翔(ひしょう)。直径一二〇ミリメルトルのタングステンカーバイド砲弾の豪雨が装甲車の正面装甲に着弾。貫通し、機関部に到達して爆裂。

装甲車が爆裂し転倒していく間に、近衛兵が走りこんできた。急停止しながら、兵士は呪式による防壁を展開していった。壁に追撃の〈鍛澱鎗弾槍(ウァーブ)〉の砲弾が着弾。轟音(ごうおん)。

爆煙が晴れる。防壁に亀裂(きれつ)を生むが、貫けない。化学錬成系第二階位〈大斥盾(ラジルド)〉によって、戦車の正面装甲より分厚い防壁が発生していた。さすがに皇宮への最終防衛線となる近衛兵たちだった。

時間稼ぎはさせない。車上の俺は魔杖剣の咒式を変更。化学鋼成系第四階位〈重焦炸弾槍〉の咒式が発動。成形炸薬弾頭を発射。超高速で飛んだ砲弾が防壁に着弾。弾頭の多段成形炸薬は漏斗状になって起爆。集束効果によって、弾体内部の炸薬直径の五から八倍の厚さがある装甲を貫通。

大穴を穿つと同時に弾頭が回転。壁の裏側へと灼熱の金属と爆風が放たれ、近衛兵たちを甲冑ごと引きちぎり、焼きつくしていく。

続いて加速した騎兵が左右から騎士槍で突撃。身を挺して作られた歩兵の盾の列を、質量と加速で破砕。咒式馬の蹄で踏み砕いていく。

砲撃からの騎兵で敵中央が粉砕された。左からの装甲車が最後の壁を作ろうと、急旋回してくる。三連の爆音。装甲車は曲がりきれず転倒。転がって逸れる。横転した車体では、左の三つの車輪が撃ちぬかれていた。

右を見ると、併走する装甲車から伏せ撃ちしているリコリオが見えた。人は撃てないが、精密射撃の腕は上がりつづけている。狙撃手として育成して大正解だ。

俺は前へ目を戻す。崩れる防壁と近衛兵の死体の脇を、装甲車が全力疾駆して抜ける。

皇宮の正面扉が見えた。扉の左右では、竜が舞う華麗な文様が装飾されている。ただし、分厚さは五〇センチメルトル。耐衝撃に耐熱金属で裏打ちされて、重機関銃や戦車砲を防ぐ。おまけに咒式干渉結界が展開している、と皇太子から聞いている。巨大すぎて、左右の水平方向にしか動かない扉だ。

俺は中腰姿勢で、魔杖剣を防楯(ぼうじゅん)の上に載せている。進軍する全員が俺を見ている。引き金を絞(しぼ)ると、機関部から咒弾が排出。

「だが、これに耐えられる扉はないだろう！」

〈重霊子殻獄瞋焔覇(バー・イー・モーン)〉を発動。核融合の超々高熱と衝撃波が放たれる。熱と衝撃波が俺を押し返す。

放たれた光の柱は皇宮の正面扉に激突。一万度を遥かに超える超々高熱と破壊力だが、扉の表面にある青い量子干渉結界が抵抗する。六角形の青い光の連なりが、激しく青い粒子を散らす。近衛兵でも専門の数法咒式士が展開する、強力な〈反咒禍界絶陣(アーシ・モダイ)〉だ。俺の胸には怒りが湧(わ)き起こる。

「六大天のっ」

アブソリエルを想って散っていった三人の面影が、脳裏に去来する。

「ドルスコリィの結界じゃないなら、紙だっ！」

俺は咒式を展開しつづけ、結界の干渉限界を超える。青い量子散乱を起こして結界が破砕。超破壊力が扉に殺到。装飾が一瞬で炎上して消失。扉が赤熱し、輝黄色から輝白(きはく)色になった瞬間に奥へと破裂。爆風が大穴を穿っていく。

俺は装甲車から核融合咒式を放射しつづけ、大穴が穿たれた扉がついに内側へと吹き飛ぶ。ついでに扉に集っていた近衛兵の十数人を薙ぎ倒していった。

爆炎と熱風の間を、装甲車の群れが抜けていく。扉の前で車の群れが回転。後部を皇宮に向けて停止していく。後部扉が上へと開かれる。

「行け、行け、行け！」

副隊長ティフォンの号令で、装甲車から皇太子護衛隊の精鋭たちが出ていく。続いて攻性咒式士たちが現れる。俺とギギナも装甲車の屋根から降りる。俺は車の屋根にいるイェドニス皇太子に手を向ける。

皇太子は黙礼とともに手助けを退け、一人で飛んだ。大地に着地すると、副隊長たちが続く。イェドニスの横顔には苦悩が見えた。

破れた皇宮の入り口の奥に敵兵が見えた。騒ぎを聞きつけた内部の十数人は、統率だった動きで盾の列を作り、魔杖剣を構える。入り口を挟んで、後皇帝と皇太子の部隊が咒式砲火を行う。銃弾に砲弾、爆裂に火炎に雷撃が飛び交う。俺も援護射撃を行う。

皇宮兵の忠誠は分かるが、力で押しとおす。外の装甲車の銃座からの咒式砲火が集中。凄まじい砲火によって、防壁や盾ごと敵兵を破砕。倒すと同時に、ティフォン副隊長が手を掲げる。外からの射撃が停止。残響音と空薬莢が転がる音だけが響く。

いくら後皇帝親衛隊が精鋭だろうと、十数人対数百人の咒式砲撃戦はどうにもならない。敵も不利は承知で、十数秒の足止めができればいいのだ。他が迎撃準備をする十数秒のためだけに命を捨てる、忠誠心が恐ろしい。

沈黙した入り口の左右から魔杖剣と盾を連ねて、皇太子護衛隊が向かう。俺も前へと出る。核融合咒式の余熱で揺らめく通路が見える。敵兵の姿はまだ見えないが、続々と集結してくるだろう。

後方からは音が響く。連続して左右からも響いた。皇太子に賛同した軍人たちと法院の部隊が、首都の各地で防衛軍の陣地へ攻撃を開始したのだ。首都は沸騰(ふっとう)し、これで敵援軍が来るまでの時間が稼げる。

副隊長のアデイドが手を掲げて振り、皇宮入り口の制圧完了を知らせる。合図を受けて、兵員を降ろし終わった装甲車が後退していく。

目線で追っていくと、装甲車は歩兵が咒式によって構築していく陣地へと横付けし、砲台となる。装甲車の内部から、兵士が飛びだす。重火器や弾薬を詰めた箱を運びだしていく。魔杖槍(そう)と盾を連ねた歩兵たちが防壁の背後へと向かう。間を騎兵が走っていく。陣幕が設置され、医療系咒式士が簡易寝台(ベッド)を展開していた。

皇宮正面口前に、外に向けた防壁と要塞(ようさい)が完成していった。皇太子直轄部隊の歩兵と騎兵、砲兵が配置についていく。法院の武装査問官の三百名も魔杖槍と大盾を連ねて走っていく。

間では、兵士たちが生存している近衛兵を捕縛している。無闇(むやみ)に殺害しない皇太子は信用できる。人質交渉は無意味だから確保で終わる。

「殿下、もう来ました!」

防壁の上からティフォンの声があがる。防壁の隙間からは、遠くに兵たちが急行してくる姿が見えた。騒ぎを聞きつけ、周囲から一千以上もの後皇帝近衛兵が集結してきているのだ。首都や周辺の軍は皇太子の賛同者たちが抑えているが、周囲の近衛兵だけは今ある戦力で止めなければならない。

皇宮前を占拠した地の利は確保したが、兵数と時間の余裕はない。皇太子軍は死力を尽くして敵を抑えるだろうが、数時間、いや一時間までが限界だ。

目を前に戻す。敷地ではイェドニス皇太子が立つ。横には突撃に同行する副官のアデイドが並ぶ。二人の前に、盾と魔杖槍に魔杖剣、兜に甲冑姿が集結していた。護衛隊でも精鋭中の精鋭の四百人がそろっている。外の守りが強いため計画より百名を割いたが、皇宮制圧に選ばれた決死隊だった。

俺とギギナの周囲にも、指揮官のドルトンにデリューヒン、テセオンにピリカヤにニャルンといった分隊長が集まる。背後にはアブソリエルに来た全員が連なる。アシュレイ・ブフ&ソレル咒式士事務所の主力が集まっていた。

法院からはシビエッリ法務官とソダン中級査問官が参戦している。背後には武装査問官でも最精鋭の百人が連なる。

軍と法院と民間攻性(こうせい)咒式士の最精鋭がそろった、五百数十人の列は壮観だった。俺が戦ってきた死闘にこの部隊がいれば、と思わせる最強の一団だった。

しかし後(ご)アブソリエル帝国(ていこく)軍百三十万人に対しては、大海の一滴でしかない。〈龍〉は不明だが〈大禍つ式(アイオーン)〉も待っている。最強をそろえても、まだ不安がある。

扉が吹き飛ばされた入り口は、核融合咒式によって戸枠から床まで融解している。先に入った皇太子軍が咒式で橋を構築していく。

架橋まで数十秒の時間があると、イェドニスが前に進む。一団の前で止まり、反転した。皇太子の姿に五百数十人が装備や準備の動きを止め、静まっていく。全員がイェドニスの声を待つ。

「戦士たちよ、聞いてくれ」

皇太子が全員に向かって語りかけた。一刻を争う場だが、総指揮官として言わねばならないことがあるのだ。

「私とともに育った護衛隊、志ゆえに賛同してくれた法院の武装査問官たち、関わりなき戦いに参加してくれた誇り高き攻性咒式士たちよ。皆よ、聞いてくれ」

イェドニスの声が皇宮前の敷地に通っていく。

「我(われ)らは、今から皇帝親衛隊(しんえいたい)と〈異貌(いぼう)のものども〉を打ち破り、兄イチェードを皇帝より廃す」

イェドニスの言葉は、現状を再確認していく。「兄イチェードを私はこの世でもっとも尊敬し、愛している。事実として後アブソリエル公国の英雄で歴代最高の王であり、軍人や国民も慕っている。皆のなかにも同じ気持ちの者が多いだろう」

語るイェドニスの顔には苦痛が掠める。年が離れた兄を慕う弟だが、イェドニスはやらねばならぬと一軍を起こしたのだ。

「しかし、再征服戦争を止め、アブソリエルを破滅から救うために、兄を倒す必要がある。廃位を拒否するなら、私は兄を弑する」

皇太子としてイェドニスは断言した。言葉にするには覚悟が必要だが、言いきったのだ。

「そのために力を貸してくれ。各自が私と同じ思いである必要はない。大義や理想、忠誠心や友情や家族への愛、名誉や富や打算などいろいろな理由があろう。我らの正しさは、結果から歴史が勝手に判断するだろう」

青年の声は響いていく。

「だが、今日、私とともに血を流すものは、永遠の友で兄弟となる」イェドニスが微笑んだ。

「友よ、兄弟たちよ、ともに進もう」

イェドニスが反転し、前へと進む。護衛軍が魔杖剣と魔杖槍、盾を並べて進軍していく。横顔には誇らしさがあった。法院の武装査問官たちも感銘を受けた顔で歩む。

「行くぞ」

言って、俺は歩きだす。装備が触れあう音をたてずにギギナが進む。一糸乱れずに仲間たちが続く。早歩きの俺たちは、先を進む皇太子と本陣の右へと並ぶ。俺はイェドニスの横顔を見る。決意の顔には涼やかさがあった。皇太子は横目で俺を確認した。

「なにか？」

「いや、あなたはたいしたものですよ」

皇太子の問いに、俺は笑って前に向きなおる。皇太子は気にせず、前を向いて歩む。

俺の胸にも感慨がある。知勇に器量を備え、帝国復活をさせた英雄、兄のイチェードに比べれば、世人の評価は、イェドニスは多少頭が切れて勇気がある弟といった程度に収まる。

ただ、周囲の人間に、このどこか線が細い男に協力し支えたい、と思わせるなにかがある。大器のような大層なものではない。大義と愛の相克という苦しみにあっても、なお正しさをなそうとするイェドニスの気概、繊細さこそが人を惹きつけているのだろう。

俺はこういった大義に感化されないほうで、この戦いもジヴと知りあいのためにやっているだけだ。それでも、ついでにイェドニスの一助をするくらいはいいと思ってしまっている。モルディーンやアラヤ王女にもあった、人を惹きつける王族の恐ろしさだとは分かっている。同道しつつも、心理的に同化しないように気をつけていくしかない。

一団の前方には、皇宮正面口が迫る。床に広がる融解した金属の海には、工兵たちによってすでに橋が渡されていた。俺と皇太子たちが破られた戸口を潜り、橋の上に足を踏み入れる。

背後で轟音が連続する。続いて防壁が崩れる音が鳴り響いた。悲鳴や苦鳴も混じる。敷地の内外にいた近衛兵（このえへい）たちが、皇太子軍と法院兵へと攻撃を仕掛けてきているのだ。反乱軍も応射し、砲声と爆音が連なる。

イエドニスと俺たちは足を止めず、背後を振り返らない。彼らが命で稼いでくれる時間を無駄にしてはならないのだ。

イエドニス皇太子と側近、続いて俺たちは、同時に入り口を抜け、皇宮（こうぐう）に足を踏み入れた。

入り口の先には、客を出迎える広間があった。天井からは水晶の照明が下がり、数百人が入れる華麗な広間だ。紫色の絨毯（じゅうたん）を兵士や武装査問官が踏んでいく。数百人が武器や弾薬を運んで行き交い、騒然としていく。中央では通信装置を設置し、防壁を立て、本陣を構築しだしていた。

イエドニスがうなずくと、副官のアデイドが右へ向かう。百名ほどの兵士を連れて進んでいった。左には護衛隊随一の猛将と聞いている、ゴイエンが兵を率いて進軍していく。左右から各百名ほどの兵士が皇宮全体の制圧に向かう。

イエドニス皇太子が右手を掲げ、前へと下ろす。皇太子護衛隊の精鋭百五十名が正面の扉を抜ける。法院の武装査問官百名は正面左の扉へと入る。俺たちの事務所と借り受けた兵士五十人が、右の廊下に向かう。

いよいよ決戦の地だ。

ナーデン王国の首都、ナルクルッカの大通りは人、人、人で溢れていた。

老若男女の長い長い行列は、王宮を目指して直進していく。数百どころか一千人を超える一団は看板を掲げ、声を張りあげていた。

「後アブソリエル帝国に鉄槌を！」「ナーデンこそがアブソリエル帝国の正統継承者である！」

「西方諸国家連合軍の盟主はそのまま西方の盟主である！」「ナーデン王は開戦をためらうな！」

行進する人々が口々に主張を叫んでいる。行進からたまに人が外れ、道に立つ人々に紙を配っていく。受け取った人が見ると「ナーデン愛国戦線」の団体名と主張が記されていた。

ナーデン愛国戦線は、ナーデンこそがアブソリエル帝国の後継者と主張する極右団体だった。しかし昨今の後アブソリエル帝国の誕生と、ナーデン王国の遅い反応への苛立ちがついに爆発し、政府への行進となっていた。

公園に到達したナーデン愛国戦線の声に呼応するように、遠くからも声が響く。先に行進していた面々が怪訝な顔となる。ナーデン愛国戦線は郊外で集まり、参加者を募って王宮を一直線に目指している。他の列などないはずなのだ。

道の反対側からの一団も王宮を目指していた。双方の行進が近づくにつれ、声の意味が分かってきた。

「今こそ後アブソリエル帝国復活のとき！」「ナーデン国王は退陣し、後アブソリエル帝国に参加せよ！」「大アブソリエル圏が生まれるのだ！」「人々は一致団結せよ！」

主張は明白で、大アブソリエル主義ナーデン派の行進だった。アブソリエル民族統一を信じる民族団体は街路に溢れ、ナーデン愛国戦線に近い人数の動員を果たしていた。

さらに大通りを北上してくる声と一団があった。

「ナーデン王国の戦争反対！」「後アブソリエル帝国と講和の席につけ！」「もう戦争はたくさんだ！」「西方諸国家連合軍など、無意味である」「平和的解決の道を求める！」

ナーデン憂国志士会の行進が見えてきた。ナーデンの平和を求める極左団体で、王制にも反対している。こちらも同様の規模の動員となっている。お互いに敵対視する三者が、ナルクルッカ広場で出会ってしまった。

ナーデン愛国戦線は右折、大アブソリエル主義ナーデン派は左折、ナーデン憂国志士会は直進しないと王宮に向かえない。同道は不可能で、広場で睨みあいとなる。広場にいた人々が足早に去っていく。屋台も大慌てで店を畳んで退避していった。

「退け、偽物の愛国者め！」「そちらこそ過去の亡霊だろうが！」「差別主義者め、道を空けろ！」「アブソリエル万歳！」「戦争反対！」「ナーデン万歳！」

最初は三方からの罵声の投げあいだったが、一人が歩みだす。続いて止まっていた行進がそれぞれ再開される。王宮への大通りへと三派が先を争って進み、最後は早足となっていた。

広場の中央で三派の行進が接触し、揉みあう。どこかの派閥の一人が相手の看板を奪い、広場の石畳に叩きつける。他のものが看板を踏みにじる。踏みにじられたほうが拳で相手を殴り倒す。怒声に悲鳴。三派の最前列で、拳や蹴りが飛び交う。

人々は持っていた看板で殴り、棒を振り回す。町並みの瓦礫が崩され、投石が始まる。顔が血染めとなった負傷者が引きずられていく。路肩に停まっていた車の窓が割られた。暴徒が車の屋根の上に乗って、旗を振る。広場は暴力と罵声が入り乱れる大混乱となっていた。

王宮へと続く道からは、紺色の制服の群れが進んでくる。兜に透明な樹脂製の盾が連ねられ、警官隊が進軍していく。暴徒たちも引かず、即座に激突する。

盾の表面で瓶が割れ、火炎を撒き散らす。激昂した警察士たちが魔杖剣を抜きはなち、一斉に催涙呪式を発動。白煙を引いて飛び、暴徒に着弾。爆裂する白煙の間から、盾の列が吶喊していく。

数千という市民の激突だけでも大混乱だったが、警官の突入で破裂した。広場は罵声と暴力が飛び交う大惨事の場となっていった。

狂乱の広場に面したホテルでは、多くの窓が開かれていた。見物している人々がいて、不愉快そうに嘆く顔も多くあった。

最上階、八階の窓が開いていた。窓辺の椅子には、紺色の背広に黒の長外套を肩に引っかけた男が座っていた。肩から羽織った長外套の袖が、外からの風に揺れる。

青い目は眼下に広がる狂奔の光景を見つめていた。右手には酒杯が握られ、緩やかに揺らされている。唇に酒杯がつけられる。喉が動き、飲み干した杯を戻す。手首が捻られ、背後へと酒杯が放たれる。

背後から部屋に入ってきた人物が、左手を掲げて杯を受け止める。

「ミルメオン様のご指示のままに、第五から第八部隊と隊長たちはナーデンの重要施設に展開しました」杯を受け止めた女が報告する。「第九から私の第十一部隊はホテルの後方、王宮への道を封鎖中で、そこが最終防衛線です」

「背後を固めて、最前線にいるのはリンドと俺だけというわけだ」

リンドと呼ばれた女の報告に、男がうなずく。動作ひとつで威厳が見える。

「ミルメオン様、なぜ今このナーデン王国に我々がいる必要が？」

言いながら、黒背広姿の女が部屋を横切っていく。ミルメオンと呼ばれた男は、窓辺で外の狂乱を見下ろしていた。

「最前線はアブソリエルの首都か、ガラテウ要塞跡地。または北方戦線では？」

リンドは途中で受けた杯を机に置いて、さらに歩む。

「ここに来る途中に理由がある」

椅子に座るミルメオンは顎で窓を示した。リンドと呼ばれた女が窓辺に到達する。見下ろすと、広場は狂乱の渦となっていた。王国派に大アブソリエル派に市民団体に警官隊が入り乱れていた。軍隊が出動して収束させる事態だが、多くは国外に展開して手が回らないだろう。

「これが拡大するなら、ナーデンは、西方諸国家連合を主導するどころではなくなりそうですね」

リンドが冷たく批評してみせた。

「そうなるように、後アブソリエル公国が工作している」

ミルメオンの返事に、リンドが振り返る。座したままの男の顔には、怜悧な笑みがあった。女秘書官の目には不信の色が溢れる。

「ナーデン愛国戦線と大アブソリエル主義ナーデン派は、歴史ある組織ですよ。それこそどちらも四百年以上前、ナーデン建国時に近い時期からあります」リンドなりに成立しない理由を指摘する。「それを今になって、後アブソリエル帝国がどうこうできるわけが」

「俺は後アブソリエル公国と言っただろうが」

ミルメオンが答えた瞬間、リンドの目が見開かれる。即座に理解の色が顔に広がっていく。

「三団体に資金を出して思想を与え、指令を出していたのは後アブソリエル公国、初代からの歴代公王だ」

椅子に座すミルメオンが軽く言った。

「そんな」

リンドが信じられないといった表情になる。ミルメオンが軽く息を吐いた。少しだけ懐古の色が眼差しに表れていた。

「ジオルグ事務所時代に関わった事件で分かった、クソみたいな事実だ」ミルメオンの解説は退屈そうだった。「ジオルグは国家の暗部に関わって良いことはないと手を引いた。あいつは気に入らないが、判断は正しかった。俺は間違っていても平気な強さがあるので、関わっている」

ミルメオンが言葉を放っていく。

「ナーデンにある各種組織の構成員や賛同者は、真相を知らない。幹部も知らない。指令を受け取る団体の長だけが、どこからか来る資金と指令に従っている。出所は後公国の王室、歴史資料編纂室ということだ」

ミルメオンが感慨もなく言った。リンドにも事実だと分かってきた。

「昔からある人工芝という手で、偽の草の根運動とも言われる」ミルメオンが解説した。「そうでもなければ、同日同時刻に極右と民族と極左団体が王宮へ向かって行進し、出会うわけがない」

「五百年近い時間、後アブソリエル公国は周辺国家に、自国の意思で動く組織を維持してきた、のですか」

リンドであっても疑問の声となっていた。

「ついでに言えば、ナーデンの前に失敗国家のイベベリア、ネデンシアが同じことをやられて、民兵や住民が蜂起した。失敗国家では上手くいきすぎて、今や帝国の自治州になっている」

ミルメオンが左手首を振る。立体映像が呼びだされ、併合された二国で先行していた暴動や蜂起の報道を呼びだす。小さな出来事ゆえに埋没していた報道だった。

「さすがに帝国の後継者を自認するナーデン王国民で、大アブソリエル主義に同調するものは少なく、扇動にしかならない。だが、国家意識が弱いゴーズやゼイン、マルドルでは、同じような組織や団体が蜂起している時期だろうな」

ミルメオンの左手首がもう一度閃く。立体光学映像の報道画面が十数も展開した。挙げられた国々で、暴動や内乱が起きている様子が中継されていた。

「あれらも、後アブソリエル公国が作っておいた団体だ」

「なぜそんな長大な計画を」

リンドは呆然として、各種の画面を眺めていた。

「今この事態のために準備していた訳ではあるまい。各国に播いた数十から数百もの手のうちのいくつかが、今回たまたま芽吹いただけだろう」

ミルメオンが左手で窓の外を示した。暴徒たちの激突に警察が制止に入り、大混乱となっている。爆音。爆裂咒式が使われ、広場に千切れた手足が吹き飛ぶ。

かろうじて保たれていた自制が崩れ、咒式の使用が始まった。報復のために火炎の雷撃が人々を焼く。投槍咒式が、警察士の右眼下を貫通する。暴徒は魔杖剣を振りかざして進む。相手も呼応して斬りあいが始まった。

室内に目を戻せば、立体光学映像の報道で、西方諸国家の各地で眼下と同じ光景が展開していた。連合軍がようやく成立して一大決戦を挑む時期に、後背で問題が発生していた。

「アブソリエル帝国の崩壊によってできた国家は多いが」ミルメオンは外からの悲鳴と爆音を無視しながら、言葉を紡ぐ。「本気で帝国の後継者を狙いつづけていたのは、後アブソリエル公国だけだったということだ」

ミルメオンが語って、室内に目を戻す。豪華な内装と戸惑い顔のリンドが待っていた。

「先ほどのなぜ俺が今ここにいるか、という問いの答えだが」

ミルメオンが言って、右手を掲げる。

「西方諸国家連合軍が戦地に向かった今、ここで異変が起こる」

「暴動以上の異変がここに？」

リンドが問い返す。ミルメオンの目は、眼下の混乱を飛び越え、遠くを見つめていた。

「後アブソリエル帝国は〈龍〉を使って、西方諸国家連合軍を打ち破ろうとしている。それを阻止しようと子鼠たちが走っている」

ミルメオンが語った。リンドにも子鼠がなにを指すかは分かっていた。ミルメオンがエリダナの後輩程度の存在を気にする理由は未だに不明である。

「やはりどう考えても、あちらが動乱の震源地です」リンドが言葉を紡いでいく。「我々としても放置できる事態ではありませんし、援軍を向けては？」

ミルメオン咒式士事務所は、民間軍事会社としても最大のものである。十二人の部隊長がおり、数千人の高位攻性咒式士を抱えている。十三階梯の到達者級も数百人もいる。部隊長にいたっては一名の到達者以外は踏破者たちでそろえられている。

なにより、世界を破滅させるかもしれない三つの小国を滅ぼし、国家を幾度も救ったミルメオンという単体戦力は、一国の軍隊とも言える異常な存在だ。要地に向かうべきなのだ。

「そうしたいところだが、聖地での俺は〈龍〉のゲ・ウヌラクノギアを殴りつけただけだ。この俺がだ」ミルメオンの声には、わずかに不快感が滲んでいた。「なによりオキツグとファストに借りができてしまっている」

世界最強とされる男にとって、許しがたい事態が重なっていた。

「その二人と俺を呼び寄せたモルディーンにも借りがある。三人がそろっていなければゲ・ウヌラクノギアによる各個撃破を受けて、あっさり〈宙界の瞳〉の三つが奪われていただろう。一個で済んだのは人類全体の大きな借りだ」

ミルメオンは三つの借りを数えあげた。

歴戦の忍者であるリンドは歯を食いしばって、腹の底からの恐怖に耐えていた。〈龍〉の話題だけで、人は硬直する。脅威の現場にいた人間は、全員が凄まじい恐怖を植えつけられる。到達者階級の咒式士であろうと関係なく、知的生命体の全種族は、等しく〈龍〉の前に無力だったのだ。

「今すぐ〈龍〉を倒しにいきたいが、あれだけは少し厄介だ」

事実として国崩しとまで言われ、最強とされた男の言葉に、リンドが息を呑む。無敵のミルメオンが敵を厄介と評するなど、聞いたことがなかったのだ。

「あれは、なんなのですか」

〈龍〉の顕現の現場にいたリンドが思い出してしまった。目を見ただけで、歴戦の忍者が動けなくなった。ミルメオンが救わなければ、リンドも死んでいただろう。

「あれはこの星の地形を変え、生態系に大絶滅を起こした人類史上最大最強の敵だ」

ミルメオンの評は、全人類が同意するものであった。

「〈龍〉を倒せる可能性がある人類は、三人だけ。ファストの聖剣呪式にオキツグの次元切断呪式。そして俺の秘咒のどれかだ」

ミルメオンの解説が続く。

「だが、一人は全員を守るために死に、一人は〈龍〉とともに異界へと消えた。ついでに俺の秘咒のいくつかのうち、いつもの招待はできなかった」

「〈龍〉を殴りつけたとき、あの咒式を発動していたのですか」

リンドが事態の大きさを理解しはじめた。退屈そうにミルメオンが右手を掲げる。

「〈龍〉を閉じこめるほどの監獄から出すことが、不可能だった。だから俺の監獄に投げこめない」

ミルメオンの両手は離れていった。

「はるか昔の救いの御子と弟子たち、覚者たちに魔法使いと呼ばれた当時の咒式士、帝国と諸国の軍が共同して、なんとか封じたとは言われているが」

「聖典にそうありますね。ですが」

リンドなりに異国の聖典を読んで知っていたが、疑問符が出る。

「そう、一部は事実だが、大きくは違うだろうな」

リンドの言葉を、ミルメオンが肯定した。

「救いの御子が人間だか神の子だかいうバカ設定があるが、俺に無理なら人類の誰にも不可能だ」

ミルメオンの言葉は、傲慢でも不遜でもないとリンドは理解していた。ミルメオンに不可能な咒式は、人間には不可能なのだ。

「だとすると」

「これだろうな」

再びミルメオンが左手を旋回させてみせた。止まった手で、中指に嵌まる〈宙界の瞳〉が、怪しい輝きを放つ。

「神楽暦の前、救いの御子たちは、この〈宙界の瞳〉をいくつか、もしくは全部を使って〈龍〉をあの次元牢獄へと封じこめた」

指輪を忌々しそうに見つめながら、ミルメオンが推測を並べる。

「それゆえ〈宙界の瞳〉が〈龍〉を解放する鍵か、余技のひとつなのだろう。さすがに〈異貌のものども〉の三大種族が総力をあげて作ったか呼んだ指輪なら、俺個人では及ばない」

指揮官の言葉に、リンドも顎を引いて同意する。最近の大事件の背景には〈宙界の瞳〉が見え隠れしている。ミルメオンも所有者の一人で無関係ではない。

「歴史の推理ごっこは止めて、現状の話に戻ろう」

ミルメオンが右手を下ろした。

「後帝国の計画は万事順調。となると相乗りしているやつらは、西方諸国家連合軍の盟主である、ナーデン王国の本拠地を叩きにくる」

言いながらも、ミルメオンが左拳を動かしていく。

「首都が内乱、どころか陥落して機能不全となれば、ナーデン軍は補給と退路を断たれて大混乱。西方諸国家連合も迷う。そこで〈龍〉の一撃、どっかーん」

ミルメオンが左手を開く。リンドの顔には世界の破滅の第一歩が見えてきた。ミルメオンが左手を下ろし、顔を再び窓へと向けていく。青い目には闘争への炎があった。

「その厄介者たちが来た」

ミルメオンの言葉で、リンドも窓の外へと目を向ける。乱闘を続けていた暴徒たちが、止まっていく。警官も魔杖剣の先で咒式を紡いだまま、止まった。全員が空を見上げていた。

彼方の空に青い燐光が滲んでいた。百ほどもある雷光は、ナーデン王国の首都ナルクルッカに向かって落下していく。広場からほど近い場所に落ちた。爆音。

建物の間から、人々の悲鳴と爆発があがる。

騒乱の都で、ミルメオンの顔に壮絶な笑みが浮かぶ。右手を掲げる。

「北方戦線、アブソリエルに潜入した子鼠たち、そして西方諸国家連合軍。他の三つが上手くいかないと無意味となるが、ここが四つ目の要地だ」

遠い風切り音。リンドが一歩下がった瞬間、部屋の壁が破裂。コンクリを破砕し、鉄筋が引きちぎられる。破片を引きつれて、回転体が部屋を横断。机に椅子を破砕しながら、リンドの前を進んで急停止。

黄金の巨大十字印から、蒸気があがる。人を磔にするほど巨大な十字印が交差する箇所に輪がかかる。輪の内側、交点をミルメオンの右手が握っている。旋回。黄金の十字印を右肩にかける。

室内には外からの風が吹きこむ。迫る暗雲への人々の恐怖の声や悲鳴が聞こえる。暗雲が広場に到達。逃げる人々を飲みこみ、街路へと広がっていく。

室内にいるリンドは、左手で両肩に降り積もった埃を払う。

ミルメオンはようやく窓辺の椅子から立ちあがる。肩にかけた長外套の袖が揺れる。右肩にかけられた黄金十字印が輝きを増す。瞳の青は銀へと変わっていく。

「ミルメオン様のちょいと良い所を見せてやるか」


「ガユスさん、次はこちらです」

ヤコービーによる案内で、俺と一団は大回廊を高速右折していく。盾と武具、甲冑が擦れる音に足音が幾重にも連なる。曲がりきると直進していく。

皇宮内の地図は存在しない。皇太子の記憶にしかないが、地図士ヤコービーはすべて暗記し、不足分を推測して最短経路を示してくれる。

左右に後方から銃声と砲声、爆音。怒号に雄叫びに悲鳴。すでに皇宮の各地で制圧戦が開始されていた。

「あれを登ります」

ヤコービーが言うと、前方に階段が現れる。全方位を警戒しながら、階段を上っていく。登りきると広い廊下が続き、曲がり角が見えた。

「廊下の終わりにある扉を抜けて左折すれば、再合流地点である広間の前です」ヤコービーが解説する。「そこを抜ければ、皇帝の間に続く大階段です」

ヤコービーについて、俺たちは進んでいった。

「おそらく、敵は角を曲がった先、一〇〇メルトルほどにある十字路で待ち伏せていると思われます」

ヤコービーが足を止めていき、先頭から後方へと俺たちも止まっていく。

俺は前衛の間を抜け、ギギナとともに先へと進む。廊下の角から魔杖剣(まじょうけん)を少し出す。刀身を鏡として確認する。長い廊下が続いていく。廊下の先には十字路が現れていた。敵は左右の回廊で遮蔽(しゃへい)を取って射撃できる。こちらは隠れる場所がなく、退路も一本道。不利になっても、角に戻るまで追撃し放題の地形だ。

角からの遠距離射撃戦をやれば、いずれこちらが火力で押し勝てる。しかし、決着がつくまでに時間がかかりすぎる。速攻しかないが、被害も大きくなる。

「ここは我(われ)らにお任せください」

皇太子護衛隊の分隊長、バンガスが言った。

「あなたたちの攻撃力は、最終局面まで少しでも温存しておきたい」

バンガスの言葉に、俺は反対しようとした口を閉じた。たださえ精強な皇帝親衛隊(しんえいたい)が待っている。他に恐るべき強敵までいる。決戦に備えて、彼らは潰(つぶ)れ役を買ってくれているのだ。

バンガスとともに、皇太子護衛隊が盾を並べて角に出る。敵もこちらを全滅させたいので、全員が出てくるまでは射撃してこない。

廊下に横隊となって八人が盾を並べ、さらに八人が盾を重ねる。後方に残りの兵士と俺たちが続く。電探士のモレディナは咒式(じゅしき)を展開して、最大警戒してくれている。

廊下を一団が進む。十字路まで八〇メルトル、七〇メルトル、まだ来ない。六〇メルトル、五〇メルトル。

「来ます！」

モレディナの叫びで、皇太子軍の最前列が盾を床に下ろす。後続が前列の間を塞ぐように盾を立て、瞬時に要塞を形成する。

通路の先の左右から親衛隊が現れると同時に、咒式を放ってくる。護衛隊の盾が投槍と砲撃で吹き飛ぶ。間を抜けた投槍が兵士の胸に刺さり、衝撃で後方に倒れる。猛火が吹き荒れ、兵士たちが盾で遮断する。盾から外れていた護衛兵に命中し炎上。絶叫をあげながら倒れていく。即座に衛生兵が向かい、負傷者を引きずって後退させていく。

俺たちも盾の城塞の間から、応射を開始する。廊下の先にいる皇宮兵士を爆裂咒式で吹き飛ばし、投槍に雷撃の雨を降らせる。

廊下の左右からは続々と敵兵が出て、盾を廊下に並べていく。俺の爆裂咒式が炸裂。兵士の先頭が血と肉片となって散っていく。

「イチェード陛下のためにっ！」

仲間の血と内臓を抜けて、敵兵が廊下に盾の列を並べる。俺の砲弾咒式が盾に命中。装甲ごと背後の兵士を引きちぎる。

「イチェード陛下のためにっ！」

敵兵の後続は、仲間の死体を乗り越えて廊下に展開する。盾や防壁が連ねられて、続く砲弾咒式が受け止められた。俺たちからの猛射が集中し、敵軍の盾と防壁を削っていく。盾を砕いて兵士を倒すと、また新たな壁が構築される。敵は廊下を横断する盾の陣地を形成した。

射撃をしながら、俺は奥歯を噛みしめる。投槍咒式を放ってから、俺は防壁の背後に戻る。空となった弾倉を抜いて、新しい弾倉を入れ替える。

「まずいな。消耗戦に持ちこまれた」

皇帝親衛隊は、救援の時間を稼ぐために、全員が捨て石となっている。皇宮内ではこちらに戦力的優位があるが、外からは首都防衛軍が迫ってくる。皇宮の壁と門を守っている皇太子軍も長くは耐えられない。

「時間制限を超えれば、俺たちの負けだ。強引にでも突破しないとならない」

俺は先にいるギギナを見た。

「初撃を護衛隊が止めてくれたなら、我らの出番だな」

ドラッケン族の剣舞士は気負いもせずに、膝を伸ばして立ちあがる。盾の列の間を右に進んでいく。俺はドルトンにも指示を出しておく。青年は左へと進んでいった。

「デリューヒン、リプキン、リドリ。ついてこい」

ギギナが重量級を呼んで、前に進む。三人が集まってきてギギナに続く。

「ニャルン、ピリカヤ、テセオン」

続けてギギナに呼ばれた三人が集まってくる。

「うう、それしかないのは分かるけど」

最前列の脇で止まるギギナの隣で、デリューヒンは大盾を構える。

「俺たちはギギナの旦那のやり方に従いますぜ」

リドリとリプキン、特攻部隊が前列やや右へと向かう。左ではドルトンもヤコービーやアルカーバなどを集める。

俺はリコリオを連れて、砲撃戦が続く正面へと向かっていく。作戦を説明すると、最後にリコリオは驚きの顔となる。

「逆、ではないのですか?」

「この順番で、おまえが正確にやらないと、敵に時間を稼がれる。できるか?」

進みながらの俺の確認に、リコリオは迷う。やがて無言でうなずく。そして俺について前へと進む。轟音。敵の射撃が先にある盾に命中。何人もの兵士が吹き飛ぶ。血の雨の下を二人で体を低くしながら潜っていく。

最前線の盾の列に到着した。俺は打開策をバンガス分隊長と周囲に説明する。疑問の目が並ぶ護衛隊の盾の間で、リコリオが前へと体を投げだす。狙撃姿勢を取り、照準機で前方を見据える。狙撃手の横顔は鷹となっていた。

リコリオからの距離を測って、右の地点で俺は膝をつく。深めに腰を落としての射撃姿勢を取った。廊下を挟んでの砲撃戦が続く。相手の砲撃に一瞬の間。

「今です」

床からリコリオが言うと、前方の盾が左右に開く。同時に俺は紡いでいた呪式を発動。化学錬成系第四階位〈重焦炸弾槍〉による、成形炸薬弾頭が飛翔。廊下を一瞬で貫き、盾が重ねられた敵防壁に着弾。分厚い壁を貫通。後方に破片と溶解した金属が撒き散らされる。防壁の背後からは絶叫と断末魔。血が跳ねる。

床に伏せていたリコリオが左、俺の前へと横転してくる。終点に達すると同時に、迷わず呪式狙撃。穂先が跳ねあがると、砲弾が唸りをあげて廊下を疾駆していく。

先に俺が穿った穴に、さらなる〈重焦炸弾槍〉による成形炸薬弾頭が到達。わずかに直径が上回るだけの穴を抜けて、後方で作られかけた防壁に着弾。破壊の嵐が後方の敵兵を吹き飛ばす。敵兵たちは驚き、負傷して左右に回避していく。

敵中央の防壁が崩壊した。穴を塞がせないために俺たちは猛射。爆裂に爆裂、砲撃に砲撃で相手は廊下と十字路の左右に分断された。

「なん、という狙撃だ」

前列にいた兵士たちが、リコリオへと驚きの目を向けていた。

「あんな正確さと精密さが実現できるのか」

「うちの狙撃手は腕利きでな」

兵士たちに俺は狙撃手を自慢しておく。リコリオは平然とした表情で膝(ひざ)を立てていくが、耳が赤い。褒(ほ)められることに慣れていないのだ。

俺が放った砲弾呪式(じゅしき)による穴を、リコリオの同じ呪式による砲弾が抜けて、後陣を粉砕した。順番が逆だと、俺には彼女ほどの精密射撃はできない。あくまで俺が先に中央の適当な場所に当てて、まったく同じ場所を撃ちぬけるリコリオの二射目が本命なのだ。

リコリオは呪式具の整備士として、しかも男装して入所した。本人の周囲への劣等感を見て、俺は目の良さと手先の器用さ、聞いていた狩りの経験から狙撃手もやらせてみたが、ここにきて才能が一気に開花している。

「ガユス先輩がちゅーしてやると言えば、リコリオはいくらでも狙撃を成功させるよ」

先にある重量級と大盾(おおだて)の後ろで、ピリカヤが笑った。

「先輩が処女をもらってあげたら、リコリオは神様でも狙撃して殺すよ」

「うっさい、恥知らず女め」

反論しながら、リコリオは膝立姿勢から三射目を放つ。砲弾は廊下を直線で貫く。左から出ようとしていた兵士の左肘(ひじ)から右肘を打ちぬく。重なった瞬間を狙う、ありえない狙撃だった。救護兵が急いで襟首(えりくび)を引っ張って、通路に退避する。これで二人は動けなくなった。

リコリオの穂先は即座に右へと動き、瞬時に狙撃。連動して出ようとした兵士の爪先(つまさき)を吹き飛ばす。死体に隠れて出ようとした兵士の手が狙撃されて吹き飛ぶ。三人目は出ることができずに、角へと戻った。一連の狙撃で右も完全に抑えられた。

護衛隊も盾の間からの射撃を重ねているが、弾倉交換時にはリコリオへと尊敬の目を向けていた。少女を戦友として認めたのだ。

「というかリコリオさん、魔弾の射手になっていない？」

俺も驚いていた。さらなる狙撃姿勢を取りながら、リコリオが俺を横目で見た。

「その、ガユスさんが命令するなら、神でも撃ちます」

耳を赤くして、リコリオの目は再び前を向く。

「ただ、敵はまだ殺せません」

狙撃を重ねながらリコリオが正直に言った。

「それでいい」

俺も答えておく。人を殺せなくても防壁は粉砕し、敵兵の頭は完全に抑えられ、充分すぎる戦果だ。俺のような砲台としての火力、ギギナのような突破力はなくても、リコリオの正確さが必要な場面がある。俺が適切に使いどころを指示できれば、リコリオは正確な一撃を与えて、頼れる狙撃手となる。

前方の左右の壁から、魔杖剣を出しただけの猛反撃が来た。兵士たちの盾に守られて、リコリオが後退していく。俺は甘いかもしれないが、いつか決断の時は来る。試されるのは指示を出す俺なのだ。

「では本番だ」

ギギナが俺の傍らを通っていく。横には嫌そうな顔のデリューヒン、左右は覚悟の顔のリドリとリプキンが大盾で固める。重量級組による、盾と鎧と巨体の城塞である。後方にピリカヤやニャルン、テセオンが続き、最前列に到達した。

俺たち後衛は、戦列の盾の間から咒式砲火を連射。相手の出鼻と頭を抑えるための援護射撃が水平の暴風となる。相手の戦列を砕き、壁に大穴を穿ち、天井を崩落させていく。

「花道を行くぞ」

砲火の下を、体を低くしたギギナが疾走。真横で大盾を構えたデリューヒン、左右をランドック人兄弟が固めて突撃。重量級の背に特攻隊が続く。敵からの射撃と俺たち後衛からの砲火が、突撃隊の頭上と左右で飛び交う。敵とこちらの戦列で手足が吹き飛び、頭部が砕かれ、血が跳ねる。

援護射撃はしても、強引に中央を進む突撃隊に砲火が来襲する。最前列の大盾に相手からの投槍咒式が命中。裏側まで抜けて、穂先がデリューヒンの耳の横に抜け出た。悲鳴をあげるが、足は止まらない。ギギナがデリューヒンの背中を押して、強引に進めさせる。鬼である。

爆裂咒式を受けて盾が跳ねあがりそうになるが、リプキンが耐える。強酸咒式の豪雨が降らされたが、リドリは大盾を掲げて防ぐ。一団は砲火を受けながらも、一瞬も止まらずに進軍しつづける。

進軍する一団の盾へと、敵の爆裂咒式が炸裂。轟音。天井が崩落し、壁も粉砕。爆風が重量級三人を押しこむ。流れた衝撃波が俺たちにまで届く。

盾の裏で支えるデリューヒンが押され、右踵で後方の床を踏みつける。

「どっせいっ！」

女傑は全身の剛力で耐え、大盾を前に立てなおす。爆煙を貫いて、ギギナと一団が突撃していく。敵兵も射撃から近距離戦闘へと戦術を切り替える。

「おまえ、これ本当に怖いんだからなぁあっ！」

デリューヒンが大盾を掲げて突進。大盾が敵兵の盾の列に激突。巨体と高速突進による衝撃が、盾と支える数人の兵をまとめて吹き飛ばす。続くリドリとリプキンの盾の一撃がさらに敵戦列を粉砕。三人の重量級が敵戦列を押し開いていく。

十字路の左にギギナが飛んでいた。右にはニャルンが跳躍。壁を蹴って両者が急降下。ギギナの屠竜刀が振りぬかれ、盾や甲冑ごと敵兵数人が両断。分割された人体に手足に装甲が撒き散らされる。

ニャルンは敵兵の肩に着地すると同時に、尖剣で頭部を串刺しにする。刃を抜いて、倒れる兵士を蹴って次の兵士に襲いかかる。前と上からの攻撃で敵戦列が砕かれた。

敵陣の傷口で、特攻隊長のテセオンが魔杖長刀を振るう。長大な刃が兵士の首を刎ねる。先端から伸びた〇と一の数列が伸びていき、先にいた敵兵の胸を貫く。刃と数式が旋回。数列の嵐となって進むと、敵兵が輪切りにされていった。

テセオンの嵐から逃げた敵兵の間に、ピリカヤが低空疾走していく。右手で触れながら駆けぬける。あとには敵兵がその場に崩れ、転倒。訳の分からなさに恐慌状態が広がっていく。

先に暴れたギギナやデリューヒンたちが残敵を切り伏せ、被害を拡大させていった。

左の壁が破裂。噴出した壁の破片は、雪崩となって敵陣へと襲いかかる。土砂の奔流の上から、ドルトンが長槍を突きだし、敵兵を串刺しにする。左からはダルガッツが双斧を振るう。アルカーバやグユエたちも続いて、切り伏せていく。

ドルトンには、大回りをして呪式で壁を分解させながら進んでもらっていたのだ。物音も中央で暴れたなら気づかれない。完璧に合わせての奇襲と挟撃で、敵陣の中央から左は完全崩壊していた。敵は右へと引くしかなかった。

敵が退避しようとしていた、右の壁が破裂する。リューヒンと元辺境警備隊の五人が飛びでる。雄叫びをあげて六人が右の敵へと襲いかかる。

初撃と挟撃で逃げたところへの時間差攻撃で、敵は大混乱となった。リューヒンは元軍人ゆえに、集団戦の好機を読ませたら随一だ。部下五人も昔からのつきあいで、息も合っている。

一番確実な分隊ゆえに、締めに使うと最大効果を発揮する。

十字路での勝敗は決した。俺やリコリオも援護射撃を止め、護衛隊とともに前へと進軍していく。死体と破片、火炎と黒煙の間を抜けていく。

廊下の交差点にある敵陣地は崩壊していた。ギギナも刃を引いて回転。右肩に担ぐ。ドルトンとリューヒン隊が、左右の通路で残敵を掃討していくだけだった。

後方から前へと、モレディナが被害を確認していく。護衛隊に十一人の死者が出た。俺たちは負傷者だけだ。すでにトゥクローロ医師の治療が開始されていた。

床に伏す敵兵の死体が見えた。倒れてなお魔杖剣を手放していない。勇気と忠誠心に俺は胸が痛みを覚える。

全滅するまで戦う兵士はほぼいないが、皇帝親衛隊は本当に全滅するまで戦った。イチェードの若き時代からの戦友や、その後輩、さらに後輩たちだからこそ、ここまで戦うのだ。

「おおおお、イチェード陛下、万歳っ！」

声の方向を見ると、右の通路に引いていた敵兵数人が退却から反転。刃を掲げて向かってくる。すでに勝ち目はない。俺たちを数秒足止めするために命を捨てて特攻してきている。

「おまえたちが、おまえたちのようなものが、皇帝陛下の偉業を邪魔するなどっ！」

リューヒンたちが迎撃し、一人が胸を貫かれ、一人が咒式で吹き飛ぶ。最後の一人がダラックの盾を砕き、ナウナスの刃を弾き、抜けた。

敵兵は指揮官である俺を目がけて疾走してくる。ギギナが屠竜刀を構えなおし、デリューヒンが魔杖薙刀を旋回させて前に出ようとする。皇太子護衛兵が盾を構え、魔杖槍を突きだす。

俺は左右に首を振って、周囲の助力を拒否する。全員が道を空けた。

一直線に敵兵が迫り、投槍咒式を乱射してきた。俺の肩を一本の槍が掠める。半身となって前進。魔杖剣を掲げて、相手の振り下ろしを受ける。弾いて旋回。〈雷霆鞭〉の咒式を発動。雷撃をまとった剣が敵兵の喉に刺さる。体液が沸騰し、目と鼻と口から黒煙が噴出する。眼球も白濁していく。

「い」

沸騰した血液を吐きながら、男が言った。

「イ、チェード陛下、あの世に、て謝罪いたし、ま」

男の手が落ちた。前に倒れてくる兵士の体を、俺は左手で受け止めた。膝をつきながら、静かに床へと死体を下ろす。白濁しかけた目に瞼を閉じさせてやる。

犯罪者や〈異貌のものども〉を相手にした戦いは、まだ自分たちが正しい側にいると勘違いできた。しかし、後アブソリエル帝国の軍人たちは、祖国とイチェードのために命をも捨てるのだ。両者の正義ではなく、事情が激突しているだけだ。悪などどこにもない。

俺は膝を伸ばして立ちあがる。周囲のものが俺の内心を心配する表情となっていたが、無視して前へと進む。横にはギギナが並ぶ。

敵にどのような信条や心情があろうと、俺たちは戦争を止める。進むしかない。

「リンド。今日の夜はどこで食べる?」

ホテルの廊下をミルメオンが歩む。

「ナーデンで有名な店は、リジョン飯店かレッカート楼くらいか。どちらが良いと思う?」

「そういう場合ではありません!」

魔杖刀を構えて進むリンドは、主君の背に言葉を投げつける。天井には亀裂が入り、瓦礫が落下。外からは轟音や爆音が響く。

客や従業員が逃げまどうなかを、ミルメオンは悠然と進む。リンドは戦闘体勢で続く。

「……でも、どちらかというと、私は有名なリジョン飯店とやらに行ってみたいです」

リンドはおずおずと答えた。

「ではレッカート楼だ。レッカートは東方料理だしな」

ミルメオンの晴れやかな返事に、リンドの顔は渋面となる。崩れかけた正面玄関からミルメオンが外に出る。リンドも急いで続いて外に出た。

熱風と多種多様な音が押しよせ、リンドの足が止まった。

ナーデン市街中心部から広場は、惨状となっていた。

広場から見える建物の峰からは火災の黒煙と白煙が見える。下にある前と左右の街路で人々が逃げまどう。悲鳴と絶叫。泣き顔に恐怖の顔。逃げながらも、人々は時折背後を振り返る。

群衆の最後尾で人々が吹き飛び、血と切断された手足や頭部が空中に舞う。背後からは、異形の群れが押しよせていた。

群衆に十数メルトルの柱が落ちる。長大な甲殻類のような脚は、男の背中に下ろされ、踏み潰す。悲鳴とともに、男の口からは赤い血と内臓の一部が零れる。長い四本の脚は、上空にある球体を支えていた。球体に並ぶ六つの複眼が周囲を無機質に睥睨していた。

長い足を持つ球体の上には、老人が座る。眼窩に眼球はなく、変わりに蛇が這い出ている。老人が右手を掲げる。光点が灯り、組成式から咒式が発動。逃げ惑う群衆へと光熱線が放たれる。光は逃げる男の頭部に着弾。脳と眼球を沸騰させて貫通。惨劇に泣き叫ぶ女に熱線が向かい、額の位置で水平に焼き切る。蒸気をあげて、二つの死体が倒れた。

街路には翼を持った巨獣たちが滑空。嘴を開いて急降下していく。逃げる老人の頭へ嚙みつき、急上昇。空中で嘴が閉じられる。血の尾を曳いて、首から下の体が落下していく。空では嘴が上下し、人肉を咀嚼していく。飛行する怪物たちは次々と降下し、人々を捕食しては急上昇していった。

地上には馬が蹄を蹴立てて走る。頭部になるべき場所には人の上半身が生える。頭部は再び馬となっていた。瞳孔は上下左右に動く。人馬が握っていた槍が振られ、逃げる男の背を貫く。断末魔に暴れる男を掲げて、人馬は哄笑とともに駆けていく。

灰色の毛皮が街路を疾走する。四肢で駆ける巨大な狼の頭部は鰐、獅子、雄牛だった。それぞれの首が、逃げる人々の手や足に嚙みつき、牙の間から血が噴出。三つの首が別々に振られると、人体が引き千切られ、赤が散る。

警官や一般の勇気ある人々が魔杖剣を掲げて、投槍や狙撃咒式を放つ。金属の体を持つ巨人に投槍や銃弾が命中するが、弾かれる。巨人は振り返る。頭部にあるひとつの目がつまらなさそうに、攻撃してくる人々を見下ろした。巨木のような腕が上昇。

絶望の顔となった人々へ、巨大な腕が振り下ろされる。轟音とともに人体が粉砕。赤い粘液に変えられる。鉄槌はアスファルトまで砕き、穴を穿っていた。

街路では異形たちが、触手や鋏、剣や槍を掲げて行進している。三つ叉の槍の穂先には、幼子と両親の頭部が突き刺されていた。

行進の間で、象頭の巨人が進む。両腕の代わりに生やした何本もの触手を、頭上に掲げて歩む。掲げられた男の胴体と足に、触手が巻きついていた。周囲では異形たちが跳ねて歩み、囃したてる。瞳や複眼には残酷さへの期待の色があった。

「やめてやめて」

空中の男は首を振って、拒否する。

「だぁめ～」

象は触手を左右に広げる。男の体が引っ張られ、腹部から血が噴出。布が引き裂かれるように、人体が両断。大量の血と内臓が零れ、象は大笑いをして赤い雨を受ける。人体は振り回され、周囲に血と内臓が散っていく。周囲の異形たちも血を浴びにいく。落ちた内臓を摑み、歯や牙や嘴を突きたてる。

ナーデンの首都中心にある広場では、逃げ惑う人々の悲鳴に泣き声、苦悶の絶叫に断末魔が響きわたる。異形たちは刻み貫き、殺し、大笑いをしていた。

現代国家の首都が〈禍つ式〉たちによる、血の祭典となっていた。三方の街路からホテル前の広場へと、生存者が追いこまれた。背後からは異形の群れがゆっくりと行進してくる。

広場に集う群衆の激流に逆らって、一人の男が進む。

「人間様の町で、バカどもが調子に乗りすぎだな」

人々の最後尾を抜けて、ミルメオンが足を止める。右肩には黄金十字印が担がれていた。背後にいるリンドが、人々を今出てきたホテルに誘導していく。

〈禍つ式〉の群れが三方の街路から出てきて、広場の外縁部に留まる。翼を持つものたちは空中で旋回し滞空していた。

〈禍つ式〉たちは、状況を楽しんでいた。生存者をホテルに押しこめたなら、あとは突撃して大虐殺を起こすだけである。広場に立つ一人の男は攻性呪式士だろうが、なんの意味もないと踏んで、悠然と進んでいく。

「ミルメオン様、退却戦です」

人々を避難誘導しながら、リンドは絶望の目となって振り返る。

「百体以上の〈禍つ式〉が来たなら、ナーデン王国は終わりです。アブソリエル戦争は我々の負けです。あとは人々を守りながら退却を」

「リンドよ、落ちつけ」

ミルメオンは前を見たままで言った。

「あの時に比べれば、お遊戯にもならない」

立っているだけのミルメオンに、空中から翼を持つ〈禍つ式〉が飛びかかる。嘴がミルメオンの頭部に刺さる、と見えた瞬間、巨鳥の上半身が消失。

断面から青い血を噴出させ小腸を零しながら、巨鳥の下半身が方向転換。直角の左方向に飛ばされていく。死骸は広場の遠くの壁に激突し、さらに破裂。落下。大量の青い血を広げていった。

〈禍つ式〉たちの進撃が止まった。追撃も起こらなかった。

広場には静寂。

ミルメオンは左手を水平に掲げていた。拳ではなく五指はそろえられていた。

破壊咒式ですらない。単に左の超腕力で寄ってきた羽虫を払っただけだ。しかしその一動作で、大型車ほどもある〈禍つ式〉の上半身から頭部が消失。残りが飛ばされて一撃死した。

高次元の手先たちが硬直していた。情報生命体である〈禍つ式〉が、理解不能だったのだ。

ミルメオンが左の掌を上に向けて差し伸べる。

「一匹一匹相手してやるのがめんどうだ。まとめて来い」

ミルメオンは立ったままで手招きをした。〈禍つ式〉たちの複眼や触手や嘴に憎悪と殺意が満ちる。怒号と雄叫びをあげて、百体を超える異形の群れが前進を再開する。広場の中央、ミルメオンへと向かって、走り、跳ねていく。

赤子の顔で笑う巨大芋虫は、長い体から出た数十もの腹脚で車を踏み潰す。中世のドレスを着た女は、自分の頭を両手で掲げたまま、広場の街灯を蹴って、次の街灯に着地。また蹴って跳ねていく。

〈禍つ式〉の群れは広場を破砕しながら進軍していく。仲間を踏みつけて、さらに踏みつけられても進む姿は、異形の大波濤となっていた。

皇宮の通路を進んでいくが、とにかく長い。隣のギギナも屠竜刀を担いだままで進んでいた。皇太子護衛隊が前後を盾で守っており、全隊が高速進軍していく。モレディナが探査咒式を全開発動して奇襲を防いでいるため、可能なかぎりの速度を出せていた。

遠くで爆音が響いた。他の二つの通路では死闘が続いている。だが、俺たちの進軍は止まらない。進みながらもトゥクローロが負傷者に治療咒式を施していく。俺たちも弾倉交換をし、装備の点検をしながらも早足で進む。とにかく一秒でも時間が惜しいのだ。

先には光点が見えた。廊下を抜けると、大広間に出た。照明の先を見ていく。壁の果てには巨大な扉がある。あの奥にまた大広間があって、上への大階段がある。

左から足音。視線を向けると、左には正面通路が開いていた。

俺たちは武具を構えたまま、広間で待つ。通路からの足音が近づいてくる。

正面通路から盾と穂先、続いて兵士が現れる。疲れた顔で肩装甲は破れて出血していた。兵士は俺たちに気づき、小さく手をあげて、肩にある皇太子護衛隊の紋章を示す。声を出せないほどの負傷と疲労なのだ。

兵士が通路から出る。続いてイェドニス皇太子と側近たちが出てきた。一団は進み、護衛隊が続々と広間に現れてきた。

兵士たちが持つ盾の一部は砕かれ、槍は折れている。煤に汚れ、何人かの負傷が見えた。だが、兵数は一割か二割減っている程度。もっとも過酷であろう正面を受け持ってなお、イェドニスと皇太子軍は突破してみせたのだ。

俺と指揮官たちはイェドニス皇太子と本陣へと向かう。

「無事でなによりです」

「ええ」

応えるイェドニス皇太子の鎧には血がわずかに散っている。無傷とはいかないし、皇太子も戦わないとならないほどの激戦だったのだ。

皇太子軍の先にある扉の奥からは足音。扉が左右に開かれる。ソダン査問官とシビエッツリ法務官が現れる。

「さすがにイチェード陛下が誇る皇帝親衛隊ですな。強い」

「五回も待ち伏せを受けてしまったが、あれほどとはな」

話ながら出てきた二人が、俺とイェドニスに気づいた。シビエッリが片手をあげてきた。俺も手を挙げて応えておく。法務官の背後からは、盾と長槍を連ねた武装査問官の部隊が広間へと入場してきた。兜に覆われて無表情だが、査問官たちの鎧と装束には血が多く散っていた。列を数えると、法院部隊は他に比べるとやや被害が大きく、何割か兵員が減っていた。精強をもってなる武装査問官が苦戦するなら、左が最激戦の道だったのだ。

俺たちの事務所と護衛隊の混成部隊は、敵の待ち伏せが一回で済んでいる。どうやら一番楽な道を進めたようである。

広間とはいっても、三百人ほどの人間がいると手狭になってきた。部屋と通路と各地で大急ぎの治療と補給がなされる。

「遅れるものは後からついてきてください」

イェドニスが声をあげる。広間と通路の軍勢が一斉に動きだす。負傷者も立ちあがっていく。

「行くぞ」

総司令官としてイェドニスが強い口調に変えて歩みだす。本陣が囲み、護衛隊が隊列を作って連なっていく。重傷者だけが残る。あとは入り口左右に散った制圧部隊の救援に任せるしかない。

俺とギギナに指揮官たちも歩む。攻性咒式士たちが即座に後方へと続く。法院部隊もシビエッツリに従って進軍を再開する。

一団の前に大扉がそびえる。扉の先に広間と上階へと向かう大階段がある。

護衛隊が扉へと向かうと、モレディナが腕を上げて止めた。

「妙です」

女性咒式士の横顔には、理解不能といった表情が浮かんでいた。

「扉の奥が探知不能です。電波その他が返ってきません」

報告で護衛隊の前進が止まる。

「ありえない事態だな」俺は笑っておく。「ようやく〈大禍つ式〉が仕掛けてきたということだ」

全員が俺を見る。俺とギギナが進み、兵士たちが道を空けていく。イェドニス皇太子と側近たちが続く。法院指揮官であるシビエッツリと副官のソダンも進む。

テセオンは先頭から下がり、モレディナと相談していた。珍しい組みあわせがまた会話していた。

「モレっさん、これやばいですよね？　そろそろあれの準備をやっときます？」

「だから誰がモレっさんだ」モレディナが苦笑する。「だけど、転送準備はしておく。いいか、できて一発。限界の限界で二発だからね？」

二人が魔杖剣と魔杖長刀を並べて、組成式を調整しはじめていた。二人を置いて、俺たちは前へと進んでいく。

「だがしかし、前に進む以外の道がない」

言った俺は扉の左に手をかける。右はギギナが手で触れる。二人同時に扉を押し開いていく。

扉の先に広がる光景を、誰も瞬時には理解できなかった。

広大な空間があった。一面、白と灰色と黒の世界。一辺数十センチメルトルから、数メルトルという大小の立方体や直方体が積み重なり、連なっていた。方向がそろえられている訳ではなく、まるで大巨人による積み木細工のような乱雑な世界だった。

俺たち人間からすると、ビルや家が無造作に重ねられた、異常な街並みとなる。床も他と同じく、白と灰と黒の立方体や直方体が敷きつめられていた。四角形の連なりゆえに完全な平面ではない。遠方には、立方体や直方体による山が見える。

四角形の連なりの間には、水平や斜めに回廊が渡されている。小さな直方体が連なり、階段となっている場所もある。

右を見ると、灰色の四角形の群れは数百メルトルも続いているように見える。果てが灰色なのは壁があるからだろう。左へと視線を向けると、同様の光景となっていた。

皇宮は広いが、内部にこんな光景が作れるはずがない。

理解不能なまま、背後を見る。後列に続く皇太子護衛隊と武装査問官に仲間たちが見える。人々の背後には白と黒と灰の街並みが続く。入ってきた扉や壁は消失していた。三百人の部隊が、突然として異常な光景に放りこまれていた。

「全周防御だ」

俺が言うまでもなく、咒式士と武装査問官たちは即座に動いて円陣を組んでいった。

「ガユス殿の言うとおりにせよ」

イェドニス皇太子が命令を重ねると、続いて兵士たちが動揺から回復。一瞬にして全体が動く。すぐに縦隊から幾重もの円陣を組み、盾の列を並べる。

「索敵を放ち、本隊は後から警戒態勢で前進」

命令で、数人による五つの分隊が前へと進んでいった。索敵部隊は後方にも放たれる。円陣のまま、本隊も進んでいく。足下が平面ではないため、気をつけながらの進軍となる。

中央後方で進むイェドニス皇太子の横に、俺たちも並ぶ。皇太子の横顔には厳しさがあった。

「助かりました。異常さに呑まれてしまいました」

「残念なことに、俺たちはこういう異常さに慣れてしまっていましてね」

俺は笑っておく。軍隊が〈異貌のものども〉討伐に向かうこともあるが、昨今では〈異貌のものども〉の大規模蜂起や災害は少なく、対人戦が多い。必然的に、攻性咒式士たちや法院の武装査問官が専門家になる。今回の事態が異常なのだ。

一団は立方体や直方体の小山や塔の間を進んでいく。大人数が通れるような道はなく、一部は立方体を登り、また下って進む。

「ここは」周囲を見ながらリコリオが疑問を発した。「なんなんでしょうか？」

「かつてバッハルバの反逆者が〈古き巨人〉とともに大規模転移咒式を作成した。あれと近いものを感じる」

俺も周囲を見回し、言葉で思考をまとめていく。

「おそらく、なんらかの独自空間に俺たちは飛ばされた」超常現象にすぎて手がかりがない。

「推測に推測を重ねるなら、広間全体がこの空間に入れ換えられた」

「肝心なことは脱出方法だろう」

直方体を跨ぎながらギギナが言った。

「戦況は一刻を争う。時間稼ぎをされることが最大の危険だ」

言い捨てて俺は前に進む。一団は最大警戒で進軍していく。いきなり空間が圧搾されて全員が死ぬ、という理不尽展開はないらしい。敵も万能無敵ではないのだ。

立方体が連なり階段状になった坂を上っていく。上るというより登攀になる地点もあるが、前へと進むしかない。先遣隊が安全を確認し、本陣も階段を上がりきる。白と灰色と黒の四角形が連なる床が広がっていた。同じく白黒の立方体や直方体が点々と転がり、また各地で山となっていた。

柱の森の各所からは、何十もの階段が上がっていく。階段を目で追っていくと、どこまでも上昇していく。上がる階段はいつしか上へと下るという、不条理な階段となっていた。

空中では、立方体や直方体が浮遊していた。幻想的な風景だが現実には理由がある。

「重力が下と上、左右からも感じられます」

モレディナが計測結果を報告してきた。俺は屈んで、床にある小石を拾う。小石までも小さな立方体だった。

再び階段を見る。振りかぶって、空中にある立方体や直方体へと投げる。小石は一五〇メルトルほど飛び、立方体に命中する寸前で、上昇。不自然に動いた小石を目で追っていくと、階段の終点である天井に命中。立方体の表面を転がり、止まる。

小石は落ちてこない。モレディナが分析したように、上下左右、外側から重力が発生し、空間の中心部で釣りあって無重力状態になっているらしい。重力場が設定されているか、なんらかの擬似重力が発生しているかだ。

「我々をこの空間に飛ばし、重力制御と超咒式が働いている」

予想はできるが信じられない。ひとつの世界とは言わないが、空間を作っている。莫大にすぎて想像ができない咒式だ。

「どちらにしろ無限の空間ではない。先に進んで出口を探すか、壁を破壊すれば皇宮に出るだろう」

「ここを作ったやつは、時間稼ぎで終わらせてくれぬだろうな」

ギギナの答えが響いた。

俺は奇妙な世界の天井を眺めつづけている。脱出する手がかりを探す。三〇〇メルトルほど上にある天井には、白と灰色と黒の四角形が連なり、逆さの山がいくつも下がっている。下と同じような光景が天井にも再現されていた。幻想的だが異常にすぎる。

見上げていると、天井から下がる立方体の山が目に留まる。高さ一五〇メルトルほどもある逆さの四角錐の頂点に、違和感があった。

逆さの要点に、逆さに人影が立っていた。細い人影と巨体の人影。武装した巨体の女性が屈(かが)み、二つの頭部が並ぶ。

「形式番号三〇九」と左にある長い黒髪の女が嘲笑(あざわら)うかのように語った。

「迷宮のトタタ・スカヤ大総裁である」と球体の水槽が続けた。水槽の内部には脳や眼球、鼻や唇(くちびる)が揺れていた。

青い背外套(マント)が腕とともに広がり、白背広の人物が姿を示す。絹帽子の下には、疫病が流行した時代にあった、鳥のような防毒仮面があった。

「形式番号二一一、百目纏(ひゃくめまと)いプファウ・ファウ侯爵(こうしゃく)と申します」

鳥の仮面の嘴(くちばし)から、細い人影が名乗った。

姿と名乗りだけで、俺たちに極大の緊張感が満ちる。

二十二章　無彩色の狂宴

宇宙の寿命すら予測されている。神々も消える。我々(われわれ)の愛も憎しみも、いずれ跡形も無く消える。

ウェルドネッヒ「静かなる夜」皇暦(こうれき)四九三年

皇宮(こうぐう)の異常空間を見上げたままで、俺たちは止まっている。

逆さとなった奇妙な人型二体を見つめつづけるだけで、誰(だれ)も動けない。

予想どおり〈大禍つ式(アイオーン)〉の侯爵と大伯爵(はくしゃく)級が立ち塞(ふさ)がる。しかも二体が別々ではなく同時参戦。予想して備えていたが、誰も動かない。動けない。

男爵(だんしゃく)や子爵(ししゃく)級の〈大禍つ式〉とは戦ったことがあり、伯爵級の幻視も見た。だが、見ただけで分かる。大伯爵は一段上、侯爵級は格が違う。

知覚眼鏡(クルークブリレ)で、法院から取り入れた咒式士階梯(じゅしきしかいてい)測定式が発動。手前の大伯爵級を測定していくと、十三、十四、十五階梯と急上昇。十六が見えたときに、急いで停止させた。おそらくまだ上昇するだろうが、具体的な数字は俺の心を折る。格上すぎる相手には使ってはならない式だった。

全員が圧倒されている。俺がなにかを言わなければならない。なにかを言って全員を動かさねばならない。

「ここは、なかなかの場でしょう」

プファウ・ファウが白手袋に包まれた両手を広げていく。合わせて青の背外套も翼のように広がる。上への重力に引かれて裾は上へと向かい、落ちてこない。背外套の青い裏地にはいくつもの線が描かれている。イチェードの傍らに侍っていた孔雀がプファウ・ファウで、トタ・スカヤが亀という所だろう。

「死孔雀と双頭の魔女の仕業といったところか」

ギギナが評した。適切な命名だが、不吉にすぎる。

「そちらが推測しているように、ここは我らが作りあげた空間です」

プファウ・ファウは紳士のような口ぶりだが、やはり俺たちは動けない。上空で逆さの死孔雀は右手を嘴に添え、小首を傾げてみせる。

「脱出方法を聞かないのでしょうか？」

嘲笑うように、死孔雀が疑問を呈した。刃と甲冑が擦れる音が響く。見ると、右前にいたギギナが薄く笑っていた。

「どうでもいい」

腰を落として刃を斜め上へと向け、ギギナが断言した。

「死孔雀と双頭の魔女のどちらかが、この空間を支える咒式を発動させている」

ギギナの屠竜刀の切っ先は、上空の〈大禍つ式〉二体を捉えていた。発射前の砲弾の姿勢だった。

「両方倒せば、脱出できるし、思惑も破砕できる」

ギギナの勇壮な答えと笑みが見えた。一拍遅れて、全員の顔に闘志が戻っていく。俺は魔杖剣を構えたままで左手に動け、動けと命令する。指先、続いて手首が動いた。他のものたちも動けるようになり、魔杖剣や盾を構えなおしていた。

俺は左手を背後に回し、指先を旋回させて部隊へと指示を出す。全員が魔杖剣や魔杖槍の照準に〈大禍つ式〉たちを捉える。別働隊が左右に展開していく。

正気で賢明であるほど、正確に現状を把握して動けなくなる。ギギナも道理は分かっている。だが、事実をあえて踏破し、全員の恐怖と絶望を砕いた。蛮勇だが、退路がないなら前に進むしかない、理の外の理だ。

「ひとつだけ聞いておきたい」

俺なりに頭を回転させていく。プファウ・ファウは逆さの状態で肩を竦めてみせた。

「我々とイチェード殿との協力関係の理由でしょうが、それは」

「いらん。〈禍つ式〉たちの悲願が、各派の王を呼びだしたいことなど知っている」

俺は相手の言葉を遮り、主導権を奪っていく。握っている魔杖剣ごと右手を少し捻ってみせ、中指だけを伸ばす。

「この〈宙界の瞳〉について聞きたいのだけど、新事実が分かった」

俺が見せた指輪と言葉に、上空の二体の目が集中する。

「それは、これが」

俺の言葉の最中に、砲声が重なる。護衛隊に武装査問官たちによる、砲撃に銃撃、雷撃に投槍が斜めに飛翔。百以上の火線が〈大禍つ式〉二体に着弾。天井から下がる四角錐ごと大爆発が連続する。轟音と衝撃波が連なるが、砲撃は止まない。

アムプーラたちの事例から〈大禍つ式〉は〈宙界の瞳〉が気になって仕方がない。いつもの奇襲からの集中砲火だが、通じるかぎりは何回でもこの手を使う。

「ガユス先輩、本当に性格悪い〜」

隣ではピリカヤが呆れ顔となっている。

「ここまで恐ろしい相手には、全力でふざけていくしかないだろうが」

俺は笑って答えておく。数百人による砲火が続くが、俺は魔杖剣を構えたままで連続する大爆発と破壊を見上げている。火力で圧倒して終わってくれるなら、苦労はしない。

天井の大爆発が落下してくる。空間の中程に達すると、下へと降りそそいでくる。視界を埋めつくす爆煙とまだまだ続く火線の間に、二つの軌跡が見えた。〈大禍つ式〉の二体が落下してきている。

「でっしょうね。だけどっ」

予想どおりの展開を待ち構えていた俺は、化学錬成系第五階位〈晶轟爆花散華（フラウ・ローズ）〉の呪式（じゅしき）を高速展開。

「こいつはちょっと痛いではすまないぞ！」

全力で呪式を発動。〈大禍つ式〉たちごと、広大な空間を揺るがすほどの大爆発。轟（とどろ）く重低音と衝撃波で放った俺も下がる。周囲も砲撃を止めて衝撃に耐える。

下からの重力に引かれて、爆煙が床に到達。濃霧となって立ちこめる。爆音は空間の果てまで響く。

俺の呪式によるシクロテトラメチレンテトラニトラミン爆薬は、秒速九一二〇メルトルという爆発力を誇る。普段の街角では強力かつ広範囲すぎて使いにくいが、大空間と〈大禍つ式〉相手なら遠慮なくぶちかませる。

爆煙を見据えながら、右前にいるギギナを確認する。剣舞士（けんまいし）の左手が腰の後ろの短刀を握り、生体強化系の〈黒翼翅（アルファス）〉を発動。黒い翼が広がり、畳まれて紡錘形（ぼうすいけい）となる。同時に〈空輪龜（ゲメイラ）〉を発動。背中から足裏に噴射口が形成。まだ飛ばない。

轟（とどろ）く爆音が消えていく。上空では爆煙を切り裂く二筋の流星が見えた。ひとつは左奥に落下していく。俺は手前の流星へと二度目の〈晶轟爆花散華（フラウ・ローズ）〉を発動。再び轟く大爆発が起こる。同時に傍（かたわ）らにいたギギナの姿が、烈風（れっぷう）とともに消失。

次の瞬間、遠くへ落ちていく逆さのプファウ・ファウに、上昇していく彗星（すいせい）が激突。屠竜（とりゅう）刀（とう）を受ける〈大禍つ式（アイオーン）〉の左手に火花があがる。ギギナの背中の噴射口は圧縮空気の出力を上げ、爆発。〈大禍つ式〉は片手では受けきれぬと両手を重ねるが、止まらない。

ギギナはプファウ・ファウの防御を刃（やいば）で押しきり、斜め下からの軌道を斜め上へと強制的に反転させていく。両者は飛翔（ひしょう）しつづけ、異常空間の天井に激突。白と灰と黒の立方体が崩れ、爆煙があがる。

破片と粉塵（ふんじん）を貫いて、異形の侯爵（こうしゃく）が現れる。ギギナも続いて爆煙を抜けて追撃。再び空中で激突。両者が斜めの軌道を描いて、床へと落下していき、着弾と同時に爆発。屠竜刀を旋回させながらギギナが疾走していく。刃の嵐を、手袋の手で弾（はじ）いて後退していくプファウ・ファウが見えた。

シビエッツリとソダン、法院の部隊が飛翔し、皇太子護衛隊の分隊が高速疾走してギギナの援護に向かう。

俺は前へと進む。今まで戦ったことがないほどの強敵を、二体同時に相手するのは危険すぎる。ギギナによる強制分断がどうしても必要だったのだ。

もう一筋の流星は右手前に着地。爆煙の間に燐光（りんこう）が散り、巨体が見えた。

「さすがにこれは」「痛いわな」

トタタ・スカヤが左手を振って爆煙を払う。俺の〈晶轟爆花散華（フラウ・ローズ）〉の連続咒式（じゅしき）によって、双頭の魔女の右脇腹（わきばら）から右腕が消失。青い血が噴出していた。左手を右に出し、左へと動かす。咒式が点灯して、傷口が塞（ふさ）がっていく。

周囲の咒式士たちは、あれほどの咒式で倒せないことに息を呑（の）む。

「行ける」

俺は周囲の弱気を払拭するように断言した。

「見えているとおりだ。〈大禍つ式〉の大伯爵（はくしゃく）級だろうと、無敵でも不死身でもない。咒式を使って肉体再生をしなければ絶命するし、咒力は無限ではなく消耗する」

俺の指摘に奮起し、正面と左右から護衛隊と査問官が高速進軍。盾（たて）と魔杖剣（まじょうけん）を連ねて距離を詰めていく。

双頭のトタタ・スカヤが両手を広げる。

「伯爵級でも大がつく上位十体」「トタタ・スカヤの力をちょいと見せてやるかの」

二重の声と集中する咒力で、俺の背筋に怖気（おぞけ）が走る。

「全員後退しろっ！」

叫びながら急停止し〈斥盾（ジルド）〉で防壁を発動。前傾姿勢で止まるリコリオとピリカヤを抱えて後方へと跳ねる。

左右からの奔流。轟音と烈風。

着地した俺の視界を埋めるのは、白と灰色と黒の壁。護衛隊や武装査問官たちも後退していた。全員が事態に混乱しながらも、盾を構えて隊列を組んでいた。

ようやく全景が見えた。立方体と直方体が噴出して、左右から俺の前で衝突したのだ。左右からの包囲網でも同じことが起こっていた。直径数十メルトルの巨大質量の山ができていた。

「間にいた」

俺の左腕に抱えられたリコリオが、呆然とした声を出す。

「兵士や武装査問官さんたちは？」

立方体の合わせ目に赤い線があった。下面から赤が零れ、すぐに豪雨となる。赤い血は床に大きく広がっていく。広がる血には眼球や内臓、骨が混じっていた。

大質量の左右からの圧搾で、十数人の戦士たちが圧死させられたのだ。

呪力が消失し、巨大質量が自重で崩れていく。俺はリコリオとピリカヤを後方へと下がらせ、魔杖剣を前に掲げる。

「道を開けっ！」

俺の怒号とともに、兵士と査問官が砲弾や爆裂咒式を発動。仲間の死体ごと巨大質量の壁を破砕していく。一瞬の躊躇もない練度と覚悟は、さすがの護衛隊だ。

山が崩壊していき、破片と粉塵(ふんじん)の先にトタタ・スカヤの姿が現れてくる。妖女(ようじょ)の顔が無機質に微笑(ほほえ)む。球体水槽内部にある目や口が、異常な配置で笑みを象(かたど)る。

俺は惜しみなく、化学錬成系第七階位〈重霊子殻獄瞋焰覇(バー・イー・モーン)〉の咒式を発動。閃光(せんこう)とともに、生みだされた核融合の炎が通常空間へと転移。死の光が水平疾走。

双頭のトタタ・スカヤが左手を上げる。掲げられた甲羅(こうら)の盾へ光の奔流が着弾。盾ごとトタタ・スカヤを焼きはらい貫く、ことは起きず、凄(すさ)まじい青い閃光が起こる。盾に施(ほどこ)された量子干渉結界が全開発動し、核融合の炎と衝撃波を分解。青い粒子散乱を起こして、消えていく。

無効化されようが、俺も咒式を発動しつづける。転移させ制御しやすくしたとはいえ、核融合の炎は通常物質の融点など遥かに超えている。俺の咒力量と咒式に対し、トタタ・スカヤの盾と咒力の量子干渉能力の勝負となっている。無効化による青い量子散乱の光は強まり、光の爆発となっている。

俺の攻撃を受けている間も、トタタ・スカヤの右手は動き、巨大質量を操る。護衛隊や査問官たちを圧搾し、殺害していく。

十数秒の全力極大放射に俺も限界が来て、咒式を停止していく。眩(まばゆ)い核融合の光と熱が弱まり、消えた。

青い光をまとうトタタ・スカヤの盾が振られ、核融合の炎の残滓(ざんし)が打ち捨てられた。流れていく炎は熱量を保てず、青い粒子となって散って、床の上で消えた。熱波も消えていった。

「いや、待て」

俺はさすがに追撃できなかった。

「第七階位の呪式を量子干渉能力だけで分解するなど、ありえないだろうが!?」

巨大質量で防ぎ、次元呪式で曲げるか、量子干渉結界で減殺することはありえるし、実際に見てきた。だが、ここまで完全に無効化されたことはない。

「この盾は」「我が派のラブリエンヌ公爵閣下から下賜された〈アピオンの盾〉でな」

蒸気をあげる盾の背後で、トタタ・スカヤの双頭が見えた。水槽内部の目と唇、妖女の顔に残忍な笑みが並ぶ。

「少々の呪式は遮断する」

「少々、だと」

核融合呪式を一枚で防ぐという、〈アピオンの盾〉の干渉結界は異常にすぎる。情報生命体である〈禍つ式〉は、呪式が手足となる。実体の手足の延長として武具を製作するのは珍しい。武具からすると、公爵級〈大禍つ式〉は手足を動かす感覚で、核融合呪式を防ぐ量子干渉結界を展開できることになる。

公爵級の一部の力を携えた、大伯爵級〈大禍つ式〉が相手とは、絶望的すぎて頭痛がしてきた。

トタタ・スカヤの右手が振られる。再び周囲の立方体や直方体が浮遊。動いたと見えた瞬間には轟音と爆音。突撃していた兵士や査問官たちが巻きこまれて圧死し、退避していく。一進一退だが、段々と自軍が削られていく。

俺の隣に、上からの影。ギギナが舞い降りてきた。先ではシビエッリとソダン、法院の部隊がプファウ・ファウに射撃をしていた。

「まず数を減らさないとどうにもならぬ。格下の大伯爵から片付ける一手だ」

ギギナが屠竜刀を旋回させ、後方に引いて腰を落とす。全身の負傷箇所に治療咒式が発動していた。プファウ・ファウを初手で抑えただけで重傷となっていた。だが、シビエッリと法院は自ら捨て石となって、最大戦力をこちらに集中させたのだ。仲間の覚悟に応えるしかない。

「トタタ・スカヤは攻防一体で手がつけられない」

俺はギギナへと簡単に戦況を伝える。迷宮の地形変化という防壁があり、さらにトタタ・スカヤの盾が咒式を分解してしまう。俺の手持ちで最大最強の核融合咒式で貫通できないなら、皇宮へ突入した全員にトタタ・スカヤに通用する咒式がない。

「打開策は?」

ギギナは前方で荒れ狂う双頭の魔女を見据える。

「詐術がひとつある」

俺はギギナに告げる。剣舞士はうなずく。俺は左手を振って、トタタ・スカヤの猛威に耐える全軍に合図を送る。皇太子護衛隊と武装査問官たちが前後し、半包囲陣を形成。遠巻きに射撃を開始する。鬱陶(うっとう)しそうに双頭の魔女が盾(たて)で防ぐ。左右から部隊が進軍していく。

直方体が落下し、兵士が頭から足まで圧縮される。立方体が横殴りに査問官に激突し、別の立方体と挟んで圧搾する。

それでも部隊は両翼から進軍していく。中央が手薄になり、俺は再びの〈重霊子殻獄瞋焰覇(バー・イー・モーン)〉を急速発動。迷宮の空間を光の柱が疾走する。

反応したトタ・スカヤが右手を振るう。上から立方体が振り、下からは直方体の群れが急上昇。両者が激突し、中央に防壁を急速建造。俺が放つ核融合の炎が激突。

激しい光の先では、トタ・スカヤの水槽と妖女(ようじょ)の顔に疑念。防壁が受けている核融合咒式(じゅしき)の熱と衝撃波があまりに弱い、というか存在しないのだから当然だ。

気づいた瞬間にはもう遅い。防壁の傍(かたわ)らを、ギギナが駆けぬけていた。

俺が放ったのは、核融合咒式に見せかけた化学錬成系第一階位〈光閃(コヴァ)〉の発光咒式。防壁を構築して視界が塞(ふさ)がれ、光を背負ったギギナの接近が一瞬だけ見えない。

ギギナの背中と足から圧縮空気が爆発。姿が消え、再び見えたときには屠竜刀(とりゅうとう)が右の水槽の鼻に刺さっている。切っ先は後頭部へと抜け、水槽の液体が漏(も)れていく。

「な」

刃(やいば)に貫かれたトタ・スカヤの水槽で、浮遊する目鼻が驚きの配置となっていた。

剣舞士(けんまいし)が両腕を捻(ひね)ると、幅広の刃も旋回した。水槽の頭部が攪拌(かくはん)され、液体と脳漿(のうしょう)が四散。

青とともに跳ねあがった屠竜刀が反転。頭部を失った首から心臓があるはずの胸の中央を切断していく。冷酷な刃は右脇(わき)へと抜けていった。

残った魔女の頭部が悲鳴をあげ、黒髪を振り乱す。大量の青い血を噴出させながら、トタタ・スカヤの体が右と左に分かれていく。巨体が後方へと倒れ、地響きをたてる。青い血と内臓が床へと広がっていく。

誰(だれ)も言葉を発しない。俺の詐術(さじゅつ)とギギナの剣技が完璧(かんぺき)に決まったなら〈大禍つ式(アイオーン)〉も両断するのだ。

遠隔咒式は演算で無効化できても、咒力を直に通したままの刃は無効化できない。咒式時代の剣士の恐ろしさを、ギギナが体現していた。仕掛けて提案したのは俺だが、相棒の度胸には呆(あき)れてしまう。〈大禍つ式〉の伯爵(はくしゃく)級に正面から突撃できるのは、勇気とか思い切りがいいとかではない領域だ。

「おまえ、バカだけど本当にバカなんだな」

「そこは前半が悪口で後半は褒(ほ)める流れだろうが」

ギギナが不機嫌そうに答えて、屠竜刀を旋回。残るプファウ・ファウとの激戦地へと体と刃を向ける。

「次は」

「これは強い」

低い位置から女の声が響いた瞬間、ギギナが後方へと飛ぶ。死体から跳ねた左腕が破裂した。ギギナが盾として掲げた屠竜刀に波濤が激突。五指が刃の表面から四方に跳ねて、内側へと来襲。剣舞士の体に着弾。甲殻甲冑を貫き、血が跳ねた。

ギギナは右肩と左脇腹、左上腕と右手首、右太腿を貫かれて空中で固定された。全身を貫いた触手が四方へと動く。引き裂かれていくギギナが、苦鳴とともに屠竜刀を旋回、しようとした右腕が固定されて動けない。傷口を拡大しながらも、剣舞士の左腕が振られる。血染めの五指が腰の後ろから出た柄を握る。

ギギナの手によって刃が前に閃く。刀身が時計の針のように、連なり展開していく。円盤が自らを貫く五指を剪断して、剣舞士が後方へと跳ねる。

盾ごとギギナが床に着地した。大量の血が遅れて床に零れる。俺は斜め前に滑りこみながら、爆裂咒式を連射して敵の追撃を防ぐ。

爆裂の間に横目で確認すると、ギギナの全身の穴にある触手が量子分解され、青い粒子となって消えていく。空となった穴からは血が零れ、治癒咒式が全開。出血が止まる。傷口も塞がれていく。

「法院で手に入れた〈望郷のセレネディア〉が役に立った」

血染めの顔で語りながら、ギギナは円盤となった盾を畳み、短刀に戻す。刃を腰の後ろへ収納する。ギギナは屠竜刀を盾として体の端や手足にだけ命中させ、体幹や重要臓器に当たらないようにして即死を防いだ。しかし瞬間防御をなす短刀がなければ、ギギナは全身を引き裂かれてほぼ確実に死んでいた。法院の準備と本人の目利きが、紙一重の差で剣舞士を救ったのだ。援護の爆裂咒式を止めて、防壁の背後で弾倉を交換。前方では、分割されて倒れた〈大禍つ式〉の左腕が持ちあがっていた。盾ごと手を一捻りすると緑色の咒印組成式が展開。光の式は体の断面に到達。

次の瞬間、断面から右肩、右腕、続いて水槽の頭部が生えた。間が見えないほどの超回復。

「ここまでやられたのは、あの十三派大戦以来だの」

左の女が黒髪を振り乱して笑い声をあげた。

「〈秩序派〉と〈混沌派〉の子爵や男爵が敗れるのも分かる」

再生された右の球体水槽が、忌々しそうに述べた。

「あれらは強い」

手を床につかず、膝をつかない直立不動のまま巨体が起きあがっていく。

「だが、強い程度ならどうということもない」

直立姿勢になった、妖女と水槽の双頭が結論を出した。左手に盾、右手に杖を掲げて万全の姿勢を示してみせる。

「そんな」「どういう冗談なのだ」「信じられない」

咒式士や兵士たちに動揺が広がる。

「頭と心臓が破壊され、胴体を両断されて生きている生物なんて、聞いたことがない」

あまりのことに呪式士(じゅしきし)や護衛隊が怯(おび)えていた。

「俺は同じ光景を見たことがある」

自分の口からは苦い響きの言葉が漏(も)れた。

「〈大禍つ式(アイオーン)〉は全身が呪式だ。呪式を紡(つむ)ぐ脳の半分以上が損傷しないかぎり、即座に再生できる」

「子爵(ししゃく)級〈大禍つ式〉のアムプーラは頭部を吹き飛ばされてなお、瞬時に再生した。あれは下半身に別の脳を配置していたからだろうが」

ギギナも過去と現在の光景を照らしあわせる。

「トタタ・スカヤが同じ仕組みなら」ギギナの声に苦渋(くじゅう)が滲(にじ)む。「二つの頭部を同時に破壊しなければ、ほぼ無限に再生できることになる」

俺は唇(くちびる)を嚙(か)みしめる。アムプーラは瞬間移動がとんでもなく厄介だったが、その超呪式の一点に演算力と呪力のほとんどを割り当てる必要があった。だからこそ、移動範囲ごと全身を燃料気化爆弾呪式で焼きつくせば、なんとか倒せた。

強くなった俺たちに法院の協力にイェドニスの護衛隊、新しい武具で五割の勝率としたが、見込み違いにすぎた。トタタ・スカヤは攻防ともに凄(すさ)まじすぎる。犠牲を積みあげ、ギギナが決死の踏みこみをして、ようやく頭部のひとつを破壊し、胴体を両断できた。

倒すにはもう一度、しかも二つの頭部を同時破壊するしかない。実現可能性は一割どころか、どこにも見当たらない。

「事態は分かってきただろう」

トタタ・スカヤの球体水槽の目鼻と女の顔が、相似形の微笑(ほほえ)みを浮かべる。

「さて始めようか」

宣言とともに、両手の武具が打ち鳴らされた。打開策すら見当たらぬ強敵に、俺たちは立ち向かっていく。

「よしっ」

リンドは避難民の保護を終えて反転。ミルメオンの援護に向かう。

前方からは〈禍つ式(アルコーン)〉の群れが迫る。人と獣、鳥に魚に昆虫に機械を混ぜあわせた異形の群れは、波濤(はとう)となってナーデンの広場に押しよせる。

リンドは臆せず疾走からの跳躍。空中で腰の二刀を引きぬき、大波の左へと向かう。着地しながらの右の大刀で人面大蛸(だこ)の頭部を切断。その場で回転し、左の小刀で直立する狼(おおかみ)を切り刻む。回転は止まらず、左右の手が乱舞して青い血と内臓を散らせる。

鮮血の間にリンドが目を走らせる。大波の中央は、ただ立っているだけのミルメオンと激突していた。

リンドは主君を見届けられない。魔杖刀(まじょうとう)を振るい、前と左右から迫る〈禍つ式(アルコーン)〉を斬(き)って、斬って、斬りまくる。リンドの右脇腹(わきばら)に飛んできた棘(とげ)が着弾。先からは異形たちが迫る。

「こん畜生ったれが！」

出血と痛みを堪(こら)えながら、リンドは左手の小刀を振り下ろす。切っ先で化学鋼成系第四階位〈風眞大円輪(ヘツカイベラ)〉の咒式(じゅしき)を三連発動。四方に刃(やいば)が突きでた、三つの巨大手裏剣が生まれ、射出。

手裏剣の群れは、広場の石畳を切り裂きながら疾走。駆動する三連の刃が直立歩行する蜥蜴(とかげ)、二つの首を持つ巨人、矛(ほこ)を握る鮫(さめ)を縦に両断。青い血と内臓の尾を曳(ひ)いて、広場を疾駆(しっく)していった。

異形の肉片の雨にリンドは突撃し、刃を振るう。射出された触手によって頬(ほお)が削られ出血。刃を交差させて切断。刃を返して、触手を放った目玉の塊に突き刺す。振りきって脳ごと分割。青い体液が噴出して、リンドの全身を染める。

「ミルメオン様っ」

左第一波の十数体を打ち破り、リンドが左へと顔を振る。そこで風眞(ふうま)忍者の動きが止まる。散歩をするように歩むミルメオンには、百体を超える〈禍つ式〉が殺到していた。

暴風。

触手が千切(ちぎ)られ、鋏(はさみ)が砕かれる。手足が跳ね飛ぶ。首が跳ねられ、空中にある頭部がまた両断される。胴体が破裂し、内臓が飛びだす。すべてがまた破砕されていく。

青い血と体液と脳漿が、豪雨となって周囲に撒き散らされる。投げられた翼を持つ犀や双頭の巨人が、広場の周囲の建物に激突。壁を破砕して肉片となりながらも勢いは止まらず、建物の裏へと抜けていった。

リンドは呆気にとられていた。

殺到する異形の群れは、進むミルメオンの前で分割され、砕かれ、青い霧となっていく。〈禍つ式〉たちがどれほど殺到し突撃しようと、男の左右から背後へと一切進めない。惨劇と平穏はミルメオンの前後で完全に分断されている。

暴風の中心にいるミルメオンが、左手を上下左右に軽く振っていた。

ミルメオンは腕力が握力が、背筋力が脚力が強い。強すぎた。反射神経に思考処理速度が速い。速すぎた。戦闘感覚と判断力が鋭く、鋭すぎた。

ミルメオンが歩み、左手を振るうだけで〈禍つ式〉の頭が吹き飛び、四肢が千切られ、肉体が四散する。周囲に投げられ、壁を破り、屋上を破砕する。異形の波濤は大波となり、小波となっていく。

ミルメオンの足と手が止まると、青い血が振りはらわれる。

広場には静謐。

「〈享楽派〉の精鋭部隊が、倒された、というか削られた？」

最後に残った、鰐の上に人の上半身を持つ〈禍つ式〉も止まっていた。前方には同類の死体の山と量子散乱。虫のすべての複眼には絶対死への恐怖が浮かぶ。

「そんな、一国の首都を落とせるはずの戦力が」

「俺は三カ国を滅ぼしたのだから、一国の首都が制圧できる程度の戦力でどうにかできる訳がないだろうが。おまえらは基本アホだが、算数以前の数の大小も分からないほどのアホなのか？」

ミルメオンが退屈そうに語った。途端に異形は槍と盾を放りだし、反転して逃げる。

「あれだけ人間様に迷惑をかけておいて、逃げるのはないだろう」ミルメオンが息を吐く。

「ちゃんと死んでおけ」

ミルメオンが左手を振りぬく。握っていた巨大甲虫の頭部が砲弾となって飛翔。逃げていく〈禍つ式〉の背に着弾。上半身が吹き飛び、霧散。大鰐の下半身が横倒しになった。断面から青い血液が流れる。

広場は死屍累々。百体を超える異形の死骸と肉片が散乱していた。〈禍つ式〉たちにわずかにあった思考が途絶し、死体が量子散乱を起こしていく。青い光の間で灰となり、輪郭を失い、消滅していった。

ミルメオンは黄金十字印を右肩にかけたまま、左手を軽く振っていた。手についた体液が量子散乱を起こしても、気分が悪いようだった。

リンドは魔杖刀を構えたまま、左から主君の隣に並ぶ。顔には不平があった。

「毎回思うのですが、ミルメオン様の戦いに、私の手助けはいらないですよね？」

主君を横目で見ながら、リンドが問うた。

「ああ、まったく不要だ」

左手を止め、ミルメオンが淡々と答えを発した。予想していたとはいえあまりにも無情な言葉に、リンドの膝が揺らぐ。が、耐えた。

「では、なぜ他の部隊長を差し置いて、私を多く傍らに置くのです？」

リンドが悔しそうに問いを重ねた。

「以前はピリカヤがその重大な役割を果たしていた」

ミルメオンが真面目な声で言った。リンドは自分の前にいたという、第十三部隊長を思い出す。唯一無二の特異な能力を持つが部隊長としては末席で、とくに秘書や補佐をしていたとは聞いていない。リンドの目に気づきが生まれた。

「ということは、私の秘められた力を期待し」

「ピリカヤは去ったが、あれと同じで、リンドはいちいち俺の行動に驚いてくれる」リンドの推測をミルメオンが遮った。「驚き役として、実に重宝している」

リンドは口を引きむすんで、閉口した。流浪の風眞忍軍を率いるリンドが主君として仰いだミルメオンは、誇張なしに今まで見た全人類のなかで最強だと言える。ただし、性格も全人類最悪なのだと確信していた。

先に事務所を辞めてエリダナに行ったピリカヤに、リンドは心の底から同情し、共感した。そして今すぐ戻って自分と交代してほしいと願った。

主君と部下の前と左右から重低音が響く。異形が投げつけられた建物が崩れ、または倒壊していく。次々と倒れて爆煙を撒き散らす。

煙の絨毯が中央に押しよせて、リンドは手を振って払う。

「あとは避難民を」

言いかけたリンドの目は、左で連鎖崩壊するビルの間に人影を捉えた。逃げおくれた老人と子供の上に、建物の壁が落下していく。

リンドが走りだす。疾風に等しい忍者でも間にあわない距離だが、走る。

家一軒ほどもある巨大なコンクリ塊が落下する前で、リンドが急制動をかけて停止する。次に来るはずの爆煙はやってこず、破片もほとんど散らない。

リンドの目が見開かれる。前方ではミルメオンが左手を頭上に掲げ、落下してきた壁を止めていた。壁からは小さな小石や破片が剥落していく。巨大質量が落とす影のなかに、老人と子供がいた。

老婆は孫らしき子供を抱え、固まっていた。最後の瞬間でも孫を守ろうとしていたのだ。

「ばーさん、偉いじゃん」

壁を腕一本で支えたまま、ミルメオンが言った。老婆は目を見開いたまま動けない。自分と孫が今生きていることが理解できなかったのだ。孫である少年はミルメオンを見上げていた。

「今は俺が最強だから守る。だけど坊主、大きくなったら今度はおまえが婆さんと、おまえに続くものを守ってやれ」

ミルメオンが言うと、少年が動く。なんとか顎を上下させてうなずく。

「ではさっさと背後のホテルへ行け。これ」ミルメオンが顎で上の大質量を示す。「たいして重くはないが、もうすぐ壊れる。あと、埃で服が汚れる。この背広はけっこー高いんだ」

ミルメオンが微笑んでみせた。余裕すぎる男の態度で、ようやく老婆が動けるようになった。孫を抱えて瓦礫の影のなかを這う。脱出すると、今度は孫が祖母の手を引いて走っていく。

二人は広場を走る。奥にあるホテルの玄関は開かれ、先に避難した人々が祖母と孫を呼びこんでいる。玄関の手前で、突如として二人は立ち止まる。振り返って、祖母と孫はミルメオンへと一礼をした。

ミルメオンは顎で早く行けとうながした。二人は避難民に迎えられてホテルに入る。扉が閉じられた。内部では歓声があがっていた。

瓦礫を持ち上げたミルメオンを前に、リンドは立ちつくしていた。

「ミルメオン様、が」リンドは信じられないといった顔となっていた。「人を救った?」

「はあ?　当たり前だろ」

巨大質量の下で、ミルメオンが答えた。

「俺は現人類で一番強い。強いやつは弱いやつを守ってやる義務がある」

ミルメオンは右肩に担ぐ黄金十字印を上げ、また肩に下ろした。

「この二つの当然の論理的帰結として」

ミルメオンの口は平然と語った。

「俺に喧嘩をふっかけてくる身の程知らずと、悪いやつ、悪くはないが他に被害を出してしまうかわいそうなやつ、を除いて、俺は俺より弱い全人類と世界しか守らない」

ミルメオンが素っ気なく答え、左手を捻る。家一軒ほどもあるコンクリ塊が飛んでいき、広場の端に着弾。石畳を破砕し衝撃で割れ砕けながら、転がっていき、壁に当たる。轟音とともに停止した。

「な、壊れやすい。あれを壊れないように受け止めた、俺の腕前が凄いんだよ」

ミルメオンがこともなげに言った。左手を振って、粉塵を払う。続いて頭や肩の埃を払っていく。

主君の前でリンドは絶句していた。ミルメオンは傲慢で尊大で嫌な主君だった。しかし、その傲慢さと尊大さで、人類と世界の守護者となることを自分に課していたのだ。

冗談でも嘘でもない。リンドが思い返すと、ミルメオンは悪逆非道をなしたことがない。三千万の人と〈異貌のものども〉を殺害、隔離したことも、全体的破滅と疫病から全人類と世界を守るためだった。

ただ、ミルメオンはなぜか申し開きを一切しない。世界からは、常識外れに強いが同時に歴史上でも有数の虐殺者であると思われている。どのような評判にも平然とした態度が、また世間から非難を受ける。ミルメオンは気にせず人々と世界を救いつづけている。

「あなたはなんという」

リンドは首を小さく左右に振った。

「あー、お説教は分かっている。合理主義の忍者からすれば、俺はなんというバカなのかと言いたいのだろう？」

ミルメオンなりにリンドに理解されたいのか、説明をしだした。

「一応は俺の師匠だったジオルグが、あるとき『あなたはこの世の誰(だれ)よりも強い。強いものは弱いものを守る。この二つからあとは分かりますね』と言ってきた」

不愉快そうにミルメオンが言った。

「気に入らない男だが論理は正しい。正しいことの正しさを押しとおすことが、世界最強者の義務だろうが」

ミルメオンは当然のように語る。そこでリンドを見た。

「言っておくが、これは俺が世界一強い現時点での話だ。もしこの先、俺が世界で二番の強さになったら、一番強いやつだけは守ってやらない。義務はそいつが果たすべきだからな」

「あなたは、なんという」

リンドは同じ言葉を、同じ意味で言った。なんという巨大な愛で、気高い正義なのか。なぜそんな果てのない使命感を果たそうとするのか。どうして自身を他人に理解されようと思わないのか。

同時に、一部の識者やミルメオンを深く知るものが、彼を最後の人類、覚者と呼ぶ理由が分かった。人類の究極に到達し、人類には理解できない理由で人類を救う者なのだ。

「なるほどお強い」

広場に声と拍手が響いた。

ミルメオンが音へと顔を向ける。先ほど投げた瓦礫の山の上に、二つの人影があった。右には甲冑をまとった細長い人影。肩に担ぐのは大斧。柄は長く伸びて電柱ほどもあり、刃は車ほどもある。顔は骸骨の仮面で覆われていた。眼下の奥で鬼火のように燃える目があった。

左には球体のような人影。波のような飾りが全身を螺旋となって覆っている。頭部があるべき場所には、紫の触手が数十本も生えている。うねる触手の先端には人の目がつけられている。

「形式番号五九二、パドリ・リ男爵だ」

右の骸骨が名乗った。

「形式番号四九一、メラテスマ子爵でございます」

頭部の触手を揺らして、怪人が語る。

「ここナーデンで、ようやくミルメオンさんにお会いできました」

　メラテスマ子爵と名乗った異形が、宣告を下した。

「〈禍つ式(アルコーン)〉どもだけでの国盗りは、さすがに無理がある。やはり〈大禍つ式(アイオーン)〉が来るよな」

　恬淡(てんたん)とミルメオンが言った。

「なぜ」リンドが言葉に詰まった。「形式番号持ちの〈大禍つ式〉が二体、同時って」

　リンドの恐怖を無視して、二体の〈大禍つ式〉が瓦礫の山から下りていく。呼応するようにミルメオンが悠然(ゆうぜん)と進む。瞳(ひとみ)には銀の輝きが増していく。


　左から自動車ほどの直方体が疾駆(しっく)。右より小屋ほどの立方体が迫る。

　俺は後方に下がったが、遅れた左足が挟まれようとしていた。反射的に右足で床を蹴(け)って後方宙返り。逆さに見えた床では石材が激突し、音の衝撃波で前髪があがる。冷や汗とともに着地し、即座に右へと横転。左に長い石柱のような直方体が落下し、小爆発。床に蜘蛛(くも)の巣のような亀裂(きれつ)を広げていた。

　床に刺さった石柱に下から稲妻のような割れ目が走り、上空で折れた。背後に下がって、落下してくる岩塊の直撃を回避。石材が割れ砕け、破片とともに粉塵(ふんじん)を撒(ま)き散らす。

　トタタ・スカヤの質量攻撃は、物質の操作という呪式(じゅしき)の基礎の基礎でしかない。だが単純であっても、巨大質量が大量に動くだけで脅威となっていた。

右前では、兵士が家一軒ほどの直方体の下敷きとなって圧死。遠い左では立方体の豪雨が、分隊に降りそそぐ。逃げ場がない査問官たちは盾や防壁で防ごうとするが、巨大質量に対しては無意味で圧死していった。

空中を飛翔していく数人を、上から伸びてきた長い柱の流星群が打ち落とす。衝撃で即死した飛翔部隊が落下していき、床で血肉の赤い花を咲かせていった。

異常空間の各地で、白と黒と灰色の質量が荒れ狂いつづける。中央に左右と分けた突入部隊はもはや陣形になっていない。かろうじて敗走せずにいるだけだった。

先では所員たちも奮闘している。リドリとリプキンが斧と鎚を振るって、迫りくる質量を破砕していた。リコリオやピリカヤ、ニャルンといった軽量級は、接近しようとしては壁に阻まれて後退している。

前線ではテセオンが長刀と数列咒式による斬撃を振るい、巨大質量を切断しつづけている。先に直方体を大盾で弾くデリューヒンの横顔が見えた。歴戦の軍人の目が俺を一瞥して前に戻る。

一瞬だけ見えたデリューヒンの目にあったのは、危機感と撤退要請。彼女が示したように、現状は敗戦が秒読み段階だ。

死者があと数十人出れば、いくら皇太子護衛隊や法院の武装査問官であっても、心が折れる。戦線を投げだして逃げる。逃げても異常空間では意味がないが逃げる。逃げればトタタ・スカヤの質量攻撃が乱打され、壊滅。全員が死ぬ。
俺が打開策を出さないと死ぬ。だが、どこにあるのか。
爆音が鳴り響く。視線を向けると、空間の奥で爆発に雷光、火炎に砲弾に狙撃が連なっていた。

破壊の連鎖の先では、白背広に青い長外套のプファウ・ファウ侯爵が跳ねている。進路を塞ぐ重量級査問官の群れに跳躍で到達。独楽のように回転。手袋に包まれた両手は、受けた盾ごと人体を両断する。

血の尾を曳いて、プファウ・ファウが縦回転。革靴の足が査問官の頭部を破砕。胴体に埋まる。死体を踏みつけ〈大禍つ式〉が跳ねる。長外套をなびかせ、惨劇の孔雀が飛翔。縦横の回転によって、査問官たちが切り裂かれていく。

プファウ・ファウは外部への咒式を使っていない。単に素手と身体能力だけで完全装備の兵士や武装査問官たちを圧倒している。まさに死孔雀であった。

血の暴風となった死孔雀にシビエッリが追いすがる。決死の顔で法務官が両手を交差させる。左右の魔杖短剣には、赤光によって複雑な咒式が紡がれる。双剣が前に出されるとともに、咒式が放射。赤い光による数列が空間に広がっていく。自己相似形を自己相似形で無限に繰り返す。光の縛鎖はプファウ・ファウを捕らえる。

まとわりつく〇と一の数列に〈大禍つ式〉は鬱陶しそうに腕を振るう。しかし数式は破壊できず、払えもしない。数式が増大して空間を埋めつくし、プファウ・ファウを閉じこめていく。〈大禍つ式（アイオーン）〉が危機を感じて、払おうとする右腕が止まる。数式は白背広から手袋にまとわりつき、プファウ・ファウの右腕の動きを封じていた。振りはらおうとする左手も鎖（くさり）で縛られたかのように、すぐに止まる。

「これは」

プファウ・ファウも当惑の声を出した。人体を紙のように引きちぎる腕力と脚力が封じられたことが、信じられないのだろう。

シビエッツリが使った、数法式法系第七階位〈万華律法縛封絶鏡（シュミ・ハザ）〉の咒式（じゅしき）は、特別捜査官のハーライルが開発した、捕縛拘束咒式の最上級のひとつである。無限相似形による数学的欺瞞（ぎまん）なので、物理的な動きはほぼ封じこめられる。死闘の上に散ったハーライルの遺産で、俺の胸に哀惜（あいせき）が去来する。

ただし、あの咒式の発動中は膨大な咒力を消費しつづけ、使用者自身も動きが制限される。

シビエッツリは双剣を構えたまま、部下の査問官たちが戦列を連ねていく。

「さぞかし凄（すご）い咒式なのでしょうが」

プファウ・ファウが赤い光の牢獄から右腕を出す。白手袋に包まれた手が式を摑（つか）む。指の間で数字が崩壊し、光を散らす。

「象と蟻（あり）ほどの力の差があります」

　プファウ・ファウは持てる咒力と演算力で解咒にかかる。莫大な咒力で〈万華律法縛封絶鏡〉の式そのものに干渉しようにも、無限に繰り返される自己相似形を解析しきることはできず、無効化にも強い。

　理論的には分解できないはずの数式に亀裂が入る。崩れて量子散乱を起こした。侯爵級〈大禍つ式〉は、桁外れの咒力と演算力の力業で不可能を可能にしようとしているのだ。

　赤い数列の牢獄から、白い鳥の仮面が覗く。黒い眼下の穴にある青い燐火は、人の無力を嘲笑っているかのように見えた。

「力押しには、力で返すっ！」

　裂帛の気合いでシビエッツリが咒式を重ねる。崩壊場所は重ねられた数列で補強。周囲の査問官でも数法系の十数人がシビエッツリの式に参加する。

　プファウ・ファウはまたも赤い数列の牢獄に囚われる。〈大禍つ式〉が再び内部からの干渉圧力を上げ、式を分解。シビエッツリと数法系咒式士がさらなる数式を重ね、自己相似形の牢獄を再建する。

　空中の両者による牢獄の破壊と再生が続く。

　咒式を重ねつづける、数法系咒式士の一人が膝をつく。口から大量の吐血とともに倒れた。続いてまた一人が顔を両手で押さえながら、後方へと倒れた。

　先頭のシビエッツリの口から血が噴出する。血を拭うこともせず、法務官は咒式を再構築しつづける。鼻から血が流れる。頭蓋内の毛細血管が破裂し、目から血涙が零れる。

シビエッリと査問官たちは脳と神経系を焼き切るほどの演算力を駆使し、プファウ・ファウを足止めしているのだ。シビエッリはハーライルに近い使い手だが、武装査問官たちは遠く及ばないため、また一人が倒れた。命を削ってなお足りないのだ。

しかし俺はシビエッリたちを止めない。声もかけない。〈大禍つ式〉二体が合流した瞬間、俺たちは全滅する。法院の決死の覚悟を尊重するなら、彼らの命が尽きる前にトタタ・スカヤを撃破すべきなのだ。

痛みを堪えて、俺は前に出る。主力部隊が向かっている戦場へと再び進む。直方体の槍が左右から兵士を圧死させていく。立方体の流星雨が戦士たちに降りそそぎ、命を奪っていく。

だが、血と死を越えて、ギギナが屠竜刀を振るい、テセオンとデリューヒンが前線を押し上げている。イエドニスが刃を掲げ、皇太子護衛隊がトタタ・スカヤへと再接近していた。盾の異常な無効化力を無視できる、接近戦に持ちこめば活路が見える。

「小蝿に集られると面倒じゃの」「じゃの」

トタタ・スカヤが杖ごと右手首を捻る。上に落ちる影。天井から立方体や直方体が下がってきた。すべての質量が空間の中間地点へと向かう。

広間に巨大な影が広がる。影を落とすには光を遮る物体がある。先を行く兵士や武装査問官も足を止め、見上げてしまった。俺も呪式を止め、上空を見上げてしまった。

三〇〇メルトル上にある天井から、巨大質量が生まれようとしていた。天井の素材を使って半球が生成され、ついに抜けでる。

空中には巨大な球体が誕生していた。天井から採取しそこなった石材と、球体の下面から零れた瓦礫(がれき)が大地に落ちていく。床に落ちて砕ける破片ですら巨大だった。

浮遊する歪(いびつ)な球体が視界を埋めるため、知覚眼鏡(クルークブリレ)で計測する。直径二〇〇メルトルほどもあると出た。完全な球ではないため誤差はあるが、単純に考えても四千四百万トーン以上の巨大質量だ。

「不完全ではあるが、化学錬成系第七階位〈極星辰崩落壊殲来(アーズ・テーリア)〉の呪(まじな)いである」

トタタ・スカヤの双頭が笑声を唱和。呪式名を聞いただけで、俺はよろめく。〈極星辰崩落壊殲来(アーズ・テーリア)〉の呪式は〈古き巨人(エノルム)〉の王たちが使い、のちに人間たちも再現しようとした呪式だ。効果としては、ただ単に質量を呼びだし、落下させるだけである。本来は直径三〇〇から五〇〇メルトルもの巨大質量を生みだすので、本人が言うように不完全である。

しかし、不完全だろうが、これほどの大質量が叩(たた)きこまれれば、どのような防御も無意味。俺たちを全滅させるには過剰なくらいの威力がある。完全と不完全版はともにかつて大陸戦争でも使われ、いくつもの街や市を壊滅させた準戦略級呪式だった。

高位呪式士たちが数十人がかりで時間をかけて発動する準戦略級呪式を、個体でしかも一瞬で展開しやがった。大伯爵(はくしゃく)級の〈大禍つ式〉は、さすがに〈古き巨人〉の王には及ばずとも、近いことを可能とするのだ。

「潰れろ」

双頭のトタタ・スカヤが杖ごと右手首を捻る。連動して、浮遊していた巨大質量が斜めの降下を開始する。

トタタ・スカヤに迫っていた全員が高速離脱していく。疑似惑星にかかる力はほぼ重力加速度だけだが、逃げ場がない。当たれば即死。直撃しなくても、破片が巨大すぎて巻きこまれて圧死。

俺は逃げる足を止めた。迫る死を正面から見るしかできない。左右から体温。リコリオとピリカヤが寄ってきていた。リコリオは目前の死に震えていた。ピリカヤは拒否しない俺に満足そうだった。最期なら良いだろうと、二人を両手で抱えてやる。ああ、ジヴにどう謝ろう。

見上げている巨大質量に光点が灯る。疑似惑星に光の線が当たっていた。熱風が吹きよせ、二条の光が重なっていたことに気づいた。重なっていた光は上と下に分かれる。膨大な熱量が疑似惑星の表面を上下に走っていき、床と天井へと去った。

線に沿って、上空の球体が左右に両断された。断面からは溶岩が零れる。だが、切断されただけであり、巨大質量は斜めの落下軌道を変えない。

「合わせて爆発させろ！」

横からの声とともに、人影が駆けぬけた。先にある疑似惑星の切断面の奥に、咒式の光が見えた。俺も〈晶轟爆花散華(フラウ・ローズ)〉の咒式を最大出力で二重展開。兵士や査問官たちも爆裂咒式を展開。疑似惑星の断面で数十もの爆裂咒式が発動。爆裂と轟(とどろ)く重低音。切断面の内部から凄(すさ)まじい爆音と爆風が噴出。

惑星の左半分と右半分の間での爆裂咒式で、わずかに軌道が変化。俺たちの左右上空を越えていく。思わず目で追うと、背後へと流れ落ちていく。左断面の着弾と同時に大地震。誰(だれ)も立っていられず、床に伏せ、手をつき、刃(やいば)を立てて耐える。続いて右の半球が落下し、激震。粉塵(ふんじん)と轟音(ごうおん)が俺たちに押しよせ、視界を埋める。

爆煙の間に、崩壊しながら左右の半球が後方へと転がっていく。構造材である立方体や直方体が瓦解(がかい)し、大地へと零れながらも回転していった。床を破砕し、転がり、流れていく。右半球が転倒して爆音とともに、崩れ去った。続いて左半球が耐えられずに崩壊。再び粉塵を撒(ま)き散らし、瓦礫(がれき)となっていった。

轟音のなか、俺はリコリオとピリカヤを手放しながら立ちあがる。リコリオは残念そうに、ピリカヤが抗議の声をあげるが、今は放置。背後からの爆煙も無視する。

前方で渦巻く白煙のなかに眩(まばゆ)い光。疑似惑星を両断した光の翼が収縮していく。光は双剣の先へと戻り、消えた。

赤い長髪が獅子(しし)の鬣(たてがみ)のように熱風で暴れ、やがて下りていった。俺はこの咒式と後ろ姿を知っていた。

「ゆっ」

　信じられないが、事実だ。

「ユシスっ！」

　思わず俺の口が叫んでいた。

「今度は逆となったな」

　ユシスが横顔で俺を見た。言われて気づいたが、前に後皇帝の式典に乱入したのは俺たちで、今回乱入してきたのはユシスと立場が入れ替わっている。皮肉だが、どうでもいい。

「なぜここにっ」

　感情を乗せずに問いたかったが、無理だった。

「〈享楽派(ヴォルスト)〉の〈大禍つ式(アイオーン)〉どもは、我ら(われ)の計画を乗っ取った敵だ」ユシスは前に顔を戻していった。「倒せる機会は、兵数がある今しかない」

　ユシスの眼差し(まなざ)の先、大空間の中央にトタタ・スカヤが立っていた。左の頭部から右脇(わき)へと両断され、蒸気をあげている。半分となった妖女(ようじょ)の左半分の顔には、凄(すさ)まじい怒りがあった。トタタ・スカヤは影に沈んでいた。見上げると、上空には再びの疑似惑星が展開していた。発動者と同様に球体にも縦の線が刻まれていた。

　双頭の魔女が両手で体を抱きしめ、分割を防ぐ。同時に上空で両断された疑似惑星で量子散乱が起こり、呪式(じゅしき)は解体。膨大な青い量子が豪雨となって床へと降りそそぎ、床に触れる前に消えていった。

最初の疑似惑星を両断したと同時に、ユシスはトタタ・スカヤと次弾も光の翼で切り裂いていたのだ。

受け入れがたい事実だが、俺たちはまたもユシスに命を救われていた。

ユシスの奇襲によって、生存者が体勢を立てなおす。再び包囲陣形を作っていく。

「さすがに、これは痛かったわな」「慌てず盾を使えばよかったのだよ」

トタタ・スカヤは頭部と全身分割からの再生を終えた。必殺の一撃を放ったはずのユシスも追撃できずにいた。俺もギギナも前進できなかった。

「これが」

思わず口から畏怖の言葉が零れた。

「伯爵級の〈大禍つ式〉か」

「強いとは予想していたが、桁が違ったな」

ギギナも苦い言葉で同意した。伯爵級〈大禍つ式〉であるトタタ・スカヤは、頭部を破壊し、体を両断しても、即死するどころか、瞬時に修復する。周囲の地形を変える子爵級〈大禍つ式〉の一段上の力で、広範囲に天変地異を起こしてくる。迷宮空間と疑似惑星咒式から、最低でも直径三〇〇メルトル以内の通常物質のすべてを支配下における。

高位咒式士である精鋭の兵士に武装査問官がそろい、到達者と呼ばれる十三階梯の咒式士が多くいて、十四階梯(かいてい)の俺や十五階梯のギギナまでいる。しかし、大伯爵(はくしゃく)級〈大禍つ式(アイオーン)〉の桁(けた)違いの力押しに、戦うどころか戦線維持だけで精一杯となっている。相手も不死身に無敵ではないと理屈では分かっても、俺たちや人類が勝つ道が見えない。

「そろそろ片付けるかの」「遊んでいられない」

トタタ・スカヤの双頭が唱和し、両手を広げる。途端に天井から地響き。一辺数十メルトルもの直方体が落下してくる。

床に激突し、破砕。大音声と爆風を撒(ま)き散らす。長さ一〇〇メルトルはある柱が傾いてくる。倒れて爆発を起こす。柱の破片ですら数メルトルから十数メルトルの岩塊で、巻きこまれた兵士や査問官が圧死していく。濛々(もうもう)とした爆煙と砕ける破片の間でギギナが跳躍。破片から瓦礫(がれき)を飛びわたって回避していく。ユシスも双剣をひっさげて、落下し隆起する質量の間を疾駆(しっく)する。

不吉な音が連なる。天井からは次の、さらに次の直方体が落下してきていた。落下し、床に着弾して大爆発。

床に広がる爆煙の間を水平に貫き、立方体が驀進する。進路には数人の兵士がいた。危険だと跳ねようとした刹那(せつな)、上からの直方体が着弾。空中で岩塊が激突し、兵士たちごと爆散。血と肉と瓦礫の豪雨が降ってくる。

俺も〈斥盾(ジルド)〉の盾(たて)を掲げて、必死に散弾を回避する。前方では盾を掲げた兵士に、家ほどの巨岩が落下。防御などなんの意味もなく圧死。砕けた岩の散弾を俺も盾で受ける。衝撃で盾ごと押されて後方に着地する。

前方では、天井が落下し、床が上昇し、左右から立方体が吹き荒れる、阿鼻叫喚の惨状が続いていた。

莫大な呪力(じゅりょく)からの巨大質量の連打は、呪式の対応を無効化してしまう。一秒ごとに兵士が、査問官が、仲間が死んでいく。

俺の周囲には四方から生存者が集っていた。本陣というより、避難地だった。全員の顔に絶望があった。前から跳躍してきたギギナも着地し、踵(かかと)で床を削って止まる。甲殻鎧(こうかくよろい)は各所で割れ、血が流れていた。ギギナほどの剣士であっても連打される大破壊を回避できず、いずれ死ぬしかない。

「あんな怪物を、誰(だれ)がどうすれば倒せるのですか」

大破壊を前に、リコリオが言葉を零(こぼ)した。周囲にいる俺やギギナ、所員に護衛隊に武装査問官の誰も答えられない。轟音(ごうおん)のなかで俺たちは沈黙に沈んでいた。

「誰かがどうすればじゃない！」

ドルトンが叫び、全員が注視する。背の高い青年は、長槍(ちょうそう)で飛んでくる瓦礫を払った。

「私たちでどうにかするんです！　家族や友人の元に生きて戻るためにっ！」

重ねてドルトンが怒号(どごう)を放ち、長槍で飛礫を切り払う。気づいたが、ドルトンは一人称も各場面で俺、僕、私と変遷してきている。死闘を乗り越え、変貌してきた青年を見て、俺は小さく笑う。

「ドルトンの言うとおりだ」俺なりにドルトンの意志を翻訳していく。「俺たちアシュレイ・ブフ&ソレル咒式士事務所は、激戦に死闘に苦境が当たり前。逃げたことはあっても、生存を諦めたことなどない」

絶望的事態に絶望的になってどうする。息絶える瞬間までふざけて、道を探すべきだ。

「やるぞ！　俺たちはおとなしく殺されるためにここに来たわけではない！」

俺は気合いをこめて叫ぶ。

「今は打開策がなくても、思いつくまで戦え！」

似合わない俺の烈火の言葉を聞き、咒式士たちの顔に驚きが満ち、続いて闘志の表情となっていった。続いて護衛隊に武装査問官たちも納得の表情となる。全員が再び武具を構えなおし、陣形を形成していく。

今の俺や周囲が打開策を思いつかなくても、誰かが思いつくまで少しでも一秒でも時間稼ぎをするしかないのだ。俺は横目で先のドルトンを見た。仲間内でも、真面目な青年は一番強い咒式士ではないし、一番の策士でもない。しかし、真面目さゆえに事務所の精神的支柱となりつつある。内心でドルトンに感謝しておく。

右からの爆音。石材が切断され、左右に倒れた。間には、双剣を構えたユシスが立つ。顔から長外套まで、本人と他人の血の斑点が描かれている。

「そこの背の高いやつとガユスの言うとおりだ」

重傷であっても、知覚眼鏡の奥にある青い瞳は前を見据えていた。

「ガユスよ、私に協力すればトタタ・スカヤを倒せると言ったら、やるか？」

爆音と轟音の間で、ユシスの言葉が紡がれた。俺の内心に反発心が膨れあがる。それでも仲間の命を救う道があるなら、選ぶべきだ。必死に激情を抑える。

「それが本当なら」俺は疑問を口にする。「ワーリャスフと皇宮から脱出するとき、なぜやらかった？」

「ワーリャスフは他者を利用することができても、どうしても協力ができない人格なのだ。自己犠牲はもっとできない」

血染めの横顔でユシスが苦笑してみせた。

「もっともだ」

死闘のなかで俺も苦笑する。二千年の魔人であるワーリャスフと組むのは、ユシスであっても困難なのだ。だが、弱い俺たちだからこそ、普段から必要であるため、協力や連携を可能とする。

「計画は？」

「トタタ・スカヤの頭部を同時破壊できる近距離に私が近づければ、勝つ可能性がある」

「それこそ難題だな」

俺の口も歪む。トタタ・スカヤに近づくほどに攻撃密度が上がり、死傷率も跳ねあがる。だが、現状はどうにもならない。全方面から轟音と爆音とともに、友軍の断末魔と悲鳴が響く。トタタ・スカヤが操る迷宮の壁や床の天変地異で鎧や盾の防御も無意味とされ、大量死が起こっている。

事態を打破する方法が示され、時間稼ぎの意味は消えた。今度は俺が迷う一秒ごとに、十数人の死者が出る。すでに百人以上が死亡している。答えはひとつしかない。

「どれくらいの距離まで送ればいい？」

「一秒、可能であれば一〇メルトル以内まで近づきたい」

ユシスの答えに、俺は呆れてしまう。周囲のものたちも唖然としている。ユシスを守ってトタタ・スカヤに一〇メルトルまで接近し、一瞬だけ注意を逸らすには、犠牲が多く出ることが前提となる。

「だが、ユシスの策に乗らないなら、このまま全滅する」

俺は自他の犠牲を理解し、なお前に進む。

「行くぞ」

「応！」

死が前提の指令に、誰も反論しない。即座にギギナとニャルンが先行し、デリューヒンとリューヒン姉弟と元軍人たちが壁となって歩む。やや後方を俺が進む。傍らにはユシスが併走し、双剣に咒式を紡いでいく。後方に仲間が続き、右に皇太子護衛隊の精鋭、左に法院の武装査問官が広がって一斉に進軍する。

中央と左右で進み、どこかがトタタ・スカヤに届けばユシスが追随し、必殺の咒式を浴びせる、と指示しなくても全員が理解している。

俺とギギナにメッケンクラートの訓練と実戦を繰り返したことで、全員に意志が通っている。法院の武装査問官と皇太子護衛隊は練度が高い。これ以上の友軍はない。

前と左右からの咒式がトタタ・スカヤに襲いかかる。砲弾に投槍、火炎に雷撃も、鬼面の盾が喰らって消滅させる。

床が急上昇して、地形が変化しつづける。上からは再び立方体に直方体が降ってくる。石材と破片が当たれば、鎧も盾も関係なく人々が圧死する。相手を一撃で倒す大技はまずいきなりは当たらない。牽制や詐術がどうしても必要だ。しかしその最初の一手が圧倒的な〈大禍つ式〉の力の前に成立しない。

ユシスを必殺の間合いに運ぶための突破口がない。

「退け退け退けっ」

声を見ると、テセオンが走ってくる。急停止して、長刀を背後に引く。前の無銘の魔杖長刀ではない。法院の保管庫から拝借してきた、大業級魔杖長刀〈大般若奈牙光改〉は、長く禍々しい刀身を見せていた。

「俺が活路を開くっ」

叫ぶ青年の背後には、モレディナが続いて呪式を展開。背後から電送されてきた情報が、モレディナの見慣れぬ魔杖剣から組成式となり放たれる。組成式はテセオンの頭上へと流れていき、〇と一の数式による円筒が発現。瞬時に回転を始めると、熱波が周囲に撒き散らされる。

モレディナの呪式は電磁雷撃系第二階位〈演換算〉の呪式だ。呪式に必要な演算力を引きだす宝珠に、外部からの演算力を足すという補助的な呪式だ。見慣れぬ魔杖剣は、法院で手に入れた一品、たしか〈死に損ないのオデアイト〉と言っていた。

「確実に呪式を強化するが、それでは」

演算力が多少上がっても、現在の状況で意味があるとは思えない。俺からの難点の指摘に、テセオンが不敵な笑みを浮かべる。長刀に上の円筒組成式からの式が絡みついていく。

「この呪式には溜めがいるので、ちょっち解説するわ」テセオンが言っている間にも、長刀に組成式が形成されていく。「前に箱頭のハイパルキュとやったとき、あいつの複製を全滅させた、レメディウスとバーディオスの演算装置があっただろ？」

言われて、ラズエル社の研究施設に残っていた巨大な球体が思い出される。

「で、考えていたのだけど、アブソリエル六大天の結界師ドルスコリィの話を聞いた。あの人、マジで凄いことをやっていた」同じ系統の先人にテセオンが敬意を抱いていた。「で、完全に分かったんだ」

言ったテセオンの魔杖刀に演算力に導かれた咒力が集中していく。俺は青年の並べた要素から、発想に気づいた。

「そうか、なんてことを考えつくのだ」

「演算装置のほうは沈黙したけど、ヤークトー爺さんと研究者たちが一部を復旧させた」テセオンの発する咒力が爆発的に上昇していく。「多少の演算力の上昇では意味はねえが、あの超々クソデカ玉の超々演算力と数法系咒式士の俺をつないだら、どうなると思う？」

テセオンが引いている長刀に、赤の組成式が絡みつき、巨大な咒式を展開していた。放たれている咒力と組成式が莫大すぎて、周囲から咒式士たちが離れていく。

「おおおお、これ〈大般若奈牙光改〉がなかったら、一瞬で脳が沸騰してたぞ⁉」テセオンの髪が、増幅された自らの咒力によって逆立つ。「計算間違ってなくて良かった！」

テセオンが爆発的な成長をしていても、あれほど莫大な演算力とそこからの咒力にはまだ耐えられない。法院から取ってきた大業級の魔杖長刀が、不良青年の命を救っていた。本人の計算にリコリオの目利きもあっただろうが、最大の幸運を摑んでいた。

テセオンの双眸は、前に向けられる。吹き荒れる〈大禍つ式〉による破壊の暴風雨があった。黒い目には赤い炎の残光が宿る。

「で、式典でドルスコリィがやっていたことを延長するとっ！」

テセオンが長刀を振りかぶる。

「こうなるんだよっ!!」

テセオンが長刀での突きを繰りだす。刀身に絡みついた組成式は、連なる螺旋の嵐となって前方へと放射。

前にあった立方体を貫き、先にあった直方体の壁を消滅させて疾走。幾重もの防壁を貫いた○と一の数式は、トタタ・スカヤに殺到。防壁の死角を貫通してきた数式に〈大禍つ式〉が瞬時に〈反咒禍界絶陣〉を展開。嫌になるほどの反射能力と、油断のなさだ。結界に数式が直撃し、青い閃光の爆発が起こった。

「な」「ん」

トタタ・スカヤが重なる驚きの声を発した。〈大禍つ式〉の干渉結界が紙のように分解され、着弾した右脇腹から胸、杖を握る右腕、右腹部に右太腿までが消失していた。

消失した部分が大きすぎ、双頭の魔女が左の盾を床に突きたてて体を支える。

「なんだこれは！」「なんなんだこれはっ⁉」

大伯爵級〈大禍つ式〉の驚きの声が、疑似異空間に響く。それは驚くだろう。なにしろ演算力において情報生命体の〈大禍つ式〉が人間に力負けしたなど、初体験かつ初耳のはずなのだ。

原理は単純明快だ。数法系咒式である〈反咒禍界絶陣〉やその系列は、咒式による物理現象や式そのものに干渉し、書き換えて分解する。六大天の結界士、ドルスコリィが示した道だ。

さらにテセオンはモレディナの仲介によって、外からレメディウス&バーディオス演算装置の演算能力を借り、式そのものを数学的に無意味にして分解することを思いついた。

直撃すれば、咒力を帯びない物質は硬度や分子間結合力を無視して分解する。だがしかし〈大禍つ式〉に着弾した場合は、命中すれば傷つくどころか消滅する。数学的な消滅は、トタタ・スカヤですら瞬時に回復ができないほどの深手と、浸食性を持つ。

超演算力を返還し伝達するモレディナの協力がないと発動できないが、対〈禍つ式(アルコーン)〉にあっては強力すぎる咒式だ。

「これ、すっげえだろ？」蒸気を帯びた長刀を引いて、テセオンが得意げに言ってみせた。「名付けて数法数式系第七階位〈仏血義理手背恩砲(テーセー・オーン)〉だっ！」

咒式発明者は命名権を持つが、よりにもよってテセオンが発明してしまったので、伝統と形式無視の最悪の名前となっていた。背後では、仲介したモレディナが苦笑し、手で鼻と口許の血を拭(ぬぐ)う。

テセオンの潜在能力は末恐ろしい。通常の系統を超えた特異点系咒式は、数法系や重力系から発展していき、飛躍から発現することが多い。

もし、恵まれた家に生まれ、正規の咒式教育を受けていたら、今ごろのテセオンは俺やギギナを超えていたかもしれない。だが、実戦を重ねたからこそ、希少な数法系の前衛、識剣士となっている。

メッケンクラートは街の不良に、こんな才能があるのだと見抜いていたのかと改めて感心する。

「だが、一撃で倒されぬかぎり」

声に目を戻すと、双頭の魔女が強引に体の穴を再生していく。

「我はいくらでも復活できる」

トタタ・スカヤは双頭ゆえに演算力もおそらく通常の倍。鉄壁の守りの上に再生能力が高すぎる。テセオンの超咒式があっても倒せない。

「モレっさん！　行けますか!?」

前に走りながら、テセオンが背後に呼びかける。

「モレっさん呼び、気に入っているのか！」

追走しながら、モレディナは演算力を転送しつづける。顔には苦痛が満ちていた。現時点での人類最高峰の超々演算装置からの超々演算能力を受け、テセオンが使えるように調整するには、正確無比の制御が必要だ。法院の逸品〈死に損ないのオデアイト〉の助けを受けても、モレディナの能力の限界か、超えている。一回が限度だと言っていた彼女本人の予想が正しい。

「だけど大丈夫！　行ける！」

モレディナの返答で、テセオンが加速。レメディウスなみの演算を媒介しつづけて、モレディナが大丈夫な訳はない。しかしやるしかないのだ。

「んじゃま二発めえええっ！」

テセオンは前に走りながら、長刀を繰りだす。螺旋(らせん)の式が再び放たれる。

「あれを連発できるのかっ!?」

トタタ・スカヤもさすがに威力を警戒し、腕の一振りで質量の嵐を降らせる。迫る立方体に直方体の流星雨に、テセオンの放った咒式が振られる。数式の巨大な刃(やいば)は物体をすべて消し、振り下ろされる。

双頭の魔女は完全防御姿勢で、盾(たて)を構える。

「おまえも人間界に長くいるのだろうが、ベイルス競技を知ろうとしなかったな？」

テセオンが不敵に笑った。

「変化球ってのがあるんだよ！」

宣告とともに、落ちていく数式はトタタ・スカヤの手前で右に曲がって、すぐに左へと直角に曲がる。盾では間にあわないと、異形は跳ねて後退しながら瞬時に〈反咒禍界絶陣(アーシ・モダイ)〉を三重展開。曲がっていく数式は三重結界を一瞬で破壊し、追尾軌道で逃げる本体に直撃。〇と一の数字が大量に散る。

「おおおおおっ!?」「二回曲がって追ってくる、だと!?」

再生したばかりのトタタ・スカヤの右腕から胸、球形水槽の頭部までもが、再び問答無用で消失した。断面から零(こぼ)れる青い血も、咒式の余波で量子散乱を起こしていく。均衡を失ってトタタ・スカヤが一歩を引いた。

「これは痛すぎる！」「ありえない、ありえない!?」

トタタ・スカヤの妖女の顔には焦りと怒りがあった。防壁も無効化も、自身の体の強靭さすら無意味にする攻撃は〈大禍つ式〉にとってもなすすべがない。ベイルス競技の投手が投げる変化球のように、軌道変化も自在にできてしまう。レメディウス&バーディオス演算装置を上回る演算力を持たない〈大禍つ式〉なら、完全封殺できてしまう超咒式なのだ。

ただ、ベイルス競技にも二回曲がってしかも追尾してくる変化球はないからな、と俺は内心で突っこんでおく。たとえ変化球の概念を知っていても回避できる訳がない。

「おっげええ、ずれた！」

疾走しながらテセオンが叫ぶ。〈大禍つ式〉は盾と結界で防御しながら、予想軌道から身を引いていた。元の場所にいたなら、双頭ごと上半身が消滅。一発で決着がついていた。

強力すぎる咒式だが、発明したばかりのテセオンでは軌道変化と追尾まではできても、正確な軌道修正が間にあわなかったのだ。

しかし戦果は充分すぎる。右頭部の再生までトタタ・スカヤの力は半減。長刀を抱えたテセオンと、演算力を転送しつづけるモレディナを追って、全軍が進んで間合いを詰める。

「調子に」「乗るなよ」

トタタ・スカヤが再生して、盾と杖を構える。莫大な咒力を集中し、必殺の迎撃態勢となる。

防げないなら先に殺すしかないのだ。

降ってくる巨大質量を、残る全員で防ぎ、破壊し、テセオンとモレディナを守る。二人の咒式以外に打開策がない。

先頭を進むテセオンだが、全身から湯気が噴出している。柄を握る両手は焼けただれていた。強力すぎる咒式だが、計算と発動によって、銃身である魔杖刀とテセオンが過熱してきているのだ。

「モレっさん！　まだ行けますかっ⁉」

前進しながらテセオンが叫んだが、足取りは遅くなっている。テセオンは前衛の耐久力と根性で耐えているが、咒力が落ちている。すでに魔杖刀の切っ先の組成式が明滅し、消えかけている。

起点であるモレディナは、鼻どころか目からも血を流していた。進める足が止まり、膝をついた。彼女が前もってした咒式の計算は正しく、限界などとっくに超えている。無理だ。

「ここで超回復っ！」

モレディナの後方から、トゥクローロ医師の叫び。医師は魔杖短剣から咒式を発動。緑の組成式が螺旋を描いて、モレディナの背中に到達。同時にテセオンの背にも着弾。生体生成系第五階位〈胚胎律動癒〉の二重発動。モレディナの出血が止まり、傷が修復。テセオンの消耗も回復していく。

高位治癒呪式を同時発動したトゥクローロが膝をつく。左右から武装査問官が支える。疲労しきった呪式医師の顔には、満足そうな笑みがあった。二人の闘志にトゥクローロも限界を超えた援護をなしたのだ。

「これ以上ない時期の最高の援護、さっすがトゥクローロさん！」

背から治癒呪式を受けたモレディナは再び立ちあがり、前へと一歩を踏みだす。続いて一歩、即座に疾走を再開する。前にいるテセオンの魔杖刀の先で呪式が光を取りもどす。

「おおおおおっ、漲るぁあああっ！」

背を逃しながらテセオンが叫ぶ。魔杖刀では、超呪式が再構築されていく。テセオンとモレディナはさらに前へと進む。

「テセオン、いちいち私の状態を確認するなっ！」

疾走しながら、モレディナの気合いの入った声が飛ぶ。トゥクローロ医師の治癒呪式で回復したが、あくまで応急治療。呪式を支える脳や神経系、呪力まではすぐには戻らない。それでもモレディナの顔には凶暴な笑みがあった。かつて自らの恋人を殺された、世界の理不尽への敵意だった。

「私が全力でテセオンを支えてやるっ！　支えてやれる間は、おまえはこの場で最強だっ！」

「覚悟に甘えて、ここはまたまた調子に乗らせてもらうぜっ！」

モレディナの決死の叫びで、先頭のテセオンがまた突きを繰りだす。湯気を貫き、数式の暴風が唸りをあげて直進。三発目の超咒式が放たれた。

トタタ・スカヤが自分から飛びこみ、左の盾で変化前の赤の螺旋を受ける。盾の表面で激しい量子散乱が起こる。光の爆発の向こうに、双頭の魔女の姿が見えた。〈大禍つ式〉の公爵の力を宿す〈アピオンの盾〉は、テセオンの必殺咒式を防いだ。どこまで異常な量子干渉能力を持っていやがる。

防がれても、テセオンは赤い破壊咒式を放ちつづける。後方ではモレディナが鼻血を出し、床に両手をつきながらもテセオンを支える咒式を止めない。〈大禍つ式〉も盾を構えたまま動けない。赤の波濤と青の爆発が続く。

異形の双頭がそれぞれ異変に気づいたが、もう遅い。多大な犠牲を出しながら、ついに俺や数十人がトタタ・スカヤに届く間合いに入っていた。走る俺は併走するユシスを見る。ユシスもうなずいた。

空間に迸る赤い光の螺旋が消失。〇と一の数字が弾けていき、消えた。テセオンが咒式を停止し、その場に膝をつき、前のめりに倒れた。両手は魔杖長刀の柄に焼きついて離れない。モレディナも鮮血とともに後方へと倒れた。

〈アピオンの盾〉を使わなければ、トタタ・スカヤは死ぬか体の大部分を消失させられる。しかし盾を構えつづければ、俺たちの進軍を止める手が放てない。必殺技の多段攻撃と見せかけ、瞬時に時間稼ぎへと切り替えた二人の好判断による大戦果だ。

俺は倒れたテセオンたちを見ながら、前へと進む。リコリオの成長にも驚いたが、修練の結果で理解できる範囲だが、テセオンは違う。

テセオンは以前から一皮剝けたどころか、一次元上の強さとなる成長を見せた。他者の咒式を見て、他人の咒式と装置の組みあわせを模索し、さらなる発展系の独自咒式を生みだした。同時に戦術判断力が冴えに冴えていた。テセオンこそ、将来的には俺やギギナを超え、事務所最強の超咒式士になるかもしれない可能性を秘めている。

だがテセオンとモレディナの生死の確認や救助をせずに、俺は前へと進みつづける。ユシスの咒式が有効となる一秒の距離までは、まだ少し届かない。その少しを、今度は俺たちの命で届かせねばならない。どんな可能性も成長も、勝って生き延びなければ発現しないのだ。

援護の咒式砲火は、トタタ・スカヤが瞬時に方向を変えた左手の盾で無効化された。兵士や査問官や所員が一気に襲いかかる。双頭の魔女によって杖が振られると、直撃した人間が羽虫のように体を千切られる。犠牲が出ようと、俺たちは進む。俺もトタタ・スカヤの杖を掻い潜って爆裂咒式を放つ。無効化されても連射して進む。

「まだかユシスっ！」

仲間の血と内臓の雨の間で、俺は叫んで後方を見る。ユシスは俺の左後方で、まだ間合いには数十メルトルある。ユシスは目でまだ遠いと示した。

俺は前へ目を戻し、咒式を乱射して盾の無効化を引きつける。疑似惑星咒式を展開させないために、命が散っていく。

接近して刃（やいば）を振るう兵士が、暴風となった杖（つえ）を受ける。魔杖剣（まじょうけん）ごと上半身と下半身に分割されて、血と肉の破片となって吹き飛ぶ。俺の援護射撃の咒弾が切れ、瞬時に弾倉交換。

砲撃が一瞬途切れた隙（すき）に、トタタ・スカヤの盾が旋回。武装査問官へと盾が振り下ろされる。轟音（ごうおん）と査問官とともに盾は床に到達。盾はすぐに上昇して、俺の高速砲弾咒式を無効化。盾を振り下ろされた査問官は、床の亀裂（きれつ）の間で血の染（し）みとなって圧死していた。

何十もの仲間の死を越えて、咒式士たちは次から次へと進む。進んでは死に、さらなる咒式士が進んでは死ぬ。一人一人の死が俺の腹の底に痛みを生むが、止めない。俺も弾倉交換をしながら前進する。犠牲を積みあげてでも、ユシスの咒式のための時間と距離を稼ぐしか活路がない。

血の暴風の間を、ついにギギナが駆けぬけた。トタタ・スカヤの杖の振り下ろしを、掲げた屠竜刀（とりゅうとう）で受け止める。重すぎる衝撃で踵（かかと）は床に埋まり、亀裂が広がる。肩から全身の甲殻（こうかく）鎧（よろい）が軋（きし）み、出血。ギギナの噛（か）みしめた口の間からも血が噴出した。〈大禍つ式（アイオーン）〉という種族の剛腕による一撃は、完全に止めても剣舞士（けんまいし）の全身を負傷させるのだ。

だが、ギギナの防御はあえて受けたものだ。俺は相棒の開いた足の間を滑り、抜けていた。トタタ・スカヤの右の頭部が、床の底から出てくる俺に気づいたが遅い。すでに俺は魔杖剣を斜めに掲げ、至近距離で咒式を発動。〈電乖閾葬雷珠（マーコキアズ）〉によるプラズマ弾の連射。

トタタ・スカヤが双頭で吠えた。俺が放った光弾が左肩を削り、さらに右脇腹を吹き飛ばし、右上腕を消失させ、左の頭部を消し飛ばす。視界の虚を突く小技だが、強さで押しとおしてきた〈大禍つ式〉は対応できない。前の攻防で通用したので、またまたやらせてもらった。

トタス・スカヤは苦悶の声とともに杖を旋回させ、急降下。残った右の頭部からは見えにくい位置だが、俺めがけて正確にやってくる。やっばい。足で床を蹴って下がる俺の上で、再びギギナの屠竜刀が杖を受け、火花が散る。衝撃に耐えられず、ギギナの体が後方へと跳ね飛んでいった。

「次から次へと」「小蝿が鬱陶しい」

前方ではトタタ・スカヤの左頭部が再生されながら、右手の杖が掲げられる。異形と俺、同じく周囲一帯に影が落ちる。天井から巨大な半球が現れる。周囲を広域破壊する破滅の咒式だった。

接近していた兵士たちも足が止まる。俺もその場から動けない。極大咒式を展開するトタタ・スカヤの双頭には嘲笑。

「人が〈大禍つ式〉に勝てるわけがない」

双頭の魔女が宣言した。

「いいや、一秒を稼げた」

俺は死を前に笑ってみせた。ギギナと俺に注意を引きつけ、相手の頭部を一瞬とはいえ破砕した。充分だろう。

「なにを言ってい」

トタタ・スカヤの言葉が止まる。

「よくやってくれた」

俺の傍らを声と低い颶風が疾走。双剣を後方に流しながら、ユシスが低い姿勢で突撃していく。トタタ・スカヤが踏みこみつつの横殴りの杖を放つ。一撃がユシスに当たり、そのまま駆けぬけた。

ユシスが死んだ、と俺も一瞬驚くが血も破片も発生しない。ユシス本人の姿も消えていた。

「どういうこ」

問うて杖を振りぬいた姿勢のまま、トタタ・スカヤの妖女と水槽内部の目鼻が固まっていた。女の口と球体水槽の内部に、青い血と脳漿をまとった刃が見えた。刃は双頭の頭頂から顎、水槽の底へと抜けていた。

二本の刃の柄は、ユシスが逆手に握っていた。トタタ・スカヤの上に乗ったユシスが、双頭へと二つの刃を突きたてている。

「なん?」

俺たち全員にはユシスが消え、次の瞬間、敵の上に立ったようにしか見えない。頭部を串刺しにされたトタタ・スカヤは、もっと分からないだろう。

「時、間が消し飛、んだ？」

串刺しにされて顔を動かせない妖女が、瞳孔だけを動かして上を見ようとする。

「あり、えない。時、間を操、るなど」

隣の球体水槽の口が疑問と青い血を内部に吐く。

「大きな時間は操れない」

トタタ・スカヤの肩の上で語るユシスは、前にも増して疲労しているように見えた。

「だが、電磁光学系超越階位〈光幻燈時喰錯視界〉の咒式は、それに近いことを可能とする」

ユシスは淡々と告げた。口元にある不敵な微笑みを見て、俺には過去の残像が重なる。

「そうか、あれか」

ようやく俺にも分かってきた。ユシスと過去をともに生きた俺にしか分からない。

「あの咒式理論を実現したのか」

ユシスが言う、電磁光学系超越階位〈光幻燈時喰錯視界〉の咒式は、かつての彼が研究していた理論の先にある。電磁光学系であるが超越し、特異点系咒式に近い。

原理としては、緑色の光線を、より速い波長と遅い波長に分けるレンズへと通過させる。同時に最初の光線に通すように赤い光線を照射する。赤い光線は時間のずれで一切検出されなくなる。

結果として、この世の誰にもどのような機器にも捉えられず、本人以外の擬似的な時間が止まることとなる。理論実験では、一千億分の四秒だけ擬似的な時間停止が可能だとされている。同じ仕組みを使って一秒だけ世界から消えるとなると、物理的には全長三万キロメルトルもの装置が必要となる。呪式とはいえ、人間に構築できるものではない。正体不明の〈宙界の瞳〉を使い、仮想の光学発生装置を展開し、生まれた光を現実空間へと呼びだしているのだ。

一瞬を争う呪式士と〈異貌のものども〉との戦いで、一秒ほど擬似的に時間を消せるなら、時空の支配者だ。無敵といってもいい。ユシスが剣鬼ことオオノ・センキや六大天のアッテンビーヤを倒せた理由も、今なら分かる。一秒でなくても一瞬だけ時間から消えて呪式を放てば、回避できる存在などいない。

トタタ・スカヤは、ユシスの双剣に双頭を貫かれて命を握られている。動けば死ぬ。動かなければ、これもまた死ぬ。

全員がトタタ・スカヤと、その上に立つユシスを見つめて静止していた。

広間の遠くで爆音。先ではプファウ・ファウと法院の死闘が続いている。続いて瓦礫が崩れる音。双頭の魔女が両手の武具を手放し、最速軌道で頭上へと剛腕を振るう。

ユシスは双剣から光の翼呪式を発動。膨大な光と熱がトタタ・スカヤの妖女と球体水槽の脳を焼灼。首から胴体、足を貫いて、床に到達。体の穴や傷から眩い光と熱が漏れた。振られた剛腕も、頭上で空を切って交差していき、止まった。

トタタ・スカヤが手離した盾と杖が床に落ち、耳障りな音を立てて跳ね、止まる。

ユシスが咒式を停止し、光が消えた。〈大禍つ式(アイオーン)〉の背を蹴(け)って後方へ跳ねる。両手を掲げた姿勢のままで、トタタ・スカヤは前へと傾斜していく。ユシスが着地すると同時に〈大禍つ式〉の巨体は大地に激突。地響きをたてる。

トタタ・スカヤの妖女の目は蒸発して消失。暗い眼窩(がんか)や鼻や口や耳の穴からは蒸気が漏れ、炭化した内部が見える。球体水槽は内部の脳ごと蒸発し、割れ砕けていた。

零(こぼ)れるべき体液に内臓、当然、咒式を紡(つむ)ぐ脳も蒸発していた。副脳がどこかに隠してあったとしても無意味だ。

頭部から巨体全体に光が灯(とも)る。青い量子散乱を起こしていった。灰となった部分から陥没(かんぼつ)していき、全体が倒壊。灰の山が床へと広がる。

先ではユシスが床へと両膝(ひざ)をつく。続いて魔杖剣(まじょうけん)を握る両手で床に触れ、上半身が倒れることを防ぐ。横顔には疲労。肩を上下させて荒い息を吐いていた。〈宙界の瞳〉があろうと、超咒式の二連発はユシスの心身を大きく削るのだ。

「ユシス兄っ」

思わず俺の口が呼びかけていた。言ったあとで昔の呼び方だと気づき、俺は強引に奥歯を閉じて、続く言葉を止める。倒れかけのユシスは魔杖剣を床に立てて杖とし、体を起こす。

「原理は分かったか？」

ユシスが問いかけた。俺には分かっていた。

「かつてユシスが試作していた、もうひとつの光学系呪式（じゅしき）だ」

ユシスに試されていると分かって、俺も光の翼の呪式を分析していく。

「光を圧縮していくと、ある瞬間から圧縮に必要な力が消える。光子が重力はともかく、質量の場に影響を受けないことに起因すると思われる」俺は必死に理論に理論を重ねる。「この効果によって光子密度がある段階を超えると、光子の存在確率が重なり合って、ひとつの光子のように振る舞い、凝縮体となる」

俺は結論に達する。

「光を圧縮し、解放すると超強力な電磁波を媒介する。超指向性電磁波を、電磁波の一種である光とすれば」

「電磁光学系超越階位〈天之菩比能光翼劔（アーメーノーホヒ）〉の呪式となる」

俺の予測をユシスが裏付けた。どうやら合格らしい。原理的には理論の上に理論を重ねたもので、発動が難しい。ただし、一度発動できたなら、擬似的に白騎士ファストの宇宙生成からの光剣呪式に近い威力を引きだす。三頭竜ウングイユすら切断する超破壊力だった。

一秒だけ消える呪式とファストに近い光翼呪式が組みあわさったなら、この世で回避や防御ができる存在がいない。凶悪すぎる組みあわせだった。

もしユシスが敵に回ったら、この場の誰（だれ）も勝てない。

「まだ戦いは終わっていない」

ユシスの言葉とともに空中で爆音。俺とギギナ、生存者たちが振り向く。

空間の上空から赤い光の雨が降りそそいでいた。雨の先陣が床に着弾。青い量子散乱を起こして消えていく。

遅れて風切り音。降りそそぐ光の雨の間に、上空から落ちてくる人影があった。誰か分かった瞬間、俺とギギナが走る。血の尾を曳いて落下していくのは、シビエッリ法務官だったのだ。剣舞士が背中から翼を生やし、背中と足の噴射口から圧縮空気を放って飛翔。空中で人影を受け止める。衝撃を殺しながら、圧縮空気が全開放射されて減速。

床に着地したギギナの踵が床を踏み割る。膝が畳まれ、さらに衝撃を吸収する。

俺が駆けつけると、ギギナの腕のなかにシビエッリ法務官が横たわっていた。

「ここまで、が、私にできた」

血染めの顔でシビエッリが言った。

「時間、稼ぎの限界だ」

シビエッリが咳きこみながら口から血を吐いた。ギギナは治癒咒式を発動せず、シビエッリを後方に回す。駆けつけたソダンが身柄を受けとり、即座に治療を開始する。

立ちあがりながら、ギギナは長大な屠竜刀を旋回させ、脇に構える。俺も前を見据えていた。

周囲に所員たちが駆けつけ、刃に穂先、盾を並べる。主力であるイェドニスと護衛隊、法院の武装査問官たちが陣形を構築していく。

前方上空に降りそそぐ赤い光の豪雨は、小雨となってきていた。

呪式(じゅしき)の雨の間には、垂直に降りてくる人影があった。白の革靴(かわぐつ)が床を踏み、続いて残る靴が床に届いた。上には白背広が続き、青い長外套(コート)の裾(すそ)が遅れて降りる。

背広の上には、白い鳥の仮面と円筒の絹帽子があった。

「油断をしているつもりはなかったのですが」

仮面の穴の眼窩(がんか)の奥にある、青い光が揺れる。

「大伯爵(はくしゃく)級の〈大禍つ式(アイオーン)〉を倒せる人間がいるとは、実に驚きです」

降りてきたプファウ・ファウの声に感情はなく、珍事を見た感想だけがあった。シビエッリの拘束呪式が限界を超えたなら、プファウ・ファウ侯爵(こうしゃく)がついに自由に動ける。

「トタタ・スカヤの破壊呪式は重宝していたのですがね」仮面の嘴(くちばし)が言葉を紡(つむ)ぐ。「私はああいう呪式ができないもので。ただし」

左右から、武装査問官たちがプファウ・ファウに突撃していた。電磁加速された魔杖槍(まじょうそう)が突きだされる。相手の会話と間を読んでの完全な奇襲だった。

金属音が跳ねる。プファウ・ファウの頭部の左右で、穂先は止まっていた。〈大禍つ式〉が体の前で交差させた両手の人差し指と中指が、それぞれ左右からの刃(やいば)を指先で挟んで止めていた。

プファウ・ファウが両手を捻(ひね)る。巨漢に長身の武装査問官が旋回。破裂した。

血と内臓の雨の奥で、死孔雀は両手を開いていた。白手袋の先では人差し指と中指が伸びていた。

裂かれた二人分の上半身と下半身と内臓が落下。鎧や兜の破片とともに、大量の血を床に広げていった。

一動作を見ただけで、ギギナは喉の奥で唸った。俺も恐ろしさが分かった。プファウ・ファウは振った指二本で鎧ごと人体を引き裂いたのだ。人間とは速度と剛力の桁が違う。今まで見たどの〈大禍つ式〉よりも凄まじい。シビエッリの咒式なしで抑えられる気がしない。

「ただし、単なる殴りあいでも、私はトタタ・スカヤ程度には一回も負けませんでしたがね」

仮面からプファウ・ファウが宣言してみせた。

イェドニス皇太子が無言で手を振る。皇太子護衛隊が攻撃的布陣となり、刃と盾を連ねて進軍する。武装査問官も上司の覚悟に奮起し、隊列を組んで進軍していく。俺とギギナも進む。進むたびに圧力が増す。脳裏には必敗必死という緊急警報が鳴りひびく。道理を踏みつけるように、俺は歩を進める。

未体験だった侯爵級〈大禍つ式〉との初戦が始まる。

二十三章　死孔雀の舞

毎夜、愛(いと)しき墓標の傍(かたわ)らで眠りにつく。私が殺した死者の声は一度も聞こえない。
ディト・エノフ・スクラルディア「悲嘆礼賛」皇暦(こうれき)四八二年

ナーデン王国首都にあるナルクルッカ広場を、二体の異形が進む。触手の頭部を持つ道化師と長身の骸骨(がいこつ)が石畳に歩を進めていた。

パドリ・リ男爵(だんしゃく)とメラテスマ子爵(ししゃく)という二体の〈大禍つ式(アイオーン)〉は、いるだけで周囲を圧する。呼応して、リンドの先ではミルメオンが散歩をするかのように進んで行く。

静かな二体の歩みが止まった。進んでいた、ミルメオンも足を止める。広場のほぼ中央での両者の距離はわずかに二メルトル。両者はすでに戦闘の間合いに入っていた。

主君の背後から見ているだけで、場の緊張でリンドは胸が苦しくなってきた。ミルメオンは平然としているが、二体の〈大禍つ式〉から放たれる咒力(じゅりょく)圧は尋常ではない。干渉を受けて、周囲にある物質の輪郭が揺らぎはじめている。

先ほどの〈禍つ式〉百体を合わせても〈大禍つ式〉一体の圧力に及ばない。それが二体。超重力によって空間が歪むように、超咒力が並んだために空間が歪んで見えている。

「で、なにをしにきた？」

平温の目で、ミルメオンが問うた。

「お分かりでしょう」

息がかかる距離で、メラテスマが答えた。両手にあるのは長い爪。

「あなたを殺害して〈宙界の瞳〉を得ることが、我ら〈享楽派〉を最終的勝利に導きます。なにより、あなたの存在は我らにとって大変有害です」

「不可能なことを望んでどうする」

ミルメオンは呑気に答えた。

「それが許せぬと言っている」

パドリ・リが骸骨の歯を揺らして答えた。

「各派閥の差はあれど〈禍つ式〉全体が、おまえを、ミルメオンを大敵とみなしている」

パドリ・リの声にはわずかに怒りの響きがあった。隣に立つメラテスマも頭部の数十本の触手を揺らしている。先端にある目はミルメオンを注視している。

「俺はおまえらを敵と思ったことはないよ」〈大禍つ式〉二体を前にして、ミルメオンは退屈そうな顔となっていた。「蚊や小蝿を敵と思うやつ、いないだろう？」

傲岸不遜なミルメオンの言葉に、広場の大気が張りつめる。二体の〈大禍つ式〉は平然としているが、内心に渦巻く激怒が咒力となってわずかに放射されていた。

「ほれ、先ほどもおまえらの部下を百体ほど払ってやったら、消えたしな。その程度だ」

晴れやかな笑顔で、ミルメオンは軽く左手を振ってみせた。

遠くで待機しているリンドは、必死で耐えていた。ミルメオンの恐ろしさは、圧倒的かつ異常な強さだけではない。異種族であろうと心があるかぎり存在する、心理的弱点を瞬時に見つけて衝く駆け引きの力があった。先に戦った〈踊る夜〉の強敵、ゴゴールは、戦力的には判決咒式でミルメオンと良い勝負ができ、勝てないまでも敗北を避けて逃げきれる可能性があった。しかし、ミルメオンの挑発に翻弄され、無惨に敗北して異空に消えたのだ。

〈大禍つ式〉二体は最大級の侮辱を受けても動かない。ミルメオンは退屈そうに二体を見つめていたが、体を下げる。

「ん？　怖くなったから〈大禍つ式〉のぴよぴよ雛ちゃんたちは帰る〜？」

ミルメオンが下から両者を覗きこむ。前触れもなく、パドリ・リの大斧が暴風となって振られた。大質量の超打撃が彗星となって落下。叩き割られた地盤が真っ二つになり、反対側が跳ねあがる。大地震が起こり、周囲の建物の倒壊が再び起こる。

回避していたミルメオンは、突きでた岩盤の頂点を蹴って、右へと跳ねていく。左のメラテスマが踏みこんで突きを放つ。鋭い爪の手の甲を、ミルメオンの左手が受けながす。
〈大禍つ式〉二体が連動して、斧と爪を放つ。大斧が電柱を両断し、自動車を真っ二つにする。大振りのあとにミルメオンが間合いを詰めていく。メラテスマの両手の爪が機関銃のように連射され、ビルの壁に一瞬で数百もの穴が穿たれる。

　連射を苦も無く避けたミルメオンが、横へと移動していく。間合いが離れると、パドリ・リの大斧が水平に振られる。常識外れに長い縦の円弧が描かれる。ビルの壁面に描かれた斜めの線に沿って、上層階が落ちていった。大地に落下して破裂。

　大破壊による瓦礫と岩塊の間を、ミルメオンが跳ねていく。併走するメラテスマが両手の先の触手を組みあわせる。咒印組成式は二つ。見ていたリンドの背筋に悪寒が生まれる。

　メラテスマの手の前で、電磁雷撃系第五階位〈電乖闐葬雷珠〉による光球が生まれる。原子核から電子が遊離するほどの超高温のプラズマは、当たった物質を確実に破砕する。破壊咒式はさらに増えていく。

「電磁雷撃系第六階位〈電乖闐葬雷珠嵐〉の咒式、受けてみよ」

〈大禍つ式〉の周囲にある光は二つ、四つ、八つ。そして十六、三十二と倍増していく。最後には六四の光球が発生し、射出。

　降りそそぐプラズマの豪雨を、ミルメオンが跳ねて回避。床に着弾して爆発し、石畳が消失。回避したミルメオンは上空で水平回転。降ってくる光弾が左脇の下、右肩の上、右腹の横を抜けていった。

ミルメオンは回転に角度をつけて、体を上下反転。今度は四つのプラズマ火球を避けた。先ではプラズマの爆発と消失が連鎖する。

ミルメオンが回転から壁へと着地。同時に大斧が飛来。ビルを四階から一階まで刃が駆けぬけ、大地に到達。両断された左右のビルは自重で切断面へと崩落し、大地に落ちる。爆煙と粉塵が撒き散らされる。

爆煙の尾を引いてミルメオンが回転し、流星のように大地へと向かう。着地から体を斜めにして、大地を滑っていく。上からは光。

滞空するメラテスマが両腕と触手を掲げていた。触手の先、満点を光弾が埋めつくしていた。両手が振り下ろされるとともに、プラズマの豪雨が大地へと一斉降下。超高熱のプラズマは、命中した自動車を削り爆散させる。石畳ごと大地が吹き飛び、アスファルトごと沸騰。鉄柵や道路標識も融解を通り越して蒸発。

大地は爆発と焼失が入り乱れる、地獄の燎原となっていた。リンドは熱波と爆風を避けて、ひたすら後退していく。豪雨の間では、ミルメオンが立っていた。

破壊の豪雨が終わる。

ナーデンの広場から市街地は地形が一変していた。大穴によって大地は陥没して隆起。建物は崩れる。道路からナルクルッカ広場には百以上の大穴が穿たれていた。火炎があちこちで燃え、黒煙がたなびく。

パドリ・リの横に、メラテスマが降下していった。

渦巻く爆煙が去っていく。広場の中心にはミルメオンが立っていた。高級背広と袖がなびく長套には傷や穴どころか、焦げ目ひとつなかった。ミルメオンが掌を上にして左手を差しだす。指を曲げて、手招いた。

「もう少し気張らないと、すぐ死ぬぞ」

ミルメオンの挑発を戦場では不用意と見て、パドリ・リが跳ねた。瞬時に間合いを詰めて、大斧を振り下ろす。ミルメオンの左手、人差し指と中指が刃を挟んで止める。

受け止めた衝撃で、ミルメオンの足下から大地へと放射状に亀裂が入り、陥没。一方で衝撃を伝えてなお男は平然と立っている。

ミルメオンが手首を捻ると、大斧が吹き飛ぶ。回転した巨大武器が飛んでいき、遠くのビルの屋上に着弾。大爆発を起こした。

斧を手放していたパドリ・リがミルメオンの間合いに入った。左脇から抜かれた長剣が突きだされる。電磁加速された一撃は音速を遥かに超え、見えたあとに音が聞こえた。

切っ先は虚空を貫いていた。ミルメオンの左手の人差し指が刃の腹を押して軌道をずらし、自分の左肩の上へと導いたのだ。

パドリ・リが刃を引いた瞬間、衝撃と視界が左へ回転。ミルメオンの左足がパドリ・リの両足を払い、抜けていた。ただの下段蹴りは〈大禍つ式〉の両足を消失させ、衝撃で垂直横回転させていた。

パドリ・リは両足を失って旋回しながらも、下から上へと刃を放つ。必殺の突きは、ミルメオンの人差し指が受けた。指は止まらず、刀身を破砕しながら直進。

「こんな人間がいる訳が」

パドリ・リが驚きの叫びを漏らした瞬間、刃を粉砕しきった人差し指が額に着弾。そのまま押しこまれる。前へと進んでいたパドリ・リの体は、人の手によって逆方向に回転。後頭部から大地に激突。頭部はミルメオンの左手が貫通し、石畳の底に埋められた。

残った体が衝撃から跳ねると、青い量子散乱を起こす。再び落ちると同時に灰となって散っていく。

「パドリ・リ、よくやった」

灰の間で、メラテスマが両手を合わせていた。

「〈享楽派〉と王のために」

組成式とともに両手が前に突きだされる。メラテスマどころか、視界すべてが瞬時に黒と黄色に覆われる。警戒色の波濤が広がり、打ち下ろしから手を引いたミルメオンに殺到し、覆い尽くす。

生体生成系第六階位〈千羽毒蜂雲霞群〉の咒式は、疑似生物である金属製の蜂を生成する。

蜂は三種からなる毒を対象に打ちこむ。非酵素蛋白であるマンダラトキシンは、神経膜のナトリウムイオンの流入を特異的に疎外し、不可逆的な麻痺を引き起こす。ホスパリーゼＡ一にアンチゲン五らの酵素は血圧低下に呼吸困難の症状を起こす。低分子ペプチドであるメリチンは溶血作用を持ち、赤血球の膜に結合して細胞を分解。

　対物狙撃弾の貫通力を持ち毒を注入する蜂が、一千もの全方位から飛来すれば回避不能。戦車すら一瞬で文字通りに蜂の巣にし、竜すら各種毒物で絶命させる必殺咒式であった。

　黒と黄色の霧という咒式を、メラテスマが発動しつづける。毒蜂は次から次へと生成され、小さな星雲となっていた。

「惜しいが、違う」

　羽音の内部から、ミルメオンの声が響く。次の瞬間、警戒色の波濤の内部に光。続いて閃光が炸裂し、霧が吹き飛ぶ。

「強大なプラズマ弾の連打はさすがに当たれば死ぬし、無効化も確実ではないので、避けるのが最善だ」

　ミルメオンが目を向けると、前にあった毒蜂が青い量子散乱を起こして丸ごと消える。周囲から殺到する残りの霧も、ミルメオンに触れる手前で火花とともに消えた。

「一方で、効果範囲は広いし追尾するが、プラズマより貫通力がない毒蜂は無効化で消せる」

　ミルメオンの無効化は、数法系第五階位〈反咒禍界絶陣〉の咒式による量子干渉だと誰でも推測する。だが、ミルメオンは組成式や数式を展開する動作を見せていない。

メラテスマの頭部の触手は、動きを止めていた。先端にある数十もの目には理解ゆえの畏怖があった。ミルメオンは無効化咒式を使っていない。相手の咒力による物質への干渉の結果を、より大きな咒力で押しつぶして〈反咒禍界絶陣〉と同じ効果を発揮しているだけなのだ。

咒力の桁が違う。大きさで言えば鯨と蟻か、それ以上の差が彼我にあるからこそできる技だった。理解した瞬間、メラテスマは右足を後方に引いた。〈大禍つ式〉にあるまじき、恐怖で引いたのだ。

「電磁光学系と生体生成系という、違う系統の咒式を別々に使うのは効率が悪い。俺かヨーカーンくらいの咒力がないなら、咒式を関連させて使うべきだな」

ミルメオンが評して、左手を掲げる。

「二つの咒式の長所を合わせるなら、こういう咒式ができる」

発言と同時に、メラテスマの前に眩い光が炸裂。指先ほどの無数の小さな光が浮遊し、紫電を発する。一千のプラズマ弾の光は周囲のすべてを白で染めていた。数十もの触手の目でも把握は不可能と、メラテスマは背後へ逃れる。一面の光の一部が動きだし、射出。メラテスマが掲げる腕を貫き、足を分解する。

足を失っても、メラテスマは跳ねていく。見えたのは、一度去ったプラズマ弾の流星群が軌道を変えて追尾してくる光景だった。

自在に動く一千の小さな流星はメラテスマの体を貫く。頭に両腕に胸に腹部に両足に穴が開く。小さいとはいえ、原子核から電子が遊離するほどの熱量は、容易に〈大禍つ式〉の体を破壊する。

苦鳴とともに着地したメラテスマの体に、上空から軌道を反転させたプラズマ流星群が着弾。掲げる手や無効化咒式を回避して、流星群は無情に〈大禍つ式〉の体を破壊し、焼却し、貫通する。メラテスマの足が吹き飛び、膝をつく。

「ど、どういう」

全身に一千もの穴が穿たれたメラテスマは、骸骨に肉が下がるだけの状態となっていた。

肉体の損壊による機能不全より、メラテスマは理解不能な事態に動けなくなっていた。プラズマを磁場で曲げて封じることは可能だが、自動追尾しているようにしか見えなかった。

ミルメオンは悠然と立っている。

「おまえの使ったプラズマと毒蜂咒式の長所を組みあわせた。意志ある、一千の疑似プラズマ型生物を作ってみた」

語りながら左手を掲げる。

「疑似プラズマ型生物の創造程度は、パンハイマでもやっていることだ」ミルメオンが左手の人差し指を回す。先には小さなプラズマが生成され、蛍のように指先に従って舞う。「さすがに炎の魔女は専門ゆえに、単発の破壊力は一段か二段ほど上だ。ただ、効果範囲はこちらが上回る」

ミルメオンが指を止めると、プラズマ生物の蛍が分解され、儚く消えた。

膝をついたまま、メラテスマは固まっていた。ミルメオンは一回だけ見た〈大禍つ式〉の高位咒式二つを即興で組みあわせ、一次元上の咒式を生みだしていた。冗談のような分析力に応用力、そして創造性だった。

「これは子爵級では手に負えぬ」

膝を伸ばして跳ねようとした、メラテスマ子爵の両腕が消えていた。〈大禍つ式〉の四つの目は驚愕に見開かれる。切断ではなく、肘から先が消失した。青い粒子が流れて消えた。

量子散乱の先では、ミルメオンが左手を振りおえていた。

触手を揺らして思考したメラテスマは真相にたどりついていた。咒式が量子干渉によって消されることは可能である。しかし情報生命体である〈大禍つ式〉の肉体に、触れただけで干渉して消すなど、想像できないほどの力の差がある。

「あのお方が必ずおまえを」

メラテスマは言葉を続けられなかった。ミルメオンの左手がすでに振りきられ、異形の横を歩いていた。

メラテスマ子爵の首から上の触手は、手刀で切断されて空中にあった。頭部を失った地上の胴体は膝をつき、次の瞬間、青い光を散らしていく。あとは灰が戦場の風に吹き散らされた。

飛んでいたメラテスマの頭部である触手も消えていき、広場の石畳に達する前に量子散乱。灰となって散り、完全に消えた。

　戦いが終わり、リンドは息を吐いた。到達者階級や各地や各国を代表するほどの攻性呪式士（こうせいじゅしきし）が命を懸けて、しかも集団でようやく倒せるかどうかの〈大禍つ式（アイオーン）〉が二体同時に襲来しても、ミルメオンは容易に終わらせてしまった。

「この程度は、聖地アルソークでの死闘に比べれば、なんてことはない」

　ミルメオンの顔に勝利の喜びなどなかった。

　リンドはミルメオンの強さを、深く理解した。だが、強すぎることにリンドは深い悲哀を感じていた。大勢の部下が従い、愛人も多数いるが、誰（だれ）もミルメオンと同じ地点に立てていない。立てる訳がないのだ。

　ミルメオンと近い立場で話せる存在は、世界で三人しかいなかった。一人は死に、一人は行方（ゆくえ）不明。一人だけ認めた師も何年か前に死去している。

　人類最強者であるミルメオンは、もう世界の誰とも分かりあえない。ミルメオンはただ一人の存在としてこの世に立っている。

　主君に対して、リンドはなにか声をかけたかった。自分を拾ってくれた相手への忠誠心ゆえに、声をかけるべきだと思えたのだ。しかし世界一孤独な男に、なにを言っていいか分からない。

「ミルメオン様っ、お怪我はっ」

リンドに紡げたのは、凡庸な心配の言葉だった。ミルメオンは背中を見せたまま、左手を軽く振ってみせた。

「あるわけがない」

ミルメオンは素っ気なく答えただけだった。横顔に微笑みがあった。不敵で傲慢で、さらに弱さを見せない。弱さがないゆえの寂しい笑みであった。

ミルメオンの横顔で、リンドの胸に激情が湧き起こる。誰にも守られる必要がないほど常識外れに強い男だが、その強さから守ってあげたい。自分が守ってあげたい。

自らの忠誠心が別のなにかに変わりはじめたことを、リンドは自覚してしまった。

「ミルメオン様、私っ」リンドの口から言葉が溢れた。「私があなたをっ」

「話はあとだ」

ミルメオンが言ってリンドを抱えて、後方へ跳ねる。直後に爆風が広場に吹き荒れる。車が吹き飛び、火炎を撒き散らして落下。周囲の建物が揺れる。窓硝子が衝撃と音圧で砕け散っていった。

爆煙が渦巻く。着地して熱波を受けながら、ミルメオンが微笑んだ。

「ようやく本番だ」

熱波の間にいくつもの影が揺らめく。

盾が砕かれるのではなく、両断された。魔杖槍の穂先が切断され、柄も分割される。魔杖剣が空中に破片を散らす。兜ごと頭部が水平に両断され、血と脳が散った。甲冑ごと兵士が縦に真っ二つとなる。左右の断面から内臓と赤が噴出した。別の兵士の装甲で覆われた腹部に閃光が走る。上半身が回転して飛んでいき、下半身が鮮血とともに倒れる。

プファウ・ファウは暴風となって、大空間に吹き荒れていた。咒式士たちが咒式と刃で殺到するが〈大禍つ式〉の両手が回転すると、両断され、貫かれ、肉片となる。咒式士たちは犠牲を越えて突撃していき、新たな死が量産された。

「止まるな、行け行け、行けっ！」

叫んだ分隊長の頭部が消失。飛んできた死孔雀の右足が頭部を踏みつけ、胴体に埋めていた。腹部から頭部と内臓が噴出。倒れる分隊長を蹴って怪人が跳ねる。

着地と同時に水平旋回し、周囲にいた兵士や武装査問官の首や手足が飛ぶ。

咒式射撃が殺到していくも〈大禍つ式〉の先にある床を砕き、裂くだけだった。射線の手前で、プファウ・ファウの白い背広や青い背外套の裾が爆風に乱れる。

死孔雀は地獄の戦場で膝をつき、右手を引いて胸に左手を当てる貴族の一礼をしていた。歴戦の咒式士たちですら予想できない急停止と動作に、狙撃がまったく捉えられなかったのだ。

修正して追撃の砲撃が連なるが、即座に青と白の〈大禍つ式〉が旋回。プファウ・ファウの超高速の円舞が再開され、咒式を回避。次の瞬間には近くにいた兵士が吹き飛ぶ。血と内臓と骨が散る。

プファウ・ファウの動きは格闘技というより、舞であった。動きが早すぎ、そして力が強すぎる。激流と静水がめまぐるしく変わる死の孔雀の舞には、射撃も当たらない。広範囲攻撃の爆裂や強酸すら捉えきれない。

吹き荒れる暴風は、俺たちが包囲から追撃をしても一秒すら止められない。ギギナが突撃しては屠竜刀を突きだすが、吹き飛ばされる。ユシスはまだ超咒式の消耗から回復していない。

走りながら、俺は弾倉を交換。再び咒式を連射して弾幕を張る。俺たちは犠牲を積みあげるしかない。周囲から攻めたてるからこそ、プファウ・ファウは格闘戦で対処している。一瞬でも手を休めれば〈大禍つ式〉は奥の手を出してくる。格闘戦のうちに仕留めなければならない。何度も〈大禍つ式〉と対戦した経験と、背中にある悪寒から確信している。

「だが、これは、どうしたらいいんだ」

額からの出血を左手で拭いながら、俺は叫んでいた。見ている間にも血肉が弾け、兵士たちが死んでいく。

「中央、開けてくれっ」

左翼後方からの叫びが来る。

「開けろ開けていけえええっ」

兵士たちの間を貫く雄叫びは、前へと進んでいく。シビエッリの必死の声だった。

最前列に並ぶ、武装査問官の盾が左右に開いた。間から血染めのシビエッリが抜けて、急停止した。背後から回した両腕が前に突きだされる。二振りの魔杖短剣の先で、複雑な組成式が紡がれ、発動。赤い波濤が発生し、津波となって前へと迸る。

「全隊、射線から逃げよっ！」

シビエッリは再びの〈万華律法縛封絶鏡〉を発動していた。発動しただけで、すでに満身創痍だった法務官の体の各所から鮮血が飛ぶ。だが、シビエッリは止めずに前進していく。

絡みあいながら赤い光の数式は前へと伸びていく。射線上にいた兵士や査問官が横へと跳ねる。ギギナやデリューヒン、テセオンも急速回避。

終点にいたプファウ・ファァウに数式が殺到。鎌首をもたげた咒式が跳ね、床へと瞬時に着弾。

「またこの咒式かっ！」

プファウ・ファァウは寸前で跳ね、捕縛咒式の直撃を回避していた。

「そうだ、またであるっ！」

前へ前へと進みながら、シビエッリが魔杖短剣を上へ跳ねあげた。組成式でつながる拘束咒式も床から跳ねた。数百の触手の数式が網となって襲いかかる。プファウ・ファァウが後方宙返りをし、逆さの姿勢となって水平旋回。予想軌道を変えて背外套から大気を噴射し、真横へと飛翔。着地した死孔雀が即座に前へと縦回転し、数式の追撃を避ける。が、数式の一本が左腕に絡んでいた。

プファウ・ファウは右手の手刀で左腕を切断。青い血を残して側転で逃れる。残された左腕が式に絡まれ捕縛。咒力供給が断たれて、青い粒子となって散る。

死孔雀が横回転しつづけるうちに、左腕が瞬時に再生。なおも数百もの数式による赤き流星が降りそそぐ。回転し、旋回し、跳ねて〈大禍つ式〉が回避していく。シビエッツリらしい精密な詰めではなく、膨大な物量押し。どの進路も体術でも逃げきれないと、真逆に切り返して〈大禍つ式〉が飛翔。

だが、捕縛咒式は数百から数千の式の網となって、空中に広がっていた。逆さの大瀑布が、空中で軌道を反転させたプファウ・ファウを呑みこむ。

赤い光の津波が上から床へと〈大禍つ式〉を叩きつける。相似形を繰り返す拘束咒式が破裂。プファウ・ファウの手足に首に胴体、指の先まで絡まっていく。シビエッツリは力押しと精密さを適切に使い分け、詰めきった。

好機に、退避していた戦士たちが反転。〈大禍つ式〉の侯爵へと突撃を開始。俺も再び攻勢に転じる。

「攻めるな、退避せよ！」

シビエッツリの悲痛な叫びが響く。切迫感がある声に俺は急停止。前のめりになった上体を背筋で後方に引いた。前を向いたまま、最大速度で後退していく。突撃していた攻性呪式士たちも急いで退避していく。法院の武装査問官たちも急速後退。皇太子護衛隊は左右に散って避難していった。

味方であろうと、シビエッツリがやろうとしていることに俺は恐怖する。

「ソダンっ！　指示したとおりにお願いしますっ！」

シビエッツリの叫びが響く。

退避していく軍勢の間で、ソダンが立ちつくしていた。激流に逆らう木立のような姿だった。

「ですがっ」

「今やらねば、アブソリエルと大陸が終わりますっ！」

シビエッツリの叫びが重なると同時に、口から再び鮮血が散る。〈大禍つ式〉を閉じこめていた、結界呪式の一部が破裂。相似形の数列が弾け、数字が零れていく。プファウ・ファウは拘束結界に干渉しだしていた。また別の拘束が弾ける。

絶対に脱出不可能の呪式だが、あくまで人間の咒力によるものだ。負荷がかかればそれだけ早く崩壊する。シビエッツリは先に呪式を全力発動して、今もまた限界を超えて発動している。プファウ・ファウ相手には、法務官であってもおそらくあと十秒も持たない。

「頼む、やってくれっ！」

命を削って式を維持しながらの、シビエッツリの血染めの言葉が放たれる。

「ここでこいつを倒さねば私やあなた、この場の全員、家族や友人たちも、戦火に巻きこまれて死ぬっ！　私の娘たちも死ぬっ！」

シビエッリが叫んだ。覚悟の表情でソダンが走りだす。査問官が背負っていた箱が開く。ソダンの疾走とともに、箱の蓋や装甲が点々と落下していく。軍勢はソダンに道を空ける。全員の目には応援と、等量の恐怖があった。

ソダンの逆走が、下がる軍勢を抜けた。両腕には紡錘形の黒い物体を抱えている。見ているだけで背筋が寒くなる。しかし、倒せる手はもうそれしか残っていない。

「法務官、頼みますっ！」

ソダンの全力疾走から、咒式弾頭が投げられた。投擲したソダンは前へと転倒。投げられた咒式弾頭の後尾から火炎が噴射、した瞬間には加速。瞬時にシビエッリとプファウ・ファウへと向かう。

シビエッリが左手の魔杖剣を掲げる。右の刃だけでは、捕縛咒式が崩壊していく。法務官がかざした魔杖短剣は指示式を放つ。赤い数列は空中を貫き、空中を行く砲弾に触れた。同時にプファウ・ファウが強引に捕縛咒式を粉砕した。

「おまえはここで私とともに死ねっ！」

叫びとともに、シビエッリが咒式を発動。左手の魔杖短剣から虹色の光が炸裂。プファウ・ファウは反撃に出ず、全力で逃げる。

安全距離となっていても、俺はさらに後退していく。ギギナも上半身を引いて下がる。全員が退避していった。

光とともに、特異点系超越階位〈六道禍骸嵬餓狂宴〉の咒式が、広がっていく。膨張は、投擲で手をついたソダンの手前で停止。斜め後方にいる俺も足を止める。

大空間を圧する、直径一〇〇メルトルほどの球体の結界が発生。内部では白夜の極光にも似た不吉な光が煌めく。次の瞬間、光を反転させるほどの闇が噴きだした。

結界内部で、赤と黒の雲霞が吹き荒れる。召喚されたのは〈禍つ式〉たちの世界の最下層に封じられし、疫鬼たちだった。一匹一匹は目で捉えられないほどの微細さだが、凄まじい数が集うと赤と黒の暴風となる。

疫病の嵐は、あちこちで倒れている兵士や武装査問官の死体に触れる。死体の頰が膨れる。一瞬にして赤黒い隆起となり、兜を弾き飛ばして破裂。手足に胴体も膨れあがり、体の輪郭が崩れる。同じくすぐに破裂。死体の膨張と破裂が連鎖していく。

死体を喰った疫鬼は増殖し、破裂し、さらなる死体を求めて広がっていく。疫病と蝗が同時に発生したようなものだ。

結界の外にいる護衛隊は呆然として足を止めていた。逃げる姿勢で口を開いたまま固まっている兵士に、足を投げだしたまま結界を見つめている兵士もいた。剛毅なる武装査問官も見入っていた。一部は両膝をついて十字印を切って、神に祈っていた。

〈六道禍骸嵬餓狂宴〉を見た誰もが最初に連想するのは、この世に現れた地獄だ。連想はともかく、現実現象としては正確な描写となる。

結界の端では、シビエッツリが咒式を発動しつづける姿が見えた。両手で魔杖短剣を握って、禁忌咒式を発動していた。法務官の目や鼻、耳と口からは血が零れるどころか噴出している。

かつての〈六道禍骸嵬餓狂宴〉の咒式発動には、レメディウスの咒力と〈大禍つ式〉の演算力、もしくは前もってそれらを施した二人の子供の命を必要とした。シビエッツリほどの高位咒式士であっても、単体で発動し、なお俺たちを巻きこまないために大きさを絞っている。莫大な咒力の放出と、範囲を制限する精密さを両立させるのは至難の技だ。命を削らなければ成立しない。

俺は拳を握っていた。やれ、やってくれシビエッツリ法務官。あなたの今の一手でしかプファウ・ファァウを倒せる方法がない。

結界内部では病魔が吹き荒れつづける。死体は浸食され、破裂し、疫鬼が爆発的に増大していく。プファウ・ファァウは結界の外に出る前に、赤と黒の嵐に追いつかれていた。白い背広を破るほどに右足が膨れ、破裂。再生咒式で形成しようとした右足がまた破裂する。左足も溶け崩れる。

「おおおお、このようなものはっ」

全身が崩壊しながらも、プファウ・ファァウは両手を広げる。指先で咒式を展開。渦巻く赤と黒の波濤に対し、青い火花が散る。量子干渉結界を発動し、疫鬼を強引に焼き殺しているのだ。全方位からの疫鬼の暴風が次から次へと押しよせては〈大禍つ式〉の手前で完全に消失していく。

だがしかし、抵抗は無意味なのだ。耐えるプファウ・ファウの左肩が膨れ、右脇腹が隆起する。さらに左太腿に右脛が膨張した。呪式を紡ぐ手袋に包まれた両手が膨らみ、破裂。全身の膨らみも連鎖的に破裂して、増殖した病魔を撒き散らした。

プファウ・ファウの仮面の嘴が開かれ、無音の絶叫が響く。仮面の各所すら膨らみ、破裂し、絹帽子が落ちた。全身に数百カ所の穴が穿たれた〈大禍つ式〉が、耐えきれずに右膝をつく。全身に治癒呪式が発動するが、疫鬼による浸食が連鎖。再生した部分が再び腫瘍を生成し、破裂させていく。

プファウ・ファウは破裂し、再生し、また再生する右手を頭に当てる。少しでも脳への浸食を防ごうとしているのだが、無意味な抵抗だ。

〈六道禍骸鬼餓狂宴〉の呪式結界内部の全域が、疫鬼の住処と直結している。結界内部にいるかぎり、プファウ・ファウの体内への穴という穴もつながり、疫鬼が召喚されている。結界で外からの浸食を遮断しようが、回復しようが、なんの意味もない。侯爵級〈大禍つ式〉だろうが、防ぎようがなく、絶命するしかない。

プファウ・ファウの全身は、再生と浸食によって半分以上が消えている。立つこともできず、結界の外へと向かって這っていく。

「レメディウス、おまえはなんというものを残したのだ」

結界内部の地獄を見ながら、俺の口は苦い感想を吐いていた。

恐ろしさを考えていると、結界が小さく見えた。違う、実際に結界は俺の前から引き潮のように下がっている。先ではプファウ・ファウが這っていた。結界は急速に後退していく。

奥にはシビエッツリの姿があった。すでに両膝をついて、頭も下がっていた。両手だけが前に掲げられ、咒式を支えていた。あと少しでプファウ・ファウを倒せる。あと数秒あれば、脳まで完全破壊できる。耐えろ、耐えてくれシビエッツリ。

赤と黒の暴風を孕んだ結界は、無情にも縮小していく。

死孔雀の仮面が割れ砕け、頭部が床に落ちた。手足に動きはない。仮面の穴にある光が消えた。

だが、後退する結界はついに倒れたプファウ・ファウを越えて、急激に縮小していく。最後に家ほどになり、やがてシビエッツリの前で一抱えとなり、拳大となり、点となる。

ついに消えた。

シビエッツリは、前のめりに倒れていた。顔の下からは血が広がっていく。両手は前に差し伸べられ、双子の魔杖短剣を握ったままだった。シビエッツリは命を燃やし尽くした。アッテンビーヤにドルスコリィにロマロト老、さらにはシビエッツリと、アブソリエル人はなぜこうまで使命に殉(じゅん)じられるのだ。

「い」

声が響いた。

「今のは」

手前左に倒れた、プファウ・ファウからの声だった。

「今のは本当に完全消滅する寸前でした」

仮面と頭部が砕けても〈大禍つ式(アイオーン)〉は脳の大部分を破壊するまでは絶命しない。シビエッリの咒式(じゅしき)はあと五秒、いや三秒だけ〈大禍つ式〉に届かなかった。

プファウ・ファウが倒れた状態から反転。金属音。

掲げられた死孔雀(くじゃく)の左手が、空中からの屠竜刀(とりゅうとう)を止めていた。速度と全体重を載せた刃(やいば)が震えるが、プファウ・ファウも青い血を噴出させて耐える。

屠竜刀の長柄(ちょうえ)を握って浮いていたギギナは進めず、両足が床につく。遅滞なく生体強化系第五階位〈鋼剛鬼力膂法(バー・エルク)〉が発動。剣舞士(けんまいし)の全身の筋肉が隆起し、一回り大きくなる。力が伝わって、踵(かかと)が床を踏み割る。

剛力に導かれた刃が〈大禍つ式〉の左手を貫き、切断。非情の切っ先が続く右手の防御も貫き、進む。着弾した仮面に亀裂(きれつ)を生む。

プファウ・ファウは右手を犠牲にし、顔を右へと逸(そ)らし、即死の直撃を防いでいた。右を向いたまま〈大禍つ式〉の左足が跳ねあがる。同時に回転。ギギナが屠竜刀を盾として、回し蹴りを受ける。不吉な重々しい音が響く。

刃を抱えたまま、ギギナは後方へと飛ばされていく。血の尾が曳かれていた。俺は着地点へと走る。

ギギナは空中で縦に回り、血の円盤となる。空中で両手を広げて回転数を調整して、踵から着地。踵で床石を削りながら後退していくが、止まりきれずに再び跳ねた。後方回転をして、ギギナがなんとか着地する。が、まだ止まらない。

屠竜刀が床に刺さる。刃が床を切り裂いて減速。ようやく止まる。屠竜刀を握るギギナも膝をついていた。甲殻鎧の胸から腹部までが砕け、出血していた。〈大禍つ式〉の蹴りが直撃していたら即死していたのだ。

衝撃と負傷でまだ動けないが、ギギナは無事だ。俺は急停止し、反転。

前方ではプファウ・ファウが蹴り足を戻して、床に下ろす。横を向いた頭部も前へと戻される。仮面と頭部の亀裂が端から消えていく。上には円筒の絹帽子も再生されていた。

「先ほどの咒式はなかなかの危機でしたね」急速に亀裂が埋められていくプファウ・ファウの嘴が語る。「追撃で脳も破壊されるところでしたが、手足を振るえばなんとかなるものです」

全身に穿たれていた大穴も直径を縮めていき、埋まる。手袋に包まれた手も急速再生していった。

「となると、もはやあなたたちに私を倒す手段はない」

仮面と長外套には穴もほころびもない。全身が完全修復されていた。シビエッツリの命がけの咒式と、その破綻直後のギギナの追撃も、プファウ・ファウを絶命させられなかった。俺たちは唯一の好機を逃してしまったのだ。

生存者たちが隊列を組む。盾を連ね、魔杖槍を掲げる。魔杖剣を構えて、腰を落とす。

「トタタ・スカヤを倒し、私をここまで傷つけたあなたたちは強く賢く、勇気がある。おそらく人類でも最強に近い部隊なのでしょう」

プファウ・ファウは両手を掲げていく。

「ならば私の最大咒式でお相手しよう」

手の動きにつれて背外套が広がっていった。孔雀の羽の顕現のようだった。


ナーデンの広場に吹き荒れる衝撃波や熱風に対し、リンドは腕を掲げて耐える。風がふと弱まる。

女忍者の前にはミルメオンが立っていた。背広や肩にかけた長外套の裾や袖が激しくはためく。

「派手な登場音楽だな」

傲慢かつ不遜な態度だが、ミルメオン自らの体で衝撃波や熱からリンドを守っていた。リンドの目には主君への確信があった。ミルメオンの態度と実際行動が違うことを理解したのだ。

「で？」

ミルメオンは右肩に担いだ黄金十字をわずかに上げ、下ろした。

轟く爆音が去っていく。左には全身甲冑の騎士が七人、一列に並んでいた。反対側にも同じく全身甲冑の七人の騎士が整列していた。十四体の〈禍つ式〉の騎士たちは、角笛を口に当てる。

角笛が吹き鳴らされ、勇壮な音が響く。角笛を吹く騎士の間に赤が伸びてくる。赤絨毯が端まで伸びて、ミルメオンの手前で止まる。

ミルメオンは赤絨毯の先を見据える。果てには巨大な影が立っていた。黒ずくめの装甲。左手は大盾。右手は大剣を握る。背後では二本の尾が波打つ。

頭部は虎を模した兜。左右からは湾曲した角が伸びる。口から蒸気の息が漏れた。柄を逆手に握られた大剣が上がる。切っ先が降りて、赤絨毯ごと広場の石畳を突き刺す。

「形式番号二〇八、ガズモズ大侯爵である！」

大音声によって大気が震える。ミルメオンは平然と立ち、リンドが左手で耳を押さえる。

「あー、上位十番以内は爵位でも大がつくってやつか」

ミルメオンが相手の力を推し量る。

「さっさとかかってきて、死ね」

ミルメオンの口からは傲慢(ごうまん)な言い草が放たれる。大剣が絨毯(じゅうたん)から引き抜かれ、ガズモズが前に一歩を踏みだす。重量級の足が軽い地響きを立てた。

「ひとつの事実を教えておこう」

ガズモズが重々しい音とともに歩を進める。ガズモズの歩みの左右で、角笛を構えた両側の騎士が消えた。

「〈大禍つ式(アイオーン)〉の男爵(だんしゃく)や子爵(ししゃく)、伯爵(はくしゃく)までは人間の英雄や勇者、賢者に魔法使い、大軍隊にも敗北したことがある」

ガズモズの歩みとともに、騎士たちが消失していく。ただ大侯爵(こうしゃく)の登場を言祝(ことほ)ぐために召喚され、演奏のあとは消されているのだ。

「人間は才能や訓練で強くなる。知識や技術や経験の伝達があり、数が集まれば伯爵までの〈大禍つ式〉も倒れるだろう」

十四体の〈禍つ式(アルコーン)〉が消えて、ガズモズが立ち止まる。再び大剣が絨毯ごと大地を貫く。柄(つか)の上に籠手(こて)に包まれた両手が重ねられる。

「だが、我(われ)ら侯爵階級から上は、人類ごときを相手にただの一敗もない。おまえたち三次元空間の生物がどれだけ努力しようと届かぬ」

盤石(ばんじゃく)の姿勢から、ガズモズの鋼(はがね)の宣告が放たれた。ミルメオンの背後で控えていたリンドは息を呑む。

「勝てぬ勝てぬとうるさいやつだな。勝ち病かよ」

ミルメオンの返答は軽やかだった。

「俺はもちろん、俺のマヌケな後輩が、おまえとアブソリエルにいる同類を倒してやるよ」

ミルメオンは軽く重ねる。

「そう、アブソリエルには同じ〈享楽派〉で同階級のプファウ・ファウがいて同時作戦を展開している」

ガズモズは同類の名を聞いて、肩を揺すってみせた。

「プファウ・ファウは人類との戦いでは無敗。〈大禍つ式〉でもあいつは恐ろしい」

ガズモズは笑っていた。

「〈大禍つ式〉同士の長く激しい十三派戦争においても、プファウ・ファウは無敗。引き分けはあっても、ただの一度も敗北したことがない」

ガズモズの鬼火の目は笑いに揺れた。

リンドが息を呑む。〈大禍つ式〉がたまにこの世界に出てくるため、対戦が少ない人間相手の無敗は、まだ理解できる。〈大禍つ式〉はあまりに強いのだ。

だが、強大な〈大禍つ式〉同士の数千年とも数万年とも言われる大戦争で無敗となると、異常にすぎる。上位階級ですらプファウ・ファウに勝てないとは、いったいどういうことなのか。

「アブソリエルにいる人類が常識外れに強ければ、やつに傷を負わせ、もしかしたら地に這わせることができるかもしれない。それくらいは人類も可能だろう」

ガズモズの声には真剣さがあった。

「だが、人類が今の十倍、いや百倍強く賢かろうと、たとえ我ら〈大禍つ式〉を越えようと」

ガズモズが区切った。

「人類であるかぎり、プファウ・ファウには勝てない。それは」

皇宮の異常空間では、プファウ・ファウが悠然と立つ。俺たちは武具を構えて、包囲陣形を取ったまま動けない。残る一人となったが、攻め手がないのだ。

プファウ・ファウの左右の腕が上げられていく。瞬時に俺たちは防御姿勢を取る。

「私の最大咒式、特異点系超越階位〈永劫無間回帰回廊〉の咒式で葬りましょう」

〈大禍つ式〉の両手に引かれて背外套が広がる。裏地には数十もの横線が描かれていた。線が上下に開いていく。

裏地には数十、いや、百ほどはある瞳が現れた。不吉な虹色の瞳は上下左右に動き、一点で止まる。

百の瞳は俺たちを捉えた。見られるだけで背筋に悪寒が生まれる。

「それでは、遥かなる旅路へご招待しましょう」

百の瞳が輝き、咒式が発動した。空間に咒力波が走っていく。

俺は思わず体を引いて備えた。兵士たちが盾を掲げる。武装査問官たちも咒力干渉結界を展開した。

静寂。

なにも起こらない。

イェドニスや皇太子軍、ソダンに武装査問官たちも戸惑っている。なにをされたのか、俺にも分からない。ユシスへ目を向けるが、俺の兄にも分からないらしい。

分からないが、ガラテウ要塞での後帝国と西方諸国連合の戦いはすでに始まっている。様子見をする時間がない。ならば前進である。俺は左手で指示を出して、所員たちと進む。続いて左右と中央の全軍が進んでいく。

間合いを計って、魔杖剣や魔杖槍が掲げられる。一斉援護射撃が開始される瞬間、最前列に揺らぎが見えた。進みながら護衛隊の兵士が揺れた。膝が落ちて、前のめりに倒れた。

俺の前進が止まり、周囲も止まる。先行する兵士たちも思わず停止していた。

不自然に倒れた隊員は動かない。傷も出血もないが、遠くで分からない。次に右最前列の武装査問官が横倒しとなった。こちらも床に倒れたままの姿勢で微動だにしない。負傷もなにもないが動かない。

次に左前で音。仲間の攻性咒式士が倒れた。ギシムは目を閉じて、眠っているかのような姿だった。

あとは連鎖反応だった。倒れた仲間を庇おうとした兵士がそのまま前へと倒れる。体勢を立て直そうとした武装査問官が体を捻って倒れた。その後方、また後方と戦士たちが倒れていく。デッピオが倒れ、助けようとしたアイデンテも倒れていく。危機を察したダラックがリューヒンを背後に押し、自身は倒れた。範囲から逃れさせたはずのリューヒンも倒れた。逃れようとするものも逃げる姿勢を取ったまま倒れた。数十人が倒れ、さらに倒れていく。

「なんだこれは」

下がりながらも、俺は叫んだ。

「なんなんだこれはっ!?」

握りしめた魔杖剣がまったく頼りにならない。

空間ではすでに百人以上が倒れていた。確認した間にもまた別の人間が倒れた。訳が分からない。毒や病原菌は散布されていない。電波や放射線も感知されない。体の異変はなにも感じない。ただ咒式の組成式を受けただけだ。なにに作用しているのか分からない。

分からないが、仲間や友軍が倒れていく。戦場に立っているのは数十人にまで減っている。こんな訳の分からない大虐殺は見たことがない。先ではまた攻性咒式士が倒れた。ここまでやられていて、なにが起こっているか、一切分からない。

俺の体にも異変が起こった。

頭に暗雲が広がる感じだ。どこか眠気にも似ている。左はもう意識が飛びそうになるが、右だけはまだ感覚が明瞭だった。

前方は全滅だった。全員が床に伏して倒れていて、誰（だれ）一人として立っていない。

先にはプファウ・ファウが立ち、禍々（まがまが）しい背外套（マント）を広げていた。物質を無視して概念としての死をもたらす、死神の姿だった。

裏地で輝く百もの瞳（ひとみ）を見ていると、頭の暗雲が増す。瞳が原因だと俺は視線を逸（そ）らす。

すでに俺の周囲でも立っているものが少ない。テセオンは魔杖長刀を振りかぶったまま、前のめりに倒れた。助けようとしたドルトンが膝（ひざ）をつき、崩れていった。

ついにデリューヒンが倒れた。リプキンにリドリが転倒した。

リコリオが狙撃魔杖槍（そう）をプファウ・ファウに向けていた。穂先が揺れている。

「この、ままでは」

「全滅、する。僕、が止めな」

覚悟の声のリコリオが狙撃、しようとした姿勢で倒れた。

本陣である俺の傍（かたわ）らで、トゥクローロ医師が苦悶（くもん）の声をあげて横倒しとなった。モレディナが転んで、動かない。ニャルンだけが「なんである？　なんである?」と叫んだが、目が閉じていき、足が止まった。

アルカーバ、ヤコービーたちもうずくまり、倒れていた。

ナーデン王国首都にある、ナルクルッカ広場は戦場となっていた。噴水は崩れ、石畳には大穴が多く開く。瓦礫の山となる。そこかしこに抗議団体や市民や警官の死体が散乱し、屍山血河となっていた。

広場には甲冑姿の巨人、ガズモズが立っていた。

「……という咒式でな。プファウ・ファウに人類が勝てぬ理由が分かったであろう?」

ガズモズの宣言が終わっていた。

〈大禍つ式〉を前に見据えてリンドは刃を構えていた。だが、宣言が終わってから一歩も動けなかった。

「そんな」女忍者は首を左右に振っていた。「そんな咒式にプファウ・ファウに、人類が勝てる訳がない」

彼女の目には、心の底からの嫌悪と恐怖があった。激烈な訓練を生きぬき、死が充満する戦場を駆け、拷問にも耐え、故国を捨てて異国に放浪してきた女忍者であっても、怯えていた。

「いや、人間であるかぎり、勝てない」

「あちらの問題はあちらに任せておけ」

背後に控えるリンドの畏怖を遮断するように、ミルメオンが答えた。黄金十字印を右肩に担いで歩みはじめる。精悍な顔にある目の奥に、刃の光が宿る。

「それで死ぬなら、それまでのやつなのでどうでもいい」ミルメオンは前方を見据える。「こちらはこちらの問題を解決しておこう」

散歩でもするかのように、ミルメオンは歩みを進める。ガズモズは構えもせずに迎える。

「忘れていたが、プファウ・ファウも儂と戦うことだけは避ける。あやつの咒式は仕組みが特殊で無敗だが」

ガズモズが大剣の柄の上に乗せた右手から、左手を放し、また戻す。金属音が鳴る。

「戦闘力では儂のほうが圧倒的に上でな。儂はあやつに勝てないが、あやつも儂に勝てず、寿命が尽きるまで戦うことになってしまう」

「どうでもいい解説だな」ミルメオンは興味がなさそうに言って歩みだす。「おまえに悲しい過去があろうと、驚天動地の奇策があろうと関係ない。因果に関係なく、結果は俺が勝つようになっている」

ミルメオンが無造作に進む。両者の間合いが静かに縮まっていく。ミルメオンは間合いに踏みこむが、まだ進む。

瞬間、ガズモズの手元が霞む。見えたときには、大剣は振りぬかれていた。音と風はあとからやってきた。回避不能な超音速の一撃は空を切っていた。

ガズモズの巨体の背後に、ミルメオンが抜けていた。

「はい、終わり」

ミルメオンの左手が背後に回された。ガズモズの背に触れ、たと同時に、ミルメオンの左手から先は空中に舞っていた。

破裂音と烈風が吹き、左手が大地に落ちた。断面は鋭利な切り口で、遅れて出血。立ちつくすミルメオンの左手首の断面から、垂直に血が零れ落ちる。大地に赤い水たまりを作っていく。

主君の傷に、リンドは声をあげそうになる自分を抑えた。

前を向いたままのガズモズの大剣は、背後へ回されていた。リンドにも、そしてミルメオンにも見えないほどの超高速の一撃だった。

「初撃は手加減して、油断を誘った訳か」

背中を向けたままで、ミルメオンが笑った。左手首からの出血が笑いによって揺れた。

「汝に触れられると、どこぞに飛ばされると聞いている」

ミルメオンと同じく、ガズモズも背中を向けたままだった。

「原理は分からぬが、構わぬ。一切我が身に触れさせずに倒せばいいだけだ」

ガズモズは背後に抜けていた大剣を前に戻す。自分の眼前の大地に切っ先を刺して、柄の上に両手を重ねる、最初の体勢に戻った。

リンドはかつてないミルメオンの危機を感じていた。監獄世界への強制転移に死からの分身蘇生など、ミルメオンの各種の超咒式はとくに隠されていない。見てもなにが起こって、原理がなにかまったく分からないからだ。

しかし、ガズモズほどの強敵が前もって調べてきているなら、話は違う。

「お気をつけください。相手はミルメオン様を研究してきていま」

「俺に傷をつけた存在は、最近だと〈踊る夜〉の大法官と〈龍〉くらいのものだ」

リンドの心配を完全に無視して、ミルメオンは感心の声を出した。

「人類最強の俺でも、すべての戦いに無傷とはいかないらしい」

ミルメオンの左手の断面で、緑の光で恒常治癒咒式が作動。瞬時に出血が止まった。断面から高速で骨が伸びて、筋肉と神経系が追随。刷毛で一塗りされたかのように肉を皮膚が覆っていく。落ちた左手から指輪が跳ねる。次の瞬間、ミルメオンの指に収まる。

五指が握りしめられ、伸ばされる。左手は爪の先まで完全再生をなしていた。

「といっても関係ない。俺の勝利も変わらない」

「人類などと狭い範囲で最強であっても意味がない。汝に初の敗北と死を与えよう」

ガズモズも答えた。

背中合わせの両者の言葉が絶えた。リンドが息を呑む。ミルメオンの刃の瞳に黄金の輝きが宿る。

次の瞬間、双方が反転。広場において激突した。

「なん、なのだ」

俺は周囲の異常を見回す。俺とギギナだけがまだ立っている。他の数百人は全員地に伏している。訳が分からない。ここまで訳の分からない咒式は初めてだった。咒式で干渉されていることが分かるが、なににどう作用しているのか分からない。ただ仲間や戦友に友軍の全員が倒れている。

「なんなのだこれは」

答えた瞬間、ギギナの右膝(ひざ)が折れ、床につく。

「これは、あの時だと?」

謎(なぞ)めいた言葉を発したギギナの銀の眼にも、強い眠気が見えた。ギギナは犬歯(けんし)で唇(くちびる)を噛(か)む。唇から白い顎(あご)へと鮮血が零(こぼ)れる。だが左瞼(まぶた)が落ちた。青い竜の刺青(いれずみ)が跨(また)ぐ右目にもまどろみが見える。

ギギナの左手が閃(ひらめ)き、腰の後ろから短刀を抜く。自分の左太腿(ふともも)に突きたてる。甲殻鎧(こうかくよろい)の装甲(そうこう)を貫いて刃が肉に突きたち、出血。激痛が発生しているはずだが、ギギナの両目は閉じられた。

体が揺れる。ギギナは屠竜刀(とりゅうとう)を床に突きたてる。両手で柄(つか)に縋(すが)りつき、転倒を防ぐ。全力で耐えていても、柄を握る両手の五指が緩む。

「ネレトー、すまない」

なぜか屠竜刀に謝罪し、ギギナは左前へと倒れた。うつぶせになって動かない。

意識を保つために俺も動けないが、ここから見えるギギナは意識を消失していた。寝ているようにも見え、完全に無力化されている。

プファウ・ファウの咒式を眼前で見ても分からない。睡眠薬や麻酔咒式程度なら、ギギナの体内に働く恒常咒式が抵抗するはずが、無力だった。

「信じられないです、が」

声の方向に顔をなんとか動かす。右前方にピリカヤがいた。右膝をついて彼女も眠気に耐えている顔だった。左手で額を押さえて、耐えていた。五指からは咒式が発動し、自身に作用していた。

「この場、にいる全員への精神咒式攻撃、です」ピリカヤは何度も瞼が落ちながらも、必死に意識を保っている。「本当に、信じ、られない。侯爵級〈大禍つ式〉は、なんて、恐ろしい」

精神や感覚干渉咒式の最上級職〈智天士〉であるピリカヤですら、驚くほどの事態らしい。ピリカヤであっても、超高度な精神感覚咒式の発動には接触を必要とする。ただ見ただけで広範囲に展開しているなら、驚天動地の咒力である。

「お、そらく、ですが」

ピリカヤが途切れがちな意識をつなぐ。俺は彼女の言葉を必死になって聞く。打開の鍵はピリカヤの分析にしかない。

「眠って、いるように見える全員が、精神世界に落ちています」

ピリカヤが必死に分析していく。

「このま、まだと、無防備な世界、で全員が殺されま、す」

「なぜ俺だけが耐えられている?」

ピリカヤは左手で自分への精神操作を行(おこな)い、意識を失うことを防いでいるが、陥落は時間の問題だ。なぜ自分が耐えられているのかまったく分からない。

「これもおそらく、です、が」ピリカヤの右手が俺の右手を指し示す。「ガ、ユス、先輩が持つ〈宙界(ちゅうかい)の瞳(ひとみ)〉が抵抗、しているの、だと」

言われて、俺は魔杖剣(まじょうけん)を握る右手を見る。赤い〈宙界の瞳〉が発光し、淡い量子散乱を起こしている。

アナピヤの〈暴帝(ゲバルト・ヘルシャア)〉の力、周囲の人間に強制的に好意を抱かせる精神支配咒式にすら〈宙界の瞳〉は抵抗した。指輪は俺を守らないが、指輪自身は守るのだ。右手からの余波によって、俺の頭の右側の感覚だけがまだはっきりしている。

つまり俺だけがプファウ・ファウに抵抗できる。前方に刃(やいば)を向けるが〈大禍つ式〉の姿はない。

「それだけは厄介ですね」

上からの声と同時に、俺の右腕に痛み。プファウ・ファウの落下と同時に右手刀。俺の右肘（ひじ）の先が切断。指輪を嵌（は）めた手首が飛んでいく。

同時に強烈な眠気がやってくる。右手首の激痛があるのに意識が混濁していく。これは強力すぎる。膝（ひざ）が崩れ、そのまま倒れる。

視界には俺の右手が見えた。さらに遠くにプファウ・ファウが立つ。〈大禍つ式（アイオーン）〉自身も体が揺れていた。

「では、美しい夢のなかでまたお会いしましょう」

プファウ・ファウは後方へと倒れた。背外套（マント）が裏地の目を輝かせて巻きあがり、落ちた。ついに動かなくなった。夢の世界とやらで待ち受けるつもりらしい。

「ガ、ユス先輩」

ピリカヤの声が響き、俺は目を向ける。揺らいで霞（かす）む視界の端（はし）で、ピリカヤも床に倒れていた。

「あい、つの世界へ引きこまれる、ことは、もう避けられな、い」仰向（あおむ）けとなったピリカヤの両目は閉じられている。「後方にいて作用が、遅くて〈宙界（ちゅうかい）の瞳（ひとみ）〉で抵抗できた、ガユス先輩、だけに、勝機があります」声も遠くなっていく。「どういう世界か分かりませんが、あなた、だけが頼り、で」

ピリカヤの声が遠くからの谺（こだま）のようになっている。目を閉じたピリカヤの手足が痙攣（けいれん）しだした。

「ああ、そんなヴァイヤ、死なないで！　あたしが悪かった！　あたしこそが死ねばっ！」

ピリカヤの唇(くちびる)が絶叫した。魂が引き裂かれるような声だった。目を閉じたままピリカヤの表情は苦悩に苛(さいな)まれている。アザルリに手首を飛ばされ、脳を削られても平然としていたピリカヤが、初めて心底から怯(おび)えていた。

「なんだ、なにが起こっている⁉」

揺らぐ世界で俺は問うたが、ピリカヤの返答はない。彼女も完全に意識を失ったのだ。

俺の視界からピリカヤの姿が消えた。戦場の光景も消えた。俺の目は見ているが、意識に届いていないのだ。右手を切断された痛みすら感じなくなっている。

ダメだ、戦友たちを殺させる訳にはいかない。俺だけに勝利の可能性があるなら、耐えなければ。でも、どうやって？

世界が溶解し、俺の意識も溶解していく。

闇(やみ)

落下

深淵(しんえん)

無

二十四章　美しき悪夢をもう一度

戻りたい時代がある人間は幸せである。戻りたくない人間は、一生をかけて戻りたい場所を探し、ついには見つけられない。

ジグムント・ヴァーレンハイト「あなたのための優しい処刑　上巻」皇暦(こうれき)四八一年

緩い坂道を上がると、ラタナム駅が見えてきた。

俺はラタナム駅前の時計を見上げる。まだ時間になっていないことを確認し、歩いていく。地方の駅前なんてどこも似たようなものだ。寂(さび)れた商店街に、バスの発着場がある。郊外にある商業施設への便だけが人を乗せている。

ユシスとの待ち合わせ場所、駅前のなんだかよく知らない人物の彫像の前で立ち止まる。ユシスと遊べると思うと、今でもわくわくしてしまう。一瞬オレットのことが思い出せたが、なぜ今思い出したのだろう。最近思い出した記憶もあるが。どうでもいいので無視しよう。

知覚眼鏡(クルークブリレ)に時刻を表示させると、予定時刻をすぎてもユシスはやってこない。ユシスが遅れるなど珍しい。もしかして事故かと心配になって、周囲を見回す。

建物の先にユシスの姿を見つけた。声をかけようとすると、ユシスは男と立っていた。背広の男はユシスに親しげに話しかけ、名刺を渡していた。

笑顔とともに、男は去っていった。後ろ姿となって、初めて腰の左に魔杖剣(まじょうけん)が見えた。

ユシスは受けとった名刺を右手に提げて歩きだす。俺の元へとやってきた。目は駅の時計で時刻を確認する。

「少し遅れたな」

俺へと目を戻し、ユシスは右手で名刺をひらひらと振ってみせた。

「あれ誰(だれ)？」

俺は駅へと去って行く男の背中を見る。

「ちょい遠くのイバネス市の攻性咒式士(こうせいじゅしきし)事務所の人だとさ」

ユシスは持っていた名刺を胸の衣嚢(ポケット)に収める。俺には訳が分からない。

「なんの用で攻性咒式士が兄貴に？」

「再来年、俺は院には行かず、社会に出る」

ユシスの答えを聞いても、まだ俺には分からない。ユシスが歩きだす。俺は仕方なくついていく。

「で、大学の進路調査で軍か警察かと問われて、民間の攻性咒式士事務所がいいだろうと答えておいた」

進みながらユシスが述べていく。

「その情報が出回り、いくつかの攻性咒式士事務所が俺の勧誘に来ている」ユシスは物憂げに語る。「故郷に戻ったのも勧誘が鬱陶しかったからだけど、ここまで来るみたいだね」

ユシスの話を隣で聞く俺は驚いていた。

「改めて、ユシス兄って本当に凄いんだな」

「ツェベルン大学舎の入試の筆記で歴代五位、実技で六位を叩きだし、咒式研究がロンサイス賞とヴォイド賞を取ればそうなるだろうさ」

ユシスが軽く言ってみせた。俺は兄には珍しい子供っぽさをいじりたくなった。

「なにそれ自慢?」

「直球で自慢だよ」

ユシスは照れずに言ってみせ、左手を伸ばす。右腕で俺の頭ごと抱え、二人で立ち止まる。

「ガユスの自慢の兄貴でいたいからな」

ユシスが笑った。誇らしさで俺の胸がいっぱいになる。

「あとは政府の特殊部隊、ついでに黒社会の組織といった後ろ暗い連中も俺を見ている」

ユシスが声を小さくした。

「え」

「声が大きい」

ユシスがさらに小さく俺にささやく。

「日の当たる業界が注目するなら、とうぜん影の業界も俺を引き入れたい」ユシスが小声で続けた。「もちろん俺は日の当たる世界に行くけどね」

ユシスの笑みに、俺も笑う。有能なユシスがくだらない界隈に行く理由がないのだ。

気づくと、俺を抱えるユシスの目は真っ直ぐこちらを見ていた。

「ガユス、おまえもツェベルン大学舎に来い。少しの間だが、また先輩後輩になれる」ユシスは熱のこもる言葉を放つ。「また俺が教えられる」

「えー、俺、兄貴ほど頭が良くないから、頑張りに頑張ってリューネルグ大学院が限界だよ」

俺なりに自分の実力を考えれば、世界中から俊英が集まるツェベルン大は無理だろう。

リューネルグはその下だがかなりの難関なので、俺としても見栄を張っている。

「ふたつの大学は同じ皇都にある。時間があるとき、ツェベルン大の俺の研究室に来ればいい」

ユシスが片目を閉じてみせた。

「それにリューネルグ大にはランバルテ教授がいる。偏屈だが実践咒式学では世界有数の一人で、本人も元は高名な攻性咒式士だ。あの老人に学ぶことはためになる」

ユシスが言うと、リューネルグも悪くない。むしろ俺とユシスは両方の大学を利用できて良いことずくめだ。

「で、ユシス兄は卒業後にどこへ行くの？」

沈黙。兄からの返答はなく、手が離された。

見ると、兄の目は俺ではなく、道の先へと向けられていた。前を見る青い目には哀感が宿っていた。

「町長の親父と跡を継ぐディーティアス兄貴には悪いが、この町はどこにでもある地方都市にすぎない」

青い氷の目に映るのは冴えない街並み。同じように冴えない人々だった。ラペトデス七都市同盟と国境線を接するコンル州の端にあるこのラタナムの町は、典型的な地方都市だ。

灰色の木々と山の間に、建売住宅と小さなビルの群れが見える。郊外には農地と牧場が広がるが、寂れる一方だ。林業は瀕死。鉱山は大昔に閉鎖されている。オリエラル大河につながるウオガ川での運送業も振るわない。レハン湖の漁業は趣味の範囲。

郊外に点在する工場が煙突から煙を吐いている。車や電子機器や咒式具の部品を作って、他州の工場へと出荷しているらしい。完成品はここでは作られない。なにもかもが途中の町だ。

町では冴えない中高年が泥のように働いている。なにもしない無職もちらほら見かける。平均より上の若者はさっさと進学や就職で出ていく。残っている若者は、まだ外に出られない高校生までの年少者。そして時代遅れの不良ごっこをする無能が、どこにも行けずに残るだけだ。

ずっと冬の曇り空の下にいるかのような、陰鬱な町だった。自分の現状を見ているようで、俺は目を逸らす。

「ここは俺たちがいる場所ではない」

ユシスの冷淡な声が響く。

「俺が先に世に出て、おまえが活躍できる場を用意して待っている。そこから二人で世界を走ろう」

俺はユシスの横顔に見とれる。青年らしい覇気が燦然と輝く太陽のようで眩しい。ユシス兄はこのぼんやりした田舎町の他の連中とは違う。違いすぎた。

俺に世に出てなにかをなそうという気持ちは、まったくない。将来なんて漠然と金持ちになって、綺麗な奥さんとかわいい子供がいればいいな、くらいの凡庸なことしか考えられない。だけど兄貴は歴史に名を残す偉人になる、かまでは分からないが、なにかをやる。ユシスの大業を支える役目なら喜んでやりたい。

「うん」

俺は感極まってしまい、単語のみでうなずいた。

「よし」

言ったユシスが俺を離した。兄貴は歩きだし、俺も続いていく。

ユシスは自分が考えている将来の計画をいろいろと話す。いわく、警察は活躍しにくい。軍は戦争があれば出世できるが、大乱はしばらくないだろう。攻性咒式士はもっとも出世しやすいが、死ぬ危険も高い。学者は俺が向いていないからユシスもやらない。政治家は世界を動かすが、なるまでが長い。

　ユシスの話を聞いているだけで、二人の将来の可能性にわくわくする。

話しながら進むユシス兄は笑っていた。続く俺も笑っていた。

　木陰がギギナの体に斑の影を落とす。少年は木々の間の斜面を上がっていく。

大地に横たわる木の根を跨ぎ、岩を乗り越える。腰の後ろの短剣が邪魔となるが、何度も位置を直し、ひたすら進む。

　傍から見れば、家具と音楽を愛する柔弱な少年だが、山道を苦にせずに進んでいる。

軽々と山道を行くギギナの足が止まる。山道の前方を土砂と倒木が塞いでいた。一抱えほどもある大木だった。右にある傾斜が先週の大雨で崩れ、落ちてきたらしい。

「これ、不便だな」

　ほぼ誰も通らない道だが、ギギナは溜息とともに決意の顔となる。楽器と荷物を背中に回し、前に進む。倒木を動かすには大人が数人がかりか咒式、重機が必要なほどの質量だった。

　少年は屈んで、倒木の下に両手を差し入れる。とくに気張ることもなく、あっさりと持ちあげる。山道の脇に落とす。重低音とともに木が落下。衝撃で枝が折れ、葉が散る。

ギギナは何事もなかったように両手を払い、木屑を落とす。大量の土砂はどうにもならないが通行はできると、再び山道を歩んでいく。半袖の上下から出る手足は細いが、よく観察すれば奥に筋肉の束が見える。たまに裾から見える腹部にも、少年らしからぬ腹筋があった。

幼少期から海辺や山間部に慣れ親しんだ環境と母の課した修行、そしてドラッケン族の血が自然とギギナを強靭にしていた。

ギギナは森を抜ける。斜面を登りきった丘の上には、狭い平地が広がる。先には崖があった。道がつながっていないためここまで来る人物は少ない。おそらくは地上で二人だけである。

ギギナはいつもの岩を見る。岩に座る人影の背中が見えた。

「ネレトー」

喜びの響きでギギナが呼びかけると、少女は振り返る。栗色の髪にかわいらしい唇。橙色と緑と茶色が混じる榛色の瞳がギギナを見ると、顔全体で少女が微笑む。

「ギギナ、遅い」

「倒木を退けていたんだよ」

笑いながらギギナは歩いていく。少女の隣の岩に腰掛ける。年上のネレトーと年少のギギナは町で会うことを避け、秘密のこの場所でだけ会うようにしていた。

二人は崖の上の岩から、先を見つめる。眼下にはフォソンの町が広がる。青や赤の屋根の家々が豆粒みたいに小さく見えた。先には農場や牧場がある。いろいろな悩みや悲しみも遠い景色となるように思え、二人はよくここに来ていた。

ギギナは父が行商人であり、母が咒式鍛冶師という都合でフォソンの町の外れに住んでいた。ネレトーは親の稼業が炭焼きなので、山に住んでいた。フォソンの町の学校に二人は通っているが、どちらも馴染めていない。町の人々や同級生たちは、どこか違う世界の住人にしか思えなかった。疎外された二人が、なんとなく仲良くなっていた。

「元気がなさそうだけど、例のこと？」

指摘されて、ギギナはネレトーを見る。少女は前を見たままだった。

「例のこと、だね」ギギナは息を吐いた。「母上はなんとかして僕をドラッケン族の戦士にしたいらしい」

「似合わないよ」

ネレトーは笑って言った。

「僕もそう思うんだけどね」

ギギナも微笑んだ。

「だって僕が剣を握って〈異貌のものども〉や敵と戦い、ドラッケン族の傭兵軍に入って戦争に参加するなんて考えられない」ギギナは手を振って語る。「一流の戦士と認められるためには、竜を倒す必要があるんだって」

「何回聞いても、意味が分からない民族ね」

ネレトーが微笑(ほほえ)んだ。ギギナも顎(あご)を引いて同意してみせた。

「人を殴ったこともないのに、剣で切って刺すなんてできるわけがない」ギギナは考える。「自分がそうするってことは、僕も誰(だれ)かに切られて刺される。考えるだけで怖い」

「ダメ」

ネレトーの言葉で、ギギナが視線を変える。少女は少年を見据えていた。真剣な目だった。

「ギギナが傷つくのはダメ」

「ダメって」

ギギナは笑って答えたが、少女の目には真剣さがあった。一転してネレトーが微笑み、右手を挙げる。指先はギギナの頰(ほお)に触れた。

「こんなに美しい顔や」ネレトーが言葉を句切った。指先は頰から降りて、シャツ越しに胸板に触れる。「こんな美しい肌を傷つけてはいけない」

「な」ギギナはネレトーの言葉に一瞬驚き、ようやく続けていく。「んだよそれ」

ギギナは不満そうに言った。少年なりに自分の容姿に不満があった。母譲りの美しさは誇らしいし、ネレトーに気に入られるのは嬉(うれ)しい。だが、ギギナがまったく興味を持たない男性にすら言い寄られることには閉口している。もう少し早く成長して、男性的な容姿が欲しいと切に願っていた。

ネレトーの指がギギナの右頰に触れる。

「正直、この刺青すら憎い」

少女は言った。

ギギナは、ネレトーが自分を見て触れているに任せていた。少女に触ってもらうと嬉しい。少年らしく興奮もしてきた。

二人の距離はかつてなく近づいていた。ギギナは今しかないと理解した。

ギギナは右手を上げていく。一瞬だけ嫌われるかもと止まるが、ネレトーの目に期待を感じた。

勇気を出して、ギギナの指先は少女の顎に手を伸ばす。触れた肌と自らの指先も熱い。ギギナは前に顔を進める。唇が重なる。少年は興奮のまま、口内で舌を伸ばす。ネレトーの歯が拒否する。ギギナが性急に求めるとネレトーの防御はすぐに陥落。二人の舌が熱く絡まる。

ギギナの左手はネレトーの腰を抱きよせる。少女が拒否せず、ギギナはさらに進む。右手が少女の襟元にかかる。釦を外そうとするギギナの手に、ネレトーの手が重なっていた。

ネレトーはギギナから顔を離す。目には喜びと悲痛な色が同時にあった。

「それはまだ」

うつむいてネレトーが言った。

「あ、ごめん」

ギギナは慌てて両手を戻し、上体を引く。岩の上で二人の距離が離れる。

「行こう」

ネレトーが立ちあがる。ギギナも遅れて立ちあがる。

二人は動かない。帰りたくないのだ。ネレトーがようやく動く。ギギナも続く。両者が森に足を踏み入れる。木々の間を下っていく。

歩きながらも二人はなにも話さない。話せることがなかった。

「だから、あれはユシス兄が悪いんだって」

「ガユス、それがおまえの悪いところだ」

笑いあいながら俺とユシスが歩いていく。自宅の門を抜けて、二人で小径を進む。ユシス兄といるといつも楽しいことを言ってくれる。俺にとっては兄だが人生の先輩で、なにより英雄だった。クソつまらない町で、ユシスだけが別格の存在だった。

玄関を抜け、廊下を進んでいく。応接間を見ると、ディーティアス兄貴が腕組みをして立っていた。横顔は見たこともないくらい厳しい表情となっている。

応接間の奥を見ると、父のハリウスが家長の椅子に座って、険しい顔をしていた。二人とも温和な性格である。父は町長で兄貴は助役であり、私生活であっても考えなしに嫌悪感を外に出すなどありえない。ありえないが出ている。異常事態だ。

二人の前の机を挟んで、反対側に女が座っていた。

「や、久しぶり。二人とも大きくなったな」

女が俺とユシスへと手を掲げ、軽く言った。長い赤髪。紅を差した唇。深海の青を宿した瞳。赤いドレスの胸元は深い切れこみが入り、乳房が半ばまで見えている。裾からは長い足が見えた。外見からは中年の美女としか分からないが、どこかで見たことがある。

「あー分からないか」

女の発言で、ようやく俺にも相手の正体が分かった。母のアゾルカだ。

幼少時にはいっしょにいたのだが、俺にはほぼ母の記憶がなく、写真でしか知らない。現在の自分から見ても美しく豪奢な母だった。ただ、その美しさは毒花のものであって、内面は最悪である。

アゾルカはソレル子爵夫人、町長の妻という地位も良いだろうとして父と結婚した。ディーティアス兄貴とユシス兄と俺を産んだら、義務を果たしたとばかりに、外に男を作りはじめた。父に露見すると、殺されるとばかりに逃げていった。

父は母がいつか改心すると思ったのか離縁せずにいた。その母がしれっと戻ってきていた。

俺とユシスは母に反感を抱くが、表には出さない。出しても仕方ないのだ。

「ああ、こちらも紹介しておく」

アゾルカの手が椅子の背後へと伸び、手招きする。奥の部屋から小柄な人影が現れる。橙色の髪、桜貝の唇、緑の瞳の少女だった。

俺は息を呑んだ。ユシス兄も驚きの顔となっていた。ディーティアス兄貴は喉の奥で唸った。父は無理に微笑んでいた。母も爛熟した花の美しさだったが、少女はあまりに美しかった。後光を宿すかのような美しさがあると、俺は初めて知った。

「家を出る前に妊娠して、向こうで産んだ。だからあなたの娘で、あなたたちの妹になる」

アゾルカの言葉で、俺とユシス、ディーティアスの兄貴の胸中に一気に疑念が湧いた。横目で確認すると、父は今まで見たこともないほどの無表情。怒りと愛情の間で凄まじい自制心を見せていた。うわ、怖。

「ほら、名乗りなさい」

アゾルカが俺たちの妹という少女を急かす。

「はい」少女が微笑む。「お父様とお兄様たちには初めまして、アレシエルと申します。娘と妹としてよろしくお願いいたします」

声まで美しかった。

少女の存在はソレル家の大問題だ。母は家出前に妊娠し、その後に出産したとしてアレシエルを紹介したが、俺や兄たちと一切似ていない。それどころか父にも似ていないし、突然変異を肯定しないと出てこない髪と瞳の色だった。わざわざ経緯を説明したことから分かるように、母は他の男との子供を産んで、父の子として連れてきたのだ。信じられないほどの厚顔無恥だった。

俺はもう父の顔を見ることができなかった。いくら温厚な父といってもこれは怒る。殴り倒すくらいなら仕方ないが、殺人の可能性すらありえる。ディーティアス兄貴は冷たい怒りの顔となっている。父を止める気はないらしい。

「ガユス」

小声でユシス兄が俺に合図を送る。父が魔杖剣を抜けば、俺たちが止めに入るしかない。

「そうか、娘か」父の歯の間から、押し殺された言葉が漏れる。「アレシエルというのか。それは良かった」

父は超人的な忍耐力で言いきった。零落したとはいえ子爵にして町長という立場、さらには本人の自制心がなんとか激昂を押しとどめたのだ。

横目で見ると、ユシスの顔には侮蔑。父はまた母を失うことを恐れたのだろう。しかし俺たちからすれば、アゾルカに人の親である資格はない。人としても最悪である。父や周囲が機嫌を取って押しとどめても、母はどうせまた問題を起こすだけである。

「アゾルカ、ちょっと話がある」父は椅子から立つ。「おまえたちはアレシエルを案内してやれ。部屋も家のどこかを世話してやれ」

父の呼びだしにも母は動じず、ついていく。一人残されたアレシエルを兄弟たちが見た。不義の子とはいえアレシエルに罪はない。知らない場所の知らない男たちがいきなり家族だと紹介されても、怖いに決まっている。

「ああ、ええと」俺なりに妹に優しくするべきだと考えた。「俺はソレル家三男のガユス。あっちにいるのが」

「ディーティアス、長男だ。他とは年は離れているが、頼ってくれていい」

内心がどうあろうと、ディーティアス兄貴もアレシエルを受け容れることにしたようだ。

「次男のユシスだ」ユシス兄は微笑んでみせた。「いろいろ大変だろうが、兄たちを頼ってくれていい。まずは部屋へ案内しよう」

ユシスが言って、アレシエルの手を取る。

「ありがとうございます、ユシス兄さん」

アレシエルは微笑んでみせた。まるで花だ。

「ユシス兄、ずるい」

俺は前へと進み、アレシエルの反対側の手を取る。

「ありがとうございます。ガユス兄さん」

アレシエルはまた微笑んでみせた。俺にも複雑な感情はあるが、こんな美しく礼儀正しい妹ができるならいいだろうと思えてきた。我ながら単純である。

二人でアレシエルを部屋へと案内していく。

翌日、母は消えた。

ギギナとネレトーは無言のまま、斜面の森を降りていく。

傾斜はなだらかになり、森は平地となっていた。二人は木々の間を歩いていく。少女の足取りは重い。少年と少女は森の小径に出て、ひたすら歩いていく。ギギナがなにかを言おうとして、口を閉じる。ネレトーも同じだった。二人は会話できずに歩いていく。

ネレトーの足取りは遅くなっていく。ついに少女の足が止まる。続いて少年の足も止まった。理由は分かるが、ギギナは言わなかった。

「もうここでいいよ」

諦めたようにネレトーが言った。

「いいよ、ちゃんと送る。女の子には優しくしないといけない。母上もそう言っていた」

ギギナは溌剌とした声で答えた。

「それに、少し僕からも釘を刺しておきたい」

年下の少年の言葉に、ネレトーは息を呑んだ。榛色の瞳が潤んでいた。少女は少年の気高さと愛情に胸を衝かれていた。

「さ、行こう」

ギギナがネレトーの手を取り、また森の小径を進んでいく。小さな騎士のようにギギナはネレトーを引っ張っていく。

二人が木々の間を抜ける。野原の先には、傾いた家が見えた。屋根の瓦もいくつか欠けている。金属製の煙突も錆びて折れていた。正面にある扉も塗料が剝がれて、一部は腐っていた。

軋みとともに扉が開かれる。

「帰ったか」

戸口には男が立っていた。乱れた茶色い髪、黄土色の目は曇っていた。

「ネレトー、また遊んでいたのか」

「父さん、違うのこれは」

「黙れっ！」

ネレトーの言葉に、父であるネブレグが怒鳴る。

「おまえはいつもいつも言い訳ばかりだ」ネブレグの口からは悪罵が漏れる。「おまえの母親も文句ばかりだった」

ネブレグが右手を掲げる。ネレトーは動けない。

「来いっ」

ネブレグが重ねて言うと、雷撃に打たれたかのようにネレトーの肩が跳ねる。少女が一歩を踏みだし、続いて二歩。三歩目が止まる。背後からギギナの右手がネレトーの左肩にかかって、歩みを阻止していた。ネレトーは振り返る。迎えたのはギギナの眼差(まなざ)しだった。

「帰ってはいけない」

ギギナは必死に留めた。

「ひどいことをされているって噂(うわさ)がある。だから」

ギギナの言葉に、ネレトーの目には感謝の色が浮かぶ。続いて寂(さび)しい横顔となった。

「いいえ」ネレトーは否定した。「躾(しつけ)だから仕方ない」

「そんな」

ギギナがかけた右手にネレトーの右手が重なる。丁寧(ていねい)に手が退(ど)けられる。ギギナは手を掲げた姿勢で止まっていた。重い足取りで少女は前に進む。

玄関で立ったままの父のネブレグの傍(かたわ)らを、ネレトーが抜けていく。

ネブレグの先に赤々と燃える暖炉が見えた。暖炉前の柵には火掻(か)き棒が立てかけてある。ネレトーは暖炉を大きく避けて、家の奥へと消えていった。床には何本もの空の酒瓶(びん)が転がる。

ネブレグは玄関から去らずに、路上に立つギギナを見据えていた。

「他人の家と女に口を出すな」

ネブレグは怖い目をしていた。ギギナは思わずたじろぐ。ネブレグは酒癖(ぐせ)が悪く乱暴者であるとは、町の誰(だれ)もが知っている。ギギナもネレトーの父でなかったら近づきたくもない人物だった。ギギナの掲げたままの手が握りこまれ、拳(こぶし)となった。

「ネレトーをいじめたら許さない」

右拳を突きつけ、ギギナは敢然と言い返す。ネブレグは少年の威嚇を鼻先で笑った。続いて拒絶するように、扉が乱暴に閉められた。

ギギナは路上で立っていた。家は静かだった。ひたすらに観察するが、なにも起こらない。いつまでも見張ることもできないと、ようやく身を翻す。途中で何度も振り返って確認するが、音はしない。今日は大丈夫だろうと自分を納得させ、山道を歩いて帰っていく。

ネレトーの父、ネブレグは炭焼きだった。元から酒癖が悪く、乱暴者だった。母のイトリアは気が強く、怒りに満ちていた。

イトリアは三年前に山の事故で死んでいる。ネブレグが殺害したのではないかと疑われているが、真相は分かっていない。自殺したのかもしれない。イトリアの死後、ネブレグは酒癖が悪化して中毒状態となり、凶暴性も増した。ネレトーへの当たりも強くなり、束縛するようになっている。

ただ、ネレトーの顔や手に腫れや負傷は一度も見えない。暴力はないだろうとギギナも楽観視していた。

どうしたらいいいか、まだ少年であるギギナには分からない。

「まだか、アレシエル」

上着に袖(そで)を通しながら、俺は廊下から呼びかける。

「まだー。ちょっと待ってよガユス兄さん」

室内から妹の返事が来る。俺は腕時計を確認する。時間が本当に迫っている。

「ユシス兄との待ち合わせに間にあわないぞ」

「まだ～」

アレシエルの返答は変わらない。

「またあれか」

俺は開け放たれた扉から、室内を見る。正面の窓辺には寝台(ベッド)が横たわる。左には本棚。少女らしい恋愛小説などがあるが、ほとんどは咒式(じゅしき)の本だった。

著者名を見ると、古典のエルキゼクにギナーブにヨーカーン、各種〈異貌(いぼう)のものども〉と高次元生物に定評があるヴォイドに数法系のフラッハ、新進気鋭のレメディウスの本が並ぶ。机の上にも十数冊もの本が重なって広げられ、付箋(ふせん)が貼(は)られていた。咒式具も散乱している。俺よりアレシエルのほうが咒式について勉強している。

部屋を見回したが、戸口からはアレシエルの姿が見えない。時計を再確認すると、本当に余裕がない。

「時間がない。入るぞ」

「え〜やだ〜」

アレシエルが緩い拒否の声をあげるが、俺は室内に一歩踏みこむ。女の子の部屋特有の甘ったるい匂いがする。扉の陰から部屋の右へと顔を向ける。本棚の間、鏡台の前にアレシエルは座っていた。

「も〜、かわいくない姿、見せたくないのに」

鏡と真剣勝負をするような顔のアレシエルが、櫛で髪を梳かしていた。華麗な動作を見ていると、アレシエルは髪を結う手を止めて、櫛を鏡台に置いた。結んだ髪を解いて、今度は逆の手で櫛を握って梳かしはじめた。

「またそれか」俺は息を吐く。「外出に二時間かかるのは、いくらなんでも遅いと思う」

「変な髪型と格好で外に出たくない」

鏡のなかのアレシエルが拗ねてみせた。女心は分からないでもないが、やはり分からない。

「ガユス兄さん、やって」

アレシエルの右手が櫛を突きだしてきた。苦笑しつつ俺は進む。椅子に座るアレシエルから櫛を受けとる。妹は両手をそろえて膝の上に置く。俺にお任せの態度となっていた。

俺は櫛をアレシエルの髪の下のほうに差す。丁寧に梳っていくと、髪が整う。次に髪の中程、最後に頭頂部付近の髪を整える。最初は上から櫛を入れて絡ませてしまい、アレシエルに怒られたものであるが、今では慣れたものである。

梳かしおわった髪を房にして握り、飾り帯で結っていく。アレシエルは日によって好む髪型が違う。先ほど放棄したものは外れ。俺が覚えさせられた髪型は六十六種類あるが、アレシエルの気分と服から推測して、決める。髪をまとめては編み、編んだ髪をまた別の髪による輪の下へと通していく。

背後に流した髪の束を留め具で固定し、手を離す。

「これでどう？」

俺が告げると、アレシエルは顔を左に右に動かす。最後に正面を向いて鏡に映る自分を確認する。目には喜び。俺は正解の髪型を当てられたようだ。

「うん、ガユス兄さんは私の今日の気分がよく分かっている」アレシエルが言った。「やってもらうと綺麗になれる」

アレシエルが微笑む。まるで大輪の花のような微笑みだった。父が違う妹とは分かっていても、あまりの美しさに俺は息を呑む。母のアゾルカはすべてが最悪だが、外面だけは美しかった。娘であるアレシエルは、少女の時点で美しさが周囲を圧する。これからさらに美しくなっていくとすると、母以上に末恐ろしい。理不尽かもしれないが、本人にその気がなくても周囲が惑う。俺はなんとかアレシエルから顔を逸らす。

立ちあがったアレシエルとともに部屋を出て、階段を下る。玄関でお手伝いさんが外套を手元で畳んでいた。前には長身の人影が立つ。

「あ、ディーティアス兄貴」

玄関には、ちょうどディーティアス兄貴が帰ってきたところだった。

「昼に兄貴がいるのは珍しい」

それほど兄貴は仕事であちこちを駆け回っているのだ。

「ああ、ちょっとな」

お手伝いさんに鞄を預けながら、ディーティアスが言った。昼に帰宅するなら、議会や業者のために資料が必要なのだろうが、長兄は詳細を語らない。元々言葉が少なく寡黙なのだ。俺が長兄を苦手とする原因だ。アレシエルも俺の背中に隠れるようにしていた。

「じゃ」

俺が言って、アレシエルとともに玄関を抜けていく。

「ええと、ガユス、アレシエル」

ディーティアス兄貴が呼び止めてきた。珍しいことだと俺は振り返る。玄関口に立つ兄貴は俺たちを見ていた。どこか真剣な眼差しをしていた。

「私がそうするように、ガユスよ、兄は妹を守ってやれ」兄貴は俺に向かって言い、次にアレシエルを見た。「アレシエルよ、妹は兄を支えてやれ」

俺とアレシエルは「は、あ」と生返事をした。通り一遍のことをなぜ兄貴が言うのか分からない。つまらないとも思う。

「じゃ今度こそ」

　俺とアレシエルは再び反転して、外へと出る。

「なんなんだ、ディーティアス兄貴は？」

「さあ」

　俺とアレシエルは話しながら庭を進む。

「ほら、ディーティアス兄さんって地味じゃん」アレシエルが手を叩(たた)いて思いつきを語っていく。「だからなんか長兄っぽい、良いことを言ってみたかったんじゃない？」

「ああ、そうかもな」

　アレシエルの推測に、俺もちょっと納得する。次兄ユシスの才能がありすぎるため、長兄の存在感は薄い。たまに存在感を示したかったのだろう。

「だけど、ディーティアス兄貴には感謝しておけよ」

　俺はアレシエルに言っておく。

「兄貴は助役として、昼夜を問わずに働いて町の財政を立て直した。工場を誘致し、犯罪率も低下させた。今の町があるのはディーティアス兄貴のお陰だ」俺は家から町を見た。「財政破(は)綻(たん)しそうだったソレル家をも立てなおし、ユシスの進学費用、新たに来たアレシエルの生活費の捻出(ねんしゅつ)をしたのも兄貴の尽力の結果だ」

「え、凄(すご)いじゃん」

アレシエルが振り返った。玄関はすでに閉じられ、窓の奥にディーティアス兄貴がお手伝いさんと書類を探している姿が見えた。

「でも地味」

アレシエルが残酷な採決を下した。アレシエルくらいの少女からすれば、兄貴は地味で退屈な人間に見えるだろう。俺もそう思う所がある。

「なんかディーティアス兄貴には嫌われてはいないんだけど、好かれてもいない感じがする」

「なんで？」

「なんとなく」理由は分からないでもないがアレシエルの前では言わない。「だけど、兄貴はちょっと俺に似ているんだよな。向こうからすれば兄貴に俺が似ているのだけど」

「あ、地味なところが共通点だから？」

アレシエルが笑って言って、俺は怒った演技で追いかける。アレシエルと二人で笑いながら、車庫に向かう。父と長兄の車の間に、俺の単車がある。

単車に俺が跨がる。背後にアレシエルが座る。すぐに前にいる俺の腰へと腕を回す。触れられると少し緊張してしまう。

俺は左手で操縦桿を握り、右手で捻って起動。左足の操作で動力を伝えると、単車が走りだす。塀の間を抜けて、道に出る。二人乗りの単車は町を走っていく。

進みながら、単車にある時計を確認。うわ、これはまっずい。

「遅れているから、ちょっと急ぐ」

言ってから俺は単車を加速させる。商店やビルが背後へと遠ざかっていく。後ろ見の鏡に、アレシエルが映っていた。向かい風で流れる髪を、アレシエルが手で掻きあげていた。通行人たちのうち、アレシエルに気づいた男はほぼ全員が見てしまっていた。

俺が体を左に倒すと、アレシエルも合わせる。単車は左折。曲がりきると二人で体を戻し、単車が直進していく。

母アゾルカが消えてから、かなりの時間が経過した。当時の父は嘆息を吐き、ディーティアス兄貴は母の不実に激怒した。激怒しながらもディーティアスは手続きを進めた。

現在、アレシエルは俺と同じく、隣町にある州立のエイオロス高校に転入していた。あまりに美しい少女が転入したことで、男子生徒はどよめいた。ただし、男子は一切近寄れなかった。町の厄介者だったオレットと一派をまとめて叩きのめし、逮捕させたユシスの妹に手を出せる蛮勇は誰にもない。

俺としてもアレシエルが誇らしい。凄い兄貴に美しい妹がいる俺は、幸せにすぎる。

「この前の試験はどうだった?」

単車を走らせながら、俺は聞いてみる。

「いつもどおり」

アレシエルの答えも後方に流れていく。

「どの教科が？」

「全部」

「さっすが」

少女の答えに俺は笑っておく。エイオロス高校は州の進学校でユシスは楽々と入り、俺はユシスのつきっきりの厳しい指導でなんとか入った。一方でアレシエルは転入試験を問題なくこなした。その後は全教科で三位か四位を続けている。俺からすればもう少し頑張れば首位を取れるのに、アレシエル本人にその気はないらしい。

単車は町を抜けて、郊外に入る。進むほどに工場から活気が失われる。端に到達すると、いくつかの工場は完全に操業停止していた。

静かな一角で俺は単車を止める。単車からアレシエルが降りる。俺も降りて単車を停める。工場の入り口には封鎖の鎖がかけられていた。中程を握って恭しく持ちあげ「どうぞお姫様」と手で示す。アレシエルは「ガユス兄、うっざ。女の子にもてないやつ」と笑って屈んで通る。続いて俺も潜っていく。

二人で工場と工場の間の通路を歩く。壁の間を抜けると、広場があった。操業時には工員たちの休憩場所だったのだろうが、現在は雑草が点々と生える灰色の大地が広がる。錆びた椅子と机も転がっていた。工場の壁に囲まれ、見上げる空も四角い。

「来たか」

中央に立つユシスが俺たちへと振り向いた。ユシスの手には、学生向けの練習用魔杖短剣が握られている。機関部からは硝煙があがっていた。

「ここもそろそろ替え時だね」

俺は言いながら、ユシスの前にある工場のコンクリ壁を見る。

「今日が限界だな」

ユシスは魔杖剣を腰に戻し、前へと顔を戻す。アレシエルは少し目を見開いて驚いていた。灰色の壁面には、真新しい数十もの弾痕が穿たれている。左を見ると、無数の弾痕があった。一〇〇メルトルほども続く壁の一面を、咒式による破壊の痕跡が埋め尽くしていた。破壊の右端にユシスは立っている。残りは一〇メルトルくらいだ。

俺とユシス兄貴が咒式の練習場所に使っていた、十八番目の工場だった。前の十七の壁も似たようなことになっている。才能だけでなく、膨大な練習がユシスを強大な咒式士にしたのだ。

「では始めようか」

ユシスが反転した。俺の横に立つアレシエルは退屈そうで、関係ない方向を見ていた。

「アレシエル、これは必要なんだ」

ユシスが呼びかける。アレシエルが顔を動かし、ユシスを見る。

「聞いていたけど、本気でやるの？」

不機嫌丸出しの声で、アレシエルが口を尖らせた。

「アレシエルが前の学校で提出した、呪式の組成式を見た」

ユシスが答えた。

「あの呪式はたしかに不完全だった。だが原理が分からない」

ユシスの目には真剣さがあった。アレシエルは首を傾げてみせた。

「あの呪式？」アレシエルは疑問顔だったが、すぐに気づいた。「ああ、あれはお母さんが書き残した呪式を勝手に拝借して、私なりにいじってみただけなんだけど」

「アゾルカが」

ユシスの目には懸念の色が浮かんでいた。

「たしかに母は呪式師としてかなりの腕だったと聞くが、俺にも分からないほどのものを作れたのか」

ユシスの疑問は俺にも分かる。母のアゾルカは性悪で浮気性で人の親として最低だが、呪式研究者の一族に生まれ、呪式技術者として活躍していた時期がある。アレシエルは俺たちの誰よりもアゾルカと長くいて、かつての母の知識を知る機会が多くあったのだ。

「うーん、作ったわけではないと思う。おそらく私と同じかな」

アレシエルの目が左上に向けられ、過去をなんとか思い出していく。

「どこかで発見した呪式を書き写し、母なりに完成させようとしていたみたい」アレシエルの目がユシスへと戻る。「あの人のことだから、美しさが続く不老の呪式だかなんだかじゃない？」

アレシエルの説明で、俺とユシスは母についてほとんど知らないことが分かった。アゾルカには意外な一面があった。

「なんにしろ組成式を見せてくれ」

ユシスが練習用の魔杖短剣を回転させ、柄をアレシエルに向ける。

「組成式であって、呪式そのものは発動させず、手前まででいい」

ユシスによって差しだされた魔杖短剣を、アレシエルは気持ち悪そうに見ていた。次兄が重ねてうながすと、妹は仕方なく手を伸ばす。魔杖剣の柄を細い五指で握る。

「一回だけだからね」

めんどくさそうにアレシエルが言って、魔杖短剣を両手で握る。俺は違和感を覚えた。よく見ると刀身はかなりの業物で、機関部は本式の高級品。宝珠もかなり演算能力が高いものが五つも連なる。回転式弾倉から見える呪弾も、高位呪式用だった。

「あれはどこの魔杖短剣？」

俺はユシスを見る。兄はうなずく。

「アレシエルが握るのは、俺が大学の研究室で使っている、発動実験用の最高性能の品だ」

ユシスは続きを言わないが分かる。アゾルカが作るか発見し、アレシエルが再現した呪式は、練習用魔杖短剣では性能が足りなかったのだ。ユシスは俺を見た。

「ではガユス、アレシエルに教えて手伝ってやれ」

「え、俺が？」

ユシスがやるものだと思っていたので、俺は驚いてしまう。

「誰かに教えるのが一番の上達方法だ」

ユシスが笑う。仕方なく俺は歩んでいき、アレシエルの横に立つ。横から握りや咒力から組成式を展開する方法を再確認させる。

「やることに意味はないと思うけど」

アレシエルが頰を膨らませた。

「はいはい、もうそういうのがかわいい年ではないですよ」

俺が言うとアレシエルが拗ねる。本当はかわいいのだけど、言ってはならない。俺は彼女の背後に立ち、手に手を添える。アレシエルの体温は熱い。胸の奥に湧きあがる感情に耐えろ耐えた。アレシエルの手を導き、魔杖短剣の切っ先を壁に向けさせる。射線上にいたユシスが、小さく笑いながら横に退いていく。

「では咒式をやってみて」

俺の指示でアレシエルが息を吐く。刃の先端に赤い光が灯る。赤光で描かれた咒印組成式が空中に溢れる。式が伸びて連なる。まるで式自体が生命を持って、勝手に増殖しているかのようだった。

「え、ちょっと！」

俺の口が思わず驚きの声を発していた。組成式が複雑で膨大すぎる。式そのものが勝手に増殖してさらに紡いでいく。途中からはもう俺にも理解ができない。

「怖い怖い、なにこれなにこれ!?」

アレシエルも叫んでいた。組成式は空間に作用しはじめた。ユシスの目も激しく動いて組成式を解読しようとしているが、追いつかない。途中停止しようとアレシエルの指に手をかけるが迷う。呪式の原理と展開が不明にすぎて、迂闊に止めるとなにが起こるか分からない。

ユシスは膨大な式を解読しながら、魔杖剣から応急の式を割りこませる。一部に効果が出てくるが、式の増殖速度のほうが早い。なんなんだこの式は!?

「あ」

アレシエルが声を上げた。横から見ると、瞳が見開かれていた。

「思いついた」アレシエルが取り憑かれたように言った。「これを足すとなんとかなるんじゃない?」

アレシエルが呪印組成式にさらなる式を導入する。ユシスとアレシエルと母による数字と組成式たちが不協和音を起こし、軋む。組成式が明滅し、青い火花が散る。呪力が制御されず、一部が蛇のように放たれる。アレシエルの手に添えた俺の手の表面で、産毛が逆立つ。周囲の壁や廃材の輪郭が揺らぐ。

「それは」

ユシスが言って走りだす。手を前に出してアレシエルに向かう。

「それはやるなっ！」

「え」

驚いたアレシエルが体を引く。妹の手が、魔杖短剣の引き金を絞ってしまう動きが俺に伝わる。咒力が組成式に導かれ、咒弾の補助によって増幅。虹色の光をともない、切っ先から物理世界への量子干渉が発動。空間が軋む耳障りな音が溢れる。耳が痛くなり、俺も顔をしかめる。なにか普通ではない。周囲にある草や木、建物の輪郭も歪んで見える。俺の皮膚に鳥肌が立ち、髪が静電気を受けたかのように乱れて逆巻く。膨大な咒力が物質や俺の肉体に干渉しているのだ。抵抗力がある俺にも干渉できるなど、ありえないほどの咒力量だ。

咒力の暴風の中心で、アレシエルの髪から飾り帯が吹き飛び、逆立っている。横顔を見ると、目は虹色に輝いている。唇は半月の微笑みを浮かべていた。

「止めろ、アレシエル！　この咒式は失敗だ！」

烈風のなか、ユシスは横合いから手を出す。魔杖短剣の機関部を握る。蒸気。ユシスの手にも火膨れが生まれる。

ユシスは火傷を無視して緊急停止をさせようとしているが、止める方法が分からない。俺も握っているアレシエルの手を握り、魔杖短剣から剝がそうとする。だが、アレシエルの指が硬直している。

「なにこれ、なにこれぇええええ!?」

アレシエルも驚きの声をあげるが、呪式は止まらない。虹色の火花のような量子散乱が起こり、破裂。眩い閃光。視界が白濁する。

感電したかのようにアレシエルと俺が背を反らし、二人して後方に倒れる。ユシスも倒れていく音が聞こえた。アレシエルが傷つくことは、絶対に避けなければいけない。視界は真っ白のままでも俺は妹を抱え、背中から倒れた。痛み。

空白。

背中から腰に鈍痛。

一瞬だか数分だか、自分が気絶していたらしい。腕のなかの体温に気づく。一番大事なのは自分ではない。視界に色と輪郭が戻ってきた。ええと、右が下だ。

「大丈夫か、アレシエル?」

上体を起こしつつ俺が問う。腕のなかのアレシエルも見えてきた。妹はうつむいて目を閉じていた。

「アレシエル?」

俺が重ねて問うと、アレシエルの瞼が開かれる。瞳は周囲を生まれて初めての光景のように見ていた。自分の状況が分かると、妹は俺を見上げてきた。

「ありがと、ガユス兄さん」

アレシエルの目には心からの感謝があった。アレシエルが握っている魔杖短剣は刀身が砕け、機関部も割れていた。爆発まではせず、アレシエルに負傷はない。良かった。アレシエルは魔杖短剣を忌まわしいと思ったらしく、手を振って捨てた。

魔杖短剣が落ちた先に、ユシスも倒れていた。体を起こしながら手で頭を押さえていた。すぐに立ちあがり、こちらへと向かってくる。

「大丈夫か」

ユシスがやってきて、両手を差しだす。右手は火傷を負っている。アレシエルが兄の左手を摑んで立ちあがる。俺は一人で立つ。

俺はアレシエルの服についた埃を払ってやりながら、上から下へと確認する。負傷は一切ないようだった。

「良かった」

「良くない、ガユス兄さん、ケガしている」

アレシエルが怒ったように言って、俺の顔の右を指差す。右手で顔を触る。頰に擦り傷、耳からは出血の感触があった。倒れたときに地面の石かなにかで切ったらしい。

「ああ、たいしたことない」

俺が笑っておく。負傷は慣れっこだし、アレシエルが無事なことが大事だ。兄は弟や妹を守る。そういうものであり、そうありたい。

「もう」

アレシエルが両手を伸ばしてくる。

「本当にもう」

手は俺の両頬に優しく振れた。手で俺の頭を左右に動かす。他に俺の傷がないか必死の目で探している。妹も兄を気遣うものなのだ。

「あれはなんなのだ」

ユシスの声で、アレシエルの手が止まり、離れた。二人で見ると、ユシスは呪式発動地点に立っていた。青の眼差しは前方を見つめている。

「組成式はある程度は見て取れた。最初は空間に作用する呪式だった」ユシスは自分に言い聞かせるように述べていく。「それが、どうしてこうなる」

ユシスの疑問の声で、俺たちもユシスの視線を追う。弾痕が穿たれていた壁は大穴によって焼失していた。アレシエルの前方にあった大地も大きく抉られている。

爆煙も破片もない。爆裂呪式や破壊呪式の痕跡ではない。ただ消えている。

ユシスの顔がこちらへと戻ってきた。眼差しはアレシエルが破損から捨てた魔杖短剣を眺めている。ユシスの顔が上がり、俺たちを見た。真剣な目だった。

「今の呪式は二度と使うな」

「言われなくても、もうしない」

アレシエルが答えた。目には恐怖があった。組成式に組成式を重ねて予期せぬ結果となった。一歩間違えれば、俺たち三人は死んでいたかもしれない。二度と使うわけがなかった。

三人で工場を出ていく。工場の間を歩き、敷地の外へと向かう。

「もしかしてだけど」アレシエルが口を開いた。「今日のことも良い思い出になるのかもしれない」

「かもね」

アレシエルが言った。俺の口からは「おまえアレシエル、それは」と呆れ声が出た。

ユシスは笑って言った。

「ぜってーならない。良い思い出になるわけがない」

俺も笑って言ってしまう。

「えー、なるってきっと」

アレシエルも笑っていた。三人は笑いあいながら歩いていった。

俺自身は冴えないが、ユシスが兄で、アレシエルが妹だなんて、自分の人生はなんと恵まれているのだ。二人に恥じない弟と兄でありたい。

大地に少年が背中から激突する。転がって転がり、岩にぶつかって止まる。

ギギナは魔杖短剣ごと右手をついて体を起こす。目には悔しさより恐怖。唇の端からは血が零れていた。颶風をまとった蹴りが少年へと飛んできた。

重々しい打撃音とともに、ギギナは再び吹っ飛んでいく。凄まじい衝撃で縦に後方回転する。三回転半して、着地。よろめいて、地に膝と左手をつく。顔を上げたギギナの顔には呆れがあった。

「母上、僕を殺す、気ですか」

ギギナは前に向かって怯えの声をあげた。

「いいえ」

前方にはカザリアが立っていた。蹴りあげた右足は裾から太腿が見え、脚線美を示していた。

「私が殺す気で蹴ったなら、雄牛でも一撃で死にます。あなたがまだ生きているのは、母が手加減したからです」

足の美しい肌の下には太い筋肉のうねりが見え、凶器であることを示していた。

「だけど、蹴られる瞬間に両手を並べて受け、直撃を防いだことだけは及第点です」カザリアが足を戻し、裾も落ちた。「私が教えた防御術はできているようですね」

カザリアが微笑みを見せた。ギギナには獅子か虎の笑みに見え、顔が強ばる。

「ですが、その表情はよくありません。微笑みが足りません」カザリアが厳しく言った。「戦いの最中に笑うのは、余裕を見せたがる強がりでよくありません。ですが薄く微笑む程度の余裕がなければ、殺されます」

母の叱責で、ギギナはもうどういう表情をしていいか分からなくなっていた。

ドラッケン族の母子二人は自宅の庭にいた。母カザリアによるドラッケン族式戦闘訓練は幼いころより続けられていた。最近はギギナの興味が音楽と家具へと移り、強制できなくなってきていた。久しぶりの鍛錬にカザリアも張り切っていた。反比例してギギナのやる気は下がっていく。下がるが、訓練は終わらない。

「さて、次です」

カザリアが右手を前に掲げる。魔杖短剣が握られていた。ギギナも刃を構えようとして、止める。

「僕には戦いは向いていません」

ギギナは手を広げて、抵抗の意思がないことを示した。

「向いているいないではありません。やるのです」

刃を手に、カザリアは断固として告げた。

「訓練でも母を殺す気で来なさい」

「母上を殺すなんて、絶対にできないです」

ギギナが恐ろしそうに言った。

「なぜそこまで」

「そういう時が来るかもしれないと言っているのです」

刃（やいば）を掲げたままのカザリアの言葉には、鋼（はがね）の厳しさがあった。

「いいでしょう。ここでドラッケン族の現状を教えておきましょう」

カザリアが刃を下ろした。

「ドラッケン族は、ツェベルン龍皇国（りゅうおうこく）に独立自治区を認めさせています。龍皇国軍にドラッケン族部隊もあります」

カザリアが語る歴史と事情は、興味がないギギナもなんとなく知っていた。

「ドラッケン族の自治は、我々（われわれ）が有事には龍皇国の軍隊に参加するからこそ認めさせています。いいですか、許されているのではなく、力と意志で認めさせているのです。もし龍皇国からの侵害があれば」

カザリアの目には怖いものが浮かぶ。

「ドラッケン族は数十万の戦士が死ぬことになろうと、数千万の龍皇国人を殺す覚悟です」

カザリアが解説していく。

「な」ギギナは驚いて止まってしまった。「なんでそこまで」

「我々ドラッケン族が、過去に大量の血を流して勝ち取った権利です。そうでなければ、龍皇国ほどの大国に自治を認めさせることなどできません」

カザリアは即答した。

「長きにわたり、ドラッケン族は互いの反目と諸派の分裂によって領土を持てませんでした。そこで王が立ちあがり諸部族をまとめ、一〇八勇者と八騎が定められ、団結して戦ったとき、初めて領土を得ました。ゆえにドラッケン族同士の仲間割れは、固く禁じられています。一族への裏切りは死罪です」

　カザリアの言葉に躊躇はない。ギギナも身を竦めた。母であるカザリアですら怖いのに、ドラッケン族全体に追われるなど、想像したくもない境遇だった。

「我らは軍人だけが仕事ではありません。過半数は各国で攻性呪式士や傭兵になっています。我々が戦場で敵味方となったときには、雇用主への絶対の忠誠をもって同族と戦うことに、一切ためらいません」

「それ、ちょっとおかしいですよ」

　ギギナが反論した。

「裏切りを固く戒めているのに、同族で戦うなんて」

「おかしくはありません」構えを崩さず、カザリアは断言した。「戦士の民族は忠義の民族です。同族だからと雇用主を裏切るような民族は信用されません。我々も信用しません」

　鋼の採決が下っていた。

「世間では親子や兄弟、仲間同士であっても争い、裏切りが起きます。愛情は冷め、損得や狂気で人は変わります。ただしドラッケン族にとって絶対のものがひとつだけあります」

カザリアの苛烈な言葉に、ギギナも身構える。

「この世で我らが信じられるのは、戦場で仲間のために血を流した友だけです」カザリアは悲痛な声を出した。「ドラッケン族に、また他の種族であっても、そういった友を見つけなさい。戦友のために血を流し、戦友もあなたのために血を流すとき、絶対の絆ができます」

カザリアの言葉に、ギギナは打たれた。

飾りではなく、カザリアの経験からの裏打ちが見て取れた。ギギナは母が人間と結婚して里の外に出たくらいに思っていたが、少し違うのだと分かってきた。里とは連絡を取って、許嫁の約束もできているので、裏切りや敵対ではない。それでもなにかがあって、外に出て、戻らない理由があるのだ。子供ながらに理由を聞いてはいけないのだと分かっていた。

「僕はその」ギギナは小さな声で言った。「そこまで激しい友情はちょっと重いかな」

「では次」

カザリアはギギナの言葉を無視。魔杖短刀を前に掲げ、左手と足を引く。

構えただけで達人だと誰にでも分かるほど、カザリアから威圧感が放たれた。

対峙するギギナも再び魔杖短剣を構える。手に持つ刃が針にしか思えない。カザリアから発せられる圧力は、いつもの訓練のものではなかった。ギギナは思わず一歩下がる。

カザリアは息を吐き、吸った。空を見上げて、また戻す。銀の瞳は刃の眼差しとなっていた。

「これで最後です」

母の顔には悲痛な形相があった。

「ギギナ、私を殺しにきなさい」

カザリアが言った。ギギナは戸惑う。

「だから殺す気だなんて」そこでギギナは気づいた。「待ってください、母上。今殺す気ではなく、殺しにきなさいと？」

「これはドラッケン族の戦士の儀のひとつです。里の外ゆえに、私が執り行える唯一の儀式です」

カザリアがさらに低く腰を落とす。

「今から母はあなたを殺しにいきます。あなたが私を殺さないなら、あなたはここで私が殺します」

母の宣告に、ギギナは固まった。


「まずいまずい」

俺は森を歩いていた。左手でアレシエルの手を掴んで歩んでいく。森の梢の葉を抜けて、豪雨の一端がふりそそぐ。

二人は雨に濡れていた。踏みつける大地は泥土となって足を取る。だけど止まってはならない。

「ガユス兄、怖いよ」

アレシエルが心細げな声を出す。俺は少し振り返り、笑顔を作る。

「大丈夫だ。無事に帰れる」

平然と言ってみせた。

「なにがどうあろうと、俺がアレシエルを守るっ」

俺の表情と言葉でアレシエルは少し安堵(あんど)し、歩を進める。俺は前に目を戻す。途端に腹の底からの恐怖と焦りがやってくる。

俺とアレシエルは竜緩衝(かんしょう)区に入ってしまっていた。

金網や防壁で境界を示すところもあるが、ほとんどの竜緩衝区は森や山がいくつも入るために道標を設置するだけである。地元のゲネセン竜緩衝区は人里から隔絶され、子供のころから入るなと言い聞かされている。どんな豪胆な不良でも肝試しに行かない。行けばほぼ帰らず、死体の捜索すら許されないからだ。普段は俺も絶対に入らない。

俺とアレシエルは遠出の帰りに、崖(がけ)道を単車で進んでいた。だが、豪雨によって崖ごと道路が崩壊。単車に乗ったまま、俺とアレシエルは泥流に呑(の)みこまれ、崖下に落下した。落下地点が、竜緩衝区である森の端(はし)に接していたのだ。

右手で携帯咒信機(じゅしんき)を取りだす。通話は相変わらずできず、現地位置も分からない。元から入っている地図を再確認。崖には登れず、帰るには竜緩衝区を横切って、人の領域に出るしか道がない。数キロメルトル、三十分だけ竜緩衝区を進むしかなかった。すでに二十五分ほど進み、あとは数百メルトルだけだ。

豪雨がふりしきる木々の間に光点が見えた。遠いが人家の灯りだ。緩衝区の出口は近い。あと一〇〇メルトルほどで抜けられる。

俺とアレシエルは木々の間を抜ける。そこで俺は立ち止まる。アレシエルが前に進むが、強引に手を引いて止める。

「なんっ」

疑問を言おうとするアレシエルの手を引いて、俺の後方へと下がらせる。アレシエルも気づき、目を見開く。

出口へ続く隙間の左、鬱蒼とした木々の間にある影が二人に見えていた。

木立を圧する小山のような巨体。全身を隈なく覆う黒い鱗。両の前肢が畳まれていた。大地に伏せられた長い首の先には、鰐と蜥蜴を合わせたような顔。頭部には王冠のように角が並ぶ。離れた場所では長い尾が小さく揺れて、止まった。

竜だった。

俺とアレシエルは動けない。一言も発せられない。竜緩衝区で竜に出会ってしまった。あるのは絶対の死だ。

この世に生きる人間は、画像や映像記録でなら竜を知っている。各種条約式典には〈賢龍派〉の竜が出席して、人と並ぶ。親が子供をしつけるときにも引用される。

一方で、実際に竜と出会う人間はそういない。俺も十数メルトルほどの距離で竜と相対したのは初めてだった。

竜の全身は見えないがかなり大きい。大きすぎた。正確には分からないが、頭から尾まで全長二十メルトルは超えている。竜の測定法は知らないが大きいほど強いとだけは、誰でも知っている。眼前の個体は七百、いや八百歳級だろうか。もしかすると三十メルトルを超えている？　分からない。

これほど長命な黒竜がゲネセン竜緩衝区にいるなど、聞いたことがない。おそらく外から来た竜だ。

俺の背筋を悪寒が貫く。もし〈長命竜〉だとしたら、町どころか州が動く事態だ。なにより黒竜であることが最悪だ。竜の多くは相互不干渉の条約に従うが〈黒竜派〉は、人類へ激烈な闘争を続けている。眼前の竜が〈黒竜派〉なら、俺たちはここで死に、州軍が投入され、大量の人間が死ぬ。

竜は動かず、俺とアレシエルも動けない。雨の音が聞こえて、やがて去っていった。

「綺麗」

俺の後方でアレシエルがつぶやいた。俺も同じことを考えていた。

木々の間でうずくまる竜は、雨に打たれて全身の黒い鱗が光沢を帯びていた。強靭な四肢、巨大な胴体、長い首。すべてが生物の機能として完璧である。自然界、そしてこの地上の最強生物は、ただただ美しかった。

竜が首を掲げていく。雨を艶やかな黒い鱗が弾いていき、俺と同じ目の高さで止まった。水平に俺と竜の目が出会った。竜の瞳は橙色で縦に細い黒い瞳孔。闇に輝く宝玉だった。

俺は死を覚悟した。竜に前肢の一振りで体を引き裂かれるか、大顎に噛みつかれて両断され、死の息吹を浴びて自分は死ぬのだ。だけど、そう、だけど。俺の脳裏にはユシスの背中が見えた。

「頼む、見逃してくれ」

俺は黒竜に呼びかけていた。雨の音が戻ってきた。

「竜緩衝区に入った人間は殺されても仕方がない。俺の命をやる。だけどアレシエルは大事な妹だ。彼女だけは無事に通してくれ」

雨の間で、俺は必死に呼びかけた。俺は左手で握る、アレシエルの右手の体温を感じていた。

「頼む」

俺の言葉が絶えると、再び豪雨の音。頭や頬や肩に降る雨粒だけが感じられる。

竜からの答えはない。暗い森に浮かぶ輝く瞳で、瞳孔に揺らぎはない。

長く激しい闘争の歴史で竜は人に追いやられ、緩衝区に閉じこめられている。一部の竜は激烈な戦いを人類に仕掛けているが、他の大部分も不満に決まっている。だからこそ緩衝(かんしょう)区に入った人間は戦争誘発をした愚か者であり、竜に殺されても一切の抗弁ができない。

竜が俺の願いに応じる理由がどこにもない。交渉する気も見えない。やるしかない。

決心して、俺は背後へとアレシエルを押しやる。

「俺が時間を稼ぐ。その間に逃げろ」

「ガユス兄っ、私そんなのできないっ！　嫌だっ！　私もいっしょにここでっ！」

アレシエルがすがりついてくる。アレシエルは一人生き残るくらいなら、俺といっしょに死にたいとしたのだ。どうあろうと、俺の左手はアレシエルの接近を許さず、押しとどめる。

「ダメだ」これだけは俺にも断言できた。「絶対に生きろ」

俺は背後も見ずに答えて、アレシエルを突き飛ばす。アレシエルは左へと下がる。そこで動けない。

ユシス兄は正しく生きている。俺には難しいが、それでも尊敬する兄のように正しくありたい。今がその時でなければいつだと言うのだ。

沈黙のまま、竜の右前肢(まえあし)が上がる。鱗(うろこ)の下で筋肉の束がうねる。一撃で戦車の装甲(そうこう)を砕く剛力を秘めた腕の先で、長剣のような五本の爪(つめ)が並ぶ。

俺は幸運を喜んだ。竜は死の息吹(いぶき)を吐く気がない。豪雨のせいで威力が弱まると踏んだのかもしれない。初撃の死の息吹で、俺ごとアレシエルが死ぬ可能性は減った。

ならば、竜が後ろ肢で大地を蹴って、腕を振り下ろすのに一秒。俺が左右どちらかに飛んで奇跡的に回避できれば、追撃に一秒。追撃をさらなる奇跡で躱せたら、とどめの尾の一撃が来るまでに一秒。奇跡がどれほど重なっても助からないが、破壊力が大きすぎて周囲の地形が変わる。俺の死体確認に数秒はかかる。

最大で十秒。それだけあれば、アレシエルが緩衝区の出口になんとか到達するかもしれない時間を稼げる。あとは竜の初撃と同時に、アレシエルが躊躇なく走れるかどうかにかかっている。俺は横目で斜め後方のアレシエルを確認。妹は覚悟を決めた顔となった。そうだ、それでいい。

前に目を戻す。黒竜は掲げた右前肢を下ろ、さなかった。俺たちから見て左へと動かす。そこで止まった。

爪が示すのは、森の出口。遠い人家の灯りの方向だった。

一瞬理解できなかったが、すぐに意図が分かってきた。

「おまえは、いや、あなたはもしかして」恐る恐る問うてみる。「俺たちを見逃してくれるのですか？」

俺が問うても、竜からの答えはない。沈黙とともに指先で先を示すだけだった。竜の意図が分かってきた。竜が人を積極的に助けると、同族への裏切りとなる。竜はあくまで右前肢を掲げているだけで、俺たちが勝手に意図を汲んで外へ出るのなら仕方ない、という形にしたのだ。

竜は種族倫理の限界を一歩踏み越えてまで、救援してくれているのだ。

俺はアレシエルの手を引いて、歩みだす。遠くから重低音。豪雨ごと森の梢を揺らす吠え声が響く。俺の足が止まり、身がすくんだ。アレシエルは音の衝撃に耐えられず、片手で耳を塞いで屈む。

眼前の竜とは別の個体が、俺たちの侵入に気づいて激怒の声をあげているらしい。まずいまずい。別の竜は絶対に俺たちを生かして帰さない。

眼前の竜は右前肢をさらに左へと動かす。どうやら急かしているらしい。

「ありがとう、このことは一生感謝する」

俺は魔杖短剣を腰の鞘に収め、走りだす。屈んでいるアレシエルを起こして、手を引いて前に進む。アレシエルもようやく走りだす。

木の根を越えて、岩の傍らを通り、俺たちは木々の間を走った。出口にはなんの問題もなく到達した。出る前に、俺は背後を振り向いた。走るアレシエルの背後、暗い森の間に、竜は鎮座していた。

黒竜の正面には別の黒竜がやってきていた。襲来してきた竜は首を低く下げて、蒸気の息を吐いている。憤怒の態度だった。黒竜が伸び上がると同時に、左前肢を払う。強烈な一撃が最初の竜の首に命中する。

俺たちを見逃した竜は、衝撃に体が流れた。踏みとどまるも、抵抗しない。ただ仲間の怒りの追撃を受け、再び巨体が流れる。

仲間の攻撃を受けながらも、黒竜の目は俺たちを見ていた。縦の瞳孔の動きで、早く行けと明確に諭していた。俺は目を戻し、アレシエルを引っ張って走る。出口に到達する瞬間、アレシエルの手を全力で引いて前に押しだす。妹はついに森を抜けた。続いて俺も抜ける。

アレシエルの走りは止まらない。俺も妹の背に続いて走る。背後では竜の仲間による制裁の音が響く。まだまだ安心できない距離なのだ。

「なんて」

走りながら、俺の口から自然な言葉が零れた。

「なんて生き物なのだ」

俺は豪雨のなかで、空を見上げた。曇天の空が見えた。

仲間の怒りを買ってまでも、許されない侵入者である俺たちの命を助ける。

竜とは、なんという生物なのだ。


「嘘、でしょ、そんなの聞いていないし」

ギギナは訳が分からないと言った顔となっていた。いつもの曇天の下、いつもの家、いつもの庭での訓練のはずが、母子の殺しあいの場へと一変していた。心の整理が追いつかない。

「嘘ではありませんし、この成人の儀は前もって言って準備してはならないのです。実戦に予告はありませんので」カザリアは断言した。「生まれつきの弱い強いは仕方ありません。ですが、惰弱さから一歩も進まない心であるなら、ここで私に殺されても仕方ありません」

「そんな」

ギギナが母を翻意させようとした瞬間、カザリアが間合いを詰めていた。一足での跳躍からの短刀の突き。ギギナは反射で回避。視界に赤。

回避から後退。さらに跳ねて、母との距離を取っていく。カザリアはすでに反転して、両手を後方に流して追走してくる。下がっていくギギナの左肩に熱。空中に流れていくのは自身の血。カザリアは容赦なくギギナを切ってきた。

ギギナが驚いていると、カザリアは瞬時に間合いを詰めていた。

銀光が閃いた瞬間、火花と金属音が撒き散らされた。カザリアの短刀は上下左右斜めにと切り、散弾銃の連射のような突きを放つ。ギギナも両手で構えた短剣で迎撃。突きを払い、振り下ろしや薙ぎ払いを弾いて下がっていく。

母子の間には刃が乱舞する。銀の嵐の間にはわずかに血の飛沫が混じる。次第に上からカザリアの刃が下ろされ、受けるギギナの背が反る。身長と膂力に勝るカザリアが、ギギナを押しこんでいく。肩や前腕、手首の傷からの出血は止まらない。

「無理です！　僕には母を切れません！」

ギギナが泣き言を放ちながら、刃の防御を続ける。

「無理ではありません、母を殺すのですっ！」

カザリアの右手の刃は無数の流星雨となって、息子に襲いかかる。母は悲しみの目で短刀を振るいつづける。息子の優しさはいつか自身を傷つける。ならば今ここで。

「それほどの覚悟ができなければ、あなたは自分を守れません」

カザリアの剛腕で刃が振られる。金属音。ギギナの短剣が弾かれ、両手ごと跳ねあがる。刃と腕の防御が消失する。ギギナは死の危険を感じた。カザリアは前に出ていく。

「そんなことで、ネレトーを守れると思いますかっ！」

激烈な言葉とともに、カザリアは刃を振る。受けたギギナの短剣と全身が軋む、必殺の一撃。

ギギナの目に刃の輝きが宿る。母の腕力を全身で流して、後方回転。背後の大地に両手をつく。跳ねあがってきた右足がカザリアの追撃の腕を蹴る。

軌道を封じられても前進する母の顎先に、時間差で息子の左足が急襲。下からの二連の半月。

カザリアは超反応で顎を引き、回避。引いた上体ごと、後方へ下がる。

旋回したギギナの足は後方まで到達して、満月を描く。踵は大地につくことなく、手を基点にして、水平に右旋回。下がるカザリアの右の軸足に水平蹴りが直撃。女戦士は腰を落として転倒を防ぐ。しかし、今度も連弾。左足に続いて右の水平蹴りが着弾した。

耐えきれずに右足が大地から離れ、カザリアは後方へと左足一本で引く。見えたのは二連水平蹴りの回転から飛ぶ、ギギナの姿。

空中からの刃をカザリアの短刀が受ける。足一本では衝撃を吸収できない。カザリアの左手が閃く。ギギナの両腕を摑んで、その場で回転。ギギナを空中で縦回転させる。

落ちていく息子へ、右足が急襲。投げからの蹴りをギギナが右腕を畳んで防御。打撃力によって、少年の体は吹き飛んでいく。カザリアも不完全な体勢からの大慌ての蹴りで、その場に膝をつく。

ギギナは落下し、転がっていった。横転から止まるが、少年は体を丸めて動かない。

「痛いよう、お母さんを切るなんてできないよう」

ギギナは悲しい声をあげていた。

大地に膝をつくカザリアは呆然としていた。大地に横たわる息子に失望した訳ではない。

カザリアは自らの右頰に痛みを覚えていた。指でなぞって戻すと、血。

驚きとともに、カザリアは痛みに呻くギギナを見た。瞳が見開かれる。ギギナの右手に短剣はない。母は急いで振り返る。

後方にある木の幹に刃が突き立っていた。柄は着弾衝撃でまだ小さく震えていた。ギギナは縦に水平の二連蹴りに、追撃をし、迎撃を受けて吹き飛びながら短剣を放ったのだ。

もし刃が三センチメルトルだけ左に放たれていたら、投げと蹴りの最中であったカザリアに回避はできない。強化骨格が支える額でも重傷か即死。目に当たれば脳を貫き、確実に死んでいた。

引退したとはいえ、一〇八勇者であったカザリアにギギナは刃を届かせた。乱戦ならともかく、一対一の実戦で彼女に傷を負わせられたのは、一千歳を超えた〈長命竜(アルター)〉とドラッケン族でも同格の限られた戦士だけだった。身体的にはギギナはまだ少年で弱いが、戦闘感覚だけでカザリアを殺害できる域にあった。

カザリアは前へと顔を戻す。膝を伸ばして、前へと歩む。痛みに呻く息子の側(そば)に膝(ひざ)をつき、起こす。

「母上、ごめんなさい」

痛みのなかでギギナは謝罪した。

「弱い息子でごめんなさい」ギギナ嗚咽(おえつ)まじりに言った。「そう望むならと短剣は投げたけど、どうしても母を殺すなんてできませんでした」

息子の言葉に、母は空を見上げる。顔を戻す。

「いい、のです」

カザリアは感情が溢(あふ)れないように堪(こら)え、全力で笑顔を作る。

「充分、です。あなたは、立派に戦士の儀を乗り越え、資格を得ました」

息子の全身を診て、切り傷や擦(す)り傷に治療咒式(ちりょうじゅしき)を展開していく。痛みが消え、母の労(いたわ)りによってギギナも笑顔になっていく。少年は母を見上げた。

「母上、ありがとう」

「いえ」

ギギナの真っ直ぐな笑顔に、カザリアは続けるべき言葉を失った。

カザリアの息子、ギギナには優れた身体能力と戦闘感覚がある。少年時代にしてこれほどなら、将来は母を遥かに超える戦士になると確信できた。

同時に、カザリアには少年が必殺の一撃を外したのではなく、わざと外したと分かってしまったのだ。自分が殺される場面でも、できなかったのだ。

カザリアの内部に激情が湧き起こった。母は両手でギギナを抱きしめた。

「え？　え？」

ギギナが疑問を発するも、母の抱擁は強かった。

カザリアはギギナを抱きしめながら、両目から涙を零した。声をあげて泣いた。

「母上、どうしたのです？」強い母が泣いた場面などギギナは初めてだった。「泣かないで母上」

母を気遣って、ギギナは必死の言葉を紡ぐ。

「僕は音楽と家具が好きだけど、母上が泣くなら強くもなります」少年は必死だった。「だから泣かないでください」

ギギナの言葉で、カザリアはさらに泣いた。この子は美しく強く、そしてなにより優しすぎる。

息子であるギギナの未来が、末路が分かってしまい、カザリアは天を仰いで号泣した。ギギナはひたすら母の涙を止めようとし、うろたえていた。

二十五章　美しき悪夢をさらにもう一度

重力は思想信条とは関係なく存在し、不在を証明しようと塔から飛び降りる者はいない。証明しようとした者は、死んでいなくなる。

ジグムント・ヴァーレンハイト「あなたのための優しい暴君　下巻」皇暦四六八年

「ガユスとアレシエルが無事で良かったよ」

椅子に座るユシスが笑って言った。ユシスの先、自室の窓の外にはまだ夜が続き、雨が降っている。

「竜緩衝区に接する道が崩壊したと聞いて、そこはガユスの帰り道ではないかと気づいた」ユシスが続けた。「すぐに救急隊と急行し、おまえたちを保護できた。本当に良かった」

「心配をかけてごめん。だけど雨で道そのものが崩れる事故だったから」

寝台に座る俺も笑って答える。笑ってはいるが、心の裏側には恐怖の残滓がある。俺とアレシエルは竜緩衝（かんしょう）区から出て、ユシスと救急隊と警察に迎えられた。事故だからと咎（とが）められなかったが、どうでもいい。本当にあの瞬間、絶対の死と美が見えたのだ。今になっても、自分の内部で上手（うま）くまとめられていない。

家に戻って、ユシスが淹（い）れてくれた熱い珈琲（コーヒー）を飲んで、人心地がついたからこそ、思い出として語れる。自室の寝台（ベッド）に座っている現在が奇跡だ。

椅子（いす）に背を預けて、ユシスが息を吐いた。

「あの道はやはり竜緩衝区に近すぎて危険だ。前から言っていたが、改めて見直しか廃道処置が必要だと町長の親父（おやじ）に改めて言っておくよ」ユシスは右手を挙げて、回してみせた。「ああ、修復するか迂回（うかい）させる道の造成予算は、ディーティアス兄貴に言わないとな」

具体的な各方面への要請をユシスが整理してみせた。こんな状況でもユシス兄はしっかりしている。

ユシスは深い息を吐いた。目が俺を見ていた。

「なにより、ガユス。よく末妹のアレシエルを守り、無事に戻してくれた」兄は上半身を屈（かが）めて左腕を伸ばし、俺の肩に触れた。「俺はおまえが誇らしい」

言われた瞬間、俺の胸の奥で温かさが広がる。

「俺はっ」

なにかを言おうとして、言葉に詰まる。胸がいっぱいだった。

「ユシス兄が普段言ってやっているとおりにっ。ただそれだけで、でもでも、できたんだ」自分で自分の感情が分からない。「こんな俺でも、アレシエル、守れたっ」

「そうか」

泣きそうになる俺にユシスは優しく言ってくれた。ユシスは椅子から立った。俺の横の寝台に腰を下ろした。左手で俺の頭を抱える。額を俺の頭に添える。

「よくやった。よく頑張った。ガユスは俺の自慢の弟だ」

優しく言われて俺は耐えられなくなった。両目から涙が零れる。アレシエルが無事だったこと。アレシエルも俺とともに死ぬことを選んだこと。冴えない自分が勇気を示せたこと。そしてユシス兄貴を見習えたこと。ユシスが心から俺の行動を褒めてくれたこと。嬉しいのか恐怖からの安堵感なのか、自分でも分からない。

「なにも泣くことはないだろう。褒めているんだから」

ユシスが言うと、また俺は泣いてしまう。

「ガユスは泣き虫だなぁ」

頭をつけながら、兄貴は苦笑していた。

「今回だけだよ。泣いたことを、ユシス兄に見せたことなんて」俺も泣きながら笑ってしまっていた。「十回くらいだったかな」

「百回は超えている」

「あの、それって幼児期のやつも数えている？」

「ああ、ガユスが生まれてから、ずっといっしょだったからな」

「小学生以前は数えないでくれよ」

落ちつきはじめた俺を見て、ユシスが頭を離す。手を伸ばし、俺へと鼻紙を渡してくれた。俺は鼻水を拭う。ついでに恥ずかしいので涙も振りはらっておいた。鼻紙を屑籠に捨てると、かなり落ちついてきた。本当に恥ずかしい。

ユシスは寝台の後ろに手をついた。

「しかし、ガユスたちが竜に出会わなくて良かった」安堵の息とともに、ユシスが語った。「俺もおまえたちを救うために竜と戦うなら、命を捨てる覚悟がいる」

「それが」

信じてもらえるか不安だけど、事実を言うしかない。

「実は竜に出会ったんだ」

言った瞬間、ユシスが俺へと直線の眼差しを向ける。目には真剣な問いかけがあった。

「どういうことだ」

「信じられないかもしれないけど、本当に竜に出会った。たぶん〈長命竜〉かそれに近い黒竜だったと思う」ユシスが真面目に問うたので、俺もなるべく詳細を思い出していく。「その竜がなぜか俺とアレシエルを見逃してくれた。近くにいた他の竜が怒っていたけど、そいつの追撃も防いでくれた」

　自分でも言っていて訳が分からないが、嘘にならないように事実だけを話す。ユシスはうつむき、顎の下に右手を当てて考える。眼球が小さく左に続いて右にと動く。激しく思考しているのだ。

「どういう、ことなんだ」

　言ったきりユシスが沈黙した。難しい問いにすぎて俺には答えられない。

「断定はできないが、推測はできるか」

　下を向いたまま、ユシスが答えを探していく。

「竜には高度な知性がある。当然、慈悲や哀れみの心もあるだろう」思い出しながらユシスが語っていく。「これも事例は少ないが、侵入者であっても、悪意がない、または子供たちが迷いこんだときには、殺さなかったという記録を読んだことがある」

「やっぱりそうか」

　ユシスの説明で俺も納得がいく。竜は俺とアレシエルによる領域侵犯を許したのだ。仲間に憎まれても救うなど、気高すぎる。

「あとでいいから、最初から最後までの詳しい経緯を報告書の形で出してくれ。絶無ではないが希有な事例だけに、専門家へ報告しておきたい」

　思考を続けながら、ユシスが言った。

「もちろん」

俺が答えると、携帯の呼びだし音が奏でられる。ユシスが左手をあげて俺を止め、通話に出る。受話器の向こう側からは、大人たちの声が漏れ聞こえる。俺は大人の会話の邪魔にならないように、少し離れて待つことにした。

「はい、はい、分かりました」ユシスは外向けの声で返答していく。「はい、さすがにそういった事態の予想はできませんでしたが、一応、腕に覚えがある者を集めておきました。はい、そうです。すぐに行きます」

通話を切って携帯を下ろしながら、ユシスが立ちあがっていく。

「ガユスの話はおもしろそうだが、竜緩衝区で、見慣れない二頭の竜による争いがあったらしい。現在も激突が続いているそうだ」ユシスの顔には懸念が表れていた。「人間の領域にまで被害が出るとは思えないが、俺や警察、攻性咒式士が集まって備えることになった」

椅子から上着を取りながらのユシスの言葉に俺はうなずく。ユシスは袖に腕を通していく。魔杖剣を握り、腰に装着する。

「それに片方はガユスとアレシエルの恩人、いや恩竜ともいうべき存在だ。竜同士の争いがあるにしても、なんとかしたい」

ユシスは俺を助けた竜にまで配慮してくれている。

「アレシエルを頼むぞ」

ユシスが確認し、俺は再度うなずく。

「アレシエルに負傷はなかったけど、明日朝一で病院に連れていく」

「ガユスも診察を受けるんだぞ?」

兄の気遣いが俺にも向けられて嬉しい。報告したいことは多いが、ユシス兄の責務を邪魔するほどではない。なによりユシスにアレシエルを任されたのだ。

ユシスが歩き、部屋を出て扉を閉める。足音が階下へと遠ざかっていく。玄関で物音と話し声。ユシスはすでに町で咒式が使えるものを集めておき、警戒に参加させる。なにからなにまでよくできる兄貴だ。

ユシスと人々の足音が去り、車の音がした。何台もの車の音が響いて、すぐに雨の間に消えていった。

俺は息を吐いた。足を上げて、寝台に寝転がる。

雨の音だけが部屋に響く。静かだ。お手伝いさんもすでに帰っており、静かな時間となっていた。それに今日もいろいろありすぎた。このまま寝てしまうのがいいだろうと、目を閉じる。

「あ、そうだ」

俺は目を開けて寝台から起きあがる。報告書を忘れないうちに書いておきたいと、机に向かう。途中でユシスが座っていた椅子の背を摑み、手に提げて進む。

扉を軽く叩く音。

「ガユス兄、今いい？」

扉の先から、アレシエルが呼びかけてきた。

「いいよ」

俺は椅子(いす)を置いて、戸口に向かう。

「というかおまえ、いつも勝手に入ってきているだろうが」

扉を開けると、廊下にアレシエルが立っていた。妹は両手を胸の前に掲げ、指を絡みあわせていた。なにか恥ずかしがって迷っている様子だった。

「あの」

アレシエルが見上げてきた。あいかわらずかわいい。そこで俺は大事なことに気づいた。

「入って入って、ちょうど良かった」

俺は急いでアレシエルを迎えて、扉を閉める。アレシエルに椅子を勧めるが、首を左右に振る。よく分からないが、俺は机に向かって電子筆記具を探す。

「実はついさっき、ユシス兄から事件のことを報告書にしろと言われたんだ」電子筆を発見した。次は記録媒体を探りながら、俺は言っていく。「俺なりに書いていくけど、必ずどこかに思いこみや見落としがある。だからアレシエルの証言と照らし合わせて書くと、正確性が増してありがたい」

電子端末を見つけた俺の手が止まる。脳裏には夜の森の光景が蘇(よみがえ)る。

「あれ、凄かったな」

　俺の口は感想を漏らす。

「竜はもちろん〈異貌のものども〉の王だ。怖い怪物だと思っていた。今日初めて間近で見たけど、あんなに綺麗なんだな。そしてあんなに優しいだなんて」

「うん」

　アレシエルから返答が来た。

「凄かった。綺麗で優しかった」

　妹の感想も俺と同じようなものだった。

「俺とアレシエルは素晴らしい経験をした。一生忘れないな」

　自分の胸に暖かいものが広がっていた。これだけはユシスや友人とも共有できない、二人だけの思い出だ。

「うん、忘れない」

　アレシエルも答えた。

「でも、今日、私はもっと綺麗で優しいものを見たよ」

「竜より凄いものなんて、今日にあったか？」言いながら俺は電子端末を起動させ、書式を整える。「あ、あれか。竜たちの争い。あれはたしかに凄かったけど、綺麗で優しいかというと」

　俺が言いきらないうちに、背中に熱を感じた。驚いて振り返ると、俺の胴体にアレシエルが両手を回していた。顔と体を背中につけてきた。

「え？」

アレシエルが俺を抱きしめていたが、意味が分からない。

「ちょちょ、どういうこと？　なにかケガがあったのか？」

慌てて筆記用具を手放し、俺は振り返る。うつむくアレシエルの肩を両手で押さえて、全身を診ていく。救急隊員が妹の負傷を見落としたなら許さない。見ていくがアレシエルのどこにも負傷はない。でも心配だ。

「ふらついたなら、明日まで待てない。やはり病院で医師に」

「ガユス兄さん」

アレシエルが俺を見上げてくる。目には涙があった。

「好き」

言われて、俺は驚く。反射的に好きだと言われて嬉しかったが、勘違いしてはならない。

「ああ、うん」

鈍い俺にも、ようやく事態が理解できてきた。

「俺もアレシエルが好きだよ。俺の大事な大事な妹、お姫様だ。ユシス兄もディーティアス兄貴も親父も、周囲のみんながアレシエルを大好きだよ」

「違う、そうじゃない」

　怒気をこめてアレシエルが言いきった。

「今日のことで分かった」アレシエルの声は熱を帯びていた。「ガユス兄はそりゃユシス兄さんに比べるとかっこよくも賢くも強くもない」

「ひで」

「だけど、森のなかでガユス兄は命を張ってまで私を庇(かば)ってくれた。あの瞬間、私は心を貫かれた。死ぬのは嫌だけど、この人となら死んでもいいって心から思えた」

　アレシエルの告白は灼熱の言葉となっていた。

「だから私、ガユス兄が好き。愛し」

「アレシエル、言うな」

　俺は左手を掲げて、妹の言葉を止める。アレシエルが口を開く。

「言うな」

　俺は再度止めた。アレシエルを睨(にら)みつけて、言わせない。だけどアレシエルは悲しそうな目をして口を動かした。

「ガユスが男性として好き。愛している」

　アレシエルは言ってはならないことを言いきった。

「どうしてなのかは、やっぱり分からない」アレシエルは素直に答えた。「でも、愛している」

　答えにならない答えゆえに、アレシエルは真っ直(ま)ぐ(す)だった。

「でも、俺には彼女がいて」

「知っている」

アレシエルが一歩進んだ。学校の女の子とは何人かつきあって、今も彼女がいる。

「でも、まだ関係はない」

アレシエルが指摘した。なぜ分かったのか分からないが、俺はまだ口づけをしただけで、彼女たちとそれ以上の仲になったことはない。ユシスとアレシエルとの日々が楽しかったし、そこまで女の子に真剣になれず、進めなかった。女の勘なんて信じたことはないが、今ならありえる。

「ガユス兄が正しいし、私が間違っている。だけど」

アレシエルは必死の声を出した。瞳には決死の覚悟があった。

「だけど、一回だけ」

アレシエルは顔を近づけてくる。赤い唇が視界に広がる。いけない。父が違うといってもアレシエルは妹だ。俺は顔を上げて拒否する。だけど彼女が手を伸ばし、俺の頭を包んだ。

「一回だけ。お願い。私のために間違って」

熱。気づいたときには唇が重なっていた。首の角度から考えると、最後は俺から求めていた。脳天から尾骶骨まで甘い痺れが来る。

止めなくてはいけないと思いながらも、唇を重ねる。腕はアレシエルを抱きしめていた。布越しに伝わるアレシエルの熱い体。柔らかい乳房の感触。猛烈な欲情が脳裏を吹き荒れる。股間が痛いほど勃起する。

アレシエルが好きだ。愛している。そうでなければ日々と夜の森で命を懸けられなかった。アレシエルを抱きたい。他の誰かに取られる前に、俺の女にしたい。するべきだ。アレシエルがいいと言っているのだからいいに決まっている。

脳裏にはアレシエルが初めて家に来た日が蘇る。同時にユシス兄と俺とアレシエルの日々が瞬時に走っていく。

「ダメだ」

唇を離し、俺はアレシエルの肩を両手で摑む。手で押してゆっくりと体を引き離していく。自らの皮膚を引き剝がすような痛みがある。アレシエルの顔にも激しい痛みがあった。焦げつくような絶望の色が目に広がる。

だけど拒絶しなければならない。手を止めずにアレシエルを離していく。

「ダメなんだ」俺は自分に言い聞かせるように断言した。「ここまでで終わりだ」

俺は両手を突きだし、アレシエルを自分から遠ざける。求める手を強引に離す。触れているだけで愛情と情欲に支配されて危険なのだ。

「どんなに二人が思いあっても、許されない。家族を裏切り、壊すことになる」俺はアレシエルと、自分を説得する言葉を探す。「なにより、俺はユシスに、そしてアレシエルに顔を向けることができなくなる。アレシエルが好きな俺は、そんなことをしない」

俺は先が見えてしまっていた。

「おまえの願いに応えれば、俺は俺を許せなくなる。アレシエルもいずれ受け容れた俺を憎み、後悔する。だからできない」

苦しいが、なんとか答えきった。アレシエルは黙って立っていた。

「そう」

アレシエルの瞳（ひとみ）にあった狂熱が、悲しみへと変換されていく。彼女も自分の愛情こそが、好きだった俺を変えてしまうと分かったのだ。

「そうだね」

アレシエルは悲しみの返答をした。どれだけ正しいことであろうと、俺はアレシエルの最大の決心を拒否してしまった。

「ガユス兄は正しい。元々そうでなくても、ユシス兄や周囲のみんなの影響で正しくあろうとしている。私もそういうガユス兄が好き」

アレシエルが唇（くちびる）を噛（か）みしめる。

「だった」

唇からは、アレシエルの過去形の悲しみが零（こぼ）れていった。

「私は間違っている。だけどガユス兄に、私のために間違ってほしかった。一回だけ間違えてくれるほど、ガユス兄は私を愛していないことが悲しい」

アレシエルは人形のような表情となっていた。

「違う、俺はアレシエルを愛している。本当に、おまえのために命を捨てるほどに愛している」

俺は断言した。行動でも証明していた。

「この世の誰よりも愛している。だけどできない、それはやってはいけないんだ」

上手く言えない自分がもどかしい。アレシエルを傷つけず、俺も傷つかないで済む言葉が、どうしても見つからない。愛しているだけでは届かないなにかがある。

「ごめんなさい。今の言葉は忘れて」

言いきって、アレシエルは微笑んだ。寂しい微笑みだった。

反転して去っていく。扉が開けられ、閉められた。廊下をアレシエルが去る音。階段を降りる音が続いた。階下から雨の音が遠く響き、すぐに消えた。

部屋には、窓の外からの雨音という沈黙が満ちる。

自分の呼吸音だけが響く。段々と呼吸が速くなり、荒々しくなる。耐えきれなくなってきて、机を殴り、椅子を蹴る。続いて寝台に倒れこむ。両腕を振って布団を叩く。何度も何度も上下に振って拳を叩きつける。噛みしめた歯の間からは嗚咽が漏れる。

俺はアレシエルが好きだったのだ。本当に好きで、心の底から愛していた。枕を抱えて顔に押し当てる。声を出さないようにしていたが、無理だ。抑えた悲嘆と苦痛の声を吐きだす。

俺は正しいことをした。ユシスの弟として恥ずかしくない、正しいことをした。兄としてアレシエルを傷つけないために正しい選択をした。アレシエル以外の世界中の全員が、俺を正しいと言うだろうと確信できている。

だけど、正しいことをしたのに、なぜこんなに心が苦しいのだ。

俺は枕を抱えたまま、止まっていた。

待て。妙なことがあった。アレシエルの部屋は二階だ。便所と台所も一階とは別に二階にもある。夜中に階段を降りる理由がない。

俺は寝台(ベッド)から跳ね起きる。急いで部屋を横切り、扉を跳ね飛ばすように開けて廊下に出る。全速力で階段を降りて、玄関へと向かう。

玄関の扉に手をかけると、鍵(かぎ)が開いていた。

急いで開けると、外にはまだ続く雨。闇(やみ)が広がる。

その夜、アレシエルが消えた。

少年と少女の唇(くちびる)が重なる。二人は顔の角度を変えて激しく求めあう。

唇が離れていくが、名残惜しそうに舌が絡まる。最後に舌先が別れる。ギギナとネレトーの顔が離れていく。ネレトーを見つめるギギナの目には興奮の色が浮かぶ。少女の頬(ほお)は紅潮して

いた。

山小屋のなかで、少年と少女の逢い引きは重ねられていた。

ギギナの右手がネレトーの襟元（えりもと）に触れる。

「いい？」

ギギナの問いに、ネレトーは榛（はしばみ）色の目を伏せ、うなずいた。少女の無言の了承を受けて、少年の胸に幸福が満ちた。右手が上がり、襟元の釦（ボタン）にかかる。右手に熱。

ネレトーの左手はギギナの手を上から握っていた。

再びの拒絶かと少年は手を引く。ネレトーは左手で襟元を押さえる。右手が一番上の釦にかかる。

「ギギナ」

名を呼ぶとともにネレトーは目を上げた。榛色の目には炎が宿っていた。

「私を愛してほしい」

「もちろんだよ」

ギギナは答えた。迷いはない。愛しているに決まっている。

「ネレトーを愛している。だから欲しい」

ギギナの銀の目には心からの愛があった。ネレトーも少年の愛を疑いようもないと分かっていた。

静かな室内で、ネレトーの右手は動かない。まだ動かない。

ネレトーが顔を逸らした。

「やっぱりできない」

「そ、そうだね。まだ早かったね」

慌ててギギナは身を引く。

気まずいながらも二人は山小屋を出る。少年と少女は山を下りていく。ギギナは音楽や家具の話をしてみせる。ネレトーは微笑んで聞く。少年は話をしているふり、少女は聞いて喜んでいるふり、と両者の演技が続いていた。少年は言葉を止め、再び口を開いた。

「その、音楽と家具の話は退屈かな？」

不安そうにギギナは聞いた。

「ううん」ネレトーは優しく微笑む。「ギギナの歌と音楽は好き。才能があると思う」

少女に言われて、ギギナもようやく気まずさが消えたと分かって少し安堵した。

「あ、前にギギナが作ってくれた椅子、家で使っているよ」

ネレトーが言うと、ギギナも微笑む。

「あー、やっぱり具体的なほうが役に立つかな。将来どうしよう？」

ギギナは考えこむ。音楽家か家具職人か、両者の間にある楽器職人か。少年は悩んで山を下りていく。夢を考える少年の横顔をネレトーは眩しそうに見ていた。

「そうだ、僕ばっかり語っている」ギギナが思案から顔を上げる。「ネレトーの夢は？」

「え、私？」

ネレトーが少し驚いた顔となる。今まで誰も少女に聞いたことがなかったような問いだった。

「そう、私か」

自問自答して、ネレトーの表情に曇りが差す。

「私はいいや」

少女が淡々と答えた。横を歩むギギナは口を尖らせる。

「僕ばかり語って恥ずかしい。ネレトーも言ってほしい」

少年がかわいらしく、ネレトーは再び微笑んだ。少女は前を見て歩む。

「じゃあね、私はギギナの夢が叶うのを見ていたい」

「それ、ちょっとずるいなぁ。僕ありきだもの」

「もう、察しが悪い」ネレトーは照れたように顔を反対側に逸らし、歩む。「あなたとずっといたいということよ」

ネレトーが重ねて微笑む。言葉の意味がようやく分かり、ギギナの胸に幸せが湧きあがる。

彼女は少年の夢をずっと見守ってくれるのだ。遠回しの永遠の愛の告白だった。

「私にはギギナみたいな取り柄がない。ここから逃げだす力がない」顔を背けたまま、ネレトーが言葉を重ねる。「だからあなたの力と夢で、私をここから連れだして」

「うん！」

顔を見せないネレトーの問いに、ギギナも今度は誤解せずに断言した。

「力なんてなくても、音楽か家具作りの腕でネレトーを連れていく」少年は朗らかに語る。「えぇと、もっと真剣に考えないと。どの道がいいんだろう？」

ギギナは誇らしくなって、一人ではなく二人での将来と夢を再び語る。少女はうなずいて聞いていた。

「なるべく急いで、ね」

ネレトーは小さく言葉を重ねた。

少年と少女は山を下りて谷を進む。ネレトーの家に近づくにつれ、明るかった二人の口数が減っていく。

道の先に人影が立つ。家のかなり手前でネブレグが待ち構えていた。

「なぜここに」

ネレトーが呆然(ぼうぜん)として父へと問うた。

「来い」

娘の問いを無視して、ネブレグが言った。

「来いネレトー」

ネブレグが右手を掲げる。ネレトーは動けない。恐怖で固まっていた。

「来いと、俺は言ったぞ、ネレトー」

父の言葉で、止まっていたネレトーが動いた。顔は無表情。人形のように前に進む。ギギナは止めようもない。

ネレトーがネブレグの横を歩み、過ぎ去る。寸前に父親の右手が娘の右肩を掴(つか)んで、強引に止める。

「なにを」

ネブレグの右手が肩を引いて、少女を反転させる。ネレトーをギギナの方向に立たせ、背後にネブレグが立つ。背後を振り向こうとするネレトーの後頭部を、ネブレグの左手が押さえ、止めた。

ネブレグはネレトーを挟んでギギナを見た。

「なぜ俺がここにいるかというと、おまえたちの関係を知っているからだ」ネブレグが笑いながら推測していった。「そこの小僧がネレトーを求めて、ネレトーが応えようとして何回も拒否している。今日こそはとなって、やはりできなかった、あたりかな」

男のあまりに的確な指摘にギギナは驚く。心を見抜かれたのかと思ったが、二人の微妙な距離感を見れば、大人なら分かることだろうと耐える。

「それがなんだ」

ギギナはわざと乱暴に答えた。ネレトーの父だからといって、ネブレグを尊重する気にはなれない。

「おまえたちに現実を教えてやろう」

ネブレグが言った瞬間、ネレトーが体を緊張させ顔を背後に向ける。だが、ネブレグの手は少女の頭を押さえて動かせない。

「現実とは果てなどない苦痛だ」

ネブレグの言葉が放たれた。

アレシエルが行方不明となった。

町長の娘が消えたことで、町は大騒ぎとなっていた。町長である父は警察署長とも懇意であり、警官が総動員されて町中が捜索された。善意の町民も加わっての大捜索となった。

ディーティアス兄貴が陣頭指揮を執り、ユシス兄貴と俺も捜索に加わった。町から山まで捜索範囲は広がる。潜水士が呼ばれて、川や湖の底まで浚われた。

四日も経過して、アレシエルはまだ見つからない。

家族は心配し焦燥感に駆られていた。俺は他の誰よりも感じていた。俺はアレシエルの愛の告白を、道義に反し、アレシエル自身を傷つけると拒絶してしまった。その直後に、彼女は消えたのだ。なんらかの事故や犯罪、最悪は自殺まで考えて、俺は一秒も止まっていられない。

四日間、捜索に疲れて気絶するように寝て、起きるとすぐにまた捜索に加わった。

四日目の夜、自宅に一度戻る。単車を停めて敷地に押していくと、郵便受けに封筒があった。夕方に見たときにはなかったし、正規の郵便は深夜に配達をしていない。

急いで郵便受けから封筒を引きだす。宛名は俺だ。切手はなく、誰かが直接入れたのだ。

慌てる気持ちを抑えて開封すると「アレシエルはもらった。武器を持つな。一人で十二時にアグナグ山の穴の前の小屋に来い。だれかに知らせればアレシエルは殺す」と下手な文章と字が連なっていた。下手なだけに、俺は悪寒を覚えた。

急いで携帯でアグナグ山を調べる。町から遠く離れて、先の先の町の近くにある山で、閉鎖された坑道がある。穴とは坑道だろう。俺は単車に跨がり、反転させて外へと走りだす。町を抜けて、外に出る。

全力で単車を走らせる。アレシエル、アレシエル、無事でいてくれ。飛ばしに飛ばしていく。

捜索隊を回避して町を遠回りし、隣町も越える。

十二時の少し手前でアグナグ山に到着する。林の間にある上への道は雑草に覆われていた。単車は進めないため、急いで停める。雑草を踏みしめて、俺は坂道を進んでいく。

山を登りながら、考える。これほど遠い場所まで捜索隊は来ないので、上手い隠し場所だ。身代金目当てなら、犯人もアレシエルへ最悪のことはしない。生きている、大丈夫だ。

そもそもソレル家は子爵で町長だが、母の浪費と、それにつきあった父によって一度は破綻寸前までいった。ディーティアス兄貴の努力で再建しただけだ。身代金目当ての誘拐の対象にするなら、ソレル家ではなく、他の資産家を狙うべきなのにとは思う。

疑問はまだある。なぜ交渉相手に三男の俺を指定したのか。犯人の思考を追うと、父とディーティアスが決定権を持つが、必ず警察に通報する。少し調べれば、ユシスは恐ろしすぎる。与しやすい俺を、仲介役と家族の説得役に選んだということだろうか。

蛇行する山道を登りきって、考えと足を止める。山肌の足下に廃坑がある。出入り口は布で封鎖されていた。手前には指定された小屋があって、扉に照明が灯っていた。灯りを背景に男が立っていた。中肉中背で、腰に粗末な魔杖剣を提げている。俺より少し年長だが成人の手前くらいだろう。見覚えがない。奇襲で男を確保してアレシエルの居場所を聞きだしたいが、単独犯ではないだろう。まず交渉から妹の情報を少しでも得るべきだ。

内心を隠しながらの俺が近づいていくと、男もこちらに気づいた。俺の足も止まる。月光の下で、誘拐犯と俺が対峙する。

「アレシエルはどこだ、無事なのか」

遠くから俺は問うた。男の答えはない。待っていられない。

「なぜ俺を呼びだしたのかといえば、親父や兄貴たちは危険すぎるということだろう」俺は必死に交渉をしようとする。「身代金なら親父が払うし、俺が交渉役となって払わせる」

思わず一歩を踏みだし、両手を差しだす。

「だからアレシエルを返してくれっ！」

激昂しないようにしたが、語尾が震えてしまう。男は俺の返事に怒りを堪えているかのように震えていた。男は俺を憎悪の目で見つめていた。口が開かれた。

「俺はバッゴだ」

「バッゴ？」

手を戻しながら、俺は聞き返してしまう。覚えがない名前だった。俺の戸惑いに、バッゴと名乗った男の目が吊りあがっていく。

「それだ、それがムカつくんだよっ！」

バッゴの怒声が夜に響く。

「おまえらはそうだ。俺のことを覚えてもいない」バッゴが身悶えするように叫ぶ。「俺はオレットの組の一人だった！」

「オレット、だと」

俺は相手を見る。記憶の彼方から思い出した。オレットたち九人に襲われたとき、最初に俺が殴り倒した三人の一人だ。少々珍奇な名前だからとなんとか思い出せたが、人物としての記憶はない。

「なぜこんなことをする」俺は問うた。「恨みがあるとしたら、俺とユシス兄貴だけだろうが。アレシエルはおまえたちと会ったことすらないだろうが」

「オレットは死んだ」

バッゴの一言が夜の山に放たれ、落ちた。

「は？」

俺は思わず驚きの声をあげてしまった。そんな訳がない。

「オレットは」経緯を思い出していく。「他の年長組ごと、俺たちへの殺人未遂から余罪が露見して刑務所に入っただけだろうが」さすがに死ぬなんて気になってしまう。「それがなぜ死ぬ」

「俺たち年少組は少年院でちょろっとした服役ですんだ。他の年長組は普通の刑務所だ。だけどよ、大勢での殺人を命令したとして、オレットだけは凶悪犯罪者が多い刑務所に入れられた」

バッゴが辛そうに語った。

「オレットは若いからと本物の凶悪犯罪者どもに殴られ、両手両足を折られて犯られまくった。治療はされたが、ケツの穴が裂けて、おむつがないとクソを垂れ流すようになった」

聞いているだけで胸くそ悪い話だった。

「オレットは手足が治ると、すぐに首を吊った」

バッゴが語るのは、不良少年から悪党になったものの、悲惨な末路だった。息子のオレットの逮捕後、家族もいたたまれなくなって町を出ていった。どこかでオレットは埋葬されたのだが、俺はまったく知らなかった。知る必要のないことだった。

「だが、それはオレットが呼んだことだろうが」

「それだよ、それが許せない！」

　バッゴが声を張りあげた。

「おまえたちは正しい。正しく生まれて、努力し勉強し、家族に愛情を抱き、連れに友情を感じる。正しい。正しく生きられる」

　バッゴは泣き顔のようになっていた。

「だけど俺やオレットにはそれはできねえんだ」バッゴの口からは、汚泥のような言葉が零れた。「親が最悪で貧乏なだけじゃねえ。頭は悪いし、なんの才能もない。努力はできない。自分でも心か脳の病気としか思えないが、病気じゃねえ」

　バッゴの語りなどどうでもいいが、聞くしかない。強制でもされなければ、誰もバッゴの話など聞かないし、聞く価値もなかったのだ。

「唯一できることで暴れると世間の迷惑だと言われるし、逮捕される。腕っ節もそんなにはない。一対一でやれば運動競技で体格がいいやつや、格闘技をやるやつには勝てねえ」

　バッゴやオレットは攻性咒式士を目指すユシスにやられ、警官に逆らうが本気で殺しあいはしないし、できない。凶悪犯罪者にもやられる。バッゴたちの人生は最初から、そして最後まで悲惨なのだ。

「こんな不平等が、こんな腹立たしいことがあるかよ！」夜の山へとバッゴが叫んだ。「そんな俺たちを正しいおまえたちが殴り、法律で逮捕させて、しかも殺されるなんて、なんだよそれ！」

「だから、それがなんだ」

バッゴのクソのような告白には、反吐が出そうになる。

「世の中には能力と機能で正しくできない、努力も反省もできない人間がいることくらい、知っている」

俺自身が無力さと愚かさに打ちのめされている。だが、自分の言動の理由としたことはない。

「だが、俺たちがおまえたちに殴られ傷つけられたままでいてやる理由はない！」

俺の怒号にも、バッゴの顔は理解不能といった顔となっていた。

「え？　なにを言っているんだ？」

愕然とする返答が来た。俺にもようやく分かってきた。バッゴは本当に分からないのだ。他人にも痛みや苦しみがあると経験的に分かっていても、自分でないならどうでもいい、むしろ利用する弱点だとして、そこで考えが終わってしまう。バッゴやオレットにとっては、今この瞬間の自分の感情だけが世界の最重要事項なのだ。

「どうでもいい」

頭の悪いバッゴと正誤争いをする気はない。

「アレシエルはどこだ。今なら誘拐だけで刑も軽く済む」

俺の問いに、バッゴの唇が歪む。

「だから、それがおまえたちの間違いなんだよ」

言い捨てて、バッゴが後方へ下がっていく。逃がすまいと俺もついていく。

バッゴが数十歩も下がって、俺は違和感に気づく。なぜ隠れ家である坑道のかなり前に俺を呼びだしたのか。理由は考えたくなかったが、分かろうとする自分の理性を消そうとする。考えるな、考えるな。

バッゴは坑道の入り口前に立つ。坑道にあった幕に右手をかける。憎しみをこめて布を摑んでいた。

「アレシエルはここにいる」

腕が引かれて、幕が取り払われる。

血と汗、アンモニアの臭気が押しよせた。最初に見えたのは肌。五、六人の裸の男たちが立ったり、腰を下ろしたりしていた。そろって悪相だった。見たくもないが、股間には屹立した男根が見えた。

毛布が敷かれただけの屋内で、男の尻が動いていた。下には白い肌。女の足が広げられて、男が動いていた。

男が呻いた。

「うー、出た出た」

男が言って、腰を引く。精液の尾を引きながら、男根が零(こぼ)れたのが見えた。男が立ちあがる。振り返った男は満足そうに笑っていた。

男の先で広げられた両足の間、橙(だいだい)色の恥毛の間に女性器が見えた。何度も強姦(ごうかん)されて無惨に開いた女性器は、精液を零した。毛布の上には大量の出血と、精液が水たまりのようになっていた。

俺の目は見たくないものを見ていく。女性器の上には白い腹部が続くが、青や紫、黄色の痣(あざ)が点々としていた。上にある小さな乳房にも痣が浮き、切り傷から出た血が固まっていた。

終点にはアレシエルの顔があった。乱れた橙色の髪の間に、美しい顔があった。桜貝の唇は半開きとなって涎(よだれ)を零していた。目の焦点は定まらない。

正気や理性の世界が、傾き歪んで見えた。俺の体が震えた。その場に倒れそうになるが、倒れてはならない。全身を貫くほどの悲しみとそれに倍する腹の底からの怒りだった。

「おまえ、バッゴ、おまえ」

小さな小さな押し殺した声が漏(も)れた。バッゴは俺の様子を見て、初めて笑顔となった。こんな下劣な笑顔を見たことがない。

「やっとだ。やっとおまえを傷つけられた」

嬉(うれ)しそうにバッゴが言った。

「俺はたまにおまえを見張っていた。どうやって仕返ししようかと思っていてな」バッゴは喜びとともに残酷なことを語っていく。「雨でも見張ろうと、車で進んでいると、アレシエルがいた。雨もあるが落ちこんでいて、車で近づいても気づかなかった。そこで攫ってやった」

バッゴの説明に俺は深く傷ついた。夜道を行くアレシエルは、普段なら危険に気づけた。俺の正しい拒否が最悪の事態を呼んだのだ。

「最初は俺が犯った。おまえの妹は泣き叫んでいたよ。おまえとユシスの名前を呼んで、必死に助けを呼んだ。だけど腹を殴っておとなしくさせて、犯してやった。いやぁ処女を失うときの鳴き声は最高だったね」

バッゴの声には毒があった。

「あとは四日間、男七人がかりで楽しい輪姦遊びだ。朝から晩まで交代で犯った。叫ぶたびに殴って犯りまくった」バッゴの声に俺は耳を塞ぎたい。「殴りすぎて犯しすぎたせいか、あれは小便を漏らした。構わず犯った。二日目からは、あの便器も」

バッゴが顎でアレシエルを示した。

「訳の分からない叫びをあげるだけだった。だけど犯った」

汚濁の言葉の一言一言が、毒の刃となって俺の胸を抉る。

「おまえの妹、この四日間で三百回くらいは犯ってやった。もう普通には戻れな〜い」

バッゴの宣告に、俺は意識が飛びそうになる。これほどの怒りと憎悪、はっきりとした殺意を感じたことがない。

アレシエルの俺への愛情に応えることはできなかったが、こんな初体験など許されるべきではない。こんな経験のあとでアレシエルが正気に戻れるかは分からない。一生夜の悪夢にうなされ、苦しむことになるかもしれない。

妹の無惨な運命に、抑えに抑えていた怒りが爆発する。

「おまえ、なにをしたいっ！」

俺の叫びの直後に悲鳴。瞬時に俺の怒りが悲痛さに染まる。

「嫌だ、ガユス兄さん、見ないで、来ないでっ」

坑道でアレシエルが叫ぶ。両手で自分の裸身を隠そうとする。左右から男たちが屈み、少女を押さえこむ。アレシエルの緑色の目は涙を零し、口は叫びをあげつづけて暴れていた。

心が死なないように、アレシエルは心を閉ざしていた。それが俺の声を聞いて、意識が現実に戻ってしまったのだ。愛を告白した男の前で輪姦された自分を見られるなど、女性にとって極限の苦痛だ。

「おまえら、全員殺す」

アレシエルの悲鳴の間で、俺は腰の後ろから、隠していた魔杖短剣を抜く。武装してくるなという指示の時点で、俺は準備していた。

「絶対にただでは死なせない」

「はははは」

　バッゴが笑ってみせた。

「そうはならない。こんなことをした時点で、俺はユシスに殺される。絶対にな」バッゴはそこで声を落とした。「集めたアホどもには、とびきりの美少女を犯して身代金が手に入ると思わせているが、あいつらも殺される。信じられないほど残酷で苦痛に満ちた拷問の末に殺される」

　バッゴの予想は正解だ。ユシスは俺に突っかかってきたバカどもくらいなら、警察に突きだす。だが、妹を殴って輪姦したバッゴたちを司法の手に渡すなどしない。分かっていてバッゴはやったのだ。

「だがよ、その前におまえら兄弟をドブ泥に沈めてやる。俺と同じ世界にまで来てもらう」

　バッゴの口からは黒い憎悪のような言葉が滴る。

「おまえにはこれからアレシエルを犯ってもらう。きんしんそーかんってやつをやってもらう」

　バッゴの声が響いた。理解できない言葉にすぎて、俺の理性が拒否した。

「俺がそんなことをっ」

「するし、させる」

　俺の拒否の言葉をバッゴが遮った。右手が坑道を示す。毛布の上に押さえつけられたアレシエルの喉に、男が短剣を当てていた。俺の全力の怒りが、同じく理性による全力による制止を受けて、心が破裂しそうになっていた。

「犯らないならアレシエルを殺す」バッゴは小声となる。「俺はユシスに追いつかれるまでは逃げる」

俺はバッゴを睨(にら)みつけた。視線で殺せるなら殺したい。

「かわいい妹を助けるために犯れよ。それでおまえは俺たちと同じ、クソになる」

バッゴの声が遠く響いた。

俺の世界が暗く翳(かげ)っていく。

ネレトーの背後に、ネブレグが立っていた。

左腕が娘の首に回され拘束している。火掻(か)き棒を握った右手が前に出る。手は無遠慮にネレトーの右胸を摑(つか)み、腹を撫(な)でて、股間に届く。ネレトーは嫌悪に身を捩(よじ)るが止まらない。

ネブレグの手が戻り、服の前を摑む。釦(ボタン)が弾(はじ)け飛んでいき、常に襟元(えりもと)まで留められ、長袖(そで)だったネレトーの服が開かれる。少女は顔を背け、目を固く閉じる。唇(くちびる)を嚙(か)んで恥辱に耐える。

暴虐を止めようとしたギギナの手が止まった。指先が震え、目は見開かれていた。

隠されていたネレトーの裸身に白い肌はなかった。首のすぐ下から、膝(ひざ)の上まで文字が躍っていた。火傷(やけど)による「死ね」「売女(ばいた)」「糞(くそ)」「豚」「役立たず」「玩具(おもちゃ)」という文字が覆(おお)いつくしていた。少女の胸は、先端が消えていた。乳首が切られ火傷の穴となっていた。

無惨な呪いの文字の連なりを、ネブレグの手が這っていく。胸から腹部にも文字が焼き刻まれている。蜘蛛のような手が下っていく様をギギナの目も追っていく。ネブレグの手がネレトーの股間に達する。恥毛は毛穴から焼き潰されて、女性器が露出していた。陰核は火傷によって潰されていた。

「な、ぜ」ギギナは思わず問うていた。「なぜ、こんなひどいことを」

「こいつの母親は男を作って出ていった。肉欲があるからこそ、こいつら女は裏切る。だから潰す必要がある」

ネブレグは暗い憎悪をこめて語った。

ネレトーの女性器は無惨に大陰唇へと小陰唇が捲れあがって露出している。肉が左右から串刺しにされていた。串の先端と尻を小さな錠前で閉じている。

「勝手に使わせないために、こうやって閉じている」

ネブレグが言った。

「ネレトーはこの年でもう五度も妊娠し、中絶している」ネブレグの声が響く。「子宮が諦めたのか、六回目はもうない。便利な便所だ」

ネブレグは邪悪な笑みを浮かべる。ネレトーは目を伏せていた。自分がもう子供を産めないということを、ギギナにだけは知られたくなかったのだ。

ギギナも呆然としていた。子供を持つなどまだ考えたことはないが、それでもネレトーとの幸せな家庭を夢想しなかった訳がない。だけど、それはもう永遠にどこにも存在しないのだ。

「ネレトー、ここから逃げたいか。ギギナ、ネレトーが欲しいか」

ネブレグの手がネレトーの股間に下がる錠前に触れ、握る。ネレトーが恐怖に身を竦める。

「や」

ネブレグの右手が上がる。錠前についていた串が粘膜を裂き、血とともに外れる。ネレトーの悲鳴が夜に響く。長く長く響く。

左手で首を押さえられてネレトーは倒れることもできない。少女の女性器は無惨に破壊され、裂けた肉から血が滴り、大地に零れる。火傷文字が刻まれた太腿から膝、脛までを血が染める。

理解を絶する事態に、ギギナは動けない。

「こんな便所が欲しいならくれてやる」

ネブレグが左手を開放し、ネレトーの背を押す。苦痛の呻きとともに少女は前につんのめり、大地に手と膝をつく。

「欲しいなら便所を持っていけ。ほら、ほらあっ！」

ネブレグは歪んだ笑みで言った。

地を這うネレトーは、苦痛と恥辱を堪えて、顔を上げる。目からは悲嘆の涙が零れる。それでも前を見据えていた。

「ギギナっ」

ネレトーは必死に愛する者の名を呼んだ。右手を掲げ、前に差し伸べる。

「お願い。私を連れて逃げて。ここじゃない所ならどこでもいいっ！」

ネレトーは血を吐くような声で懇願した。ギギナは動かない。動けない。薄々とは理解しつつも目を逸らしていた事実は、少年の想像を遥かに超えていた。父に陵辱されつづけたネレトーは何度も堕胎をしていた。なによりギギナが憧れたネレトーの裸身は、凄絶な虐待の末に怪物にも見えた。女性器にいたっては千切れた肉の襞だった。

ギギナが夢見た、ネレトーとの両思いの愛の末の気恥ずかしい初体験はもうどこにもない。

「お願い、私を連れていって」

ネレトーは重ねて助けを請うた。自分の人生の救済は今この瞬間、すべてを露見させた父の自暴自棄の一回しかないと分かっていたのだ。

ギギナは動かない。ネレトーは地を這って進む。股間からは血が滴り、月下の大地に跡を作っていく。それでも少女は前へと進んだ。

夜の暗雲の影のなかで、ネレトーは少年の前に到達した。震える右手をギギナへと掲げていく。

ギギナは唇を噛みしめて右手を差し伸べる。少年と少女の指が触れようとする。雲が流れ、月光が射しこんだ。少女の手の先、手首の背後には火傷の文字が連なる。呪いの傷は首元、胸に広がる。背中から尻、足首にまで届いている光景が見えてしまった。

焦(じ)れたネレトーがギギナの手を求める。指先が触れた、と思った瞬間、ギギナは右手を振りはらっていた。

少年らしい潔癖さが、反射的に拒否させていた。生物としての反応を少年は歯を食いしばって嫌悪し憎んだ。愛情と理性を総動員して取るべき行動へと向かう。

「違う、これは違う、そうじゃないんだネレトー。僕は君を」

ギギナは言って右手を伸ばす。だけど、ネレトーの右手は大地に落ちていた。

「違う、さあ行こう。いっしょに」

ギギナの唇が続きを紡(つむ)ぐが、右手はそれ以上前に進まない。心はネレトーを救いたくても、体は生理的嫌悪感で動かない。ネレトーの榛(はしばみ)色の目には闇(やみ)が広がる。

「違うんだ」

自分の行動を拒否するように、ギギナは左右に小さく首を振った。足は一歩下がり、続いて後退っていく。地を這うネレトーの目はもうなにも見ていなかった。救いを拒否されたことで夜より暗い無明の絶望が瞳(ひとみ)に満ちて、全身へと広がっていく。

「違う、違うんだ」

言葉とは裏腹にギギナは反転した。一目散に走りだした。怖くて恐ろしくて走った。助けを求めるネレトーを受け止められずに、ただ逃げていく。

「違う違う違う、なぜ逃げる。なぜ僕の足は逃げる」

ギギナが独白して両手で足を押さえようとするが、止まらない。

「止まれ、止まってネレトーを救え。今しかない、一回しかない」

両手は自らを抱きしめる。足は止まらない。ギギナは破裂しそうな心を抑えようと自分を抱きしめるが、足は止まらない。

逃げるギギナの背後からはネブレグの哄笑が始まり、追いかけてくる。男の笑声には嗚咽が混じる。

「ああ」

後方からネレトーの嘆きの声が響いた。

「あああああああああああああああああああああああああああ」

少女の嘆きの声は夜を切り裂き、ギギナに追いすがる。

ネレトーの声を振りきり、ギギナは走っていく。両手で耳を塞いで走っていく。ドラッケン族の血は少年に尋常ではない速力を与え、声を振りきった。少年は森に足を踏み入れる。

物理的に声が届かない距離になっても、ネレトーの絶叫はギギナの心に響きつづけた。魂が凍え砕けていく叫びはどこまでも離れない。

夜の森を孤影が走る。ギギナは耳を塞いで走りつづけていた。木の根を飛び越え、岩を跳ねてひたすら逃げる。

「止まれ止まれ、僕よ止まれ、足よ止まれ。今すぐ引き返せ」

走るギギナは右手を掲げ、五指を握る。自分の痛む胸を殴る。痛みの上に痛みを重ねる。

「まだ間にあう、まだネレトーを救える。止まれったら止まれっ！」

ギギナはさらに胸へと拳を叩きつける。三回目は全力で殴りつけ、呼吸が途絶。ようやく足の速度が緩まる。まだ足は止まらない。

少年が自らを止める打撃を重ねようとした瞬間、足が木の根の感触を知った、瞬間、世界が回転する。

夜の森の暗い梢、月光。一瞬後に頭部に硬い岩の感触。激突。火花。

闇。


坑道の照明の下で、アレシエルは床に転がされていた。両手と両足を四人の男に押さえられて動けない。全員が下卑た笑みを浮かべていた。バッゴが知らせないので、男たちはユシスに殺されることを知らない。

アレシエルは全身を捩って足を閉じようとするが、男たちが押さえつけて許さない。開かれた足の間で、無惨に出血した女性器が丸見えとなったままだった。

「さっさとやれよ、ガユスお兄ちゃん」

傍らでバッゴが俺を囃したてた。

だが、動けない。アレシエルを抱くなんてできる訳がない。アレシエルを殺させないためといっても、できない。もしやってしまったら、俺とアレシエルは壊れる。それこそがバッゴの狙いだと分かっているが、できない。

「あー、兄妹愛とか家族愛とかうっぜ」バッゴが不愉快そうに言い捨てた。「俺の親父は、喜んで姉貴を犯していた。姉貴は俺の尻に箒の柄を突っこんでぐちゃぐちゃにした。それなのに、なんでおまえらは正しいことを通そうとしやがる」

バッゴの目には怒りがあった。自分と親と姉と社会すべてへの憎悪だった。

「だから許せねえ。だからぜってーに犯らせる」

バッゴが一歩進んでくる。刃が取りだされる。身を引いた俺を、左右から男が押さえる。バッゴの刃が俺の革帯を切り裂き、ジーンズを下ろした。下着にも刃を入れて切り裂いた。俺自身は縮こまっていた。泣き叫ぶ女に勃起するなど、バッゴのような邪悪な人間だけなのだ。

「まったく世話が焼ける」

言ったバッゴが、顎で合図をする。アレシエルの両足を押さえていた左右の男たちが手を伸ばす。両手がアレシエルの女性器にかかり、左右から広げる。目を逸らそうとしたが、俺の左右にいる男たちが顔を固定させ、直視させた。

アレシエルの奥の奥まで見せられた。

「お、立った立った。兄貴が妹を見ておっ立てやがった。きっしょ」

俺の意思とは裏腹に、俺自身が角度を上げていた。体が俺を裏切り、絶望が襲ってくる。

「やらせろ」

バッゴの声で、左右の男たちが俺を背後から押す。怨嗟の声を布で封じられたまま、俺は膝をつく。さらに二人がかりで俺を前へ押しだしていくが、必死に拒否する。奥歯を噛みしめて耐える。

「意地でもぜってーに犯らせる」

バッゴが言うと、男たちがアレシエルを持ちあげた。足を広げたままアレシエルを近づけてくる。

「やだやだやだ、それだけは止めて、そんなの嫌だっ」

アレシエルは左右に首を振って抵抗する。性体験がこんな恐ろしい、悲しいものだなんて、許されない。

だが、男たちの手は止まらない。俺の屹立した先端がアレシエルに触れる。静まれ、止めろ、俺は俺自身に命令する。しかしアレシエルに触れたことで、男根は痛いほどに勃起する。

男たちがアレシエルを少し持ちあげ、下ろした。アレシエルの絶叫と同時に俺の性器は暖かいぬかるみに踏み入れ、貫いた。

俺自身がアレシエルの内部に入ってしまっていた。大急ぎで腰を引こうとするが、背後から男たちの足が強く押してきた。俺はアレシエルの奥の奥にまで届いた。アレシエルの悲鳴が坑道に溢れる。

「あはあははは、こいつ妹に入れやがったぜ」

妹の悲鳴の合間に、バッゴの笑い声が響く。

「もう、いいだろうが」

俺は胸を引き裂く苦痛とともに言った。女性を、妹を傷つける初体験は、心を軋ませる。

「気が、済んだ、だろうが、解放し、ろ」

「はあ？」

バッゴは呆れたような顔で言った。

「俺は犯れと言った。しっかり出すまでやってもらう」

バッゴの宣言で俺は全力で体を捩る。二人がかりの拘束も振りほどこうとする。アレシエルを押さえていた一人が動いて、三人がかりで俺を拘束する。

怒号をあげて抵抗しつづけていると、バッゴが屈んだ。右手がアレシエルの首に魔杖短剣を押し当てる。

「犯れ、犯らないと、アレシエルを殺す」

俺の動きが止まる。そんなことをする訳がと思ったが、バッゴの手が動く。刃がアレシエルの首に少し埋まり、出血。一瞬悲鳴をあげたアレシエルが、必死に堪える。

バッゴの目は充血し、吊りあがっている。もう損得で動いていない。俺とユシス、全世界への憎しみで心がおかしくなっている。

「抜いたら、アレシエルを殺すぞ」

バッゴが言うと、男たちも俺から手を離す。アレシエルが下ろされ、俺は床に手をつく。周囲の男たちもバッゴの狂気に逆らえなくなっている。

「動けよ」

笑いながらバッゴが再び、アレシエルの首に刃を沈める。出血。バッゴは頸動脈など知らないから、簡単に切って殺してしまう。アレシエルは歯を噛みしめて耐える。俺は目を閉じて、腰を動かす。

アレシエルの膣に包まれた俺が前後に刺激される。感じてはならない。出してはならない。そんなことは絶対にしてはならない。目を閉じて、歯を食いしばって、壊れそうな心を縛りつける。

「ほーら、使ったから知っているが、アレシエルの、妹の膣は最高だろう?」

視界を閉ざしても、バッゴの声は聞こえる。俺を包むアレシエルの体温だけを感じてしまう。俺はアレシエルが好きだった。女性として好きだった。抱きたいと思った。だけど、これは違う。違うんだ。

前後運動が続けられる。

「いいの、ガユス、兄」

目を開けると、首に刃を押し当てられたアレシエルが俺を見ていた。

「いいの、大丈夫。私に出して、それで終わり、にしよ」涙を零しながらも、アレシエルは俺に微笑んでみせた。「私、ガユス、兄、すっごく、好きだし。愛している。だからこんな奴らに負けちゃ、いけないいっ」

動きの間で、アレシエルは健気に言ってみせた。俺は動きながらも耐える。邪悪で愚かなバッゴに屈するなど、あってはならない。少しでも悲劇を先送りにしたい。だが、アレシエルは美しく優しく健気だ。どうしても愛してしまう。快感がやってくる。

俺たちを横目に、バッゴは鞄を開いて探っていた。男の右手は、道具を持っていた。針に筒。内部には透明の薬液。注射器だった。

「なん」

「おめえにじゃない」

バッゴは手首を反転させ、針をアレシエルに向ける。アレシエルは拒否するが男が両手でアレシエルの左太腿を抱える。バッゴが針をアレシエルの太腿に刺す。注射器の尻が指で押され、薬液が注入されていく。

「これは、はいらんゆうはつ剤とかいうやつだ。妊娠しやすくなるんだってよ」

バッゴの稚拙な説明で、俺の背筋を怖気が貫く。アレシエルを俺によって妊娠させる気なのだ。

「おまええっ！」

叫ぶ俺を背後から男たちの手が押さえる。俺の怒号が響きわたる。

「やだやだやだっ」

アレシエルが悲鳴をあげるが、男たちが押さえつけて逃がさない。俺を好きで愛していても、兄妹間での妊娠など許されない。そんなことがあってはならない。

「そろそろだな」

バッゴが手を伸ばした。背後からの一押しで、俺の腰が前に進む。

噛みしめた俺の歯の間から、押し殺した怒りの声が出た。男たちの拘束の手も止まる。俺はアレシエルの内部で射精していた。腰を引こうとすると、バッゴはさらに俺の腰を押した。アレシエルの一番奥で俺の射精は続く。

兄に射精されて、アレシエルは泣いていた。俺は奥歯を噛みしめて悲鳴を出すことを耐える。バッゴを喜ばせてなるものか。だけどこんな恐ろしく悲しい初体験は、俺には耐えられない。

男たちが手を離す。俺は自然と背後へと倒れていく。アレシエルから俺の性器が引きぬかれる。精液が毛布と床に零れていく。

開かれた足の間からは、俺の精液が泡立ち、垂れた。

呆然としている俺の前に、バッゴが屈む。アレシエルを見て、次に俺を見た。毒が滴るような笑みだった。

「あははは、濃い精液だ。こりゃアレシエルは一発で妊娠確定～」

手が伸びて俺の前髪を摑んだ。逃げることを許さず、バッゴが俺を見た。

「これで言い訳はきかねえ。おまえは妹を犯って孕ませたクソだ。俺たちのどーるいだ」

バッゴが俺の髪から手を離した。降りた俺の目は足を広げたまま転がるアレシエルを捉えた。

俺の心に亀裂が入った。二度と塞がらないと分かる亀裂だった。

視界の端にバッゴが見えた。手にはまた注射器を握っていた。

「おまえは、ガユスは殺さない。ずっとずっと、今日のことを覚えて生きろ。爺になって死ぬまで覚えていろ」

バッゴは笑っていた。心の底から他者の痛みと苦しみ、哀しみが嬉しいのだ。もう人間としての道理、正気の線を踏み越えてしまっている。

「おまえはもう一生、誰も愛せないし、愛されない」

宣言したバッゴによって、針が俺へと向かってくるがどうでもいい。針が俺の首に当てられ、刺さった。薬液が注入されていくがどうでもいい。

意識が闇に浸食され、呑まれていく。

ああ、どうして俺はもっと早くに死んでいなかったのだろう。アレシエルを守ったあのとき、三人で咒式実験をして笑いあったあのとき、死んでいれば良かった。これほどの悲しみを知らずに、みんなに惜しまれて死ねていたのに。

ギギナの目が開かれる。最初に来たのは頭痛。

痛みに呻く。ギギナは右手を頭部へと持っていく。髪の間を抜けて頭皮には粘液の感触。先に進むと頭部に粘液を感じ、痛みが来る。反射的に手を戻す。

手には黒い液体。夜の暗さで血が黒く見えていた。

ギギナが先へと目を向けると、夜の森が広がる。月光に照らされて、自分が激突した岩が見える。岩肌には黒い血が広がっていた。大量の血に驚いて、再び自分の頭部に触れる。髪の間の傷に触れると再びの鈍痛が来た。怯えたが、再び指で傷口を探っていく。ぞっとする深さと長さだったが、頭蓋骨までは達していない。死にはしない。

木の根に躓き、岩に頭をぶつけて気絶していたらしい。血の固まり具合からすると、三、いや五時間は気絶していたと推測した。自分の無様さに少年は憤った。

「そうだネレトーっ」

ギギナは体を起こす。頭部が激痛を訴えるが、木の幹に手をついて立ちあがっていく。木の根に躓いたときの右足が捻挫していたらしく、さらに痛みを重ねる。それでも耐えた。立ちあがる。

起きると、自らの罪が襲ってくる。ギギナは怖くて恐ろしくて、ネレトーを見捨てて逃げてしまった。

大声を出して泣きたいが、唇（くちびる）を噛（か）んで必死に耐える。泣くことなど許されない。自分が少年であることも、弱いことも免罪理由にならない。ネレトーを助けなければならない。

自分の命を懸けてでもネレトーを救う。そしてこの町を二人で出る。糞（くそ）人間やネブレグ、ドラッケン族の血の宿命など、すべて捨ててネレトーと生きるのだ。

警察に言っても、逮捕までにネブレグはネレトーを殺してしまうので、法や社会に頼る時間はない。逮捕できても、ネブレグは責任能力がどうとかで医療刑務所に入るだけだ。他人や社会に、自分に起きたことを知られたら、ネレトーは自死を選ぶだろう。

ネレトーは最愛の少年にだけ打ち明けようとし、少年だけに助けを求めたのだとギギナも理解している。彼女の必死の手を振りはらった罪は、自らの手で密やかに清算しなければならない。

ギギナは反転して、森を進む。木の幹に手をついて歩んでいく。頭と足の痛みがあるが、歩みつづける。常人なら耐えられない痛みと傷にも、なぜか耐えて動ける。落ちついて進めば、暗闇（くらやみ）の森もある程度は見えて夜目が利く。

ギギナは真面目（まじめ）に考えたことがなかったが、ドラッケン族の血が自らに確実に流れているのだと分かった。戦士の儀を乗り越えたことで、一層強く発現してきていた。

獣の速度でギギナは森を抜けた。谷底の先にはネレトーの家が見えた。深夜のため灯（あか）りもなく、闇の底に沈んでいる。

進みながらギギナは右手を腰の後ろへ回す。柄(つか)に触れる。ためらったが五指で握り、引きだす。

母が持たせた護身用の短剣が月下に鈍(にぶ)く輝く。いつも邪魔(じゃま)だと思っていたが、今は武器だけがギギナとネレトーを救えるのだと信じた。

短剣を握ったまま、ギギナは闇にまぎれて家の正面から、裏へと回る。裏口は閉じられている。確認したが鍵(かぎ)がかかっていた。

裏口を通りすぎて、ネレトーの部屋の窓に到着する。窓から内部を伺う。紗幕(カーテン)の間に室内が見えた。棚に机と椅子(いす)。年頃の少女にしては簡素すぎる部屋に、ギギナは胸に痛みを覚える。ただ父に犯され、たまに外に出られるだけの家だったのだ。

寝台(ベッド)にネレトーの姿はない。夜に寝台にいないなら、どこなのか。ギギナの脳内で危険信号が灯(とも)る。

ギギナは窓に手をかける。開かない。鍵は窓の中央にあるだけだった。短剣を窓に当てて硝子(ガラス)を切断していく。鋭利な刃(やいば)はあっさりと切った。内部へと傾く硝子を手で追って握り、捨てる。鍵を外して、窓を開ける。静かに静かに室内に入る。

机の前にはギギナが作って贈った椅子があった。他にもギギナが作った小さな本棚など、多くの品がネレトーの部屋にあった。どれも大事にされていた。ギギナは胸の奥が熱くなる。少年はこれほど自分を想ってくれる少女を裏切ってしまったのだ。絶対に救わねばならない。

激情を押し殺し、少年は寝台（ベッド）に近づく。腕を伸ばし、掌（てのひら）で触れるが布団（ふとん）に熱はない。家に帰ってから寝台に横たわった乱れもない。ギギナはネレトーを探して、部屋から廊下に出る。窓から零（こぼ）れる月光が廊下を断片的に照らす。

前に一瞬だけ見えた玄関と裏口、ネレトーの部屋の位置を考えると、廊下を挟んで部屋が並ぶ構造のはずだ。手前右にネレトーの部屋に居間と台所、右に風呂と便所。奥が父親の部屋と裏口につながる作業場と推理してみる。奥までのどこかの部屋にネレトーがいると予想する。

月光を避けてギギナは静かに廊下を進む。

廊下の途中で、部屋から零れる月光が見えた。壁の陰から伺うと、粗末な応接椅子（ソファ）と古い立体映像装置がある居間が広がっていた。月光が射す室内で、壁の時計が心拍のように響く。

ギギナが観察していくと、応接椅子の先に左手が垂れていた。

少女の手首の上から、肌に無惨な火傷（やけど）文字が刻まれていて、見間違えようがない。

「ネレトー、助けにきた」

ギギナは小さく呼びかけた。

「さっきはごめん。ちょっと驚いて逃げちゃったんだ。だけどもう迷わない」ギギナは少女の手に呼びかける。「いっしょに逃げよう。母さんの親戚はドラッケン族で怖いけど、父さんの親戚を頼れる。それで遠くに逃げ、まずは地道ですぐに稼げる家具職人をやるよ。残念だけど音楽はその後でいい」贖罪と希望の言葉が紡がれていく。「あとは悪いネブレグを通報したら、警察がどうにかやっつけてく」

ギギナは言葉を止める。これだけ話してもネレトーからの返答がないどころか、手がまったく動いていない。

ギギナは廊下から居間に出る。応接椅子を回りこんで、寝ているネレトーを確認する。

長方形の応接机の上で、ネレトーは横たわっていた。左手を垂らし、右手は自分の喉に向かっている。右手は短剣を握り、切っ先は顎の裏から深く刺さっていた。血は応接机に滴り、床板の上に血溜まりを作っていた。床には陶器の破片や布が散らばる。

ネレトーの頬には殴打の痕跡。左目も殴打によって腫れあがった瞼で閉じていた。右目は大きく見開かれ、瞳は絶望に濁って天井を見上げている。

ギギナは足がもつれ、応接椅子に手をつく。

ネレトーは自殺していた。

顔から先がようやく目に入る。ネレトーの服は前が開かれていた。火傷の文字が刻まれた全身で、乳首が焼き潰された乳房が見えた。足は蛙のように広げられ、放置されていた。

なにが起こったのかは一目瞭然だった。家に戻ったネレトーはまた父親に犯されそうになった。少女は抵抗して暴れた。普段とは違う娘に父は激怒し、殴りつけた。ネレトーも短剣で父を刺そうとしたができなかった。どうすることもできず、最後の抵抗として自分の顎から脳を刺して自殺した。

　ギギナは無音の部屋で固まっていた。想像していた最悪を超える最悪だった。信じられない。信じられない。信じられない。だけど事実は変わらない。ネレトーは動かない。死んだ。死んだ。死んでしまった。

　ネレトーの無惨な死体をそのままにしておけないと、ギギナは動く。服の前を閉じようとして、ネレトーの股間が見えた。串と錠前（じょうまえ）で千切（ちぎ）られた股間では凝固した血と、新しい血が見えた。間からは白い液体。鋭敏な嗅覚（きゅうかく）は精液の臭いを捉えた。

　ギギナの心に黒い炎が湧（わ）き起こった。自死した娘を、それでもネブレグは犯したのだ。死体に体温が残るうちに、最後の玩具（おもちゃ）として遊んだのだ。

　ギギナの体が震えた。人はここまで邪悪なのか、邪悪になれるのか。

　かすかな物音で、ギギナはその場で反転した。

「ああ、見つけたのか」

　声は廊下に立つ人影から発せられた。ネブレグが立っていた。目はネレトーの死体を見下ろしていた。

「すまない」

　ネブレグの口から零（こぼ）れた。

「もうどうしていいか分からなかった。かかあは俺を裏切って男と逢い引きに出て、山で死んだ。殺しちゃいない。男に裏切られて自棄になったらしく、崖から自分で落ちて死んでいただけだ」ネブレグの口からは呪いの言葉が漏れた。「絶望した俺をネレトーが支えてくれた。だけど、なにをやっても母親に似ているネレトーがそのうち憎くなってきた」

ネブレグの言葉は後悔の言葉だった。

「ネレトーを傷つけることで、あの女を傷つけているような気分になれた。そうすることでしか自分を保てなかった」

ネブレグは息を吐いた。

「だけどもういい」ネブレグの目から気力が消えた。「ネレトーは死んだ。俺も生きている意味がない。警察に逮捕されて死刑になればいい。いや」

ネブレグは言って、部屋の棚に手を伸ばす。開かれると、鉈や鋸などの刃物が並んでいた。

「これで」

言った瞬間、ネブレグの姿が揺れる。ギギナが突進し、男の腹部に短剣を埋めていた。男が悲鳴をあげると、少年は刃を押しこんで倒す。ネブレグは後頭部を打ってさらに叫ぶ。刃は抜かれていくが、叫びは途絶。ギギナが再び落とした短剣が、男の頬を突き破っていた。

ネブレグに馬乗りになったギギナの刃が、冷徹に刺していた。短剣が引きぬかれ、血が舞う。ネブレグは悲鳴をあげるが、少年の足が胴体を挟んで逃がさない。

「楽な自殺も死刑もさせない」

自らの言葉で、ギギナの内部に溶岩のような怒りが生まれる。

「ネレトーの苦しみは、こんなもんじゃなかった！」

怒りの噴火によって、ギギナはさらに刃を振り下ろす。ネブレグが顔を守ろうとして掲げた右手を切りつけ、血が跳ねる。

「ごめっ、ごめんようっ、弱くてごめんようっ」

ネブレグが泣き叫ぶ。

「ネレトーの痛みは、こんなものじゃなかった！」

ギギナが振るう刃が反転して落下。ネブレグが掲げた左掌を短刀が貫く。

「俺だって、あんな、あんなことしたくな」

泣きわめくネブレグの掌から刃が抜かれる。躊躇もなくギギナは再び刃を振り下ろす。何度も何度も切りつける。ネブレグの両腕は十数回の刃を受けて、落ちた。刃はネブレグの両肩、胸を刺す。刺しつづける。噴出する血はギギナの顔を朱に染めていく。刃を旋回させ、ネブレグの太腿や足、腰も刺していく。

「ネレトーはっ」

刃を振りかぶったギギナの手が止まる。

ネブレグは自分の血の海のなかに沈んでいた。刺したギギナも返り血で斑に染まっていた。

ネブレグは荒い息を切れ切れにしているが、死なない。死なないようにギギナが急所を避けて刺したのだ。

ギギナも荒い息を吐いていた。ネブレグただ一人が邪悪なだけではなかったのだ。母親は恋愛に狂って死に、ネブレグは性的虐待を起こし、ネレトーは一人では逃げられなかった。町の人々は、厄介者一家の苦しみどころか生死すらどうでもよかった。警察も介入せず、医療も動かず、法も無力だった。

なにより、助けを求めた少女の手をギギナは恐ろしくて振りはらった。全員が愚かで弱かったのだ。

ギギナは立ちあがる。顔からは幼さが急速に剝落していった。美しい顔は死神のように無表情となる。床のネブレグは全身の激痛に呻く。少年は部屋を去り、奥へと向かった。しばらくして液体の音が響く。奥からいくつもの部屋へと液体の音が続いていく。

液体の音とともに、ギギナが部屋に戻ってきた。ギギナは両腕に燃料缶を抱えていた。腰の帯には発煙筒を差していた。燃料を家中に撒いてきて、空となった缶を捨てる。金属の缶が耳障りな音を立てて転がり、止まる。

残る缶を逆さにし、床で身動きが取れないネブレグに燃料をかけていく。

「やめろ、やめてくれっ」

少年がやろうとしていることを理解して、ネブレグが身を捩る。無表情のままギギナは燃料をすべて男に注いだ。空となった缶を捨てると、先ほどと同じく不愉快な音をたてて転がっていった。

「嫌だ、それだけは嫌だっ」

ネブレグの哀願でギギナの瞳の温度は急激に下がっていき、氷点下に達した。

「ネレトーもそう言っただろう」

ギギナの一言でネブレグが泣きわめきだす。少年は部屋を進む。床に落ちている布を掴み、応接机の上のネレトーの上に歩みよる。床に膝をついて少女の顎裏に刺さった刃を引きぬき、床に置く。布で顔についた血を拭く。手は震えたが、首元から胸、腹部と血を丁寧に拭っていった。最後にネレトーの股間の赤と精液も拭い、布を投げ捨てた。

ギギナの手はネレトーの服の前を整えていく。両手をお腹の上で組ませる。続いて左手で発煙筒を取りだす。その手でネレトーの背中を支え、右手を膝裏に差し入れて抱えあげる。

ネブレグの懺悔と苦痛の声が聞こえるが、まるで無関係のようにギギナはネレトーを抱えて進む。

玄関から外に出る。夜明けはまだ遠い。ギギナはネレトーを抱える手を曲げ、発煙筒を顔へと寄せる。口で発煙筒の蓋にある紐を咥え、引っ張る。戻った左手の先で発煙筒は炎を噴出させる。眩い光に照らされ、腕のなかのネレトーの顔が見えた。

ギギナはしばらくネレトーの顔を見ていた。痣と腫れで崩れた顔に、死の安息すらなかった。

唇を噛みしめたギギナは、少女の遺体を体に引きよせる。唸り声とともに左手首を捻る。

後方へと投擲された発煙筒が玄関を抜け、廊下の奥に落下。転がる。炎の音がしばらく続く。

ギギナはネレトーを抱えて歩きだす。後方では燃料に着火した音が響く。続いて爆発のように音が響く。火炎は火炎を呼び、家全体に広がっていく。ついに窓硝子が破れて火炎が噴きだす。

背中に熱波と火の粉が押しよせるが、ギギナはネレトーを抱えたまま歩いていく。ネブレグの絶叫が響いた。全身を焼かれる痛みは想像を絶する。悲鳴は続いているが、業火の音に掻き消される。

ネブレグが少しでも長く苦しむことをギギナは願った。

「ガユスっ」

声が響く。脳に痛みとなって響いている。

「ガユス、しっかりしろ」

いつも聞いている声だった。

俺の目の焦点があっていき、顔が見えた。整った鼻に青い目。俺を心配そうに覗きこむユシス兄の顔だ。

起きあがろうとしたら頭痛。体が戻るが、ユシスが抱えてくれていた。ユシスが俺の体の脈を取り、負傷を確認していく。兄の診断によって段々と肉体感覚が戻ってくる。

「大丈夫のようだな」

兄の問いに答えようとして、喉が詰まる。無言で俺はうなずくだけしかできなかった。

坑道。照明。自分を見ると、上着にジーンズが穿かされていた。ユシスの気遣いがありがたかった。上にある照明は消えて、横からの光があった。ユシスが持ってきた照明が床にあった。

なぜ廃坑の灯りが消えているのか、と考えて記憶が戻ってきた。誘拐されたアレシエル。七人に四日間輪姦されつづけた無惨な姿。他のどの罪より、強制されたとはいえ、俺はアレシエルの内部に射精してしまった。

「ユシスっ」

そこで俺の言葉が詰まった。

「分かっている」

ユシスが答えた。毛布に血に精液。注射によって気絶していた俺をユシスが発見したのだろうが、状況を見ればなにが起こったのか一瞬で悟ったのだ。

「なにも言うな」

「うわあああああああああああああああ!」

目から涙、口からは叫びが溢れた。両手で喉から胸を掻きむしる。悲しみと後悔が物理的な痛みとなっていた。血が出たが、喉から胸を掻きむしらないと、狂おしいほどの痛みに耐えられない。

「うわあああああ、ああああああああああ!?」

「落ちつけ」

ユシスの左手が俺の両手を止める。

「ああああああああああ、だって、うわあああ！」

俺の自責の念の叫びと手の動きは止まらない。胸と喉からさらなる血が出るが、止められない。

「落ちつけ」

ユシスが力をこめて、俺の手が強制的に止まる。叫びも止まった。荒い呼吸をしていると、最大の問題が脳裏にやってきた。

「アレシっ」俺は発作のように問うた。「アレシエルはどこ?」

「落ちつけ」

ユシスは冷静な声を続けた。

「アレシエルの誘拐犯はバッゴと六人だな?」

ユシスが問いかけて、俺はうなずく。問われたことで、考える余裕が出てきた。

「残された荷物からすぐに分かった」

なぜ人数までと問いそうになったが、ユシスが先回りで答えを出した。

「いいか、大事なことを問う。落ちついて、ゆっくりと周囲を見ろ」

ユシスの言葉で俺はようやく周囲を見回す。廃坑の内部は、惨劇の場となっていた。血が坑道の壁、天井や梁にまで飛び散っている。天上から血が垂れて落下するほどの大量の出血。ユシスが照明を動かすと、床が見えた。魔杖剣や木箱が砕け散っていた。毛布も千切られている。

間では大量の血。切断された手足が転がる。胴体が両断され、内臓が零れていた。大量の血の間に転がる顔は恐怖の表情で固まっていた。血の臭いにようやく気づけた。

死体の恐怖と血臭への嫌悪感で、俺は悲鳴のために口を開く。再びユシスが「落ちつけ」と言って、俺の悲鳴は止まった。まだ出そうになる声を俺は右手で口を押さえて防ぐ。

厳しい顔のユシスは周囲を顎で示す。

「これはガユスがやった、のではないな?」

ユシスの冷静な声で、俺もなんとかうなずく。ユシスの眉にも疑問が溢れていた。

「誘拐犯たちが突如として同士討ちを始めたにしても、異常にすぎる」

ユシスが推測してみせた。ユシスが言うように、こんな同士討ちはありえない。

「アレシエルの死体はない。手足に胴体まで飛散して分かりにくいが、男たちの頭は五つ。なにが起こったかは分からない」ユシスは高速で推測を組み立てていく。「バッゴともう一人の男、そしてアレシエルの三人はここからどこかへ去った。逃げたか連れ去られたのか」

ユシスも自分の言葉に疑問を抱えながら話した。聞いていてもなにが起こったのか分からない。バッゴとアレシエルが消えている理由も分からない。

落ちついたと見て、ユシスがゆっくりと俺から両手を離す。俺は両手を後ろにつく。ユシスが立ちあがる。

「先に警察や捜索隊に連絡したから、ガユスはここにいろ。俺はアレシエルを探しにいく」

ユシスが言って、坑道の外へと体を向けた。

「待っれ、俺も、行く」

俺は立ちあがろうとする。膝に力が入らず、前に手をついた。

「まだ薬剤の反応が残っている。無理だ」

振り返らずにユシスが言った。

「いや、行く」

呻きながらも、俺は立ちあがる。膝に手を乗せて支えとし、上体を起こす。立った瞬間ふらついたが、ユシスが支えた。

「バッゴが連れていったのなら、アレシエルが危険だ。ユシス兄貴の言うことだろうと、これだけは聞けない」薬で呂律が回らないが、言いきる。「今行けないなら、俺は一生後悔する」

俺はユシスの胸に手をついて、一人で歩きだす。ユシスも横を進む。男どもの死体と血の間を通るが、もっと苦しんで死ぬべきだったとしか思えない。

坑道の外に出た。寒い。俺は外の壁に手をつく。目眩(めまい)がする。胃の底からの嫌悪感がやってくる。喉(のど)から熱いものが上昇し、口から迸(ほとばし)る。嘔吐(おうと)し、また吐いた。

俺は右袖(そで)で口を拭(ぬぐ)う。

「行けるか」

ユシスは気遣いを見せずに確認してきた。吐いたことで少し頭が明瞭になってきたので、俺はうなずく。心配するべきはアレシエルだというユシスの態度が、俺を奮いたたせてくれた。

ユシスが照明をかざし、俺も携帯の照明でアレシエルの足跡を追って道を下る。草原に到達して、途端に分からなくなる。まだ夜明けは遠い。だけど時間はない。

「俺は右に行く。ガユスは左を探せ」

ユシスが言って、俺の返事を待たずに右へ行った。俺は左へと向かう。

「おおお」

俺の足は歩んでいく。

「おおおお」

歩みは早くなる。

「アレシエル、アレシエルっ！　死なないでくれアレシエルっ！」

俺の早足は疾走となっていた。

炎上する家を背景に、ギギナは歩む。血染めの両手でネレトーの遺体を抱えていた。生者と死者の上で、月が中天にさしかかろうとしていた。少女を抱えた少年はひたすら歩き、森を抜けていく。

少年の足は坂を上っていく。木々の間を抜けて、崖（がけ）の上に到達する。ネレトーが出たいと言った町は、ネブレグとネレトーの死を知らず、静かに夜に沈んでいた。

世界には無音。消防車の音すらしない。

ギギナは抱えていた少女の姿勢を変える。

「君が出たいといっていた町の範囲から、ここは外れている」ギギナは少女に町を見せる姿勢を取らせていた。「遠くには連れていけなかったけど、ここからすべてを見下ろしていてね」

語りかけたあと、ギギナはネレトーを丁寧（ていねい）に宝物のように、崖の上に降ろす。続いて短剣を取りだし、大地に突きたてる。土は軽々と掘られた。自覚できてきた膂力（りょりょく）に任せてギギナは穴を掘っていく。排出された土が後方で小山のようになっていく。

いくらドラッケン族由来の剛力があっても呪式（じゅしき）なしの掘削（くっさく）は重労働で、指先からは血が噴きでる。血と汗、間断なく零（こぼ）れ落ちる涙が混じって、土は泥となっていく。気にせずギギナは穴を掘りつづける。少年の体は大地へと降下しつづけていった。

自分の身長を超えた深さの穴の底で、ギギナの腕の動きが止まった。掘削機のような速度で、地下三メルトルもの大穴が掘られていた。これだけの深さがあれば獣が掘り返すこともない。

両腕を伸ばして穴の縁を摑み、腕力で体を引きあげる。穴から出たギギナは少女を優しく抱きかかえ、穴へと降りていく。底にネレトーを横たえる。

死せる少女の顔は静かだった。上着の前からは、焼けただれた肌に乳房が見えた。ギギナの手はネレトーの上着の前を首元まで留めていく。最後にギギナは少女の髪を整え、手を胸の上で組ませた。

なにかを言おうとして、ギギナは止めた。穴から出て、反転した。両手で掘りだした土砂を戻していく。穴の底で、眠るような少女の顔が土に埋もれていく。重機のような動きでネレトーは完全に埋まる。膨れた土砂の山をギギナは足で踏み固めていく。最後には平面となった。

ギギナが歩いていき、いつも二人が座っていた岩に手をかける。剛力が発動し、岩が動いていく。ネレトーの墓の上へと岩が動かされ、止まった。

右手によって短剣が再び抜きはなたれた。右腕が掲げられ、全力で振り降ろされる。刃は岩に刺さる。ギギナの手にも反動が伝わるが、痛みを堪えるかのように握りしめていた。

振動が完全に収まってから、少年が手を離す。岩の上に立てられた墓標は、そこらの人間には抜けないだろう。

ギギナは岩と墓標を見つめた。反転し、下っていく。森に入ると足が速まる。木々の間を早歩きで下っていく。

「ああ、ネレトー」

少年の早歩きはいつしか駆け足になっていた。

「ああああああ」

嘆（なげ）きは叫びとなり、駆け足は全力疾走となっていた。

「あああああああああああああっ！」

叫びながら、ギギナは森の間を下っていった。


「アレシエルっ、どこだっ！」

俺は山を彷徨（さまよ）う。

「アレシエルっ、返事してくれっ！」

薬剤の影響が消えたので、林の間を走って叫ぶ。廃坑でなにが起こったのかは分からない。だけどバッゴがあの殺人を起こしたのなら、アレシエルが危険だ。身代金が目的ではなく俺への復讐（ふくしゅう）が目的だった。ならばアレシエルはもう用済みで、逃走の足手まといとして捨てる。殺すこともありえるのだ。

俺の胸が痛い。バッゴの所業はアレシエルと俺を傷つけ、傷つけさせた。俺の心はもう砕けている。砕けていようが、心の破片を抱えて進む。アレシエルを死なせてはならない。絶対にならない。

林を抜けた。草原を走り、誘拐犯とアレシエルの姿を探す。

草原の先、一本だけ立つ木の下に人影。昼寝でもしているかのように、アレシエルが横たわっていた。

バッゴたちがいないことに安堵と、続いて恐怖。アレシエルの胸に、異物のように魔杖短剣が突きたっている。アレシエルの魔杖短剣だった。

刃と胸の間から、赤すぎる血が白と紺の服を染めて、大地へと零れていた。俺の腹の底から恐怖が湧き起こる。

「アレシエルっ！」

俺は叫びながらアレシエルへと駆けよる。妹の傍らに膝をつく。眠っているかのように目を閉じたアレシエルの胸に、魔杖短剣が突き立っていた。刃は心臓を貫いていた。バッゴかアレシエル自身がやったのか分からない。分からないが、アレシエルを右手で抱え、上半身を起こす。

右手で背を探る。指先が温かい血と、硬い切っ先に触れた。刃は背中まで貫通している。短剣を抜けばアレシエルは即死する。抜かなくても、出血量からいってアレシエルはあと十数秒、長くて数十秒で死ぬ。どうしたらいいのか。分からない分からない。

違う。できることはある。左手で携帯を引きだしながら開き、ユシスに文書連絡をした。返答を待たずに救急車を呼んで、投げ捨てる。両手でアレシエルを抱える。

俺の腕のなかで、アレシエルの顔は蒼白となっていた。俺の胸に新たな苦しみが生まれる。左手で腰から自らの魔杖短剣を抜く。アレシエルへと止血呪式を発動する。刃を抜けないために止血は気休めにすぎない。造血呪式を足すが、失われた血液は大量すぎる。傷ついた心臓はもうすぐ止まる。

俺にできるのは、アレシエルの傍らにいてやることだけだ。

「アレシエルっ、意識を保てっ！」

俺は無意味に呼びかける。返答はない。アレシエルの背中に回した右手は熱い血潮を感じていた。ああ、もう十数秒の命だ。

こんなことになるなら、アレシエルの思いに応えるべきだった。いや、違う。拒否できる自分だったからこそアレシエルが想ってくれた。そんなことを考えている時間はない。

「アレシエルっ、意識を保てっ！」

再び呼びかけると、妹の瞼が震えた。目が見開かれた。瞳の焦点が合っていき、俺を確認した。アレシエルは小さくうなずいてみせた。

「大丈夫だ、もうすぐ助けがくる」

俺の舌先は偽の希望を語る。なにが起こったのかを聞きたいが、そんなことは後だ。

「大丈夫だ、助かる。大丈夫だ、絶対に大丈夫だ」

俺は必死にアレシエルに呼びかける。誰がどう見てもアレシエルは助からない。だけどアレシエルのためなら俺は全力で嘘をつく。最後の最後まで希望を失わせはしない。

ああ、俺はアレシエルを愛していた。妹ではなく女性として、なによりも人として。

アレシエルの瞳は七色の虹彩となっていた。アレシエルの紅の唇が痙攣した。ようやく止まり、開かれる。

「　　　　　　　　　　　　」

妹の放った言葉が、俺には聞き取れない。違う、聞こえているが分からないふりをしていた。

「なんて言ったんだ!?　もう一回言ってくれ！」

絶叫するように問いかける。これも違う。聞きたくないが、あとで自分の記憶が嘘になるよう、予防線を張っていたのだ。

「告白を聞いてほしい」

アレシエルは瀕死の激痛と、薄れていく意識のなかで、それでも言葉を発した。

「あなたを、心より愛した」

アレシエルの顔にあったのは、子供をあやす慈母のような表情だった。

俺はアレシエルを抱きかかえたまま、言葉の衝撃に耐えていた。俺にはアレシエルの言葉の意味を理解できない。

いや、理解はできるが、納得ができないし、したくない。人間はそのような言葉を発してはならない。そう、本当は分かっていたのだ。

俺はアレシエルから眼を逸らせなかった。アレシエルの唇が噛みしめられ、鮮血に染まった手が差し伸べられる。

アレシエルの左手が俺の頬に触れた。アレシエルの熱い血と冷えた体温を感じた。

そして赤い唇が開いた。真珠色の歯が見えた。震える舌が動く。

「泣かないで、ガユス、絶対に赦さない」

アレシエルは笑った。いつも輝いていた瞳から、急速に光が失われていく。瞳は闇色に沈み、細い首が落ちた。俺の頬に触れていた左手が落下した。

俺の胸中には恐怖と喪失。そして圧倒的な安堵感が湧いてきた。

すぐさま恐ろしい嫌悪感が襲ってきた。妹の死に安堵する自己への憎悪が、鋭利な破片となって全身の血管を駆けめぐり、傷つけ、食い破る。

俺の両目から涙は消えていた。アレシエルは俺に資格はないと禁じたのだ。遠くから人々が駆けつけてくる声や音がする。ユシスの必死な声も聞こえた。だけど俺は血染めのアレシエルを抱えたまま、動けない。

俺は二度と動けない。心はこの場から、アレシエルの死から、一歩も進めなくなるだろうと分かった。

月下の夜、ギギナは静かに自宅に戻る。

無音で扉を開け、静かに静かに居間を通る。廊下を進んで自室の扉を静かに開け、後ろ手に閉める。

部屋の灯(あか)りをつけ、中央に立つ。窓際の寝台(ベッド)が見えた。奥と右の壁の棚一面には、六弦琴(ギタール)に三弦琴(ベーシ)、太鼓に縦笛に横笛が並ぶ。前には鍵盤機がたたずむ。楽譜や音楽書籍が詰まっている。

そこで少年の双眸(そうぼう)から再び涙が零(こぼ)れた。叫ぼうとして堪(こら)える。必死に堪えるが、口から嗚咽(おえつ)が漏(も)れる。ギギナの顔が跳ねあがる。

「僕がっ」

涙を流しながら、ギギナは血と土で汚れた右手を掲げ、前に進む。棚に叩(たた)きつけられた五指は六弦琴の柄(つか)を掴(つか)む。左手でも握って、楽器を大きく振りかぶる。

「僕がもっと強ければ！」

ギギナが叫んで、六弦琴を振り下ろし、机の角で叩き割った。

「心が強ければネレトーを救えた！　助けを求めたネレトーの手を拒否しなかった！　力が強ければあいつを殺して、あの家から連れだして、どこかで二人で生きられたっ！」

ギギナは折れた六弦琴をさらに何回も叩きつける。

「強ければ、強ければ、強ければっ！」

少年は泣きながら、木の柄を投げ捨てる。三弦琴を棚から叩き落とし、足で踏み割った。太鼓の膜を蹴って破る。鍵盤機を持ちあげ、壁に叩きつける。木材や金属が飛び散る。ギギナは破壊された楽器をさらに破砕し、踏みにじっていった。

強さが自分にないことを、まだ子供であったことを恨むかのような、徹底的な破壊の嵐だった。

音が止まる。楽器の群れはすべて無意味な破片となって、部屋中に散っていた。中央では血染めの少年が、滂沱の涙を流していた。

「なんの音です」

部屋の戸口に、母のカザリアが立っていた。寝起き姿のカザリアは部屋の惨状を見て、息子の惨状を確認した。母は急いで息子に駆けよる。

「なにがあったのです」

母は問う。ギギナは答えない。

「言いなさい」

カザリアの重ねての問いに、ギギナが口を開く。泣きじゃくりながら少年が説明していく。経緯を聞くとともに、母の顔に怒りと悲哀が宿っていく。

ギギナが語りおえると、カザリアの顔には決意が浮かんでいた。母は惨劇に見舞われた息子を両手で摑む。真っ直ぐに見つめていた。

「ギギナ、よく聞きなさい」

カザリアが言った。

「あなたがやったことは間違っているが、正しい」カザリアの声は刃となっていた。「そしてあなたの罪ではない」

「でも」

ギギナが涙の間から反駁した。カザリアは首を振ってみせる。

「あなたが弱かったせいではない。愚かだったせいではない。我々、大人や社会がネブレグと母親を放置し、いつかどうにかなるとした結果です」

カザリアの声は冷たい自責の念を帯びていた。

「母親は子供を捨てて男に走って死んだ。自暴自棄になった父親といる子供が危険になるとわかりきっていて、なお権利と法のために動けなかった、我々の責任です」

カザリアは唇を噛みしめる。

「我々の弱さと愚かさは今さらどうしようもない。これからのことを話します」カザリアは矢継ぎ早に言葉を繰りだす。「父親と折りあいの悪かったネレトーは、嫌になって家出したということで処理されます。ネブレグは他殺か自殺かなど火災によって判明しません。あのような人間の死など、誰も気にしません」

母の目はギギナを見据えていた。

「だけど人々はいつか真相に気づき、不完全な法が法として許さない」

カザリアの言葉に、ギギナは涙を止める。世間は少年を正義の復讐者と言うだろうが、一方で殺人犯だと指弾するだろう。

「あなたは今すぐドラッケン族の里に行き、戦士となるのです。追う者も追える者もいません。そして二度とここに戻ってはなりません」

カザリアは世の嵐と、ギギナ自身からギギナを守るために躊躇しなかった。母の言葉にギギナは呆気にとられていた。

「だけど」

「今すぐ出立です」

反駁を許さず、カザリアは息子の手を引いて歩む。廊下に出て、部屋を横断していき、途中で止まる。引っ張ってきた鞄に荷物を詰める。ギギナにも用意をさせる。カザリアは立ったまま、机の上で走り書きの書簡をしたため、鞄に追加する。カザリアは再びギギナを連れて歩き、玄関に到達する。

「丘を越えて、朝になって誰かに見つかる前にシャリアピの町のドラッケン族大使館に入りなさい。大使にこの書類を渡しなさい」早口で説明しながら、カザリアは鞄を引きよせる。「大使は私の一族の配下です。春休み初日に、ギギナが戦士教練課程に入るために旅立ったと、公式記録を都合してくれるでしょう。あとは私が処理します」

一気に言いきり、カザリアはギギナに鞄を持たせる。少年は帯を右肩から斜めがけにし、左腰に鞄を抱える。自分が今から嫌っていた道を行くことが、よく分からないままだった。

カザリアの目には悲痛さがあった。ギギナの性質に合わなくても、唯一の道を強制するしかないのだ。

「ドラッケン族の戦士の修行は辛く厳しい。軍隊の特殊部隊のような訓練を少年期から施すのです。少なくない数が訓練過程で脱落し、また死にます。成人してからはさらに激しい訓練と戦場が続きます。だけど」

カザリアは事実を告げ、語尾を濁した。

「そう、だけど」

母の言葉の結論を足して、ギギナは寂しく微笑んでみせた。

「もう僕の今後の人生で、今夜より辛く苦しいことなどありません」

ギギナは断言した。息子の悲痛な事実確認に、母は肯定の目となった。

「今夜のようなことを二度と起こさせないために、戦士となりなさい」

カザリアの言葉にギギナが唇を噛みしめる。やがて少年は力を込めてうなずいた。

「少し待っていなさい」

カザリアは反転して歩み、奥の部屋へと消えていった。金属が擦れる乱雑な音に布が引っ張られる音が響く。

再び戸口に現れたカザリアは、苦痛の表情となっていた。母の両手は大きな包みを抱えていた。一抱えもある布に包まれていたが、巨大な板のような物体だと分かる。

カザリアは右手と体で包みを支え、左手が布を引く。現れたのは、鈍色の塊だった。人体の幅ほどもある刃は、巨大な鉈にも斧にも見えたが剣であった。

ドラッケン族の戦士が扱う、竜殺しの刃、屠竜刀の威容であった。

カザリアが現役時代に使っていた、巨大な刃を反転。柄をギギナに向けた。ギギナは両手を掲げ、屠竜刀を受けとった。あまりの重さに少年の腕が下がるが、腰で耐えた。

「我が一族に伝わり、私が最新技術で鍛えなおした屠竜刀を授けます」

カザリアが告げた。刃の重さに耐えてギギナは真剣に聞いていた。

「この刃は今よりおまえを主とし、またおまえの主となって、生涯をともにするでしょう」カザリアが告げた。「本当は成人の儀とともに、屠竜刀へとおまえが名前をつけるのですが、時間がありません。後々でいいので命名しなさい」

母の言葉は突然であった。カザリアは包みにあった鞘を出す。母子で協力して刃を鞘に収める。ギギナの背に鞘に収まった屠竜刀を背負わせる。ギギナは重さに倒れそうになるが、前傾姿勢になって耐えた。

カザリアの目の悲痛な色が深まる。息子の初めての愛は無惨に打ち砕かれた。優しさと勘違いした弱さゆえに救えず、自分で自分を否定するしかなかった。

　カザリアは両手を伸ばしていく。おそらく二度と生きては会えない我が子を、最後に抱きしめようとした手が止まる。ギギナが左手を掲げて、制止していたのだ。

微笑みをもって、ギギナは母を見た。カザリアも息子を見た。愛する者の仇を討った少年は、もう戦士の第一歩を踏みだしていた。ギギナの少年時代は、惨劇によってあまりに早く過ぎ去ったのだ。

「それでは、さよならです、母上」

未練を断ち切るようにギギナは挨拶を告げ、外へと歩みだす。刃の重さに負けそうになりながらも、家を出た。母も戸口まで来て、息子の姿を目で追う。

月下の夜、ギギナは外を歩く。屠竜刀の重さが少年の足取りの一歩一歩を重くさせていた。ギギナは丘へと進む。踏みしめるように坂を登っていく。屠竜刀の重さがさらに少年の全身にかかる。カザリアには息子の悲しみと罪の重さと、これから先の悲運の人生の歩みにも見えた。

　丘の頂上で少年の歩みが止まった。ギギナはなにかを考えているようだった。右手が上がり、背中に向けて突きでた柄を握る。同時に反転。

　体の動きに合わせて、巨大な刃を引きぬく。あまりに長大な刃は少年にはまだ扱えないが、両手でなんとか夜空に掲げられた。

月光を背にして刃の縁が鈍く輝く。ギギナの瞳は遠くなった母と故郷を見下ろす。少年の過去のすべてがそこにあった。

「母上よ、僕」

自分の言葉に、ギギナは軽く首を振って、止めた。

「私は、私の屠竜刀の名前を今決めます」

刃には、月光の冴え冴えとした青白さが宿っていた。

「屠竜刀ネレトー、私の最愛だったものは私の刃となる」ギギナの声は朗々と響く。「私が死したなら、刃はともに埋葬され、死後も離れず」

ギギナの宣言が丘から家、母へと放たれた。カザリアは両手で口元を覆った。ドラッケン族でも一〇八勇者となったほどの気丈な女だったが、目尻に涙がにじむ。

いつかこうなることは予想できたが、早すぎた。自分の息子は、これから先の一生、美しさと強さによって人から愛されるだろう。だけど、ギギナからは誰も愛せないのだと分かってしまったのだ。最愛の息子は死者とともに一振りの刃となって、屍山血河を進むこととなる。

カザリアはネレトーを少しだけ憎んだ。一度ネレトーを見捨てて死なせたことが刻印となり、ギギナはもう二度と他人を裏切れない。少女は唯一の願いであった少年の心を、永遠に摑んだのだ。ネレトーが意図したことではないと分かっていても、母は憎むしかなかった。

カザリアがギギナと再会するときはもう来ない。最悪の戦場で息子は誰かを見捨て、裏切ることはできない。誰かを救うために戦死することが運命づけられたのだ。

死体は打ち捨てられ、母が息子の遺体を見ることすらできないだろう。ドラッケン族の、なによりギギナの母としてできることが、カザリアにはひとつしかなかった。

「つっ」

カザリアはなんとか言葉を発した。涙を強引に笑顔に変える。

「剣と月の祝福を」

母からの手向けの言葉が、月夜に谺する。丘の上のギギナが小さくうなずく。

ギギナは両手で掲げた刃を降ろす。体の捻りと遠心力で長大な刃を回転させる。重さに負けそうになりながらも、背中の鞘に収める。

ギギナは動かない。銀の瞳は刃の輝きを持つ瞳になっていた。小さな町と山での少年時代は無惨な結末となった。おそらく二度と戻らない。母にも会えない。ギギナの優しさと愛はここで死に絶えた。それでも愛しき少年時代の残骸を、ギギナは切り捨てることに迷ってしまった。

少年時代を振りきるように、ギギナは再び反転した。孤独な影は長大な刃を背負って歩んでいく。丘の頂点を越えて、ついに少年の姿は見えなくなった。

カザリアは丘とその上空にある月を見つめていた。

「剣と月の祝福を」

再びのカザリアによる手向けの言葉は、祈りとなっていた。

いつか誰かが、刃となってしまったギギナの心を変えてくれることを祈っていた。

手術室の扉の上で、赤い光はすでに消えていた。

俺は病院の廊下を進む。壁際にある長椅子（ベンチ）に腰を下ろす。医師に看護師、警察も去っていた。

静かだった。

手遅れだと分かっていたが、アレシエルを救急車で最寄りの町医者へと運んだ。大手術が何時間も続いた。夜更け過ぎに医者と看護師たちができたのは、死亡宣告だけだった。俺は警察に事情の説明をしようとして、できなかった。親父（おやじ）は警察の応対をして、俺への聴取を留めてくれている。頼りないと思っていたが、父は俺を守ってくれた。

あとでまた聞かれるだろうが、事実の説明はできない。アレシエルの名誉に関わる。同時に俺自身の汚濁の行動を告白したくない。

俺は右を見る。閉じられた手術室を見る。アレシエルの亡骸（なきがら）が安置されているが、扉が閉じられて見えない。死亡宣告時に取りすがって泣いていたが、誰（だれ）かが引き剝（は）がした。俺の心が壊れないようにしてくれたのだが、覚えていない。

警察の簡単な検査で、魔杖短剣（まじょうたんけん）にはアレシエルが逆手に握った指紋があった。自殺の可能性が高いとしていた。だが、違う。断じて違う。

「ガユスよ」

前から声が届き、前を見る。長椅子(ベンチ)にディーティアス兄貴が座っていた。父が警察の応対をしている間、俺に寄り添ってくれていた。だけど俺は兄貴を正面から見られない。

「私は助役として役所を動かし、町をどうにかし、町長の親父(おやじ)を支えることに必死で、家のことはユシスとおまえに任せてしまった」

ディーティアス兄貴は淡々と語る。年が離れているため、一対一で話すことも久しぶりになっていた。

「それがこんなことになってしまって」ディーティアス兄貴は言葉に詰まった。「すまない」

苦しそうにディーティアス兄貴が言った。俺は首を小さく左右に振る。

「ディーティアス兄貴はなにも悪くない」

町を支えるために全力を尽くし、家も維持し、それでもなおアレシエルの悲劇の責を負うのは、過剰に過ぎる。

「すまない」

重ねてディーティアスが言った。兄貴にも言いたいことは多くあるだろうが、謝罪だけとしていた。自分がユシスほど言葉は上手(うま)くはないと知っていて、常に控えめなのだ。その誠実さが今はありがたい。

兄貴が立ちあがる。俺は顔を上げる。ディーティアスは進んできて、俺の前で立ち止まる。

ディーティアス兄貴が右手を伸ばし、俺の左肩に触れた。

「俺がもっとしっかりしていれば、アレシエルはっ！」

ディーティアスが初めて激し、外に見せていた一人称まで吹き飛んでいた。俺の肩を摑む指に力がこもる。ディーティアス兄貴は自分の無力さに憤っていたのだ。

「兄貴のせいじゃない」

俺は三男として、兄貴のための言葉を紡いだ。ディーティアスも俺の思惑を察した。

「すまない、言わせてしまったな」

兄貴は指から力を抜き、俺の左肩から右手を離した。

「だから私はユシスやおまえに及ばないのだな。羨ましいよ」

兄貴が言葉を漏らした。

「ずっとディーティアス兄貴は、ユシスや俺を嫌っている、少なくとも好きじゃないと思っていた」

正直に言ってみた。

「嫌いだったことはない。少し嫉妬していただけだ」

ディーティアス兄貴の素直な答えに、俺は軽く驚いた。

「世間は、ソレル家にまず天才肌のユシスを見る。続いて奔放な呪式師だった母アゾルカ、町長の父ハリウス、美しいアレシエルという華やかなソレル家を見る。それについていくガユスですら華やかだ」兄貴の言葉は淡々と続いた。「最後に他に誰かがいたなと思って、このディーティアスをようやく思い出す」

ディーティアスの言葉は、不思議と自嘲には聞こえなかった。

「ユシスは小さいときから飛びぬけていた。私は勉強に運動、芸術に喧嘩、人格に人気で一度もユシスに勝ることはできなかった。兄貴としてはちょっと悔しかったよ」

ディーティアスなりに劣等感があったことを告白した。

「だけど、先ほど言ったように少し嫉妬していただけだ。私はそれで良かった」

穏やかな声だった。

「世間の言うとおり、私には飛び抜けた才能や華やかさはない」

「そんなことない。ディーティアス兄貴はっ」

「事実だ」

ディーティアスは俺の言葉にも微笑んでみせた。

「だけど私はその地味さで、おまえたちの青春を支えられた。世間が地味だと言う私が支えて送りだす、弟たちや妹は凄いやつなんだと、世間が知る日が楽しみだった。誇らしかった」

俺の胸の悲しみに、ディーティアスの言葉が染みる。兄貴は俺を見ていた。

「だから弟妹のなかで、ちょっと地味なガユスが私にとって一番かわいかった。私に似ているおまえに、自分を重ねていたんだよ。私はもう責任があってできないが、ガユスなら、ユシスたちについて羽ばたいていけるとな」

「知ら、なかった」

俺はいつもすぐ上の次兄ユシスを見上げていて、長兄ディーティアスのことをあまり知らなかった。長兄は常に一歩下がって、俺たちを押しあげてくれていた。

母や父にない家族への献身、深い愛はディーティアス兄貴にあったのだ。おそらく母や父にないからこそ、ディーティアス兄貴は長兄である自分が両親の代理になるべきだと自らに課したのだ。

母が出ていったときは、ディーティアスも子供だった。そんな子供がユシスと俺の親代わりになると決意したのなら、なんという兄貴なのだ。なんという愛なのだ。

「俺、たちこそ兄貴に謝らないとならない」

ディーティアスの大きな愛と責任感に、俺は打たれていた。

「俺たちが好き勝手できたのは、兄貴が我慢して支えてくれたからだ。だから」

先を続けようとすると、ディーティアス兄貴が右手を掲げて制止した。

「それでも私の罪はある」

ディーティアスは自分を許さなかった。

「アレシエルはガユスが一番好きだった」

長兄の言葉で、俺の心臓が止まる。呪式(じゅしき)実験の日に俺を呼び止めた、ディーティアスの言葉の意味がようやく分かった。

アレシエルが兄妹を越えた恋情を自覚したのは失踪当日だ。となると、本人より、ユシスや俺より早く、長兄ディーティアスが気づいていたことになる。寡黙な長兄は、誰よりも俺たちをよく見ていたのだ。

ディーティアスの庇護や傷つけないために遠回しの忠告があってなお、俺たちは気づけなかった。気づいていて、気づかない演技をしてしまった。そしてこうなったのだ。

「だからガユスが、朝までアレシエルの側にいてやってくれ」

詳細を伏せた兄貴の言葉だった。兄の配慮を無意味にしないため、俺は気づかない演技でうなずく。

「私はそろそろ行く。親父一人で警察に役所に報道の相手はできない。絶対に言うなとしておいたが、親父では真実を隠し通せない」

ディーティアスは寂しそうに言った。

「アレシエルの死の詳細は、絶対に公表させない」

静かな、だけど決意を宿した声だった。そこで俺は顔を上げた。

「私はどんな手を使ってでも、誘拐犯たちの仲間割れ、そして別個のアレシエルの事故死として、真相を隠しとおす」

断固としたディーティアスの宣戦布告だった。アレシエルが母に捨てられた連れ子で、誘拐され輪姦され、その後に死を遂げたと世間に知られたら、あの世のアレシエルが悲しむ。おそらくディーティアスは、強制されたとはいえ俺の行為も推測している。

だからこそ、アレシエルと俺を世間の好奇の目になど晒させないという、長兄の覚悟の宣言でもあった。俺はアレシエルの死で頭がいっぱいだったが、兄貴はアレシエルの名誉と俺たちの今後のことも考えていたのだ。誘拐犯の過半数が謎の死を遂げたことは俺も気になるし、世間の興味を引くだろうが、知ったことか。

ディーティアスの横顔には、深い自責の念が見えた。

「アレシエルのために、地味な長兄にできることはそれだけだ」

「ありがとう。アレシエルのためにお願いします」

俺は心から頭を下げた。名前を出したことで腹の底からの激情が来る。

「あいつはっ」アレシエルの面影が去来する。「かわいそうでっ、悲惨な子なんかじゃない」言葉に詰まりながらも、俺は続ける。「俺たち一家と周囲のみんなから愛された、一人の少女として記憶されるべきですっ」

哀惜の言葉を言い終え、俺は頭を上げる。ディーティアスは力強くうなずいてみせてくれた。

俺は新たな悲しみを覚える。兄貴がすべてを知ってなお言わずにいてくれた優しさゆえに、これから先、少し引いた関係になってしまう。兄貴の表情で、彼自身も分かっていた。俺とディーティアスの溝は生涯埋まらないだろう。

ディーティアス兄貴の足音が去っていき、ついに完全に絶えた。俺は手を組み合わせて、落ちる額を支える。

病院の緑の廊下にはまた無機質な沈黙がやってくる。俺はディーティアス兄貴の意外な一面を知ることとなった。同時に、アレシエルとのいろいろな思い出と感情、後悔が全身の血管を駆けめぐる。

どこでどうしたら良かったのだろう。俺なりに全力を尽くしたつもりだが、答えが分からない。正しい選択とは、正しい間違いとはなんだったのか。

いくら考えても分からない。

「そうだ」

俺は顔を上げる。気絶させられた俺を救い、アレシエルの死の場面にいたはずのユシスが消えていた。凄まじい事件の衝撃で誰もが思いつかなかったが、ユシスは今どこにいる。

「ガユス」

ユシスの声が遠くから聞こえた。声が聞こえたほうへと顔を向ける。

廊下の先にユシスが立っていた。俺は椅子から立ちあがる。

「ユシス兄っ！」

腹の底にある悲しみと怒りと後悔と罪悪感と、様々な感情で体が震える。こんなものに自分が耐えられるとは思えない。両腕で自分の体を抱きしめる。爪を立てて強く拘束しないと、砕けた心が落ちてしまうのだ。今までは我慢できたが、ユシス兄の前で外面が崩壊していった。

「俺はっ！」

ユシスに向けて、俺は苦しみを吐きだした。

「俺は、強制されたとはいえアレシエルをっ！」

「その先は言うな」

ユシスの静かな声で、俺の罪の告白が止められた。

「それはガユスと俺だけの胸に秘めて、誰にも言うな。たとえ一人のときに言っても思っても、思い出してもならない」

淡々と語るユシスの肩にわずかな痙攣。ユシスも激しい悲しみと怒りに囚われているが、俺を落ちつかせるために冷静を装ってくれているのだ。

「すべてはバッゴたちの犯行だ。おまえが駆けつけたときには、バッゴたちは仲間割れをしてアレシエルはいなかった。アレシエルは」ユシスは激痛を堪えるかのように続けた。「対外的には事故。俺たちの間ではバッゴたちの性的暴行に苦しみ、自殺した。そういうことにしろ」

「だけど、俺が」

俺は罪悪感に襲われる。アレシエルの死に顔が俺を責めたてる。幻覚であっても、アレシエルは俺を責めないと理性で分かっている。だけど、事実と感情が許してくれない。

「俺が拒否して死んでいれば、アレシエルはああはならなかった。バッゴたちが言えば俺のやったこともすぐに分かる。俺は」

「真実が露見する可能性はもうない。バッゴの手紙や坑道の証拠は俺が処分した。そして」

ユシスは厳然と言いはなった。すでに兄貴はいろいろ動いていた。

「アレシエルに手をかけた男たちの残りは、俺が殺してきた」

ユシスの右手が下がっていた。五指には魔杖剣が握られていた。刀身に流れる血は廊下に斑点を作っていた。ユシスがアレシエルの輸送と治療の場にいなかった理由が、ようやく俺にも分かってきた。

「大急ぎだが、六人目の男は手足と性器を切断し、命乞いをさせてから首を刎ねた。死体は泥土に沈めた」

ユシスの声は地獄の底から響いていた。

「バッゴはそれでは済ませない。鼻を削ぎ、歯をすべて折り、舌を切った。指から肘、膝と切断した。目を抉った。腹を割いて内臓を引きだした。泣きわめいて糞尿を漏らしたが許さず、まだ生かしている。これから治療して、さらに拷問を加える。数十年は苦しめるつもりだ」

ユシスの答えは苛烈だった。

「だが、アレシエルの苦しみに対しては軽すぎる罰だ」

ユシスが語った。ユシスの凶行に一瞬恐怖したが、すぐに俺も顎を引いて同意する。地上のどのような罰もバッゴたちには足りない。俺は拳を握る。

「ユシス兄、俺もやる」

　俺は決意していた。

「アレシエルのために、俺も罪を背負う。バッゴを許さない」これほどの怒りを感じたことはない。「いや、俺がやらないとならない。俺がバッゴを殺」

「おまえは手を汚すな」

　ユシスは突き放すように言った。

「バッゴたちの行方は捜索されても発見されない。廃坑での死体が同士討ちを予想させ、残る二人も仲間割れをしてどこかで死ぬだろうとなる」ユシスが語った。「もちろん俺が最初に駆けつけた経緯から、バッゴたちの行方を薄々予想する関係者はいる。しかし放置するだろう」

　ユシスの予想のとおりになるだろう。だけど、俺にもその先が分かる。

「だけどいつか事情を考慮しない誰かが、廃坑の死とは別に、俺が始末したと気づくだろう」

　ユシスは俺と同じ予想をしていた。

「証拠が一切見つからないから、誰かの予想は噂話で終わる。だけど、俺はもう軍人や政治家といった、普通の正しい道を進めない。その道を諦めてでも、アレシエルの復讐をなし、おまえの心を守りたかった」

　ユシスの声が止まった。目には悲痛な青があった。

「違うな、正直に言おう」苦しそうにユシスの言葉が連ねられた。「俺自身が、もう正しい道を信じることができなくなった」

ユシスはどこまでも正しく、自身も正しくあろうとした。俺も人として当然だと思い、また尊敬する兄が信じるものを信じ、守った。

だが、その普通で正しくあることが、オレットのようなそうできないものの反発を呼んだ。当たり前の結果であるオレットの惨めな死によってバッゴが暴走し、アレシエルが巻きこまれた。バッゴは俺を自分と同じところへ引きずり下ろそうとした。

ユシスは、正しいことをしていたとする、自分自身を信じられなくなったのだ。バッゴは俺の心を壊し、そしてユシス兄貴の気高い心を汚したのだ。

「ガユスまで俺と同じように道を失う必要はない。俺はバッゴを抱えて消える。だから俺とガユスは」ユシスは冷えた声で言った。「もう同じ道を進めない」

廊下の角へとユシスは体を引いていく。壁に半身が隠れる。

「待ってくれユシスっ」

俺は手を伸ばす。体の半分が隠れたつもりでユシスも止まった。止めた俺は言葉を続けられない。

俺に正しさを教えたことによる悲劇の責任を取り、ユシスは輝かしい将来のすべてを捨てる。俺の将来も守るつもりなのだ。だが、ユシスの正しさから起こった悲劇だと、俺の弱く愚かな内心が責任転嫁をしたがっていた。

胸が苦しい。俺は右手で布地ごと自分の胸を摑む。

「俺たちはただ普通に、正しくあろうと生きていたのに、なぜこんなことになったんだ!」苦しい。悲しくて辛くて痛い。「なぜオレットやバッゴのような存在がいるのか!　なぜ邪悪が倒され、正義がなされないんだ!　神はいないのかっ!」

声は嗚咽となっていたが止められない。言ってはならないが、止まらない。

「この世のすべてが分からない、理解したくない!　なぜなんだなぜなんだ。なぜなぜなぜなぜ、なぜっ!　なぜユシス兄は俺とアレシエルを救ってくれなかった!　絶対守るって言ったのに」

俺の問いは嘔吐のように零れた。

「ユシスの嘘つきっ!」

言いきってしまった。

返答はない。対するユシスの青い目には、悲しみがあった。

もう俺とユシスは、二度とかつてのような兄弟に戻れない。アレシエルの死によって、優しく賢く正しいユシスは死んだ。ユシスを尊敬し、アレシエルを家族として愛する、ガユスも死んだのだ。俺たちの少年時代は穏やかに去ったのではなく、無惨に砕け散って死んだのだ。

「すまない」

俺はユシスの両目に涙を見た。俺にとって世界だったユシスが、俺に泣くところを見せるなんて初めてだった。

ユシスに言わせてしまったことを、俺は後悔した。いくら優れているといってもユシスもまだ若者なのだ。世の不条理すべてを背負って答えられる訳がないのだ。自分を信じられなくなったユシスに、弟である俺が信じられなくなったという言明は、絶対にしてはならなかった。

「本当にすまない」

もう一度言って、ユシスは左手で涙を拭った。再び現れた双眸に温度はなかった。

人には耐えられない悲しみがある。乗り越えられない傷がある。俺とユシスは救いがたい痛みを受けて、なお互いに傷つけあってしまった。

自分がまだ子供であることが悔しい。もっと大人なら、もっと強く賢かったなら、そして正しさの先を知っていれば。

暴れる心を理性で押さえつけて、ユシスを引き留める言葉を探した。

「違うユシス、さっきのは俺の間違いだ。ユシス兄さんは悪くない。俺がっ」

「お別れだ」

ユシスは再び冷たい声に戻った。顔には一切の表情が消えていた。体を引いて、壁の向こうに姿を消した。

俺は急いで廊下を走る。ユシスが消えた角を曲がる。

廊下には静寂。バッゴたちを切った血が点々と奥に続き、救急口で途切れていた。救急口の扉が前後に揺れて、静かに止まった。

ユシスは消えた。病院で俺は立ちつくしていた。

大地を踏みつけるような歩みで、私は丘を降りていく。運命と自分への憤（いきどお）りの歩みだった。

かつて人生の中心であった楽器は、ひとつも携（たずさ）えていない。身の回りの品と紹介状が入った鞄（かばん）を提げていた。背中では、最愛の少女ネレトーの名を冠した屠竜刀（とりゅうとう）が揺れる。少年だった私には屠竜刀がまだ大きく、体の左右から柄（つか）と切っ先が出てしまっている。

ネレトーが思い出になるには早すぎた。心から大量出血しながらも、前に進むしかなかった。先ほどまでの自分のすべてを捨てて、強くなるしか生きる道がなかった。身の丈に合わない大剣は、大人になることを強制された証だった。

ドラッケンの里への道は、母の言ったとおりの手順で到着するだろう。そうなると知っていた。

私は丘を越えて、野原の間を蛇行する道を歩く。進路に誰（だれ）かが立っていると気づき、足が止まる。腰を落として瞬時に右手が動く。ドラッケン族式戦闘術で先手を取るために、左肩から出る柄を右手で握る。

野原では、月光を背にした奇妙な人影が立つ。

目を凝（こ）らして正体を見極めようとすると、月光の方向が変わる。長身の人影は円筒形の絹帽子を被（かぶ）っている。顔からは前へと突起が伸びる。長い嘴（くちばし）に目の位置には穴。

孔雀のような仮面を被っていた。背外套を身にまとい、裾が足下まで届いていた。手足が長く、全体的に歪んで人間離れしている。

「貴様はなんだ？」

思わず問うた。私の記憶では、ドラッケン族の里への道に、このような人物は現れなかった。記憶？　記憶ということに違和感はあるが、眼前の人影は異常にすぎて考えられない。

怪人の両手が掲げられる。腕の動きに従って背外套が広がる。裏地には目、目、目の模様で埋めつくされていた。

廊下に俺は立ちつくす。救急口の扉は動かない。ユシスは去ってしまったのだ。

救急口の緑の光を遮る影。奇妙な人影が立つ。

長身の人影は円筒形の絹帽子を被っている。顔からは前へと突起が伸びる。長い嘴に目の位置には穴。孔雀のような仮面を被っていた。背外套を身にまとい、裾が足下まで届いていた。手足が長く、全体的に歪んで人間離れしている。人物がいつの間にどこから現れたのか分からない。

「おまえはなんだ？」

俺は問いかけた。記憶では、アレシエルが死に、ユシスが去った病院に、このような人物は存在しなかった。記憶？　記憶ということに違和感はあるが、眼前の人影が異常にすぎて考えられない。

怪人の両手が掲げられる。腕の動きに従って背外套が広がる。裏地には目、目、目の模様で埋めつくされていた。

孔雀の仮面にある嘴が上下に開かれる。背外套の裏地の目が一斉に動いて、ギギナを、ガユスを見た。

「ネレトーの」「アレシエルの」

嘴からの声は道と病院に響く。

「死はおまえのせいだ」

私は立っていられない。心の痛みがあるが、体は動かず、奇妙な人物が見えていないかのように進む。そうだ、自分はなぜか少年であり、あのときのまま時間が過ぎていく。心の痛みで吠える声も内心でしか響かなかった。

俺は動けない。奇妙な人物が見えていないかのように、廊下の長椅子に座りつづけている。自分は少年時代のままであり、あのときのまま時間が過ぎていく。絶叫も恐怖も内心でしか響かなかった。

二人の心は軋みをあげていた。亀裂が入り、戻らない。両者を見下ろすのは、まったく同じ仮面の人影。

「そう、今生きているということは過去の傷を見ないふりをして、忘れたからこそです」

仮面の人影が言葉を放つ。

「だけどここからが我が咒式の本領である」

言葉が放たれた瞬間、世界が歪む。

夏の日射しを受けた大地が、触れている頬や手に熱い。服の下の背中に汗。口のなかは血の味がする。

日射しを背景に、若い男たちが倒れた俺を見下ろしてきた。そろって派手な服を着ているが、生地は安物だ。クソどもの中心は、魔杖剣を腰に差しているオレットだ。

「ガユス、おめえ調子に乗るなよ」

オレットは傍らを見る。俺に殴られた、三人の青年が倒れている。それぞれ腹や腕を押さえて呻いている。ハラウド、アッカエ、バッゴと名乗ってきたが、どれが誰だかはどうでもいい。

倒れている若い三人を見て、他の六人が笑っている。

笑うオレットが顔をしかめる。俺に殴られた頬が腫(は)れはじめていて、いい気味だ。大地に倒れている俺の笑いに気づき、オレットの顔に不快感が浮かびあがる。

「どれだけ勉強ができようが女に好かれようが、ついでに多少は強かろうが、一人じゃ俺らに勝てないんだ」

オレットが吐き捨てた。

「ちょっと待て」地を這(は)う俺は、全身から血の気が引いていく。「おまえはすでに刑務所で死んで、というかこれは」

俺は周囲を見る。あの時、あの場所、あの人間たちだった。俺の内心は叫んでいた。こんな恐怖を感じたことがない。

だけど俺の口は実際には音を発しない。ただ記憶の情景が進んでいく。

「母上、僕はドラッケン族の戦士にはなりません」

断頭台に落ちる刃(やいば)のように、少年は拒絶した。

「ギギナ、あなたはまたそういうことを言う」

机を挟んで向かい側に座る母が、呆(あき)れたように言った。

瞬間、ギギナは理解した。自分の小さな膝（ひざ）や上にそろえられた手が見えた。続いて母を見る。

「これは、またあの時を」

ギギナは声を発したつもりだが、音になっていない。向かい側の母親は不思議そうな表情となっていた。

風景は続いていくが、少年の内にあるギギナが叫んでいた。

ドラッケン族の剣舞士（けんまいし）は、どのような死線も自らの死も恐れたことはない。だが、この恐怖だけは耐えられない。ネレトーの死の再体験、さらなる再体験は無理だ。心が破壊される。

山の広場と家、両者の上空に人影があった。孔雀（くじゃく）の仮面の人物が浮遊して、両者を見下ろしている。背外套（マント）が広がり、裏地一面の瞳（ひとみ）が見下ろしていた。

「そう、過去の悲劇と惨劇を記憶の隅に追いやって、見ないようにしたからこそ生きられる」

孔雀の仮面のプファウ・ファウが語る。

「だけど、記憶を遡（さかのぼ）るこの咒式（じゅしき）は、過去を繰り返す」

下ではガユスがまた少年たちに襲われ、ギギナは母と問答を繰り返していた。前と違う言動を取ろうとしても、一切なにも変わらない。

「この咒式を耐えることに意味はない」

　プファウ・ファウの声には笑いが含まれていた。

「おまえたちの精神が死ぬまで、終わらない。ずっと終わらず続くだけなのだ」

　残酷な宣告は夢幻(むげん)世界に響く。

　応えている間にも過去は進み、ネレトーは無惨な死を遂げた。アレシエルは悲惨な死を迎えていった。

二十六章　夢は遠くに過ぎ去りて

夢の終わりから、さらに生きねばならないことが人の苦しさである。
あらゆる夢の跡地で彷徨う死者たちとなって、なお人は生きているふりをしなくてはならない。

ネルデン・イラード「アイガイア語録」神楽暦二八七年

またも俺は病院の廊下にたどりついた。長椅子に座ったまま、俺は両手で顔を覆う。

右には手術室が見える。扉の先でアレシエルの亡骸が横たわっている。

二回も、過去の自分の愚かさと人の邪悪と狂気、そしてアレシエルの死を見ることとなった。

現在の俺は皇暦四九八年にいて、後アブソリエル帝国の皇宮に入った。侯爵級〈大禍つ式〉プファウ・ファウが見せる、記憶の世界に入っているのだと分かっている。

分かっているが、これは俺の記憶が作る世界だ。映画を見ているように、ただアレシエルの惨劇が進む光景を眺めるしかできない。

ただ見ているだけでも限界だった。次にアレシエルの惨劇を見れば、確実に俺の心が死ぬ。

予兆はあった。後帝国と皇帝の式典から脱出したとき、最後まで残った俺とギギナはプファウ・ファウの孔雀姿の羽を一瞬だけ見た。その後、俺とギギナが過去の夢を見た。偶然の一致だとしたが、あの一瞬でも記憶の迷宮咒式が発動しかけていたのだ。

俺は様々な強敵と戦ってきた。〈長命竜〉のニドヴォルク、十二翼将、〈大禍つ式〉のアムプーラにヤナン・ガラン、勇者ウォルロット、ザッハドの使徒たち、アンヘリオ、反逆翼将のアザルリ。全員が強大で賢く、邪悪で真摯で、気高く卑劣で恐ろしかった。自らの死を何度も覚悟した。

だがしかし、侯爵級〈大禍つ式〉プファウ・ファウの精神攻撃は、今までで一番恐ろしい。どの痛みより苦しい。この記憶の迷宮は俺の人生でもっとも辛い記憶を繰り返させる。記憶の世界ゆえに逃れられず、対処法もない。プファウ・ファウが言うように、俺が発狂して死ぬまで何度でも続くのだ。何度も何度も、やり直せない過去を見せられる。

記憶の世界で、俺は他人、ギギナとネレトーの過去も垣間見えた。俺と同じかそれ以上の苛烈な過去だった。二回も見せられた。近い場所で最後に倒れたため、咒式による記憶反芻の端がつながったのだろう。

ギギナも確実に俺と同じく記憶の迷宮を繰り返している。ギギナは強靭な精神を持つが、強くなる前の恐ろしい体験を繰り返している。最後に記憶がつながったとき、ギギナは倒れていた。

ギギナであっても、あれほどの過去を三回もの再体験は耐えられない。他の仲間や皇太子軍に法院の査問官たちも同じ状態だろう。すでに何人、いや数百人が一回目や二回目、先に三回目以降に入って発狂して死んだ可能性がある。

俺しかいない。ピリカヤが言ったように、〈宙界の瞳〉の力で最後に入って、記憶世界の再現が遅い俺だけが、この迷宮を打破できる可能性がある。

あるとされても、俺には打開できる可能性が見つからない。頼みの〈宙界の瞳〉は夢の世界に入る前に切り離された。見えているだけで過去は一ミリメルトルも動かせない。何度でも同じ悲劇と惨劇を繰り返す。どこからどう脱出したらいいのか分からない。

廊下には影が落ちた。

目を上げると、非常口が見えた。緑の光を背負って、人影が立つ。嘴を持つ鳥の仮面。長い外套。歪んだ長身。

またもプファウ・ファウがやってきていた。姿を見ただけで俺は恐慌状態となる。足で床を蹴って後退る。

「二回目にも耐えた人族が多いですね」

プファウ・ファウは今までで最恐の敵だった。どれほどの豪傑や勇者、賢者や聖者であっても、勝てない。人間であるかぎりは勝てない。半生でもっとも悲しく辛く恐ろしい経験を繰り返し、さらに心が砕けるまで半永久的に繰り返される。どんな強さも賢さも勇気も無意味で、どれほどの人間であっても耐えられるものではないのだ。

侯爵級〈大禍つ式〉は恐ろしすぎた。こんな敵と戦ったことを俺は後悔していた。

「先に三回目に入った方たちは、だいたい死んでいますね。予想どおりです」

プファウ・ファウは右手を掲げて、自らの首を押さえる。意味のない動作で仮面が傾く。仮面が戻り、穴の目は俺を見下ろしていた。虚無の目だ。

「では次で全滅させましょう」

プファウ・ファウが歩んでくる。右手に続いて、左手も掲げられていく。連動して背外套が広がり、裏地が見える。裏地にある百の模様が、再び目を開いていく。

「三回目に。それでまだ生存者がいるなら四回目に、五回目に。何百何千、何万何億、何兆回目に何京回めに。那由他の彼方であろうと、死ぬまで半永久的に」

プファウ・ファウの宣告で、俺の心が軋んだ。恐怖が全身の痛みとなっていた。怖い怖い怖い。人々の邪悪と恐怖を見たくない。アレシエルの死を見たくない。ユシスが自分の正しさに絶望する場面を見たくない。俺の幼さと弱さと愚かさを見たくない。見ないために、俺の心よ、一瞬でも早く発狂して、死んでくれと願った。

俺の拒否など意に介さず、プファウ・ファウが歩んでくる。

「出会ったときには、我(われ)らの口上が罠(わな)で中断されましたが」

〈大禍つ式〉の侯爵の仮面で、嘴(くちばし)が開かれる。

「あなたたちを殺せば、イチェード皇帝は我らに白の〈宙界(ちゅうかい)の瞳(ひとみ)〉の貸与を許してくれます」

死孔雀(くじゃく)が歩んでくる。「あの恐るべき〈黒淄龍(こくし)〉が部分的とはいえ解放されたなら、我らがラブリエンヌ公爵(こうしゃく)閣下も託宣を下される」

プファウ・ファウは夢見るように語り、進んでくる。

「ただし、ついでに汝(なんじ)が赤の〈宙界の瞳〉を持つことは僥倖(ぎょうこう)でした。殺害して奪い、先に捕らえたワーリャスフの指輪を合わせれば、公爵閣下の託宣どころか降臨が可能となるのです」

侯爵級の〈大禍つ式〉は語りながらも歩みを止めない。

「そうなれば〈狂宴の王〉の降臨の準備を開始できる。さすがのイチェード皇帝も一時に三つの〈宙界の瞳〉を集める我らが一手、公爵閣下の降臨からの王の降臨までは予想していないでしょう」

死孔雀は歌うように語り、踊るように進んでくる。やはり〈大禍つ式〉もイチェードとの取引以上の罠を幾重にも仕掛けていた。俺が悪夢で死ねば〈享楽派(ヴォルスト)〉の公爵、続いて王が呼びだされる。止めなければならないが、悪夢が恐ろしすぎる。

「これで主要十三派の長き戦いを制して、我ら〈享楽派〉こそが、覇者となれます。そしてあの」

唐突に〈大禍つ式〉の侯爵の歩みと長広舌(ちょうこうぜつ)が止まる。右手が自らの頭に触れた。なにかを気にしたようだったが、すぐに戻す。

「さあ、続きの終わりを始めましょう」

悪夢の孔雀(くじゃく)の前進が再開され、俺の死と悪夢も再び始まる。

俺は奥歯を噛(か)みしめた。俺にはジヴーニャがいる。生まれてくる双子(ふたご)がいる。絶対に死ねない。だけど怖い。過去と当時のままの痛みと苦しみと悲しみを、再び受けることなど耐えられない。俺に、人間に耐えられることではない。

俺は足で床を蹴(け)って、下がる。背中に硬い感触。下がりに下がって、記憶の手術室の扉に触れていたのだ。

俺は構わず扉を押しのけ、下がりつづける。

扉が閉まっていき、止まる。狭間には白い手袋の指先が挟まっていた。

プファウ・ファウが両手を差し入れて、扉が閉まることを許さなかった。〈大禍つ式(アイオーン)〉が腕を開くと、両扉が破砕された。

破片の雨の間から、長身が室内に入ってきた。俺は器具や移動棚を押しのけながら床を下がる。止められた。背中から腕に硬い金属の感触。横目で確認すると、手術台が俺の後退を封じていた。もう逃げ場はない。上には記憶のとおりに、緑の掛布があった。手術台にはアレシエルの亡骸(なきがら)が横たわっていた。

俺は前に目を戻す。プファウ・ファウが再び両手を掲げていく。背外套(マント)の裏地がまたも広がっていく。百の瞳が半開きとなっていた。瞼からは光が零れている。

わずかに時間稼ぎとなったが、もう三回目の世界が始まろうとしていた。怖い。早く発狂してくれ。ダメだ。耐えろ。なにか活路があるはずだ。

「俺の過去がどれだけ苦しかろうとっ」

喚きながら、俺は両手を掲げて振り回す。活路はどこにもない。ないが一秒でも長く、耐えて耐えて、必死に逆転の手を探す。

「まだ死ぬ訳にはっ！」

振り回す手に、なにかが触れた。手術台の掛布だった。俺は五指で布を握りしめて、前へと振る。

投げつけられた布はプファウ・ファウに当たった。

「おお、痛い痛い、これは殺されてしまう」

不敗の侯爵級〈大禍つ式〉がおどけて言って、両手を掲げて体を引いてみせた。

一転して、孔雀男は前へと進む。俺の前に屈んできた。絹帽子の下にある鳥の仮面が、俺を近くで覗きこむ。嘴は俺の鼻先にある。仮面の暗い眼窩には鬼火の青い炎が見える。

「では三回目にご招」

嘴から放たれる、プファウ・ファウの言葉が止まった。目の炎は驚きに揺らぐ。足下に引きずる、俺が投げつけた布を見ていた。

「なぜ私以外の存在が、記憶世界で動いて、干渉できているのです？」

言われて俺も気づいた。俺は決定された過去を見ているだけで、なにも動かせないはずなのだ。だけど手術室の扉を背中で押して、布を動かせた。

「分からないですが、これはいけません」

異常事態にプファウ・ファウが即断。背後へと体を引きながら立ちあがる。途中で〈大禍つ式(アイオーン)〉の動きが止まり、震えた。

俺の斜め上にある〈大禍つ式〉の細い首に、白いものが巻きついていた。

訳が分からないが、俺は右へと床を這(は)う。先にある壁に手をついて、立ちあがる。反転する。見えたのは、あの手術室の光景だった。違うのはプファウ・ファウの首を握る五指。手から続く腕。手術台から上体を起こした人物が、右手で〈大禍つ式〉を摑(つか)んでいた。裸の肩に橙(だいだい)色の長い髪が落ちる。桃色の頰(ほお)にかわいらしい鼻梁(びりょう)が見えた。緑の瞳(ひとみ)が爛々(らんらん)と輝いていた。

俺は目を見開く。

「アレシエル、なぜ」

かつて死に、記憶の世界でも当然のように死んだアレシエルが、動いていた。俺が驚いているのだから、プファウ・ファウはもっと驚いている。手足を動かして逃(のが)れることもせず、ただただ嘴(くちばし)を開閉している。〈大禍つ式〉の侯爵(こうしゃく)級が驚愕(きょうがく)している光景など、歴史上初めてだろう。

〈大禍つ式〉を摑んだまま、アレシエルの目だけが動いた。緑の瞳が俺を捉えた。桜貝の唇(くちびる)が開かれ、真珠色の歯が見えた。

「なぜって、ガユス兄を助けたいからだよ」

アレシエルは訳が分からないことを平然と言った。

「ガユス兄がこの世界で時間稼ぎをしてくれたから、私が助けられる余地ができた」

アレシエルは当時のままの顔で微笑(ほほえ)んでみせた。

「おまえ」

首を摑まれたままのプファウ・ファウが、嘴から言葉を絞(しぼ)り出す。

「私の世界で勝手に動くなっ！」

長い両手が前へと振り下ろされる。

「うっさ」

アレシエルが言って、五指を握りしめた。プファウ・ファウの首が乾いた音を立てて折られた。五指は止まらず、首が絞られていき、最後に千切(ちぎ)れた。

絹帽子が飛び、頭部が手術室の床に落ちた。頭が転がり、止まった。立ちつくす怪人の体は、首の断面から青い血を噴出させる。手が下へと折れた。膝(ひざ)が落ちて床につく。上体が後方へ倒れた。手足が跳ねて落ちた。首からの青い血が床へと広がっていく。

「なんっ」

床に落ちたプファウ・ファウの頭部が畏怖の声を発した。

「なんなんなん、なんだ、どうなっている⁉」

首を飛ばされたくらいで〈大禍つ式〉は死なない。だが、次から次への驚天動地の事態に、思考が追いつけないのだ。

「ああ、そうだった。脳が咒式を紡げるかぎりは死なないんだった」

アレシエルの声が降ってきた。同時に白い裸足が落下。プファウ・ファウの頭部に落ちて、踏み割る。〈大禍つ式〉の仮面と頭蓋が割れる。青い血が噴出。青白い脳漿が零れていった。

脳の残骸の間に、青い燐光が発生。組成式。残った脳細胞が、咒式によって脳を再生しようとする。恐ろしいまでの〈大禍つ式〉の生命力だった。

「うわ、しつこ。じゃあ、えいっ」

脳を踏みつけていたアレシエルの足首から先が捻られた。青い脳が粉砕。咒式が跳ねて、そして量子散乱を起こして消えた。咒式の残滓が床に這っているが、いずれ消えるだろう。

脳の大部分、それらの連結が破壊されたなら、侯爵級〈大禍つ式〉であっても絶命するしかなかった。もちろんここは記憶世界で、現実のプファウ・ファウの体は傷ついていない。だが、この世界で脳が破砕されて機能停止をしたなら、おそらく現実世界の脳も破砕されて停止した、と思いこむ。だからこそ俺の仲間や兵士が死んだのだから、プファウ・ファウも同じ結末となる。

俺は視線を上げていく。青い斑点が散った白い足、太腿。飛ばして白い腹部、そして小さな。

「はい、そこまで、ちょっと待って」

アレシエルの声が響いて、俺の視界を緑の掛布が覆う。布は回転した。終わりには掛布を身にまとったアレシエルが立っていた。

「さすがにガユス兄におっぱい見られるのは恥ずかしいので」

アレシエルが首を傾げて微笑んでみせた。

「アレっ」

俺は言葉に詰まった。胸に万感の思いが去来する。

「アレシエルっ!」

俺は叫んでいた。両手を捧げるように掲げ、前に進む。指先でアレシエルの頬に触れる。熱い。

続いて胴体に両手を回す。布越しにアレシエルの体温が伝わる。俺は強く抱きしめる。

「アレシエル、生きていたのか。生きて俺を助けてくれたのか!」

俺は頬に熱いものを感じた。ああ、俺は泣いている。アレシエルが禁じた涙が、何年かぶりに流れていたのだ。

「痛い痛い、嬉しいけど、強く抱きしめすぎ」

苦しそうにアレシエルが言ったので、俺は腕を放す。離れてもアレシエルは存在していた。

涙が喜びに変わっていった。

「アレシエル、変わらないな」

「ガユス兄、少し背が伸びたね」

アレシエルが言った。かつてのつもりで抱きしめていたが、青年期に俺はまだちょっとだけ成長していた。俺の顎までではあったアレシエルが、今は胸あたりまでの背になっていた。

アレシエルが手を伸ばして、俺の胸に触れる。続いて腕、腰に触れた。

「体も分厚くなって筋肉がついた」

「ああ、俺はあれからいろいろあって、攻性咒式士になったんだ」俺は急いで答えた。「で、エリダナで七門に数えられる咒式士事務所を構えるまでになったよ」

「えー、嘘くさい」

アレシエルが疑いの目を向けてくる。

「ユシス兄や私ならともかく、ガユス兄がそんなに強くなるなんて嘘くさーい」

「嘘じゃないよ」

俺は笑う。アレシエルも笑った。俺の肉体と咒力が戦歴を物語る。嘘や冗談で、威厳のない顔はともかく、この体と咒力量にはならないと妹も分かっている。

「それより、おまえはどうやって生き返ったんだ?」

アレシエルは腕のなかで小首を傾げていた。

「生き返ったかというと、違う」

俺を見上げながら、アレシエルが言った。

「理解というより感じるのだけど、ここにいる私は、ガユス兄の記憶のなかの私」アレシエルが解説した。「つまりガユス兄が記憶から作った私で、現実で生き返った訳じゃない。この世界でだけ、しかも一時的に存在できる存在だね。だからガユス兄が時間稼ぎの抵抗をしなかったら、あそこでガユス兄は精神とともに肉体が死に、私も発生できなかった」

「あ、どこか俺に似た話し方をしている」

「そ、あくまで偽物（にせもの）。だけどまるっきり偽物って訳でもないの」

俺の納得の顔を見て、アレシエルがいたずらっ子のような微笑（ほほえ）みを見せた。

「それなら、なぜ俺の記憶のアレシエルが〈大禍つ式（アイオーン）〉を倒せたのだ。なぜ他ではそうならない？」

俺は問いかけた。

「うーん、分からない」アレシエルは言った。「愛の力じゃない？」

アレシエルの言い草に、俺は固まってしまった。

「はいはい、分かっていますよ。ガユス兄は結婚してもうすぐ双子（ふたご）が生まれるんでしょ？」

アレシエルが拗（す）ねたように言った。俺の記憶から出ているなら、隠し事は一切できない。

「すまない」俺は謝罪した。「もうそうなっているんだ」

俺の言葉に、アレシエルは寂しそうな表情になった。

「だけど、俺は今でも変わらずおまえを愛している」

俺は手を伸ばした。アレシエルの前髪を撫で、頬に触れる。今の俺はジヴーニャを愛している。少し前は妹としてのアレシエルのようにアナピヤを愛した。かつてはクエロを愛した。過去ではアレシエルを愛していたのだ。

「でも、今の一番はジヴーニャさんと子供でしょ？」

拗ねたようにアレシエルが言った。

「それは」

記憶からの存在とはいえ、アレシエルはあいかわらず難しい問いをしてくる。家族のために断言しておこう。

「そのとおりだ」

俺は微笑む。

「だけど、少年時代の俺が唯一愛したのは、おまえ、アレシエルだよ。それは絶対だ」

「分かっている」

アレシエルは寂しそうな表情となった。

「過去の人物が死後にまで現在の人間を所有しようとするのは、さすがに強欲にすぎる」アレシエルは一転して微笑んでみせた。「だけど少年時代のガユス兄は永遠に私のものでしょ？」

アレシエルが言ってみせた。

「そうだ。あの時の俺は永遠にアレシエルのものだ」

重ねて俺が断言すると、アレシエルの顔に満足そうな表情が広がる。

俺は少しだけ胸が痛む。記憶のアレシエルは過去に生きている。だけど現在の俺の心の底にも、アレシエルを愛する心が鮮明に残っていた。他の人間がどうかは知らない。だけど俺にとっての愛は減らず、消えない。増えていくのだ。

遠くからは轟音。上からの音に見上げる。重低音が左から響く。続いて炸裂音が右から響いた。

床が揺れた。俺は転びそうになるアレシエルを抱きしめ、耐えた。天井の一部が割れた。落ちてくる瓦礫を掲げた右腕で防ぐ。

「大丈夫か」

腕の下で俺はアレシエルを見下ろした。愛しい妹は俺を見上げていた。緑の瞳には喜びがあった。

「ガユス兄、いいえ、ガユスはまた私を守ってくれた」

アレシエルが跳ねるように言った。俺はうなずく。

「何度でも守るよ」

言いながらも、胸の苦痛が俺を襲っていた。守れなかったからこそアレシエルは死んだのだ。

だが、二人とも口に出さない。過去は変わらないし変えられないが、想いに嘘(うそ)はない。いつだって兄は妹を守り、俺は愛したアレシエルを守りたいのだ。それが叶(かな)わなかったとしても。

再び轟音(ごうおん)が来た。音は段々と手術室へと近づいてくる。アレシエルの目に真剣な色が浮かんだ。

「えーとね、プファウ・ファウはもうすぐ死ぬけど、残った呪式(じゅしき)がこの世界を維持している。でも、完全死となるあと数十秒で崩壊する」

アレシエルが言って、右手を掲げた。俺も目線で手を追う。アレシエルの可憐(かれん)な指の先に、扉が破砕された出入り口がある。俺が逃げてきた廊下が延びて、非常口が見えた。

「だからガユスはあっちから外に出て」

俺はアレシエルへと顔を向ける。

「あそこから出たら、もうおまえには会えないのか」

「うん」

アレシエルはあっさりと答えた。

「だったら俺は残る。あの日、俺はおまえを助けられなかった」俺は心の底から語った。「だから今度は残って助けたい」

「だからそういうの、止(や)めなさい」

アレシエルが言って、右手を戻す。俺の腕を摑(つか)んで、自分から離した。俺の背に回って、両手で押した。俺は振り返る。

「行って」

アレシエルは両手を前に出したまま、下を向いていた。

「ここに残っていたら、ガユスの精神も崩壊して、現実で死ぬ。だから行って」

「だけど」

「ガユスの記憶で作られた私だけど、全部が作り物ではないの。アレシエルとしての心も確実にあるの！」

アレシエルは床に向かって叫んだ。

「その心が言っているの。ガユスは私を命がけで助けた。助からないなら、私もいっしょに死んでもいいと思った。だけどガユスが助かるなら、死なせたくないって！」

アレシエルの言葉は、慟哭のような絶叫になっていた。唇がわななき、耐える。決意の末で、再び開かれた。

「今愛する人たちを、私を愛したように愛してあげなさいっっ！」

アレシエルに俺は言わせてしまった。アレシエルがもっとも言いたくないことだが、俺のためにあえて言ってみせたのだ。言い訳もせず、俺は無言で反転する。

一歩を踏みだし、迷いを振りきるように走りだした。手術室を抜けて、廊下を走る。すでに廊下の一部が抜けていた。間に見えるのは無明の闇。おそらく本当に無の世界だ。落ちたら精神が欠落し、そのまま消える。

　床の闇（やみ）を避けて、俺は走りつづける。天井が崩落して石が落下してくる。腕で防いで走る。左の壁が崩れて、小さな雪崩（なだれ）となって進路を塞（ふさ）ぐ。俺は大きく跳ねて飛び越える。着地して、さらに走った。

　非常口に俺は到達した。かつて実際にあった病院とは少し構造が違っていた。記憶の世界なので、全力疾走をしてもまったく息が切れない。不思議な感覚だったが、前にある扉を押す。隙間（すきま）から光が零（こぼ）れた。あちらが意識の外、現実の物理世界だ。

　手で扉を押さえたまま、俺は止まった。

振り返る。廊下の先で、崩壊していく手術室が見えた。降りしきる破片の間にアレシエルが立っていた。妹は俺に向かって小さく右手を振っていた。左手で体を覆（おお）う布を押さえている。アレシエルがなにかを思いついた表情になり、口が動いた。解読すると「最後におっぱい見る?」と言っていた。

　俺が目を見開くと、アレシエルが真面目（まじめ）な顔となり口が再び動いた。アレシエルの口は「早く行きなさい」と言っていた。

「アレシエルっ！　ありがとうっ！」

　崩壊の轟音（ごうおん）に負けないように俺は叫んだ。感謝の気持ちとともに、疑問がやってきた。

「だけど！　おまえは最期に俺を赦（ゆる）さないと言った！　あれはどういうことなんだっ⁉」

俺の叫びに、遠くのアレシエルが微笑んだ。美しいが、どこか不吉な笑みだった。

アレシエルの口が動いた。「それはね」と言っていた。続いて唇が動く。

だが、上からの瓦礫がアレシエルを隠した。記憶世界の崩壊は左右からの雪崩となっていた。

天井の崩壊が手術室から廊下に達した。左右の壁が崩れ、床は亀裂を生む。間には暗い闇が見えた。崩壊は津波となって非常口へと押しよせる。一瞬にして俺へと迫る。

俺はアレシエルから反転し、非常口へと飛びこんだ。

白い光が視界のすべてを塗りつぶした。

「今回ばかりは、俺も死ぬかと思った」

ミルメオンの言葉が、ナーデンの広場に響いていく。

青い血と肉の上に、ミルメオンは腰を下ろしていた。下に倒れるガズモズは四肢が吹き飛んでいた。兜ごと頭部が両断されている。眼窩から眼球が視神経の尾を曳いて零れていた。青い脳漿が動いて戻ろうとし、また落ちていった。

「なん、なのだおまえは」

瀕死のガズモズが、下から問うた。

「こんな強さ、はありえな、い」割れた唇が疑問を紡ぐ。「なんなのだ、おまえは。なんなのだ、ミルメオンと、はなんなん」

言葉が途切れ、ガズモズの頭部が青い燐光となって崩れていく。

「だ、が覚えてお、け」

消えゆくガズモズが苦鳴とともに漏らした。

「おまえ、はいずれオクトルプス大僧正やグラッシケル公爵、と激突するだろ、う。そこで絶望す、るがいい」

ガズモズが語った。

「汝らが言う神々のような存在に、無惨に敗れるのだ」

「あーはいはい、なんでおまえらは古代の漫画の悪役みたいな台詞を、酒もなしに言えるんだ?」

ガズモズに座るミルメオンが退屈そうに言い捨てた。

「伯爵に侯爵に公爵の叙階ごっこに、王の復活とかバカじゃねえの」男は他にも気づく。「そういや人間も、愛や復讐や戦争や帝国なんてバカバカしいことを延々とやっていた。おまえらのほうが単純なだけまともかもしれないけどな」

ミルメオンの述懐に〈大禍つ式〉からの返答はない。巨体も青い燐光に変換されていく。

「ああ、勝手に死ぬな。おまえには行くべき場所がある」

腰掛けていたミルメオンが左手を下ろし、ガズモズの体に触れる。ミルメオンは前に両足を投げだし、立ちあがる。

背後にあったガズモズの巨体は消えていた。あとには突然の消失によって気圧が変化し、風が吹く。広場には静寂。

一瞬後に、歓声があがる。広場に面したホテルの窓や扉からは、避難民たちが顔を出していた。手を振って叫ぶ。

「ミルメオン、ミルメオンっ！」「ありがとう！」「ナーデンの救世主だ！」「世界を救うミルメオン様っ！」「これは本当に人類の救世主だ！」「覚者だ、覚者様だっ！」「ありがとう！」

凄(すさ)まじい歓喜の声があがる。

ミルメオンは大声援にとくに反応することもなく、広場を歩んでいく。全身の傷を塞(ふさ)ぎおわったリンドは、主君に成り代わって群衆に一礼をする。さらに歓声が高まるが反転し、リンドはミルメオンを追っていく。

正面の街路にミルメオンが足を踏み入れる。〈禍つ式(アルコーン)〉による暴虐で死体が散乱。車は炎上。左右の壁は破砕されていた。

ミルメオンは無言で歩んでいく。ホテルからの歓声も遠くなっていく。

リンドは振り返る。街路の先、広場でガズモズが消えた場所には、なんの痕跡も残っていなかった。リンドが体を戻すと、ミルメオンは気にせず前へと進んでいた。

女忍者は慌てて追いかける。リンドの携帯が鳴り響き、早足を歩みに変える。

見ると、ナーデンの重要地点に展開していた他の部隊が〈禍つ式〉部隊を撃退、または全滅させたと報告が来ていた。

「他も作戦を成功させたようです」

リンドの喜びの報告にも、ミルメオンは左手を振って答えただけだった。ミルメオンがナーデン侵略を目論んだ首魁のガズモズと側近二人、主力部隊を撃破している。他がそれ以下の戦力なら、大陸最強咒式士事務所であるミルメオンの部下たちは片付けるに決まっているのだ。

リンドは先ほど振り返って見た光景を思い出す。

「最後にガズモズをいつものように消していましたが」

ミルメオンの傍らを歩みながら、リンドが問うた。

「いつものようにどこかの空間に飛ばしているとは思うのですが、なぜ殺さないのでしょう?」

「不治の疫病に罹患したかわいそうな人々は、俺の世界に隔離して冷凍睡眠をしてもらっている。いつか治療法が見つかるまでな」ミルメオンが真剣な顔で告げた。「しかし、悪いやつらは、俺の世界でも別の場所にご招待となる」

そこでミルメオンが笑みとともに付け加えた。

「数千万の悪いやつらには、あの広大な世界で仲良く殺しあってもらっている。俺が所有する特別なあの場所でな」

ミルメオンの笑みは優しいものではなかった。

横を行くリンドは恐怖を感じていた。ミルメオンは現在までに、人間と各種の〈異貌のものども〉や〈禍つ式(アルコーン)〉に〈大禍つ式(アイオーン)〉、邪竜(じゃりゅう)に〈古き巨人(エノルム)〉も数千万単位で消失させている。

　そのすべてが、ミルメオンの言う世界に閉じこめられていると断言された。当然、閉鎖世界では資源が限られている。前提として邪悪で愚かで狂気の者たちは仲良くできず、争い、すぐに殺しあいを始める。

　繰り返される戦いと死は、彼ら彼女らが止めないかぎり続く。だけど、本人たちは闘争を止められない。

　リンドは、ミルメオンが作った世界は地獄なのだと理解できた。自分が飛ばされた場合を想像すると、恐ろしい。永遠ではないと思いたいが、どこまでも続く死の闘争に、生物は耐えられないだろう。

　リンドは身震いをして、ミルメオンから少し距離を離して進む。自分の隣には地獄が生きて歩いているようなものなのだ。

「そういえば、先ほどのあれはなんです。なにが今回ばかりは、俺も死ぬかと思ったですか」

　隣を行くリンドは呆(あき)れ声で言った。

「最初に左手を切られただけで、あとは圧倒して終わったじゃないですか」

　リンドの脳裏には先ほどの死闘が蘇(よみがえ)る。

　大侯爵(こうしゃく)級〈大禍つ式〉であるガズモズは強かった。達人の剣術に、各種系統の超咒式を操った。思い出すだけで恐ろしい、強敵中の強敵である。

ガズモズが自分に人類は勝てないと言ったのも誇張ではない。到達者階級の攻性咒式士(こうせいじゅしきし)であるリンドであっても、勝てる道筋がまったく見えなかった。おそらく一生かけて修行しても勝てない。

だが、対戦したミルメオンは退屈そうにガズモズの雷速の剣を砕き、おそるべき破壊咒式を撃破した。左手でガズモズの四肢(しし)を引きちぎり、最後に拳(こぶし)で頭部を砕いて倒した。

リンドは横を進むミルメオンを見る。男は右手で握った黄金十字印を右肩に担いで歩んでいた。黄金十字印がミルメオンの魔杖剣(まじょうけん)であることは、誰(だれ)でも知っている。左手は無造作に下げたままだった。

いつものままだと気づいて、リンドの心に最大の衝撃がやってきた。

「最初、の〈禍つ式(アルコーン)〉戦から最後のガズモズ戦まで、ミルメオン様は」リンドはまた記憶を再確認していく。「黄金十字印を使わず、左手しか使っていない!?」

リンドは驚愕(きょうがく)の声は、段々と大きくなっていく。

「なんなのですかあなたは」リンドはミルメオンを上から下まで見つめた。「なんなのですか、ミルメオンとは!」

問いかけの言葉は、最後には先に倒れた〈大禍つ式(アイオーン)〉とまったく同じ叫びとなっていた。

「左手だけで倒せるなら、左手だけでいいだろうが」

ミルメオンは当然の道理として語った。

リンドは口を開こうとして、止めた。肩から脱力し、ただ歩く。信じられない戦いに、信じられない結末がやってきて、リンドはもう驚き疲れていた。ミルメオンに付き従って長くなったが、いつも驚かされてばかりだった。

「ファストやオキツグと戦うなら、俺であっても絶対に素手ではやらぬ」

歩むミルメオンの目は遠くを見ていた。目に宿る孤独と悲しみにリンドの息が詰まった。

「あいつら二人以下の相手だった、それだけのことだ」

寂しい言葉がミルメオンの口から零れた。再びの主君の孤独に、リンドも言葉をかけられない。

ミルメオンはリンドの心も知らずに進む。主君の左後方にリンドが付き従う。元気づけようとして言葉を探した。探すうちに、心配をする必要はないと理解した。

「誤魔化されましたが、本当に本当に、なにが、今回ばかりは、俺も死ぬかと思ったですか」

リンドは再びの不平を漏らした。

「毎回心配している私がバカみたいじゃないですか」

リンドの言葉に、先を行くミルメオンが止まる。リンドも止まった。ミルメオンが反転。リンドへと顔を寄せていく。

「俺は死ぬかと思ったよ」

ミルメオンはリンドの耳へと口を寄せる。

「俺の強さに驚きすぎて、リンドが」

言われてリンドの口の両端が下がる。

ミルメオンは笑いながら顔ごと体を戻し、歩みを再開していた。

「っ～～～～んっ！　っ～～～～～っ!!」

残されたリンドは両手で拳を握って、上下させる。口や行動に出す訳にはいかないが、怒りの感情が収まらないのだ。リンドは本当に心の底から、ミルメオンが嫌いになれた。言葉にはできないが、死ね、本当に死ね。ミルメオンを育成したジオルグという攻性咒式士は、どうやってこんな怪物に言うことを聞かせられたのだ。なぜ、もうちょっと性格矯正をしてくれなかったのか。最強者の孤独だろうが、人類の守護者、世界の救世主だろうが知るか。死ね死ね、本当に死ね。

リンドは一瞬でもミルメオンを守りたい、と愛情を抱いた自分が嫌になった。黙ったまま両拳を激しく上下させても、激情が収まらない。リンドは自分の太腿に拳を叩きつける。何度も何度も叩く。

ようやくリンドの拳が止まった。荒い息が鎮まっていく。肩の上下も収まる。自分の膝を両手で握って、リンドは自分をなんとか落ちつかせようとする。

いつものように、故国では仇敵であった甲賀忍軍のキュラソーを思い浮かべる。モルディーンとかいうお偉いさんについていたが、同じくらい苦労しているのだと思うことで落ちついてきた。もちろん、心の底ではリンドのほうが苦労していると確信していたが。

「少し早いがレッカート楼に行くぞ」

前方から、肩越しのミルメオンの言葉が投げられた。

「後アブソリエル帝国と〈龍〉はどうするんですか？」

リンドが呆れ声を出した。問題のひとつが片付いただけで、大局はまだ定まっていない。世界の破滅が見えているのだ。

「俺が今から行っても間にあわない。あちらが上手くいかないなら、少なくとも大陸西部は終了。なにもできないなら、美味い飯でも食べて待っていようではないか」

ミルメオンは背中を向けて前に進んでいく。

「レッカート楼で、リンドが大好物だというテンプラ、とかいう料理を作らせる予約をしておいた」

ミルメオンの左手は携帯を振ってみせた。

主君の背中を見ながら、リンドは息を吐いた。ミルメオンなりに驚かせすぎて悪いと思って、機嫌を取ってくれているようだ。悪いと思うならしなければいいのに、という反論は喉の奥に呑みこんでおいた。

リンドも仕方なく歩みを再開して、ミルメオンの横に並ぶ。

「私、今日だけはすっごく食べて、深酒しますからね」

「俺が全額出すから、いくらでも食べて飲め」

そこでミルメオンはリンドへと真剣な表情を向けた。

「なにか悩みや気苦労があると見た。これでも主君である。俺で良ければ相談に乗るぞ?」

ミルメオンの真摯な眼差しだった。リンドは肩を震わせながら、主君を見上げる。

「この地上で! あなたにだけは! 絶対に! 相談しません!」

強靭な意志によって作った笑顔で、リンドは答える。両手は強く強く握りしめられていた。

リンドは、憎むと同時にこの理解不能な救世主に、どこまでもついていきたいと思っていた。

先にはミルメオンが進む。

「ただ、皇帝イチェード、あれだけは厄介だぞ」ミルメオンの唇が独白する。「あの人身の竜の心だけは、俺にもどうしようもない」

ミルメオンの背にリンドが追いつき、言葉は絶えた。

「ガユス殿」

声が響く。

「ガユス殿、起きてくだされ」

灰色の床。気づくと、俺は床に転がっていた。

「あ、起きられたか」

俺を覗きこんでいるのは、縦に細い瞳孔。毛皮。頭の上には三角帽子。脇からは三角の耳が出ていた。かわいい猫のようなヤニャ人の姿だった。

「ニャルンか」

「吾輩である」

ニャルンが不思議そうに答えた。どうやら自分が現実に戻ったと分かった、と俺は急いで左手で床を押し、両足で床を蹴る。着地して魔杖剣を構えて、前方を見る。

驚くニャルンと瓦礫の先に、プファウ・ファウが倒れていた。前に見たとおり、長外套で全身を覆った姿だった。

俺が見ている間も微動だにしない。

倒れたプファウ・ファウの首が窪み、千切れていた。絹帽子が床に落ちている先に、頭部が転がっている。

白い仮面に亀裂。嘴が砕けた。続いて乾いた音を立てて仮面が割れた。連動して頭蓋が裂け、青い血と脳漿が弾け、零れていく。

アレシエルが握りつぶした首と踏み割った頭部が、現実でも少し遅れて同じ結果となっていた。脳の大部分と連結が崩壊したなら終わりだ。

プファウ・ファウの死骸全体から、燐光が浮かびあがる。体の輪郭が歪んでいく。青い光が破裂。

プファウ・ファウの手足が崩れ、続いて腹部が陥没。崩壊は連鎖していき、全身が灰となったように崩れた。灰も青い光となって消えていく。量子散乱の最後の光点が消えた。

あとにはなにも残らない。完全消滅となった。悪夢の記憶を操る、侯爵級〈大禍つ式〉は、夢のように消えた。二度と戦いたくない相手だ。

俺は構えていた魔杖剣を下ろす。気づいたが、切断された右手がいつの間にかつながっていた。

「あ、ガユス殿の右手は吾輩が治療咒式でつなげておいた」

横でニャルンが左の挙手をして言った。

「こんな短時間で出血死することはないだろうが、痛いのはお嫌だろうしな」

「ありがたい」

俺の感謝にニャルンは三角帽子の縁を摑んで下げ、礼には及ばぬとした。おまえ、かっこいいな。

難敵が倒れたので、俺はようやく周囲に目を向ける。トタタ・スカヤに殺害された百人以上の死体や破片が見える。さらに百人を超える戦士たちが無傷で倒れていた。立っているものがいないことに、俺の胸に恐怖が湧きあがる。俺とニャルンだけが生存者なのか。

倒れている戦士たちの間で、いくつものうめき声が聞こえた。手をついて上体を起こす者がいた。頭を振って目眩を振りはらう者もいた。生存者が俺とニャルンの他にもいたのだ。

「ネレトー」

悲しみを湛えた声に、俺は振り向く。前に見た姿勢で、ギギナが横たわっていた。右手が上に伸ばされている。銀の瞳には哀切な感情があった。手と目は床に突き立った屠竜刀に向けられていた。

「そうだな、もう君は去った。去らせてしまった」

俺が聞いたことのない、ギギナの寂しい声だった。

右手の五指は床に突き刺さる屠竜刀の柄を摑んだ。五指に力がこもり、柄が軋む。過去を握りしめるような力強さだった。

「ならば進むのみ」

言葉とともに、ギギナはかつて愛した少女、ネレトーの名を冠した屠竜刀を支えに、立ちあがった。刃が旋回し、右肩に担がれる。

「ギギナ」

俺は呼びかけた。俺はギギナの、ギギナは俺のお互いの過去の一部を共有してしまった。拭いがたい傷が両者にあったと今は知っている。

「今はまだ戦いが終わっていない」ギギナの声は、開戦の角笛のような猛々しさを取りもどしていた。「戦線を立てなおす」

俺はなにも言えない。ギギナはいつものギギナだった。俺はアレシエルに再会して後押しを受けて帰還できたが、ギギナには誰(だれ)かの助けがない。生還できたのは、本人の他者を拒絶してでも強くなるという意志だけなのだ。

続いてユシスの姿を探す。俺の兄は膝(ひざ)をついて、魔杖剣(まじょうけん)を床に突きたてていた。知覚眼鏡(クルークブリレ)の奥の青い目は床を見つめていた。瞳(ひとみ)には拭(ぬぐ)いがたい悲しみがあった。

アレシエルと俺との過去の再演は、ユシスも経験していたのだ。俺の最悪の記憶はあの病院で終わっている。しかし、ユシスは俺と別れた続きがあった。黒社会の組織を乗っ取り〈踊る夜〉に参加するまでの血まみれの道を再体験させられたはずなのだ。

「ユっ」

呼びかけようとして、先を呑(の)みこんで強引に止める。俺たちの道は分かたれた。一時的に協力しているが、それでも歩みよれない。今はまだ。

私的な感情は後回しだ。戦況把握のために俺は周囲を見る。仲間たちや皇太子護衛隊、法院の査問官たちが倒れている。救助が先だ。手前に倒れているピリカヤが目に入った。

「ヴァイヤ、ヴァイヤ行かないで。まだあたしは、あなたに謝れてい」

ピリカヤが倒れたままで、目を開いていた。目尻からは涙が零(こぼ)れていた。

「ってあれ？」

ピリカヤは驚きの顔となっていた。上体が起きて周囲を見回す。ピリカヤは自分が記憶の迷宮から脱したことに気づいた。

いつも元気な彼女にも、恐ろしい過去があったのだ。ピリカヤが俺を見た。いつもは飛びかかってくるが、今だけは彼女もおとなしい。過去の残滓に思いを馳せている様子だった。

今はそっとしておこう。俺は魔杖剣を収めて、近くにいた仲間を確認していく。アルカーバにグユエと起こしていく。どうやら無事のようだった。

ダルガッツは座ったまま、両手を握りあわせて「ゴラーエフの旦那、そして兄貴、安らかに」と死者に祈っていた。リプキンとリドリ兄弟はお互いに抱きあって号泣していた。

ドルトンは足を投げだしたまま、首を振っていた。

「レンデンさん、俺はまだ」

ドルトン青年はかつての派閥の上司を思っていた。

「アラバウ、ミゴース、他のみんな、すまなかった」

デリューヒンは魔杖薙刀を杖にして立ちあがっていく。打算的ですぐ裏切って逃げようとする女豪傑が、憔悴しきっていた。弟のリューヒンが支えて、ようやく立っている状態だ。デリューヒンは合流前の事務所の部下を全員失った悪夢を繰り返されたのだ。心の傷は深いが、弟のリューヒンに任せるしかない。

「アラヤ王女、申し訳ありません」

トゥクローロ医師は床に手をついて嘔吐していた。

「ですがデナーリオ将軍が必ず、あなたの夢を継ぎます」

口元を手で拭ったトゥクローロ医師が立ちあがる。苦悶の表情だが、他者の治療へと向かっていく。デナーリオという希望が、トゥクローロ医師を救ってくれたのだ。

皇太子の護衛隊も確認していく。悲哀や苦悶の顔で絶命している兵士を確認する作業はいたたまれない。死者の間で護衛隊の老兵を見ると、息があった。膝をついて抱えて上体を起こす。

「大丈夫ですか、悪夢は終わりました」

俺の腕のなかで、老人の目が開いた。

「うわあああああっ」

老人の目には恐怖があった。恐ろしい恐怖が見て取れた。

「大丈夫です、もう終わりま」

「うわあああ、バドルト、レムキトっ！　それにアッカイガ！」老人は後悔とともに死者たちの名前を叫ぶ。「今そちらに儂も行って謝罪するっ！」

俺の言葉をはね除け、老兵は一瞬で魔杖短剣を引きぬく。一直線で自分の喉へと向ける。俺は両手で老人の手を止める。周囲で起きていた兵士がやってきて、俺の代わりに老人を押さえつける。沈静咒式が発動されていき、老人がようやく鎮まった。

俺は兵士たちに任せて、他を見ていく。奥歯を嚙みしめる。心が破壊されて即死しなくても、精神咒式は危険なのだ。最悪は、起きた瞬間での自殺があると分かった。

戦場を見ていくと、死者と生者の明暗がはっきりしていた。予測できていたが、辛い記憶が多い年長者ほど死者数が多い。記憶の迷宮の打破がもう少し遅れたら、年長者から被害が拡大していたことになる。今さらながら、腹の底からぞっとする咒式だ。

先にいたリコリオはすでに起きていて、床に手をついていた。瞳には悲しみがあった。

「カカオス」

大事な者の名前をリコリオは口にし、目尻の涙を拭った。俺はリコリオの介抱に向かう。

「もっと撫でて餌をあげて散歩に連れていって、長生きさせてあげたかったな」

俺は即座に足を止め、反転。真顔となって他の仲間の救援に向かう。

「え、なぜ？　ガユスさんは、なぜ僕を介抱に来ないんですか？」

リコリオが疑問の声を発したが、俺は振り返らない。人生でもっとも辛く恐ろしい記憶が飼い犬の死、しかも満足な世話の末の寿命死で心が壊れることはない。いいですね、若者は。

死者と生還者の間を進むと、テセオンは大地に膝と手をついていた。涙が瞳から零れて、床を濡らしていた。

「ポンちゃん。もっともっと、猫じゃらしでかわいがっていれば！」

俺は無表情となる。テセオンもリコリオの同類らしい。というか戦績の浅いリコリオと違って、テセオンは何人か仲間の死を見送っている。猫の死のほうが悲しいのは、ちょっと怖い精神性だと思うぞ。

生還者は続々と俺の元へと集まってくる。集まれたものは互いの顔を見て、生還を喜び、抱きあっていた。抱擁を求められたが、俺は拒否しておく。アレシエルの余韻があるので、他人と抱きあうことはできない。

「ガユスさん」

頭を手で押さえながら、モレディナが俺の元へとやってきた。

「我が事務所にも被害が出ています」

女咒式士の顔には陰鬱な色があった。やはり無傷とはいかなかったのだ。

「ギシムにアイデンテにダラックと三名の死亡を確認しました」

「そうか」

それぞれの面影が俺の脳裏に蘇る。悪いやつなんて一人もいない。俺についてきたために、死んだのだ。俺はモレディナを見る。

「モレディナこそ大丈夫か?」

俺は相手を見据えた。彼女は合同戦線時代からの参戦組で、恋人を失っている。先ほど命がけの咒式の三連発動までしていて、心身ともに限界を超えているはずなのだ。

「ええ、大丈夫です。彼の死を二度見せられましたが、大丈夫、です」

モレディナは微笑んでみせた。名前を出せないことが傷の深さを物語る。だが我が事務所の情報担当官は倒れる訳にはいかないと、任務を続ける。

「我々は後方にいましたから、最小限の被害だと思われます」モレディナが言った。「前方にいた皇太子護衛隊は」

悲痛なモレディナの眼差しを俺は追っていく。

前方では皇太子護衛隊が多く倒れていた。倒れたものたちは恐怖に目を見開き、または苦悶の表情で目を固く閉じて、硬直していた。法院の武装査問官たちも多くが倒れていた。

生き残った十数人が歩き、倒れた者たちの生死を確認していく。死を確認すると悲痛な表情となる。見ているかぎり、現状で目覚めていない人間に生存者はいない。

「こちらは被害が大きすぎました」

声の方向へと体を向ける。皇弟にして皇太子のイェドニスが頭痛を堪える表情で歩いてきた。周囲には数人の護衛兵が付き従う。

「こちらも、被害は甚大です」

反対側からは中級査問官のソダンがやってきた。周囲には数人の武装査問官が互いを支えあって立っているだけだった。結果として、俺たちの事務所は激戦とはいえ歴史が浅い。なにより構成員の年齢が低いため、辛い思い出が比較的に少なく、最小被害となっていた。

「生存者はこれだけか」

まだ死者の確認をしているものと合わせれば、生存者は護衛隊で二十数人。法院の部隊は十数人。俺たちも二十人ほどだ。皇宮を制圧に向かった二百人を除いた、三百三十人の正面中核部隊が、合わせて六十人に満たない数に減っていた。

「これでも〈大禍つ式〉二体を相手にして最小限の被害でしょう」

皇太子イェドニスが苦渋の声を出した。

「恐ろしい事実だが、そのとおりだ」

俺も肯定する。

「大被害ですが、むしろなぜこの程度で済んだのでしょうか」

ソダンが問うてきた。全員の目がプファウ・ファウの消失地点へと向けられる。なにもない無の地点は、恐怖の根源だった。

「我々には、記憶迷宮の呪式に抵抗する手段がありませんでした。〈大禍つ式〉が死亡して呪式が停止しなければ全滅していたでしょう。ですが、誰がどうやって?」

なにもない場所を見ながら、イェドニス皇太子が問うた。

「それは」

俺は実はなにもできていないが、分析しておかないと全員が納得できない。

「一応は夢の世界で、過去の記憶の人物がプファウ・ファウを打ち破った」言っていて信じられない。「起きたらプファウ・ファウが倒れていて、すぐに消滅した、としか言いようがないのだけど」

俺の言葉に指揮官たちも納得できていない。訳が分からないままだった。

「先ほどから、皆でなにを騒いでおるのだ？」

ニャルンが俺の側に立っていた。

「そうだ、ニャルンだ」俺はヤニャ人でもミキャ族の勇士を見た。「俺より先にニャルンが目覚めていた。おまえなら、なにが起こったか説明できるはずだ」

「なにも起こっていないし、吾輩にもなにも起こっていないのであるが」

困ったようにニャルンが言った。皇太子と護衛隊、武装査問官たち、攻性咒式士たちが驚きの声をあげる。

「それはどういうことだ。まさか記憶迷宮の咒式がおまえには効果を発揮しなかったのか」

思わず俺は問うていた。全員の注目のなかで、ニャルンは退屈そうだった。

「効果というか皆が次々と倒れ、眠ったのである。吾輩もおねむになって一瞬だけ眠った。だが大人なのですぐに目覚めた。えっへん」

ニャルンは左手で髯をいじる。

「起きたらあの孔雀男も転がって寝ていた。寝ていても、あの変態は咒力を放って警戒していた」

ニャルンが奇跡の経緯を語る。

「近づけば絶対に死ぬと吾輩にも分かったが、なぜか寝ている変態が苦しみだした。迷ったのであるが、そろそろっと近づいて、首を刺して切断。きちんと脳も破壊したのである」ニャルンは退屈そうに言った。「呻き声がして、ガユス殿が起きかけていたので、手を治しはじめた。そこでガユス殿が起きて〈大禍つ式〉が崩壊した。それだけである」

ニャルンが考えてみせる。

「吾輩が一瞬おねむになってからは五秒。最初からでも最大で十数秒くらいで、とくになにも起こっていないのである」

「十、数秒？」

あまりのことに俺は絶句した。ギギナも言葉を失った。周囲にいるイェドニスやソダン、兵士に査問官たちも驚いていた。時計を確認するものまで出ていた。

俺とギギナが半生を二回繰り返している間に、現実では五秒から十数秒しか経過していなかった。プファウ・ファウが言ったように、記憶迷宮呪式は俺たちの精神が崩壊するまでいくらでも繰り返せていたのだ。

年齢を抜きにすれば、最初のほうに記憶迷宮呪式を受けたものは、三回目四回目、それ以上の繰り返しに入って自ら死亡した。最後付近の者たちは、ニャルンが迷いなく相手を倒したため、迷宮での繰り返しが少なくて助かったのだ。

「しかし、なぜプファウ・ファウが止まった？」

ギギナが問うた。呪式士や護衛隊、武装査問官たちも同じ疑問の顔を並べている。

「全呪力を使う超呪式だろうと、発動中に現実空間での攻撃は想定して備えるだろうが」

「それは吾輩も思った。無防備すぎたからこそ簡単に倒せたのである」

連なる疑問に、ニャルンも首を傾げる。俺だけが予想材料を持っているようだ。

「あくまで推測だが、死孔雀による悪夢の世界で、俺の必死の抵抗と記憶のアレシエルの攻撃が死に抗った」俺は過去とのつながりを感じつつ、予想を語る。「俺と妹による反撃がプファウ・ファウを苦しませ、現実のニャルンの攻撃に無防備にさせた可能性がある」

俺の仮説では、俺とアレシエル、ニャルンの誰が欠けても勝てず、生存もできなかった。俺の説明にギギナは納得しきれない顔をしている。他の戦士たちも同様だったが、他に道理の通った理由は誰からも出てこない。

寂しいことに俺は気づいた。アレシエルの復活と救いは、プファウ・ファウの死と俺の勝手な記憶が見せた夢だったのだろうか。

そう、アレシエルが俺を赦してくれる訳がない。断罪と贖罪はまだ終わっていないのだ。

絶対の死から脱したことで、急に力が抜けていった。それでも大きな疑問が残る。

「だから、なぜニャルンだけ平気だったのだ？」

当然の俺の問いに誰も答えない。ニャルン自身も首を捻っていた。

俺は唯一答えられるはずの人間を探す。護衛隊の間に目当ての人影を見つけた。

精神咒式の専門家であるピリカヤは、ニャルンを驚きの目で見ていた。恐怖の眼差しとなっていた。

「あたしの推測だけど」ピリカヤが恐る恐る言った。「ニャルンって、心がないのかもしれない」

「え」

「心がないものに、過去の記憶攻撃など効果がある訳がない」

ピリカヤの押し殺した解説で、生存者の全員がニャルンを見た。全員の目は恐怖の色を浮かべて、ヤニャ人の勇士を見ていた。ニャルンは動いて喋っていて、心がないなど信じられない。

「だけど、そうでないと精神攻撃、過去の繰り返しが効かない理由が説明できない」

俺も呆然として推測を重ねた。

「失敬な。吾輩の体軀は人族の半分にも満たないが、人一倍の喜怒哀楽、愛情に友情があるぞ」

ニャルンが胸を張ってみせた。ともに戦線を駆けぬけてきた俺から見ても、ニャルンは義俠心に溢れて、誰よりも人らしい。心がないとは思えない。

「ただ、その」

ニャルンが両手を胸の前に持ってきて、指先を合わせる。

「恥ずかしながら、実は吾輩、二年前に記憶喪失から目覚めて、それ以前の記憶がまったくない」

ニャルンの答えにまた俺と仲間たちが驚く。護衛隊や武装査問官たちはともかく、俺たちにもニャルンが記憶喪失だったとは初耳だった。どよめく人々の間で、ピリカヤが納得の声で唸(うな)った。

「そうか、存在しない記憶は〈大禍つ式(アイオーン)〉でも神でも遡(さかのぼ)れない。だからまったく効果がなかった。なんて奇跡なの！」

ピリカヤの顔と言葉には心底からの驚きがあった。俺たちもようやく納得できた。プファウ・ファウの咒式(じゅしき)は同族内でも圧倒的だっただろう。人間相手にも無敵無敗を誇ってきたはずだ。しかし言動の端々(はしばし)からすると、プファウ・ファウは同族との派閥抗争が主戦場だ。情報生命体の〈大禍つ式〉が記憶喪失になったら死滅するだろうから、出会ったことはない。記憶喪失の人間に初めて出会っての対戦が、そのままプファウ・ファウの死となったのだ。

俺はニャルンを見下ろす。原理は分かったが、さらなる疑問がやってきたのだ。

「原理は分かった。だけど」俺はニャルンを見据える。「記憶喪失で、実技はともかく、どうやってメッケンクラートの書類選考を通ったんだ」

「ん？　普通に二年前から咒式士として実績を積んで、その結果と経歴で入っただけであるが？」

ニャルンは愉快そうに言ってみせた。

俺は再び驚いていた。他の攻性(こうせい)咒式士たち、とくにニャルンの同期入所組であるピリカヤとリコリオらの衝撃は大きい。エリダナにいるローロリスも渋面(じゅうめん)になるだろう。

記憶喪失からわずか二年で、勇猛なヤニャ人のなかでも勇士となり、メッケンクラートが納得するほどの実績を出すなど、信じられない。俺たちが考えているより、ニャルンは遥かに偉大な攻性呪式士だったのだ。

「記憶喪失以前の身元調査をきちんとしたほうがいいんじゃないか。家族や知りあいもいただろうし」

真面目に俺が問うと、ニャルンは不敵に笑ってみせた。

「吾輩、去った女と過去は振り返らない主義である」

ニャルンは断言した。

「それに山で目覚めて記憶喪失だと分かり、親切な修道女に救われてから、大冒険をし、ガユス殿たちの事務所に入り、今に至るまで、楽しくておもしろくて仕方ないぞ。ならばそれでよし」

ニャルンは軽く言ってみせた。とんでもない精神力で、勇士の称号は飾りではなかった。ヤニャ人が記録を残さない種族であっても、ニャルンほど卓越した戦士は名前が知れわたっているはずだ。多少の手間はかかっても前歴は分かるはずだが、ニャルンは拒否している。

同時に俺は少し救われていた。過去は取りもどせないし、変えられない。死者は生き返らないし、赦しもしない。無責任に今を肯定する訳でもない。それでもニャルンの人生に対する強さは、俺たちの指標となっていた。

思い出にするには傷は深い。だけどいつか。そう、いつかきっと。

「それにこれは吾輩の勝利ではないぞ」

ニャルンが俺を見た。

「ガユス殿は吾輩という特殊な存在を引きよせた。その手数の勝利である」

ニャルンの言い草に、俺はうなずいておく。

まったくの偶然の結果に近いが、かつての俺とギギナだけの事務所では勝機がなかった。事務所を強化しようと拡大路線を取らなければ、偶然さえ引きよせられなかった。俺自身が強く賢く勇敢でなくても、強く賢く勇敢で、また特性がある者が集う場を作ることが最善の手だったのだ。

全員が呆気にとられている場で、ギギナが笑った。

「プファウ・ファウはかつてない最恐の敵だった。が、臆病眼鏡が無様に抵抗して時間稼ぎをし、なにより我らが戦友にプファウ・ファウの最大の天敵がいた」ギギナが語った。「これは幸運で勝利の兆しと言える」

ギギナはニャルンに左手を伸ばした。猫嫌いの男が勇士への敬意を示したのだ。

「勇士よ。我らに号令をかけてくれ」

他者に触れられることを嫌うはずのギギナの言動で、ニャルンの尾が上がる。我が意を得たとばかりに、ニャルンはギギナの手に足を載せ、逞しい左腕を一瞬で駆けあがっていく。

ギギナの左肩に、ニャルンが腰を下ろした。得意満面である。

「吾輩がいるなら安心安全である。さあ、勝利を目指して全軍進軍せよ」

ニャルンが右手の魔杖尖剣を振るって、勇壮な号令をかけた。屠竜刀とニャルンを担いだまま、ギギナが歩んでいく。俺や仲間たちも続いて進む。皇太子護衛隊も続く。武装査問官たちも進軍していく。

進む俺の右にユシスの姿があった。

「ユシス兄」

俺はまたも昔の呼び方をしてしまった。後悔したが、すでにわだかまりを抱きつづける必要はない。

「あの世界で分かった。俺はユシス兄にも謝りたい」死闘を踏み越えた今なら、俺も言えることがある。「ユシス兄の正しさが間違いだったのではない。あれは」

「分かっている」

ユシスは俺を見ずに答え、歩んでいく。

「だが、俺たちのことはすべてが終わってからだ」

ユシスの言葉で、俺も口を閉じた。いろいろな思いがあるが、今は言えない。言わないほうがいいのだ。俺も前へと目を戻す。

白と黒と灰色の空間は主たちの死によって消滅していった。立方体の山は薄れ、直方体の林は消失していく。石の床も手前から奥へと塗り替えられていく。

迷宮は現実の大広間に戻っていった。先には大階段が見えた。遠くからは轟音に爆音。皇宮内部で左右に展開した部隊の制圧戦が続いているのだ。時間はない。

俺はギギナに続いて、階段に足をかける。上階を見上げる。

最大の難敵を下してなお、先にはさらに上の難題が待つ。

後アブソリエル皇帝、イチェードは、現在におけるウコウト大陸最大の難題にして難敵なのだ。

地響きが連なる。

砲塔を備えた戦車が履帯で大地を踏みしめる。進軍する戦車の左右と後方には盾に魔杖槍の咒式歩兵が随伴して歩む。先には咒式騎兵が蹄を蹴立てて進んでいく。軍用火竜が鼻先を並べて進み、口から炎が零れる。

軍勢の間に見える数メルトルから十数メルトルの巨人は、甲殻咒兵。人が操縦する咒式技術による巨人は、盾と魔杖長槍で武装。巨大な歩幅で進んでいた。後方には咒式自走砲が砲身を連ね、砲兵隊が続く。

膨大な歩兵の間で、赤や青、緑に黄土色といった各国の戦旗が翻る。空には飛竜兵が旋回していた。飛竜に跨がる竜騎兵たちは魔杖長槍の穂先に、爆撃咒式を紡いでいる。

テレッセウの街から草地から荒れ地は、兵士と兵器が埋めつくしていた。地平線の果てまで大軍が展開し、さらに続いていく。

ナーデン王国にゼイン公国、ゴーズ共和国にマルドル共和国、ついでに少数の旧イベベリア王国に旧ネデンシア人民共和国残党による西方諸国家連合軍、総勢四十万の大軍の堂々たる進軍であった。大軍は三方からフォイナンの街を目指しており、すでに戦端は開かれていた。

対する後アブソリエル軍はフォイナンの街に二十万の大軍で布陣。堅固な地であるが、倍する四十万の大軍に圧力を与えていた。

西方諸国家連合軍が見ているのは、フォイナンの街の背後にある巨大な峡谷（きょうこく）だった。

かつてあったガラテウ要塞（ようさい）は消失。膨大な瓦礫（がれき）も除去され、峡谷には道路が整備されている。

ガラテウ要塞跡地の上空には青い空が広がる。白い雲が流れていく。雲の前景にある空間がよじれて歪（ゆが）む。

高空に水平の一直線。西方諸国家連合軍の最前列の戦車が止まる。続いて随伴歩兵も止まった。騎兵も甲殻（こうかく）咒兵も砲兵も停止した。上空にいる飛竜たちが一斉に鳴き、引いていく。地上の軍用火竜（かりゅう）も頭を下げて怯（おび）えを見せた。西方諸国家連合軍、四十万が全軍停止していた。

空の線が上下に開いていく。空間の裂け目には虹（にじ）色の闇（やみ）。さらに奥に巨大な月が浮かぶ。

橙（だいだい）色の月には縦の瞳孔（どうこう）。常識外れに巨大な瞳（ひとみ）が、空間の奥から地上を見下ろしていた。

目の下にある空間の縁（ふち）に、塔が並ぶ。五つの爪（つめ）が空間の裂け目にかかっていた。

〈龍〉ゲ・ウヌラクノギアの手が、通常空間に出現しようとしていた。

空から〈龍〉が腕を伸ばして一振りすれば、キロメルトル単位が吹き飛ぶ。現実に難攻不落のガラテウ要塞は吹き飛び、イベベリアは陥落していた。

全員の恐怖は別にあった。竜族の最大の武器は、尾と死の息吹と咒式である。〈龍〉の尾の全長は確実にキロメルトル単位と推定されている。腕から尾が振られたなら、全軍が壊滅する。それほどの巨獣が放つ死の息吹ともなると、被害範囲が想像できない。そしてなにより、世界地図に穿たれた無数の穴が脳裏に蘇る。〈龍〉の咒式によるものであると推定されるが、地形どころか地図を変える攻撃に耐えられる軍隊も国家も存在しない。

決戦を挑んだ西方諸国家連合は〈龍〉の目が出ただけで、前に進めない。進軍は左右に広がり、包囲網を作るしかなかった。

対する後アブソリエル帝国軍は〈龍〉の一撃からの追撃に備えている。絶対の勝利の布陣となっていた。

天の穴からは五本の爪が出る。黒い鱗の大波が続くように、指も出てくる。後からは黒の巨塔のような腕が這いだしてくる。あまりに巨大なため、津波のようにしか見えない。

〈龍〉の手と腕の動きにつれて、連合軍の兵士たちの目が上がっていく。最後には垂直近くになっていた。後アブソリエル帝国軍の兵士も、自分たちの上空に伸びる、一面の黒を見上げていた。

「神よ、私をお赦しください。ナーデンをお赦しください」

連合軍の兵士でも信心深いものは、跪いてそれぞれの神に祈っていた。

「人類をお赦しください」

従軍神父や牧師、司祭も祈っていた。兵士の一部は恐怖のあまり、赤子のように泣きだしていた。すでに発狂して笑いだすものもいた。

〈龍〉が助力すると知らされた後アブソリエル帝国軍の兵士も、畏怖に硬直していた。

戦場にいる敵味方の全員が〈龍〉は人類の味方ではないと理解した。善悪ではなく、これほどの大きさ、力を持つ存在が人類と共存できるわけがない。生きて存在するだけで人類を破滅させる。〈龍〉とその眷属以外の全存在が死滅させられるのだ。

空間からの〈龍〉の黒い腕は逆さの大瀑布となって上昇していき、止まる。高空で五指が広げられると、フォイナンの街から後帝国軍、先にいる西方諸国家連合軍に長い長い影を落とした。

空で五指が曲げられた。指の間には天空の太陽があった。

巨大な手で太陽を摑むかのように見えた。

「汝らに申し渡す」

空の穴からは〈龍〉の声が発せられた。

「全存在に否を下す」

裁きの声がガラテウ要塞から平原、一帯に鳴り響いた。

誰もが世界が終わる日だと理解した。

俺たちは階段を上がっていく。罠と待ち伏せを最大警戒していくが、問題なく上がりきる。前方には紫の絨毯が敷かれた廊下が延びていく。左右の紫の壁の間には、白い柱が林立する。天井には豪奢な水晶の照明が連なる。

奥には左右開きの扉が鎮座する。普段は衛兵が侍るのだろうが、誰もいない。俺たちは残る数十人で進むが、なにも起こらない。問題なく扉に到達できた。

「入りたまえ」

扉の奥からは荘重な声が響く。報道で聞いたイチェード、現アブソリエル後皇帝の声だった。

「決着をつける刻限であろう」

扉からはイチェードの声が再度重ねられた。俺とギギナ、ソダン中級査問官はイェドニス皇太子を見た。総指揮官にして皇弟である、イェドニス皇太子がうなずく。俺とギギナが扉に手をかけ、押し開く。

廊下から続く紫色の絨毯の先に部屋が広がる。大伽藍にある天窓から光が射しこむ。計算された光は部屋を荘厳に見せていた。

俺たちは謁見の間に広がっていく。三軍の生存者がそれぞれ隊列を作り、盾を並べる。間からは魔杖剣や魔杖槍が突きだされる。最大警戒を行う。

紫の絨毯の終点からは、三段の階段が続く。上には簡易な公王の玉座が設置されていた。座るのは軍服の上に背外套をまとった男だった。

「よくぞ来た、とでも言っておこうか」

後皇帝イチェードが玉座に座していた。

頭部には以前からの公王冠の上に、急造された皇帝冠が重なっている。青い目は氷の眼差しとなっていた。左腕を肘掛けにつき、手の甲で顎を支えている。左の上腕には腕章がある。毛糸で編まれていて少し似合っていない。肘掛けを握る右手には指輪が嵌まっている。そのうちのひとつは白の宝玉を抱えた〈宙界の瞳〉だった。

あの指輪を奪取して〈龍〉を止めねばならない。〈龍〉さえ止めれば、西方連合軍が難所を突破して、アブソリエルへと進軍。後アブソリエル帝国と戦争を止められる。

俺は魔杖剣を後皇帝へと向けて、咒式を紡ぐ。ギギナも屠竜刀を担いで、体を大きく前へと倒しての突撃姿勢。

広間に動きはなく、皇帝親衛隊の集団もいない。玉座の左右で、儀仗兵らしき兵士が立つだけだった。事前調査で見た、親衛隊長サベリウと副隊長のカイギスだった。両人は盾と魔杖槍を握っているが、儀仗兵に徹していて戦闘態勢ではない。

「どうした、私の命を取りに来ないのか?」

玉座の後皇帝もなにもせず、座っているだけだ。しかしイチェードは歩兵から戦った軍人にして高位攻性(こうせい)呪式士で油断はない。俺たちの戦力がどれほど優越しても、イチェードは指の一振りで、西方諸国家に向けた〈龍〉を叩(たた)きつける一手を、こちらに向けることができる。

入り口から玉座までの距離は、知覚眼鏡(クルークブリレ)の計測で四一・三三メルトルと出た。左目で、兵士や攻性呪式士たちの先にいるユシスを見る。ユシスは不可能だと目で合図してきた。一秒だけこの世から姿を消せるユシスであっても、この距離でイチェードほどの攻性呪式士が指輪を一振りする前には倒せない。

俺は前に目を戻す。映像で見た聖地アルソーク、さらに実体験ですぐ傍(かたわ)らを通りすぎていった式典の大破壊が脳裏に去来する。〈龍〉の一撃は、なにをどうしようと俺たちを全滅させる。最速の一撃で倒さなければ生存の道がない。

俺は横目で右にいるギギナを確認。突撃組のテセオンやニャルンやピリカヤも最前列に並んでいた。後方ではリコリオの狙撃にドルトンの呪式も紡がれている。

イチェードと戦えば、俺たちのほとんどが死ぬ。だが、刃(やいば)と呪式のどれか一撃だけでもイチェードに届けば、事態を打開する可能性がわずかにある。

心中でまたジヴとまだ見ぬ双子(ふたご)に謝罪しておく。なぜ俺がここにいて命を懸けないとならないのか、一回は理解したつもりだったが、やはり納得できない。運命や巡り合わせは信じないが、あるとしたら、その理不尽さに腹が立ってくる。だけど、ここまで来たならやるしかないのだ。

俺は魔杖剣ヨルガから弾倉を抜き、胸元にある赤い弾倉と入れ換える。弾倉には、法院から譲り受けた十三発の咒弾が詰まっている。最後の最後の手だ。覚悟を決めて、遊底を引いて初弾を装填。使う場所は今だ。しかし使えばどうなるか。

俺は覚悟を決めた。突撃の合図を出すために、魔杖剣の引き金を絞っていく。

「ここは私に任せていただきたい」

声が通り、俺の指が止まる。横目で見ると、皇太子護衛隊の盾が開かれる。間からはイェドニス皇太子が姿を現した。目線は真っ直ぐに前を向いていた。

迷ったが、俺は掲げていた魔杖剣を下ろす。ギギナも上体を起こした。咒式士たちも警戒を怠らないし組成式は紡いでいるが、止めている。

玉座のイチェードも儀仗兵も先制攻撃をしようとはしない。

イェドニスが歩みだし、俺の傍らを通っていく。

「殿下にお任せします」

俺は言葉をかける。

「ですが決裂したなら、我々は特攻して活路を開きます。ほぼ全滅するでしょうが、それしか手がありませんゆえ」

俺の念押しを受けながらイェドニスが前へと進む。正面で皇太子の足が止まる。

静寂。ここから先はただ後皇帝を倒せばいいという場ではない。政治と、そして公王一族、兄弟の話となるのだ。

段上の玉座にある後皇帝イチェードと絨毯に立つ皇太子イェドニス、兄と弟の目線が出会う。

「後皇帝イチェード陛下」

皇弟、皇太子としてイェドニスが呼びかけながら歩みを再開する。

「後アブソリエル帝国は、これで終わりです」

言いきったイェドニスが、玉座の階段の手前で止まる。

「〈大禍つ式〉や〈黒竜派〉との契約は破棄し、戦争を停止してください。それだけがウコウト大陸の大混乱と大量死を防ぎ、アブソリエルを救います」

イェドニスの言葉に、段上の玉座にいるイチェードからの反応はない。謁見の間には奇妙な沈黙だけがあった。

「停止していただけないのなら、我らは力で押しとおします」広間にはイェドニスの言葉だけが響いていく。「戦争に対する最高責任者にして後皇帝陛下の退位は免れません。望んだことはありませんが、私が最高責任者となるしかありません」

イェドニスの声には苦渋が滲んでいた。皇太子を支える護衛隊にも喜びの表情はない。

現状のアブソリエルの継承者となることは、地上の誰もが拒否するだろう。先には苦難の道しかない。

「私はアブソリエルを後公国に戻し、公王の位を受け継ぎます」

イェドニスは事実上の後帝国の解体を宣言した。

「新公王として、領土を返還して軍を引きます。そこで西方連合軍と交渉に当たります。厳しい処罰が求められるでしょうが、今ならアブソリエル軍は無傷であるため、西方連合軍も強くは出られません」イェドニスは選択肢を示していく。「なにより神聖イージェス教国の南下の最中に、戦争継続は選びたくないはずです」

イェドニスの方針は、アブソリエルの被害を最小限にし、現状の大陸の大混乱を収める一手だった。

「無条件降伏ではないため、相応の代価を支払っての和睦ができます。敗戦ではないので陛下も戦争犯罪人とはなりません」

イェドニスの提言はどれも穏当なものだろう。一方で、戦争被害者にとっては承服できないものだ。人々の苦しみと悲しみと憎悪の禍根を残すこととなる。それでも最小限の死と不幸を目指したものだ。

俺としてもカチュカの被害を見ているので納得はできない。できないが、俺たちが口を出せる領域ではない。

未来を模索するイェドニスが前に一歩を踏みだす。

「後皇帝イチェード陛下、賢明なる退位と終戦をご決断ください」

イェドニスの長い長い宣告が終わった。

玉座にあるイチェードはただ聞いていた。

俺たちは再び戦闘態勢を取る。もしイチェードが退位を拒否して武力抵抗するなら、戦闘再開となる。血の粛清によって、イェドニス皇太子の公王戴冠を強行せねばならない。

「プファウ・ファウは、私に過去の世界を見せた」

玉座からイチェードの言葉が放たれた。俺たちは前のめりになる。先ほど倒したプファウ・ファウの話となっていたことに驚く。なによりも、イチェードがあの呪式を受けていたことが意外だった。

「記憶の迷宮で戦友たちの死。アブソリエルの未来の危機。親友の反逆と私による処断。妻の錯乱、子供の死。そして私による処断を再び見ることになった」

俺たちがイェドニスに聞いていた、イチェードの半生における壮絶な苦難の歴史だった。

「それ、は」

イェドニス皇太子が気づいた。

「陛下はプファウ・ファウの精神操作ではないにしろ、誘導を受けていた、ということでしょうか？」

イェドニスの発言は護衛隊に武装査問官、俺たちに無音の衝撃を与える。イチェードの凄惨な過去を本人に再び見せれば、後帝国建国へと誘導できる。〈大禍つ式〉による大破壊に虐殺、利用は人類史で何度かあるが、人類国家の指導者への誘導は初めて聞く。〈禍つ式(アルコーン)〉は情報生命体であるため、嘘(うそ)がつけない。人との利益交渉はできても、共同歩調は取れないとされていたが、実施されている。〈禍つ式〉は人と戦うだけでなく、人類社会に侵入しはじめていたのだ。

俺も事態の予兆を見ていたのに気づけなかった。事態は後だが〈踊る夜〉も〈大禍つ式(アイオーン)〉の二派の首魁(しゅかい)と手を結べていた。強い結びつきではないが、現時点で可能なら、過去でも可能だったと気づくべきだったのだ。

イチェードが再び口を開いた。

「プファウ・ファウたちは、あの呪式(じゅしき)で私の心の傷を呼びもどして、後(ご)アブソリエル帝国(ていこく)を作る再征服戦争を起こさせ、〈宙界の瞳(ちゅうかいのひとみ)〉を使って〈龍〉の一撃を引きださせる。人類を戦乱に導き、膨大な生け贄(にえ)を出すことによって〈大禍つ式〉の公爵(こうしゃく)、続いて王を呼ぶ手筋へと誘導させた」

イチェードの言葉が区切られた。

「……とでも思っていたのだろう」

イチェードは表情を変えずに言った。論理が飛んで、俺は目を見開く。

「表面的には誘導が成功しているように見え、私もそう見えるように演じた。だが、私は操られてなどいない」

次から次へと真相が変わり、俺たちの理解が追いつかない。

「私は七回ほど過去の記憶世界を繰り返した。二回目からは、私がわざとプファウ・ファウに逆らい、罰としての記憶迷宮を発動させるように誘導した」

イチェードは淡々と語った。言葉の意味がすぐには理解できず、俺は脳裏で繰り返す。イェドニス皇太子が思わず背後へと足を引いた。

「あ」

イェドニスが絶句していた。

「あれを、七回ですと」

イェドニス皇太子の確認で、俺の聞き間違いではないと分かった。俺も衝撃を受けていた。ギギナも喉の奥で唸る。

「しかも自分からやらせた、だと」

俺の口は驚きの言葉を抑えられなかった。ギギナの横顔にも、極大の理解不能といった表情があった。護衛隊や法院の査問官、攻性咒式士たちにも動揺が広がる。先ほど経験したばかりだからこそ、イチェードの異常さが分かる。

攻性咒式士や公王には、常人以上の悲劇や惨劇がある。人生の惨禍になんとか耐えて忘れられたから生きつづけられた。それゆえに記憶の迷宮による再演、悲しみや苦しみ、痛みの再現にも、初回だけはなんとか耐えられた者は多い。だが、三度、四度となると人間の精神では耐えられず、多くが死んでいった。

イチェードはそれを七度も耐えたどころか、自分から誘導させて実行させたと言う。信じられない事実を超えて、理解不能にすぎる。なんなのだ、イチェードとはなんなのだ。

イチェードは玉座に座っているだけだが、精神性でこの場の全員を圧倒していた。

「最初の追体験をさせられ、私は少し動揺した。動揺したが、それだけだ」

イチェードは侮蔑(ぶべつ)もなく〈大禍つ式(アイオーン)〉の秘咒を無意味だとした。

「誘導して記憶世界を二回、三回、四回と繰り返させると、予想どおり段々となにも感じなくなっていった」

イチェードの声に感情の響きはない。

「五回目でなにも思わず感じなくなった。六回目ともなると、数々の死に親友の反逆に妻の錯乱、子供の死が演劇に見えた。七回目は喜劇としても退屈になって、時折寝ながら過ごした」

「なぜ」

イエドニスとイチェードの間に、俺は言葉を割りこませる。国家と大陸の行く末を決める場だろうが、言わずにいられない。

「なぜそんなことをした。する理由がない」

俺の問いは全員の疑問だった。自らの過酷な人生を演劇、しかも退屈なものと思えるまで繰り返させるなど、訳が分からない。

「悲しみや辛さから逃げだしたい、回復したい、などという心がどうでもよくなった。そこでプファウ・ファウの誘導を好機として、自分で自分の心を破壊してみたのだ」

イチェードが示した事実は異常にすぎる。

俺はイチェードに畏怖の念を抱いた。ギギナの目にも怪物を見ている色があった。

イチェードの半生は、多くの他者の心や病、そして人という種ゆえの裏切りと絶望に苛まれたものだった。普通なら人間が嫌になって邪悪となるか、多くの人のように時間や出会いによってなんとか回復するか、しようとする。

愛する者を失い、夢を絶たれて、人はよく胸に穴が開いたと言う。イチェードはそんなものではない。

情報生命体である〈大禍つ式〉たちは、生命基盤から違いすぎて炭素生命体である俺たちの理解を拒む。珪金化生命体である〈古き巨人〉は寿命が長すぎて、俺たち人類の思考とは違いすぎる。〈長命竜〉たちは強く賢明すぎて、人と違う領域に達していた。

しかし、イチェードは彼ら以上に人類の理解を拒絶する存在だ。イチェードという形に穿たれた、この世の穴だった。イチェードを覗きこむことは、虚無を見ることになる。

「後アブソリエル帝国と再征服戦争は、かつての親友と妻と後公国人民、戦友たちの切なる願いだ。ついでとして私に私を捨てさせたプファウ・ファウたちの願いにつながる道であるゆえ、褒美としてやったことだ」イチェードが無感情な言葉を続ける。「だから〈大禍つ式〉どもが倒れたなら、後帝国や再征服戦争など止めて構わない」

イチェードが処断を下した。

「後皇帝の地位を廃したいなら私は退こう。イェドニスが公王となって戦争を止め、帝国を解体したいなら、そうするがいい」

なんの抵抗もなく、イチェードの事実上の退位宣言がなされた。

圧倒的な優位にいるはずのイチェードの言葉に、護衛隊や武装査問官たちに動揺が広がる。攻性呪式士たちも驚いている。戦争反対派の願いは叶った。叶ったが、許せない。

俺は一歩を踏みだす。

「いくらなんでも、それは」と口を開こうとした瞬間、デリューヒンやトゥクローロといった年長組が背後から止める。俺から言いたいことは山ほどある。訳の分からない願望のためにならともかく、どうでもよいとする人物の指揮で戦争が起こって多くの人が苦しみ傷つき、死んでいるのだ。

俺たちが国境で救ったカチュカは、家族と親しい知りあいを失い、強姦されかけた。そのすべての惨禍を、退位して戦争を止める、で済まされてたまるものか。

だが、それでも俺は奥歯を噛んで言葉を封じこめる。魔杖剣を握りしめて耐える。今、もっとも激発したいのは俺ではない。俺や全員が当事者へと目を向ける。

イェドニスも体の両脇で拳を握って、イチェードという穴から出てくる虚無に耐えていた。

「イチェード陛下」

　歯の間から押しだすように、イェドニスは呼びかけた。

「今は一人の弟として言います。兄上の半生は余人には想像しがたいものですが、その背を追ってきた私にはわずかになら分かる、つもりです」

　イェドニスは訴えた。

「想像を絶する悲劇と惨劇で、人の心は砕けるか、邪悪となるか、良き人になろうとします。ですがどの道もイチェード兄上には存在せず、また許されなかった」

　イェドニスが語る。

「イチェード兄上は後アブソリエル公国の王太子で公王でした。悪人どころか善人にもなることも許されません。あるのは、ただ王の道だけでした」

　イェドニスは嘆いていた。

　指摘されて分かってきた。俺たち一般人は悲しみ嘆き、善悪や崩壊、どれであろうとそれぞれの道を選べる。だが、イチェードにはただひとつの道しかない。アブソリエルの二億の民を率いる公王になるしかなかったのだ。

　どのようなことがあっても、悲しむな苦しむな嘆くな、それらを感じてはならない。感じたとして、表に一切出すことも許されない。王の一生とはなんと恐ろしいのだ。人間にできることではない。だが、人間にしかできない。

大いなる矛盾がイチェードを引き裂いたのだ。

「兄上の悲しみを少しは理解して、なお私は求めます。それでも王は王であれと」

イェドニスは苛烈な言葉を放った。

「どのようなことがあろうと、王の内心は王の身にだけ封じるべきなのです。王は余人とは違います。余人がいくら嘆き悲しもうと、小さな暴風を起こすだけです。ですが王が内心を外に出したとき、その巨大な力は大惨禍を巻き起こし、実際にそうなりました」

イェドニスの言葉は自身の身を切っていた。兄の悲しみを分かっても言わねばならないのだ。

「ですからイチェード陛下」

イェドニスは肉親への呼びかけから公的な敬称に戻し、言いたくないであろう言葉を連ねる。

人間であり、弟であり、イェドニスである表情が剝落していく。

「ですから、私は私情によってではなく、王族として判断します。大アブソリエル構想、再征服戦争の失敗によって、イチェードに王の、そして後皇帝の資格はないと断言する」

割れ落ちていく殻から現れたのは、冷厳なる王の横顔だった。

「改めてイチェードに帝国の撤廃を命じ、同時に譲位を迫る」

厳粛な声でイェドニスが言いきった。情愛を排し、敗れたからこそ英雄イチェードを無能として断じきる、なんと冷徹で恐ろしい宣告か。

兵士も査問官も咒式士たちも、イェドニスの言葉の落雷に打ちすえられていた。俺たちが担ぎあげたイェドニスは、もはや優しく勇敢な皇太子ではない。兄イチェードを支え、偉大な背をずっと追ってきた貴公子は、兄に匹敵する覇者の魂を持つ存在になっていた。

いや、時系列の想定が間違っている。皇宮（こうぐう）での戦いを通し、意志の力で自分自身をイチェードに並ぶ存在へと引きあげた。アブソリエル存続のために必要だからと、かつての自分を殺して、つい先ほど作り替えたのだ。王とはなんという苛烈な存在なのか。

直撃を受けたはずの玉座のイチェードは反論しない。どこまでも感情を見せず、冷たい目をしていた。右手が動き、左手の毛糸の腕章を握る。

「先に言ったように、異存はない」

イチェードは静かに答えた。弟イェドニスが王の魂に達しようと、イチェードとはようやく同格。より長く苛烈に戦ってきたイチェードは、皇帝として一次元上の高所にいるのだ。

「ならば、この荊（いばら）の冠と刃（やいば）の玉座ごと、おまえはこのアブソリエルを引き継げるか。私と同じ虚無の道を歩めるのか」

先に王の道を進んだイチェードが問いかえした。落雷の宣告に対して下された永久氷壁の問いに、イェドニスは耐えていた。

現状はイェドニスが求めた結果ではない。ただ、そうしなければアブソリエルという国家と民族が消え、惨禍に見舞われるので、仕方なく進んだことだ。戦争を起こしたアブソリエルの継承は、イチェードが経験したことと同じ惨劇と悲劇と結果を引き受けることになる。

「私もいつか兄上と同じ虚無に達するでしょう」

イェドニスが答えた。

「ですが、それは今ではありません」

皇太子は結論を下した。俺はイェドニスを見つめていた。全員が見ていた。破綻は今ではないにしろ、イチェードと同じ末路にいたると分かってなお、イェドニスは継承するとした。自分の死刑執行書類をイェドニスは受けとり、鮮血によって署名したのだ。

俺は王族の恐ろしさを見た。モルディーンにゼノビア、アラヤと見てきて、さらにイチェードとイェドニスを見た。王は人であって人であってはならない。人身の竜として生きなければならない。過酷さを越えた、悲劇があった。

俺にはできない。人生は前もって分からないからこそなんとか進める。死地に赴く兵士ですら、自分が死ぬ可能性を考えるが、おそらく死なないと思っているからこそ進めるのだ。

絶対的に悲惨な結末、を越える虚無に陥ることが分かっていてなお進むことなど、できる訳がない。あえてその道を選べるなら、イェドニスもまた人身の竜なのだ。

玉座のイチェードは微笑んでいた。

「親友にして腹心だったベイアドトも最愛の王太子妃ペヴァルアも、戦友であった六大天の三者も、結局は王の王たる理由と内心を理解しなかった」

イチェードが玉座から立ちあがる。三つの段を降りて、紫絨毯を進む。左右後方に侍っていたサベリウとカイギスが続く。

イチェードの歩みに呼応するようにイェドニスも歩む。

両者は広間の中央で向かいあう。

「それぞれが各自の喜怒哀楽や善悪、病や信念や信条に屈した。凡夫なら仕方ない。だが、王には許されぬ」

イチェードは右手を掲げ、自らの頭部に向ける。皇太子護衛隊が気色ばむ。俺たちも魔杖剣を向ける。

右手で二重冠を摑み、イチェードが無造作に外す。後皇帝は冠から後皇帝冠を外し、投げ捨てた。

後皇帝冠は広間の片隅に落下し、転がっていく。白い石柱に当たって止まり、転倒した。何回か上下し、止まった。

イチェードは残った公王冠を両手で握り、斜め前方に掲げた。気づいたイェドニスが両膝をつく。頭を垂れる。

サベリウとカイギスが槍を掲げ、石突きを絨毯に下ろす。皇帝と王、親衛隊二人の動作によって、イェドニス護衛隊も事態が儀式だと気づいた。一斉に盾と矛を床に置いて、片膝をついて騎士の礼を取る。ソダンに武装査問官たちも同じく、拝礼の姿勢となる。

俺も父が一度だけ伝えてくれた、子爵家に伝わる典礼を思い出した。すぐに右膝をつき、左膝を立てて騎士の礼を取る。アルカーバも同じ礼を取る。ギギナも屠竜刀を旋回させ、床に置いてドラッケン族式の礼を取る。攻性咒式士たちも先例に倣って、同じ姿勢を取っていく。

広間は、すでに戦場ではなくなっていたのだ。

「イェドニスだけが、王の王たる理由を少しは理解している。ならば」

厳かにイチェードが宣言した。

「我、後皇帝イチェードは正式に退位し、後皇帝と後帝国を廃絶する」朗々とした宣言がなされる。「そして我が弟イェドニスに、第八十五代の後アブソリエル公王位を禅譲する」

声とともに、イチェードの瞳に感情らしきものが宿った。優しさや慈愛が一切含まれない、苛烈なものだった。

「人には耐えられぬ、苦悩と絶望を引き継ぐがよい」

イチェードの両手が降りて、跪く弟の頭部に公王冠を載せた。イェドニスの双肩に急に重圧がかかったかのように、わずかに上体が下がった。

「謹んで、公王位を賜ります」

苦渋を堪え、イェドニスが返礼を述べた。

新公王となったイェドニスが立ちあがり、下がる。先代後皇帝となったイチェードも一歩を引く。

今度はイチェードが右膝をつき、恭しく頭を垂れる。新たなる公王イェドニスは苦しみの顔でうなずき、右手で十字印を切って、前公王に臣下となる許しを与えた。

イチェードが退位を認め、手ずから宝冠を授け、継承を認めた。臣下の礼を示した。

サベリウとカイギスは主君の決断を直視できず、天井を見上げていた。二人はイチェードから離れ、部屋の左右へと下がっていく。そこで膝をついて、新公王へと恭順の意を示した。

膝をついた姿勢のままで、イチェードが右手を振った。

「これにより、大アブソリエル圏の再征服戦争も終わる」

指先で白い〈宙界の瞳〉が光を発し、すぐに鎮まった。

俺は跪いたまま、言いがたい感情を抱いていた。膨大な死と血を踏み越えてきた果てに、戴冠式と終戦がなされたのだ。

ガラテウ要塞跡地から、フォイナンの街に影が落ちる。街に展開する後アブソリエル帝国軍にも、長く大きな影が横断していた。フォイナンとガラテウを包囲する西方諸国家連合軍は前方の敵軍ではなく、空を見上げたままだった。

ガラテウ要塞跡地の上空にある穴からは、無明の闇が伸びていた。鱗の連なりは上へ上へと続く。黒い大樹の先には、五本の指が曲げられている。

太陽を摑もうとする、巨大な〈龍〉の右前肢だった。肘から先が出ているだけで、戦場に巨大な影を落としていた。

陽光を背に、巨大な五指が開かれる。大地へと落ちる影も禍々しい顎のように見えた。人々は終わりを理解した。〈龍〉の前肢が振られれば、この戦域にいるすべての軍勢が死ぬのだ。

高空で手が振りかぶられ、前へと動く。颶風の唸りをあげて加速した瞬間、巨腕が止まった。腕の出現地点にある、空間の裂け目で〈龍〉の瞳に紫電が走る。

瞳孔が絞られ、愉快そうな色が浮かぶ。

「呪いは確立した」

〈龍〉の述懐とともに、空間の穴の上下が狭まりはじめた。破壊の右前肢は引かれていく。肘から逆流する黒い大河となって、穴へと戻っていく。手首に指、最後に爪が穴へと去っていった。外からの光も吸いこまれていった。

空間の裂け目では〈龍〉の瞳だけが世界を見渡していた。

「次で完成する」

空間の穴は上下から閉じて、異界と世界は断絶した。空気圧の変化で風が轟々と吹き、止まった。

あとにはなにもない。青い空では元通りに白い雲が流れていく。

フォイナンの街に展開していた、後アブソリエル帝国軍は静けさに包まれていた。包囲網が崩壊しかけていた西方諸国家連合軍も進軍しなかった。前者には戦術上の危機であり、後者には好機であったが、それでも戦争を再開できなかった。

双方が全滅の危機を脱したばかりであったため、なお殺しあいをなすことの意味が見いだせなかったのだ。

アブソリエルによる帝国再建と再征服戦争は、ここに終結した。

二十七章　裏切り者の名は

悲劇によって、神も国家も法も正義もすべてを信じなくなった者は、変わってしまった自分こそ信じられなくなる。
自己への不信は、この世でもっとも救いがない。

アレペシ「他者の死と自分の死」神楽暦前一二九年

皇宮の間において、新公王となったイェドニスは指令書を作成していった。最後に公王冠にある認証を書面に押して、呪力による署名がなされる。

「最初の公布だ。急げ」

イェドニスが指令書を掲げる。新公王の左右に進んだ兵士が受けとって、大急ぎで反転。携帯端末で文書を各方面へと放ちながら、外へと向かっていく。イェドニスの護衛隊と法院の武装査問官が道を空け、伝令たちが走っていく。

俺たち攻性咒式士も見送っていると、遠くからの爆音や轟音が聞こえてきた。皇宮を巡る内外の戦闘はまだ続いている。

待っていると、音が弱まる。争いの響きは散発的になっていき、止まった。

皇宮内部の護衛隊と法院、外からの近衛兵と首都防衛軍との戦いが停止した。

どのような非常事態であろうと、正式な後皇帝廃位と新公王即位発表、そこからの即時終戦命令が出たなら、アブソリエル軍は止まる。少なくとも真偽が分かるまでは軍を引く。

侵攻先の戦地でも、新公王からの正式な通達だと確認した戦線から、戦争は止まっていくだろう。イチエードも〈宙界の瞳〉から〈龍〉を切り離した。後アブソリエル帝国が展開するすべての戦線は、いずれ数分以内に完全停止することになる。

死闘の末の結末は、実にあっけなく、事務的な手続きで終わった。

「こういうものなのか？」

俺は隣にいるギギナ、その先にいるデリューヒンに問うてみた。俺たちの事務所で、元軍人は何人かいるし、俺も小さな戦争に参戦したことがある。ただ、実際に国家間戦争に参加し、最後まで見届けた経験があるのは二人だけなのだ。

「普通は敵将の首が落ちて終戦となる、と言いたいところだが」ギギナも自分の過去の経験から異常事態を説明しようとしていた。「それは部隊単位や戦場での話だ。国家間戦争となると、だいたいはこうなる」

「国家が最後の一兵、最後の国民まで戦うことは、実際にはないね」

ギギナの解説にデリューヒンも同意した。

「お偉いさん同士が和睦交渉で政治的取引をして、こんな感じでしずーかに終わる。戦場で戦っている私ら兵士はまだ戦える、勝てるのに、となるけど、終わり」

デリューヒンが寂しそうに語った。過去の敗戦があるからこそ、民間に転進したのだろうとは予想できる。

戦争は、攻性咒式士による小さな戦いとはまったく違っていた。俺は再び前に目を向ける。前王となったイチェードが絨毯から立ちあがる。無冠となった頭部の下には、静かな青い目が宿る。

「これですべては終わった」

イチェードが答えた。右手が閃き、戻ると魔杖短剣を握っていた。鮮やかな抜き打ちであった。

「兄上、それはなりません」

イェドニスは右手を伸ばして、制止した。護衛隊は魔杖槍を構えるも、穂先は床を向いていた。武装査問官や俺たちも戦闘態勢を取るが、全員が分かっていた。

イチェードの刃は自らの喉に向けられていた。切っ先ではすでに咒印組成式の赤い光が点灯していた。イチェードは言われたから止まっただけの、無感情な目をしていた。

「退位だけで諸国は納得すまい。私が生存しているかぎり、アブソリエルに脅威を感じる口実として使ってくる」

イチェードが握った刃は、喉の皮膚に潜る。組成式から爆裂咒式が発動しようとしていた。

イェドニスが進もうとすると、刃はさらに奥へと進む。

「だからこうすることが最善であろう」

やはりイチェードはすでに心なき穴となっている。自分の命すらなんとも思っていない。イェドニスが一歩でも動けばイチェードは決断してしまう。俺としてはイェドニスの心とは別の感情が湧いていた。

「待っていただけませんか」

俺が一歩を踏みだした瞬間、後方からの声が広間を渡った。イチェードの刃が止まる。

広間入り口に展開していた護衛隊と査問官たちが、道を空けていく。

現れたのは黒背広の細い姿だった。腰に大小の魔杖刀を差す。黒髪に切れ長の瞳で、東方系の美しい女性だった。

「あ」

俺は思わず声をあげる。隣のギギナも「またか」という顔となっていた。

女は東方の女忍者キュラソーである。本当は甲賀久蔵とか言う厳めしい名前を代々引き継いでいるそうだが、今はどうでもいい。

翼将のキュラソーが道を開き、先触れとなる。

「猊下、どうぞ」

キュラソーが胸に手を当て、頭を下げる。護衛隊や査問官たちがどよめく。人々の間には、当然のように男が立つ。白と赤の僧服。白髪が交じってきた黒髪の上には赤帽子。首から下げた十字印が、歩みとともに揺れる。

人の間を抜けてくる、僧服の男の歩みが止まった。眼鏡の奥にある目が先に立つ俺とギギナを認めた。

「また君たちか」

笑ってみせたのは、モルディーン・オージェス・ギュネイ。龍皇国選皇五王家の一角、オージェス王代理。龍皇の相談役。皇国最強の咒式士集団である十二翼将の主君。

俺とギギナというエリダナの街の攻性咒式士が、一連の大事件に巻きこまれる原因となった男だ。聖地アルソークでの〈龍〉の襲撃を受けて以来、行方不明となっていたが、よりにもよって後アブソリエル帝国皇宮に姿を現した。

「そうか、俺たちが〈大禍つ式〉たちを倒したからか」

俺はようやく理屈が分かり、すぐに戦慄する。〈大禍つ式〉たちの結界が崩壊したからではなく、崩壊すると予想して備えていたからこそ可能な事態だ。遠い異国からイェドニスの反逆から皇宮突入まで予想するなど、人間の予想能力を超えているとしか思えない。しかもモルディーンは「また君たちか」と言ったので、俺とギギナたちの参加は計算に入っていない。他の解決策を用意していたのだ。

「さすがにもうエリダナ七門で、アブソリエルを転覆させるほどの攻性呪式士を無視することなどできないな」

モルディーンは俺に言った。

俺の胸に複雑な感情が湧く。ついにモルディーンが俺たちを認めたことに、驚きと喜びがあった。

すぐに、左手で自分の胸を殴っておく。なにが喜びだ。凡庸にすぎる。

モルディーンは俺たちの敵であった。親友ヘロデルの死については、ヘロデル自身が招いたことだと分かっていても、憎んでいた。同時に国家間問題においては避けられないことだったと、今では理解している。その後において敵対することはなく、利害の場で再会しただけだ。

認めたくはないが、俺が足を踏み入れた大きな戦場では、迷う決断が多い。自然とジオルグ、他にはモルディーンならどうするかと考えてしまう。意識しない思考の師とも言える。

それでもなお、モルディーンと俺は相容れない。他者と国家と世界、本人ですら操る人中の竜を拒否する。理論的に構えておかないと、すぐに感情が魅了されてしまう。

「普段ならおどけてみせるが、さすがに旧交を温める場合ではない」

モルディーンの右後方には、黒白の導師服姿があった。周囲には、一個減った七つの宝玉が軌道衛星で並ぶ。色とりどりの宝玉が緩やかに回転している。当然のように大賢者ヨーカーンも来ていた。こちらも聖地アルソークの死闘で病床に伏したと聞いたが、復活していた。

「ガユス君にギギナ君と話したいこともあるが、また今度にしよう」

モルディーンは軽く言ってみせた。皮肉のひとつも言いたいところだが、今はできない。

「今は国家と大陸の一大事である」

モルディーンの目は一点、イチェードを見つめていた。モルディーンは左手を胸の前に掲げ、右手を引いて頭を下げる。

「イチェード後皇帝陛下は退位されたので、現在は太上皇陛下とのことですが、またお目にかかれて光栄です」

典雅な一礼とともに、モルディーンが再会の挨拶を述べる。先では、イチェードが刃を自らに向けたままで立っていた。青い目には感情のない疑問だけがあった。

「モルディーン枢機卿長が、なぜここにいる」

「陛下の決断を、今は思いとどまっていただくためです」

モルディーンが左手を掲げ、横を示した。

「説得は通じぬよ」イチェードは答えた。「私はもうこの世に興味がない」

イチェードの言葉は事実であった。過去と現在を聞くかぎり、イチェードを現世に押しとどめる愛も友情も、利益も正義もない。この世に縛りつける理由と動機がなにも残っていない。

「私の献策を聞いてのち、なお自決されると言うのならお止めいたしません。そして今は、と申しております」

どこまでも優雅にモルディーンは微笑んで、謎めいた言葉を発した。

俺がモルディーンを嫌う点が眼前で再演されていた。この場の全員が、モルディーン枢機卿長の話に引きこまれてしまっている。〈大禍つ式〉すら越え、地獄を七度も繰り返させた精神の怪物を、なお説得できるという話は、この場の全員が気になるに決まっている。

理性の怪物となったイチェードであっても謎への疑問を拒否はできず、言葉を待つ。モルディーンは微笑む。

「では、イチェード太上皇陛下。現状のウコウト大陸を見渡せば、西部にて起こったアブソリエル再征服戦争は、イエドニス公王陛下の説得とイチェード太上皇陛下の放棄によって先ほど終結しました」

モルディーンが右手で左から右へと示し、下へと動く。

「ですが、中央から東は、後公国と共同歩調を取っていた神聖イージェス教国が南下しています。同国によるウコウト大陸の制覇は、他のすべての国にとっての災厄でしょう」

動作によって、モルディーンはウコウト大陸の現況を示していた。

「イチェード太上皇陛下の大戦略は〈踊る夜〉を利用しつつ〈大禍つ式〉の力を使って排除。〈大禍つ式〉の策に操られたと見せかけて、同時に公爵と王の召喚を遅延させていた。〈黒竜派〉と〈龍〉を利用して、西方にアブソリエル帝国の三分の一を復活させようとした気宇壮大なものです」

モルディーンがあとから分かる、イチェードの意図と結果を解説した。イチェードは善悪の果てを越えてしまったが、一角の英傑であるのは事実だ。

「複雑な作戦の真意は、アブソリエルが帝国となって西方制覇したあと、神聖イージェスと決別し、戦うおつもりだったのでは？」

モルディーンからの問いに、イチェードは黙りこむ。ややあって、うなずいてみせた。

「私個人の過去と信条とは別に、そういう判断はあった」

イチェードが語りだした。

「神聖イージェス教国が、悪の帝国だとは言わない。だが、あの国は〈異貌のものども〉に領土を与えて、自分たち以外の人類の生存を考慮しない。ウコウト大陸の諸国家を滅ぼし、信徒に分け与えた国家や、そして世界が成立すると考えている」

イチェードが言葉を連ねていった。

「神聖教国の間違いの一部は、私もしたことだ。私は〈大禍つ式〉を利用したが、今では甘い計算で、本当に正しい処置だったのかは分からない」

自らの落ち度すら、イチェードは淡々と語る。

「神聖イージェス教国は放置してもいずれ静かに衰亡するはずだったが〈異貌のものども〉の関与で、大いなる災厄となっていた。私は西方を束ねて一撃を加え〈異貌のものども〉の影響力を排除する必要があった」

イチェードの懸念に、モルディーンがうなずく。モルディーンは聖地アルソークで、人智を超える圧倒的な〈龍〉の恐ろしさを知った。一時的に扱えるとしたイチェードは、最後には拒否した。神聖イージェス教国は制御できるとして南下を始めたが、最後まで共同戦線を進むことはできない。

イチェードが提唱した大アブソリエル圏の構想は、一理あるのだ。人類圏の全一致は無理でも、ウコウト大陸の大部分が共闘する必要がある。刻限は今だけだろう。北方戦線が破られ、各国が押されはじめたら、もう手遅れ。挽回の機会はない。

一方で広間の人々は、モルディーンの論理がどこへ導こうとしているのか、理解不能といった顔となっていた。俺にもまだ全容どころか進路が見えない。

モルディーンの手が左から右へと示す。

「今、神聖イージェス教国に対抗している大陸諸国家を見渡してみますと、勇将に猛将、知将に名将は多くいます。龍皇国の人形兵団を率いるバロメロオ公爵、皇都の守護神ザカリアス将軍。行方不明ですがオキツグ。同盟の七英雄のうち何人かも数えられるでしょう」

モルディーンが示したのは、誰も納得する人物たちだった。

「ですが、名将たちを手足として動かす大戦略家となると、限られます。バッハルバ光帝は神聖イージェス教国に同調していませんが、今もって態度は不明。七都市同盟の頭脳こと魔術師セガルカは病床に伏しております」

モルディーンの目はイチェードで止まる。

「つまり、イチェード太上皇陛下が、現在の大陸における唯一の希望となっております」

「私である必要はない。汝がいる。モルディーン枢機卿長がやればよい」

イチェードが指摘した。

「ありがたいお言葉ですが、私はあくまで一国の有力者で一介の政治家です」

枢機卿長は謙遜の一礼をしてみせた。俺たちからすれば雲の上の王族で知略家であるモルディーンであっても、龍皇国五王家のひとつオージェス家の幼い王の代理、龍皇の相談者で代理人であって、決して国家全体を動かす力はない。

「政治家は敵を見定め、軍を準備し交渉し、どの戦場へ誰を向かわせるかを決め、終戦後には和睦条件を交渉します。ですが、実際に戦場でどう軍を動かし、指揮するかには向いておりません」

枢機卿長の言おうとしていることが、俺にもだいたい分かってきた。モルディーンは横目で俺を確認した。

微笑みとともに、モルディーンは俺へと手を向けた。

「そこで」

モルディーンがうながして、全員が俺へと注目する。モルディーンは自分が言っては説得力が弱まるため、一般人である俺に言わせたいのだろうと分かった。イチェードは俺に疑問の目を向けていた。

「彼には言う資格があります」モルディーンが重ねた。「彼らの皇宮制圧と〈大禍つ式〉打破がなければ、我々は話しあいすらできなかったのですから」

モルディーンの宣言で、イチェードが俺を注視した。

策の歯車となるのは不愉快だが、ウコウト大陸のため、ジヴと子供たち愛する人々のためなら言わねばならない。俺は先に立つイェドニス新公王を見る。

「一般人である俺から見ても、イェドニス公王陛下は、指導者としてこれからの国内の立てなおしと国外との交渉に全力を尽くさねばなりません」

続いて俺はイチェード太上皇へと視線を向ける。全員の目もイチェードへと向けられる。

「では、神聖イージェス教国軍西戦線へと対抗する、アブソリエル軍を率いることができるのは誰か。アブソリエル軍の忠誠を一身に受けているのは誰か」効果を考えて、声を大きくしていく。「歩兵から前線指揮官、総司令官まで経験された、イチェード太上皇陛下以外におられるでしょうか」

　自分の制御を超えて、声が大きくなっていく。だからモルディーンの策に乗るのは嫌いなのである。

「惨禍(さんか)を起こしたことの償(つぐな)いは、より多くの命を救うことであっても、果たされません。ですが赦(ゆる)されざる罪でも、贖罪(しょくざい)の道は歩めます」

「それは」

　俺の言葉に打たれたかのように、イチェード太上皇の目に驚きが浮かんでいた。

　大罪人であろうと、アブソリエルを率いたイチェードにしかできない贖罪の道はある。各国に憎まれ恐れられ、それでも正しきことをなし、なお報(むく)われない恐ろしい道が。

　言葉が全員の脳裏に染(し)みこんでいった時間を計ったかのように、モルディーンは前へと進んでいく。

「アブソリエルの再征服戦争の原因を、特異な個人のなにかに求めることは間違いでしょう。また、歴史の評価を現時点で下すことはできません」

　モルディーンが歩を進め、イチェードの前で止まる。

「私はすでに西方諸国家との交渉を終えてから、ここに来ております」聴衆を引きつけるように、モルディーンが語る。「彼らの勝利をもたらす策と連帯を授ける代わりに、イチェード陛下に厳しい処断をしないという確約を得ています」

　モルディーンは、前準備を完全に整えてからこの場に赴(おもむ)いてきていたのだ。

「現状で教国からの侵略に曲がりなりにも抵抗できているのは、龍皇国に七都市同盟に北方諸国家群です。先の契約の対価と、実質的危機の対抗策として、西方の諸国家連合の参戦も決定しました。ならば、贖罪の後アブソリエル公国の参戦を望みます」

モルディーンが両手を前に掲げて、掌を示してみせた。

「私は対神聖イージェス教国、なにより対〈異貌のものども〉戦線のための、大陸諸国家大連合軍を提案します」

広間にどよめきが起きる。俺も一歩を引いてしまっていた。ギギナも感心していた。

モルディーンの提案は巨大だった。自分や翼将、龍皇国で勝てないのなら、他の国と組むのは当然だ。

「アブソリエルが北方へ進撃する必要すらありません」モルディーンの言葉は続く。「ただ大陸西方で神聖イージェス教国と共同歩調を取らない、だけで充分です。その一事によって、神聖イージェス教国は何割かの力を西方に向けねばなりません」

モルディーンは妥協案も示した。

東から西の大国の諸国をまとめての大反攻作戦の構想は壮大だ。連帯が成立しなくても共同歩調となるだけで、大いなる手筋となる。誰もが夢想するが、成立させるには東奔西走し、説得し取引し、脅し宥めてと外交のかぎりを尽くさねばならない。しかもアブソリエルに提案し、参戦させることは、まさに今この場でしかできない。

同時に、絶対ではないが、反攻作戦の道筋が見えてきた。人は勝てない勝負には挑めないが、可能性があるなら他に参戦する国も出てくる。

聖地アルソークの理不尽な敗北から、モルディーンはここまで持ちなおしてきた。どうにも好きになれない人物だが、その力量と人類を救おうとする意志力だけは尊敬に値する。

「理屈は分かる。分かるが、私にはそれに応える動機がない。もうないのだ」

イチェードは自らの心を焼きつくした。生きて動く虚無となっていたのだ。

「そちらはすでにイチェード陛下自身がお答えを出されています」モルディーンの追及は緩まない。「先ほど、イチェード陛下は王の資格を提示されました。親友や王太子妃は心や病に屈して、なにも理解できていなかったと。まったく同意いたします」

モルディーンは奇妙な理屈をその奇妙さなりに追っていく。

「イチェード陛下は心や病に屈し、心を失ったからといって、王は王でなくなることが許されませんし、できないはずです」

モルディーンの言葉は落雷となって降りそそぐ。

「実際に正しさや善を思って感じていなくても、正しく善であると考えることを実行する。それが王や人の上に立つものの義務です。ならば成していただきたい」

モルディーンが提示したのは、内心に一切の喜びがなくても正しき善をなせるという道筋だった。

論旨は大いなる矛盾を含んでいる。人の心を失い、正しさや善に対してなにも感じないなら、それらを希求する動機が発生しない。動機がなくてもなさねばならない、という意志を持て、という論理錯誤があった。

心を失うことを目指し、体現したイチェードは人の限界を超えている。だが、モルディーンによる道理を越えるほどの論理錯誤をあえてなせ、という論理も人を越えている。

錯誤はあっても、俺の内心にも奇妙に響いていた。アレシエルの死によって死んだ心は、ジヴャクエロによって少し取りもどせていた。だけどいずれ誰(だれ)もが死に、俺の心はまた深く傷つく。

だけど俺が信じず感じられなくなっても、かつて受けとった正しさや善を、捨てられないだろう。ユシスの正しさはバッゴたちの邪悪によって悲劇を生んだが、それは邪悪のせいであって、ユシスのせいではない。その邪悪を自分がなすことは、心を失っても理性が許さない。

「そうするべきだと理性では分かる。分かるがしかし」

イチェードの心は揺らがないが、理性が揺らいでいた。

「では、イチェード陛下がそうなせる材料を足しましょう」

モルディーンが体を動かす。注視を受けたイェドニス公王(こうおう)が立っていた。

「現在のアブソリエルの最高指導者はイェドニス公王陛下です。その政治的命令はなにより優先されます」

モルディーンが言うと、イェドニスの顔に気づきが浮かぶ。俺も分かってきた。

「そうか、その手がありました」

イェドニス公王は、太上皇へと向きなおる。

「公王の権限において、兄にしてイチェード太上皇に対し、アブソリエル全軍の指揮官となって、神聖イージェス教国による侵略の完全打破を命じます。その大任が達成されるまで、自決を禁じます」

イェドニスは早口で命令をまとめ、手で印を切った。勅令を受けて、イチェードは呆気にとられていた。

心を失ったイチェードは道理を理解していく。

「そうか、そうなるか」

イチェードは力なく笑った。心は砕けても、笑ってしまう理性があった。人間の心や精神とはなんと不思議なものなのだろう。

モルディーンはイェドニスに歩みより、その左手を取っていた。手を取ったまま前に進み、イチェードの前へと導く。

イェドニスは公王から弟の顔に戻っていた。

「兄上は愛と心情、思想と信条に裏切られて、一切と自分自身すら信じておられません。ですが、そうであっても兄上は、私とアブソリエルを裏切ったことなどありません。ただの一度もありません」

イェドニスは悲しい目で兄を見つめた。イチェードは答えない。

どれだけ裏切られようと、その果てに心を失おうと、イチェードはアブソリエルを裏切っていない。〈踊る夜〉と〈異貌のものども〉を操ったのもアブソリエルのためだ。

奇妙な一途さは少しだけ類推できる。イチェードは数々の狂気と裏切りを受け、心を失った。そうなっても、狂人と裏切り者たちの同類とならないために、その狂人と裏切り者たちと、自分がかつて信じた夢と約束を遂行しているのだ。

心理分析官でもあるソダンは、かつてイチェードを心理的に健全で正常と分析した。ベイアドトやペヴァルアは狂気に逃げて、そうなることを肯定したが、なんと安易で安楽な道だろうか。イチェードは自らに健全で正気である責務を強制し、その果てに心を失ってでも通した。安易に狂気に逃げることを許さない、という狂気にも見える。もはやなにが正常で狂気なのかも分からない境地だ。

イェドニスは一歩を踏みだす。

「そういった私と私たち、ベイアドトやペヴァルア、多くの死者たちの無責任な夢や願いが、それによって作られた虚像としてのイチェードが、兄上を深く苦しめたとは分かっています」

イェドニスの目の青い悲しみが深まる。「それでも、公王の命令ではなく、アブソリエルの、人類の一人として残酷なことを重ねてお願いします」

語りかけるイェドニスも苦しんでいた。

「かつて兄上が愛し信じた人々が期待し、期待を受けて兄上が作った虚像を、まだ演じていただけませんか。生きて、アブソリエル全軍を率いていただけませんか？」

イェドニスの恐ろしい言葉をイチェードは受け止めた。心を失うほどに苦しんだイチェードを、それでも動かすための言葉をイェドニスは紡いだのだ。

孤独な一本の枯れ木のように、イチェードは立ちつくしていた。

「このイチェードは道を誤った大罪人であり、公王陛下の命令であっても自分を許すことはありません」

イチェードは右手を体の前に寄せて、新公王への礼を取る。

「ですが、かつて愛し信じた人々のためではなく、今も私を信じてくれる人々のためなら、謹んで大命を承ります」

イチェードはイェドニスへと頭を下げ、後アブソリエル公国軍最高司令官の大任を受けた。

一瞬の沈黙のあと、護衛隊の兵士が盾を掲げ、魔杖槍や魔杖剣を叩きつけて、総司令官の就任を祝う。武装査問官たちも倣って歓呼の声をあげる。攻性呪式士たちもなぜか喜びの声をあげていた。サベリウとカイギスは深くうなずいていた。

アブソリエルの兄と弟は、モルディーンの導きによって手を取りあっていた。

俺は息を吐いた。モルディーンは嫌いだが、認めるしかない。

イチェードが構想した大アブソリエル圏構想に、大陸国家大連合を上乗せした。さらにイチェードの心までを流れるように連結させ、ウコウト大陸の大問題に対する大きな力として立つようにうながしたのだ。ついでに俺とギギナの過去の問題すら間接的にだが、解きほぐしていた。

敵を単に敵として打ち破るのは、モルディーンからすれば二流にすぎ、敵を味方にしてようやく一人前というところなのだ。モルディーンたちがいる場はさらにその先なのだ。

なにをどうしようと、モルディーンは俺が勝てる相手ではない。だけど敗北感はない。そもそも勝負として捉えることが錯誤だ。モルディーンはモルディーンにできることがあり、俺には俺のできることがある、それだけのことだとようやく実感できた。

俺がなすべきことをしよう。

「盛りあがっているところ、すみませんが、俺の発言は終わっていません」

歓呼の場で、俺は再び言葉を割りこませる。イェドニスの手を取ったまま、イチェードが俺を見た。

「そちらの〈宙界の瞳〉を、俺かモルディーン猊下に渡していただけないでしょうか」

俺は左手でイチェードの右手を示す。太上皇の右手には、三つの指輪が嵌まる。他の二つは青に赤の宝玉を抱く、単なる高級品。中指に嵌まる指輪は、竜の鱗がちりばめられた螺鈿造りである。台座の爪は白い宝玉を掲げていた。

白の〈宙界の瞳〉があった。

「それがあるかぎり、〈上古竜〉と〈長命竜〉たちの命を使えば、一部だけだとはいえ〈龍〉の限定解放と召喚が可能となります。各国もアブソリエルとの和睦など受け入れがたいでしょう」

俺としてもここは譲れない。

「だからこそ、それを手放していただきたい」

俺の問いに、イチェードは無感情のままだった。

「しかし〈宙界の瞳〉は一度持ち主を定めると、所有者が死ぬ以外に手放す方法を知らない」

イチェードが言ったことは、俺の問題でもあった。〈異貌のものども〉に各国諜報機関が寄ってくる原因である〈宙界の瞳〉を外そうと苦労したが、果たせなかった。捨てても、手首を切断されても、死なないかぎり指輪は戻ってくる。

俺はルゲニアの十字教徒がやったことを思い出す。意志がある誰かを所有者にするのは危険なので、脳の上半分を削除して意志を失わせ、力だけを引きだそうとしていた。〈宙界の瞳〉は所有権が厄介なのだ。

「所有者を死なせずに変える方法は、我が見つけている」

モルディーンの横に、大賢者ヨーカーンが控えていた。大賢者の瞳は青の冷静さを帯びていた。

「そうでなければ、モルディーンはガユスなどに指輪を誘導しない」

ヨーカーンの発言で、俺もようやく気づいた。最初から分かっていてモルディーンは俺を動かしていたのだ。

俺の苦い気づきを無視して、ヨーカーンが前に進んでいく。大賢者はイチェードの前に立つ。

「イチェード太上皇陛下、我の言葉をご唱和ください」

大賢者が言うと、イチェードがうなずく。ヨーカーンは笑みとともに口を開く。

「五大龍と異空の主と大地の祖の盟約において、瞳は転がる」

「五大龍と異空の主と大地の祖の盟約において、瞳は転がる」

大賢者の言葉をイチェードが即座に復唱した。イチェードが指輪に手をかけて外す。

「お試しください」

モルディーンがうながすと、イチェードが手首を捻って指輪を投げる。床に落ちて澄んだ音を立てた。転がっていき、倒れた。しばし上下して静止。

待っていても、指輪は戻らない。

モルディーンがうなずくと、忍者のキュラソーが急いで走る。床に屈んで布に包んで指輪を回収。主君の傍らに戻っていった。雑用係にすぎて大変だが、俺も似たようなものだった。

キュラソーは誰に渡せばいいか迷っていた。モルディーンも考え、指でつまみ上げる。嵌めるまでは持ち主が確定しないのだ。かつての俺もうっかり嵌めなければ良かったのだ。

「イェドニス公王が受けとられると、西方諸国がまた警戒する。私に集めると敵がまた狙い、アルソークのように戦力を集中する必要がある」

モルディーンが自らの青と、受けとった白の指輪を掲げてみせた。

「誰に預けるのが適当であるかとなると難しい」

モルディーンの手が右へと向けられた。

「大賢者はどうかね？」

先にはヨーカーンが立っていた。大賢者は謎めいた微笑みを浮かべる。目が閉じられる。指輪を厭うように、七つの衛星も背後に下がる。

「我にそれは眩しい」

ヨーカーンが答えて目を開く。瞳は七色が混じる虹色になっていた。

「大昔にそれらを見て、この瞳になった。眩しすぎるゆえに遠慮しておきたい」

寂しい微笑みとともにヨーカーンが答えた。

「大賢者が拒否するなら、これはやはり人には過ぎたものだ」

モルディーンはうなずき、手を戻した。

ヨーカーンの虹色の瞳の由来が分かったが、俺にはどうでもいい。やはり〈宙界の瞳〉に動きはないことが俺にとっても重要だった。

事実として、先ほどの誓約の言葉で、現実に指輪の所有権が解除されていた。五大龍は白銀竜を含む、この星を支える五頭の龍。異界の主は〈大禍つ式〉を作った存在。大地の祖は〈古き巨人〉の祖先だろう。当時の言葉ではなく現代語で通用していたので〈宙界の瞳〉を作ったとされる三派の名に誓えば、言語はどうあれ、解除されるのだと分かる。

「ということは」俺にも関わることだとすぐに分かった。「五大龍と異空の主と大地の祖の盟約において、瞳は転がるっ」

　高速で言って、俺は右手から指輪を引きぬく。

「はいこれ、お返しします」

左手に握った〈宙界の瞳〉をモルディーンへと向ける。赤く光る宝玉を見て、枢機卿長は苦笑していた。笑い事ではない。

「モルディーン猊下は自分への指輪の集中は危険すぎると、たまたま出会った俺を囮にしましたよね」

　俺は一連の事態の真相を指摘しておく。

「ですが、事態がここまで来れば無意味です。どうせあなたは青の〈宙界の瞳〉の所有者で狙われますし、あなたの敗北は即、大陸と世界の破滅です。なので俺に預けた赤の〈宙界の瞳〉も引き取ってください」

「ガユス君は本当に小心者だね」

　モルディーンは苦笑を深めた。

「あなたが先ほど人には過ぎたものと言われましたので」

仕方なく指輪を戻しながら、俺も反論しておく。モルディーンはさらに笑った。

「ならば、今はともかく最後にやることは見えているね」

枢機卿長の言葉に、俺はうなずく。立場は違うが、俺も相手の理解に追いついていた。

〈宙界の瞳〉の力は不明だが、大きすぎる。国家や世界を動かすほどとなってしまっている。人が見つけるか作った力ではないなら、まだ人に扱えるものではなく、扱う資格もない。有効な使い方を考えるのではなく、破壊や封印の道を見つけるべきなのだ。

「やれやれ、あの記憶の迷宮で死にかけたが、なんとか間にあった」

違う声が響いて、全員が広間の奥を見る。

「予想に従って正解だの」

玉座の背後から歩み出るのは、中世の服。頭の左右に白い渦巻きの髪。ワーリャスフだった。

「白の〈宙界の瞳〉を得る瞬間、赤が来るまでは予定どおり。しかし青まで来たのは僥倖だ」

二千年の魔人が毒の笑みを浮かべる。「ここで三つが奪取できるとはな」

「おまえは〈大禍つ式〉に囚われ、記憶の迷宮にいたはずでは」

俺が問うた瞬間、自分で答えが出ていた。ワーリャスフはこの最終局面のためにわざと囚われていたのだ。こうなることを読んでいたなら、狙いはひとつ。

「速攻！」

超反応で指示を出したギギナに、テセオンやニャルンという俊足組が走る。即座にキュラソーがモルディーンの前に出て壁を作る。ヨーカーンも七つの宝玉を展開。ワーリャスフに向けての、量子干渉結界が張りめぐらされる。

イェドニスとイチェードが後退して、親衛隊と武装査問官が全面に壁を作る。

「違うっ」

俺は両手を広げて、ギギナたちを止める。

「なんっ」

テセオンは疑問の声を発したが、ギギナが急停止し、横へと跳ねた。テセオンとニャルンも反対方向へと跳ねる。

「わざわざワーリャスフが姿を現したのなら、他の手が来るっ！」

俺も右手で魔杖剣を抜く。指輪を握りこんだままだが仕方ない。

「この瞬間を待っていた」

声が響いた。瞬間、俺の世界が暗くなる。

ナーデンの老舗料理店、レッカート楼は閑散としていた。人々は広場で起こった〈禍つ式〉たちの襲撃と惨劇の報道に釘付けとなって、料理を楽しむどころではなかったのだ。店員も気が気ではない。

ひとつの円卓にのみ、二人の客の姿があった。円卓を囲むミルメオンは、嚙んでいた海老の天麩羅を飲みこんだ。

「美味いな」

ミルメオンが感想を発した。

「美味いです、懐かしいです」

円卓を挟んだ向かい側に、リンドが座っていた。女忍者も一口食べたあとに、左手を頰に添えてその味を嚙みしめていた。

円卓の上には、天麩羅に蕎麦に湯豆腐と、東方料理が並んで湯気を立てていた。国家が混乱しようと、料理人は最高の腕を披露していた。

「ミルメオン様は大嫌いだけど、食の趣味だけはいい」

リンドの箸は次の料理へと向かう。場の沈黙に気づいて、女忍者は目を上げる。対面の男の箸が止まっていた。目には驚きの色が浮かんでいた。リンドも言葉を止めた。ミルメオンが驚くなど〈龍〉以外では初めて見た。

「なにかありましたか」

「いや」ミルメオンは平静な目となっていった。「もう誰にもなにもできないことだ」

独り言を言って、ミルメオンは目を上げた。

「それはともかく、東方でもリンドの故郷、ヒナギの料理は美味いな」

ミルメオンの返事にリンドは閉口する。体内通信でなにかがあったのだろうが、ミルメオンは話さない。秘書官としてではなく驚き役として選ばれたことは先ほど知ったが、肝心なことは自分にも内緒にする嫌な主君である。

「そういえば、あれはどうなったのです？」

リンドが問うたが、ミルメオンの答えはない。

「アシュレイ・ブフ&ソレル咒式士事務所に送りこんだ間諜、あの〈虎目〉のことです」

重ねて問うたリンドの目に疑問の色が渦巻いていた。

「七都市同盟の老人どもが〈宙界の瞳〉の監視のために送っていた寄生咒式である〈猫目〉を、さらに監視するために送りこんでいたのでしょう？」リンドが続ける。「〈宙界の瞳〉を巡る戦いがこうなれば、今や意味がないですよね」

〈虎目〉はミルメオンが見つけ育成した、完全なる間諜だった。秘密保持のためにリンドすら正体は知らないが、確実に動いている。

「ああ、あれか。あれは消えた」

ミルメオンはお茶を啜っていた。

「俺が送りこんでいた〈虎目〉からの連絡は、つい先ほどから途絶えている」

「え？」

リンドが疑問を発した。

「今、分かったことだが、とっくに〈虎目〉は死んでいる。取り憑かせた直後ではないだろうが、おそらく最近のどこかで殺されていた」

ミルメオンが解説した。リンドが思わず立ちあがる、食卓に手をついていた。

「ということは、我々が今まで受けていた〈虎目〉の連絡は」

「途中から〈虎目〉を殺して入れ替わった、他の寄生型咒式士による演技だ」

ミルメオンは茶杯を食卓に置く。

「俺なりに途中から疑っていたので、フロズヴェルを誘導して探りを入れていた」

「ああ、それで」

リンドもミルメオンの謎の誘導の意味が分かってきた。

「そいつは入れ替わった〈虎目〉の演技をして俺へと報告を続け、こちらの手を探っていた。つい先ほど、演技の必要がなくなり、連絡を止めた。そこで俺にも全容が分かってきた」

ミルメオンの目に懸念の色が浮かんでいた。

「演技の必要がなくなったとは」

リンドは問うた。

「決まっている」

ミルメオンは淡々と語った。

「俺は人類最強であっても、全知ではない。取り憑かれていた本人どころか〈長命竜〉も〈大禍つ式〉も〈古き巨人〉も、仕掛けていた〈踊る夜〉の多くですら騙されていた」

ミルメオンの目は炎となって前を見据えていた。アブソリエルの方角だった。

「最悪のことが起きる。だが、もう間に合わない」

床、柱、壁。

俺の視界が戻る。なにかの咒式攻撃かと思ったが、体に負傷はない。一瞬だけ俺の意識が飛んでいた。プファウ・ファウですら見ることが必要だったのに、どういう咒式原理だ？

広間ではワーリャスフが玉座の前に立つ。あの怪人が俺たちになにかを仕掛けたのだと思ったが、左右にいる兵士や査問官、仲間たちに異常はない。

全員が俺を見つめている。俺だけに咒式攻撃がされたのか？

「ガユスさん、それ」

後方からリコリオの呆然とした声が届く。

「あなただったのか」

続くグユエの声には、怒りよりも驚きがあった。

俺は自分の奇妙な状態に気づく。目は前のワーリャスフを見ているが、右手は魔杖剣を真横に突きだしていた。

前に立ってワーリャスフに備えていたキュラソーとヨーカーンが、驚きの目で背後を振り返っていた。大賢者の目には悲嘆の青が広がる。

俺も驚く。俺の魔杖剣の切っ先は、右に立つモルディーンの胸を斜めに貫いている。枢機卿長の胸から赤が広がっていく。

「え？」

俺は自分で自分の状態が理解不能だった。

「なぜ俺が、刺す？」俺は自分で自分に問う。「俺が、裏切り者？　なぜ？」

言葉で確認しても理性が現実を拒絶する。俺は急いでモルディーンから魔杖剣を抜く。

モルディーンがその場に膝をつく。俺は前へ進んで左手で枢機卿長の背中を支え、転倒することを防ぐ。モルディーンの右手首から先が喪失し、鮮血を流していた。指を失った手は傍らに落ちていた。俺が枢機卿長の手と指を切って、胸を刺した？　どういうことだ？

「貴様っ」

キュラソーが反転し、俺へと向かう。

「違う、俺ではない」俺はキュラソーの魔杖刀を鼻先に見ながら必死に抗弁する。「俺だけど、俺ではないんだ」

俺は魔杖剣を鞘に戻し、モルディーンをキュラソーへと差しだす。

女忍者はモルディーンを抱えて後方へと飛ぶ。俺も後方へと下がる。ヨーカーンは入れ替わりに間へ入って量子結界を展開する。トゥクローロ医師が治療に向かうが、翼将たちに拒絶された。

護衛隊もイェドニスとイチェードを守るように盾の列を作る。ソダンと武装査問官たちも刃と盾の列を構築していった。

三勢力が俺とワーリャスフの両方を警戒していた。

「いや、違う」

左手を前に出して弁明する。左手は拳となっており、硬い感触があった。モルディーンの指ごと青と白と二つの〈宙界の瞳〉は俺の左手が握っていた。

俺の前に壁。無言でギギナが立って屠竜刀を掲げて盾となる。テセオン、ニャルンと高速組が俺の前に壁を作る。着地した俺をピリカヤが支える。リコリオはすでに射撃姿勢。デリューヒンたちが盾を並べて防御陣形となる。

理非は問わずに、仲間は俺の味方となる。だが、俺から見えるギギナの横顔も疑問が溢れていた。

「ガユスよ、これはどういうことだ」

ギギナの刃は前だが、問いは俺へと向けられた。

「クエロの不吉の予言は、こういうことだったのか」

「一瞬か数秒だけ意識が飛んだ。なにが起こったか説明してくれ」

ギギナが続きを言う前に、俺は早口で問うた。ギギナは躊躇したが、俺に嘘はないと冷静になる。

「ワーリャスフが現れたと思ったら、ガユスがモルディーンの右手と指を切断し、胸を刺した。飛んだ指ごと二つの〈宙界の瞳〉を握った。あとは貴様が驚いて、以降の記憶はあるな？」

簡潔なギギナの説明で事態は分かったが、意識が消えている間の自分の行動が信じられない。俺はガユスで、誰の手先でもない。仲間を殺し、今、モルディーンを刺し殺す理由がない。答えはひとつだ。

「あなたが、フォインを殺した〈虎目〉に寄生されていたのか」

再びのグユエの指摘が正解となる。いや違う。ミルメオンの手筋としてはありえない。

俺の伸ばした右腕から手にまとわりつく、青い粒子が見えた。粒子は流れて実体化していく。俺の腕に重なるように、白い腕に手が現れていた。

俺の腕から現れた腕が、乖離していく。

「おおおおおおおおっ!?」

俺の頭と胸から、青い粒子が溢れ、肉体となって出ていく。恐怖と生理的嫌悪感。ギギナや周囲にいる攻性咒式士たちも、俺の異常に目を見開いて硬直していた。

出ていくなにかの白い手は俺の右手に重なる。透過するように指輪を抜きとっていき、離れた。俺の左手からも、モルディーンの指と二つの指輪が抜かれていく。

いかん、と右手で追いかけるが離れていく手に届かない。左の逆手で魔杖短剣マグナスでの抜き打ちを放つ。が、短剣では届かず、俺から出ていく人影で視界が塞がる。なにより悪寒が凄まじすぎて、俺は膝から崩れる。

俺の頭から、なにかの足先まで抜けていった。俺は膝を床につく前に止め、背後へと跳ねる。着地した俺の周囲に仲間たちが再び防陣を作る。

誰もが異常事態に混乱していた。ワーリャスフと各勢力が広間を見上げていた。俺から出ていった存在が空中に浮遊していた。

全身には緑の布を巻きつけて、顔まで隠れていた。左手には、モルディーンから奪った指と青と白の〈宙界の瞳〉がある。

緑の人影が降りていく。全員が目線で追っていくと、裸の足が着地し、ワーリャスフの傍らに立つ。布は顔にまで巻きつき、見えない。影となった奥では目が輝く。立った姿を見ると、小柄で細い影だった。

ワーリャスフが左手を差しだすと、緑の人物が、俺から抜き取った赤の〈宙界の瞳〉を落とす。ワーリャスフの右手が受けて、握りしめる。続いて左手へと指輪が託される。

「ようやく手に入った」

ワーリャスフは満足そうに言った。

「これで大きく一歩を踏みだせた」

ワーリャスフが左手を掲げる。握っていたのはモルディーンの右中指。青の指輪を摘まんでいたが、指が抜けてモルディーンの手が落ちた。断面からの血が床へと広がる。戻るべき手が切断されたなら〈宙界の瞳〉は即座には戻らない。

残る白の〈宙界の瞳〉を探すと、中央の緑の人影の指先が摘まんでいた。

違和感とともに、事態がようやく分かってきた。ワーリャスフがわざわざ姿を現して注意を引きつけた瞬間、俺の内部に寄生していた咒式士が動いたのだ。

「私が〈大禍つ式〉を倒せなければ成立しない作戦だがな」

二人の傍らに、ユシスが並ぶ。ユシスとは理解しあえたと思ったが、違っていた。ここに来て俺を裏切ってきた。いや、最初から眼前の強敵に対し、一時的な共同歩調を取るとしただけだ。ユシスの目は俺を見ていた。

「すまないな、ガユス」

ユシスは言ったが、俺が許す訳がない。

中央に立つ緑の布の人物は、俺に取り憑いていた〈踊る夜〉の隠し球、ということになる。

つまりミルメオンが手配した〈虎目〉はすでに死んで、さらなる寄生を受けていたことになる。

だがしかし、いつどこで俺は寄生されたのだ？　ジオルグ事務所の出会いの時点で、まずクエロが気づき、次にギギナが違和感を覚えたなら、すでに寄生されていたことになる。ならば、俺への寄生はその前だ。流浪時代の俺に注目されるほどのなにかはない。だが、そこしか考えられない。どこだ、どこで寄生された？　ともに旅をした東方の剣士？　それともフォイッグの夜？　ガンザサの戦い？　他にも候補は多くある。

迷いは死を呼ぶ、と思考を強引に切り替える。問題は三つの〈宙界の瞳〉が〈踊る夜〉に集まったことだ。

ワーリャスフが俺たちを見据えた。

「モルディーンの死で所有権の放棄を確定させ、ここにいる邪魔者をまとめて片付けてしまえば、憂いも消える」

有史以来の魔人が軽く言った。

「こちらも貴様の首をいい加減に落としたい」

屠竜刀を引いて、ギギナが突撃姿勢を取る。ドラッケンの戦士はいつも引かない。

「ギギナちゃんはいつものあれだけど」デリューヒンが小声で聞いてきた。「これ、いくらなんでも絶望的な戦況にすぎない？」

残念ながら、デリューヒンの言葉は俺の戦況判断と完全一致する。モルディーンに救急措置をしつづけるキュラソーは動けない。ヨーカーンはワーリャスフに匹敵するだろうが、主君を守りながらでは戦力半分。

対するは、ワーリャスフとユシスという極大の実力者と、実力未知数だが匹敵するであろう緑の人物。〈踊る夜〉の三人を、俺たちと護衛隊と武装査問官の数十人で倒すことは不可能。なによりモルディーンという大駒が動けないなら、対策がない。ここで死なれたら指輪の所有者が移動してしまう。被害を最小限にして撤退する道しかない。

「死を与えよう」

ワーリャスフが〈宙界の瞳〉を握ったままで、両手を掲げる。手の先にある魔杖剣と黄金の小鎚の先で、咒印組成式が展開。発動前の量子干渉によって室内の大気が膨張。俺たちに烈風が吹きよせる。

小鎚からは条件によって死を与える邪天使の召喚咒式が見えた。魔杖剣の切っ先にある咒式は、正体すら不明。

俺たちは姿勢を低く構える。最初の一撃が大事だ。一撃を与えての離脱が被害を最小限にする。俺の見立てでは、この場の九割が死亡し、一割を逃がすことができて最善。壊滅に近い。違う。策はある。相手にやられたことをこちらもできる。

「そろそろ出番だぞ！　ユシスを倒せっ！」

俺は叫ぶ。ワーリャスフと緑の人物が、思わずユシスを見る。ユシスは自分が俺の策の対象となったとして、魔杖剣を構えてその場から後退する。

「陽動ご苦労」

艶を含んだ女の声に導かれて、全員が逆の方向を見る。注目を受けたワーリャスフが握る、赤い〈宙界の瞳〉から黒が噴出。鱗(うろこ)に包まれた腕が伸び、五本の爪(つめ)が振られる。ユシスへと視線を走らせていたワーリャスフの完全な虚を突き、右腕が血とともに飛んだ。

ワーリャスフの右手が落下し、赤の〈宙界の瞳〉が転がる。宝玉から生えた腕が大地へと手を押しつけ跳ねる。着地し、止まる。

爬虫(はちゅう)類の手が床を押す。腕の続きは黒い袖(そで)につながる。指輪からは腕に引き寄せられるように現出が続く。漏斗(ろうと)から出るように、黒い衣装に包まれた豊かな乳房が現れる。細い首。顎(あご)の裏がつながっては拡大していく。

黒く長い髪が流れる。頭が振られて、人の上半身が立ちあがる。髪の間にある紅(あか)の唇(くちびる)には不敵な笑み。目が見開かれ、黒水晶の瞳が現れる。瞳孔(どうこう)は縦に長い爬虫類のものだった。

瞳孔が動き、俺を捉えた。

「久しいの」

唇からは言葉が零(こぼ)れた。

「ニドヴォルク、やはり復活していたか」

俺は苦々しく答えた。長らく姿を現さなかった、魔女ニドヴォルクが現れていた。〈長命竜(アルター)〉は、ワーリャスフから自らが収まる指輪ごと開放したのだ。

「だが、我(われ)が言ったように、思考の複製体はあくまで立体映像」ニドヴォルクが俺へと疑問の目を向ける。「ワーリャスフの腕を切断したとなると、物理的実体を持つことになるが、なぜと向ける。俺の陽動は、ニドヴォルクが映像ではなく実体だと知っていなければできないのだ。

事情を知る周囲の攻性呪式士も、真実を理解していった。全員が武具を床のニドヴォルクへと向ける。

「前々から違和感があったが、理由は二つ」

俺は指摘と刃を、床の魔女へと向ける。切っかけは、ユシスがアレシエル蘇生の可能性の類似例でニドヴォルクを語ったときだった。あれで気づいた。

「ひとつ。おまえは重力系呪式が恐ろしかったが、同時に体を分裂させ鴉の群れとし、戻せる生体系呪式の達人でもあった」

ギギナがかつての死闘の光景を思い出す横顔となった。特異な重力系呪式と強大な身体能力が印象深いが、ニドヴォルクは多系統の呪式を高度に使いこなしていたのだ。

「ふたつ。亡夫エニンギルゥドの死の前にできた複製体だから、死を気にしないと言ったことだ。死の前の複製ゆえに実感がなくても、夫の死に妻はそう言わないだろう」

些細なことだが、心理的な矛盾は本人には分かりにくい。竜は嘘が下手すぎたのだ。

指輪から上半身だけ出たニドヴォルクが、獰猛な笑みを浮かべる。

「さすがに背の君のことは我も動揺するの」

ニドヴォルクが微笑む。

「脳からの呪力によって〈禍つ式〉どもが体を作るなら、我らにもできるはずではないかと気事前に分かった」

づいてな」ニドヴォルクが言った。「だが、再生の時期までの予測は不可能では?」

　魔女の声が響く。

「ニドヴォルクが実体だとは予想していたが、映像であっても、出れば相手の虚をつける」

　俺が語る。ニドヴォルクの笑みが深まる。

「どちらであっても、我らが出ればいいという訳か。これはまだ心理戦では汝に及ばぬの」

　ニドヴォルクの声に前ほどの敵意はない。

　敵か味方かの判断は今できない。ただ、俺の呼びかけでワーリャスフに〈宙界の瞳〉を渡さないと動いたなら、その点は信用できる。

「魔女か」

　ユシスが魔杖剣を交差させて、前に出る。ワーリャスフは切断された右腕を掲げ、ユシスの進軍を止めた。

「あれはもうただの〈長命竜〉ではなく、違う存在になっている」老人の右腕から右手、指先までもが再生していく。「片割れもいるなら、いくら我らでも迂闊に手を出すと危険だ」

　ワーリャスフの口惜しげな声で、俺も理解した。

　顔を振って、床のニドヴォルクを見る。魔女の顔には爬虫類の笑みがあった。魔女の右手は竜として外に出ている。左腕は脇に桃色の塊を抱えていた。エニンギルゥドの脳が再生しているのだ。

魔女は「我ら」と言ったのだ。つまり、ニドヴォルクとエニンギルゥドはともに〈宙界の瞳〉で再生していく。亡夫も復活していくなら、俺は仇でもなんでもなくなる。ついでに過去の場面の違和感が蘇る。ギギナも俺と同じ感想が出てきたようだ。

「ただ、あの死の間際の悲嘆は、どういう演技だ？」

ワーリャスフから目を離さず、ギギナが問いを投げた。夫のいる死の世界に行くが、人間体で死んだため分からないのではないか、というニドヴォルクの深い深い悲嘆があった。

「あれはあの時点での我の本心だ」ニドヴォルクの声には悲しみがあった。「死の間際になり、やっと自分と背の君を指輪に封じれば、再生できるのではと気づけたからの」

ニドヴォルクの慨嘆で、俺も警戒度を戻す。蘇生できたとはいえ、自分たちを殺害した人間と仲良しとはいかないだろう。

それでも新たな勢力の登場で場の均衡が崩れた。〈長命竜〉の重力咒式と準〈長命竜〉の量子干渉結界と補助の夫婦は、攻防一体。俺とギギナはその恐るべき強さを知っている。二者は、十二翼将でももっとも連携に優れるラキ兄弟すら撃破した。夫婦の愛を利用した策がなければ、俺たちが勝てる要素はなかった。

俺が知るかぎり、二人組と限定した場合の地上最強者は、ニドヴォルク夫婦だ。おそらく〈踊る夜〉の一人では勝てず、二人以上が必要となる。ワーリャスフが手を出せないとしたのは正確な判断だ。

「ここは白と青の〈宙界の瞳〉だけでよしとし」

ワーリャスフが体を引いた瞬間、空間を切り裂く音。

青白い光が発生。始点は分からず、公王の間を横切った残光でしか分からなかった。血の尾を曳いて、ワーリャスフの左手が飛んでいった。

「な」

左手を失ったワーリャスフが後方へと跳ねた。着地してさらに後退。ユシスが脇を固める。

「なんだあれは」

魔人が引いたあとには、空間から小さな輝きが生えていた。緩く湾曲した刀身と柄が見えた。刃の上には虹色の裂け目が続く。先には紺色の籠手に包まれた人の右手が生えて、指先で刃の切っ先を摘まんでいた。左手は青の〈宙界の瞳〉ごと切断された、ワーリャスフの左手を握っていた。

裂け目から出た右手に握られた刃は下へと下ろされる。虹色の闇から紺色の具足に包まれた足が出て、床を踏む。上には紺色の鎧に橙色の炎が散る。

兜の獅子噛みの下には、涼しい黒い眼差し。口元には小枝が揺れていた。切っ先を握った右手が捻られる。魔杖刀が旋回して、柄を五指が握る。冴え冴えとした刃は冷気をまとっているように見えた。モルディーンが俺たちとは別の解決策を用意していたなら、現れる人物は決まっている。

「冥法村正、よくぞ戻ってきた」

異界から出てきた男が楽しそうに告げた。

「オキツグ、だと」

ギギナの声には驚きと喜びが混じっていた。

虹色の裂け目から、オキツグの全身が抜けでる。背後で空間が軋み、消えた。

「おまえは〈龍〉の空間に引きこまれた。〈龍〉が脱出できないのだから、おまえが出られる訳が」

言っていてワーリャスフは気づきの目となる。

「そうか〈龍〉にかけられた束縛咒式がないから、単に」

「次元を切断できる、この〈冥法村正〉があれば出られる訳だ」

オキツグが右手に握る刃を傾けてみせた。緩く湾曲した東方の魔杖刀は、刀身に青い光を帯びていた。村正を旋回させ、銀の半月が描かれる。刀身は右肩にある大袖に担がれた。

「ただ、異界のどこを切断すれば、どこに出られるかはまったく分からない。延々と異界で迷っていた」

オキツグが遠い目をした。〈龍〉が封じられている異界は、大気成分どころか、重力に次元すら違うはずだ。通常の人間なら入っただけで即死の空間だ。強大な咒力と、おそらくは刀と甲冑の力で生存しつづけたのだろう。しかし囚われてから今まで常に咒式を展開しないとならず、途絶えた瞬間に死ぬ。

呪式具と、そしてなにより呪力と本人の精神力が想像を絶していた。

「行方不明となったオキツグを、我がこの瞳で見て常に探していた」

ヨーカーンが両手を差し上げ、自らの目へと導く。瞳は七色が入り混じっていた。

「ガラテウ要塞跡地方面に〈龍〉が出現した瞬間、異界とこちらがつながった。そこでモルディーンの〈宙界の瞳〉の力を借りて、オキツグへと座標を伝えられた」

ヨーカーンが魔女のように微笑む。

俺には恐ろしいまでのモルディーンの読みが見えた。イチェード皇帝がガラテウ要塞跡地に〈龍〉を出現させ、西方諸国連合軍を撃破しようとするなら、オキツグを皇宮に派遣して解決する。

反対に、皇帝が皇宮へ〈龍〉を呼び戻すには、〈大禍つ式〉たちの結界を解除か粉砕する必要がある。結界が消えたなら、ヨーカーンという大駒にキュラソーの中駒を投入し、オキツグという最強の駒が異空間から奇襲する。何人かの犠牲は出るだろうが、指輪の奪取確率は高く、事態は収束する。どちらでも対応できる配置だった。いや、事態は二項対立だが、他の可能性もあると、さらなる手が伏せられていたはずだ。

「準備と策は整えても、まさに今しかない、という時期にオキツグは現れおる」

ヨーカーンは翼将の同僚であるオキツグを見据える。

「これでも十二翼将筆頭でね。そして村正は呼びさえすれば、我が元に飛んできてくれる」

オキツグも笑ってみせ、咥えた小枝が揺れる。翼将の筆頭と次席はとんでもない。態度からするとお互いに反目しあっているが、主君のためには一致協力する。遠いどころか、異世界に行こうが、必要なときに必要な力を行使する。

「だが、モルディーンは葬ることができた」

皇宮で一人、ワーリャスフは毒の微笑みを浮かべていた。

「その一事で我らの大勝利。汝らの大敗北よ」

ワーリャスフの指摘が放たれた。キュラソーは治癒咒式を発動しているが、俺の内部にいた寄生体は、右腕を切断し、心臓を正確に刺し貫いた。この場で助けられるのはトゥクローロ医師とギギナとヨーカーンだけ。医師は俺の仲間として拒絶され、ギギナと大賢者はワーリャスフを相手にして動けず。もう詰んでいるのだ。

「マルブディアよ、それは違うのだ」

相対するヨーカーンは、聖使徒時代の名でワーリャスフを呼んでみせた。

「強がりは」

ワーリャスフの旧友を嘲笑おうとした顔が止まる。目が見開かれる。魔人の前方では、大賢者の量子干渉結界が解除されていた。

膝をついていたキュラソーと結界を解いたヨーカーンが間を開ける。倒れていたモルディーンの体が背筋の力で上昇していく。超筋力から、枢機卿長が直立する。胸は血に染まっているが、大量出血していない。切断された右手も出血が止まっていた。

「じゃーん」

稚児のように両手を広げ、モルディーンは生存を示してみせた。

ワーリャスフと同様、俺たちも異常すぎる事態に止まっていた。モルディーンは咒式を一切使えない一般人である。いや、攻性咒式士であっても、副心臓などの反則か即時の高位治癒咒式がなければ、心臓をあれほど破壊されたら即死だ。手の下しようがない。

「そうか」

俺が事態の真相にもっとも早く気づいた。

「あれをまたやったのか」

遅れてギギナも気づいた表情となる。十二翼将以外の全員が分からないだろうが、俺とギギナにだけは分かる。一回やられている経験者だからだ。

「そこにいるモルディーンは変幻士ジェノンだ」

俺が言うと、モルディーンの目鼻が途端にふざけた笑みを象る。

「そのとおり。変幻士ジェノン、一世一代の身代わりでございい」

ジェノンは誰にでも変装できる。その便利さゆえに、主君のモルディーンの身代わりを演じることが多い。肉体操作の変装は周囲の物質を取りこんで体格すら変える。多少の傷など意味がないうえに、心臓の位置すら移動できる。心臓を刺されたとしても、すぐに塞(ふさ)ぐか副心臓を作るといった反則がいくらでも可能だ。

　俺たちは一連の最初の事件で、ジェノンが演じたモルディーンと関わった。本物のモルディーンと会えたのは、事件の後始末の段階だ。ジェノンの変身は肉体的には完全模倣。前に指摘した、記憶を思い出す癖(くせ)まで修正してきているので、もはや俺ですら見分けることはできなかった。

「これはいらないな」

　オキツグは握ったワーリャスフの手を投げ捨てた。遠くに落ちたが、誰(だれ)も省(かえり)みない。手が握る青の〈宙界(ちゅうかい)の瞳(ひとみ)〉は、ジェノンが持っていたゆえに偽物(にせもの)だからだ。ワーリャスフへと切りつけたのは、脱出のついでに一撃を与えただけなのだろう。老人は悔しそうに再生咒式(じゅしき)を発動する。

「こちらも、猊下(げいか)のお姿をきちんとしなくてはなりませんな」

　モルディーンの顔でジェノンも右腕を掲げる。断面から骨が伸びる。筋肉と神経組織と血管が追いすがる。軽く振られると、腕は元通りになっていた。

「はい、これで猊下に失礼がない」

「さすがだな」

　ワーリャスフすら上回るジェノンの急速再生に、オキツグも賛辞を送る。

　変幻士ジェノンは、魔人妖人、超級の攻性(こうせい)咒式士が集う十二翼将(よくしょう)において実力では最下位だろう。しかし、策謀の場でこれほど恐ろしい相手はいない。現に変身からの身代わりが決まると〈踊る夜〉と俺たちすら出しぬき、罠に嵌められる。

「となると、本物のモルディーンはどこにいる？」

俺が問う。ヨーカーンは首を傾げて半月の笑みを浮かべる。

「通信でジェノンに会話の指示を出しておられたが、北方戦線におられるよ」ヨーカーンが答えた。「あちらもかなりの危機であるのでね」

ヨーカーンの答えで、俺は言葉を失う。何度か相対したギギナは閉口していた。イェドニス公王とイチェード太上皇は溜息を吐いた。

モルディーンは北方戦線の崩壊をなるべく遅延させ、再構築をしながら、同時進行で西方諸国家連合を成立させ、後アブソリエル帝国という難事にも手を打っていた。大陸の難題二つに最善手を打ちつづけるなど、人間の限界を超えている。

逆転に次ぐ逆転の事態で、それぞれの頭が追いつかない。だが、最後にモルディーンが盤面を読みきった。

俺は床にいるニドヴォルクを見る。指輪から出た魔女は、腰のあたりまで再生されていた。目は今だけは敵対する気はないと示していた。

ならば俺は前へと視線と魔杖剣を向ける。

「魔女ニドヴォルクの再生にオキツグの帰還、モルディーンの策と重なっては、我らも分が悪い喃」

ワーリャスフは再生した手で白い顎髭を撫でた。

「だから言ったのだ。欲を出しすぎるなと」

隣に立つユシスが双剣を提げていた。横顔には余裕の笑みがあった。

「最初に目指した及第点は取れておる。ここは白の〈宙界の瞳〉を得たことで退却とするかの」

ワーリャスフは左手で魔杖小鎚を旋回させ、止めた。

「残念ながらご老人、退却させる訳にはいかぬ」

すでにキュラソーは腰を落として魔杖刀を逆手に握って構えていた。ジェノンも両手を広げて、変化の準備をしていた。

ヨーカーンは両手を組みあわせて呪式を展開。周囲の宝玉が回転速度を上げていた。

俺とギギナもすでに追撃態勢に入っている。仲間たちも突撃陣形を完成。新公王親衛隊に武装査問官たちも盾と魔杖槍の列を作る。全員で完全包囲網を形成していた。

いかにワーリャスフとユシスが強かろうと、この布陣を相手にしては終わりである。むしろここで終わらせねば危険にすぎる。

「お主らは少しやりすぎた」

オキツグが軽やかに宣言し、刃を右肩に担ぐ。一動作というか構えだけで場に圧力が満ちた。

俺の背に冷たく熱いものが貫く。悪寒と雷撃が同時に来た感覚だ。ギギナも腰を落とし、圧力に耐えていた。

前に立つワーリャスフの顔から、余裕の一切が消し飛ぶ。ユシスも双剣を構えて一歩下がる。敵どころか、俺やギギナ、所員に他の翼将(よくしょう)も皇太子も法院の部隊も動けない。

「さすがだの」

室内でただ一人、ワーリャスフだけが言葉を発した。

「だが、それを聞いたのも三千二百五十四回目」老人は数えてみせた。「ここで全員死ねい！」

雄叫(おたけ)びをあげ、ワーリャスフが再生しきった両手を交差。魔杖剣と小鎚から全力の咒式発動。立ちつくすオキツグの上に落ちる影。

ワーリャスフの武具から、オキツグの前方上空へと輝きが溢(あふ)れる。上空にある筋骨隆々(きんこつりゅうりゅう)たる全身は黄金色の肌。鶏頭(けいとう)と牛頭の上には光輪が浮遊。十数メルトルの巨人が空中に抜け出ようとしていた。ルゲニアで、さらに皇帝の式典で見た、死を告げる邪天使たちだった。

十数メルトルの巨人たちは、現実世界に顕現(けんげん)しながら嘴(くちばし)と口から狂気と憎悪の二重唱。鶏頭のソゴ・ラーラは右拳(こぶし)を打ち下ろし、牛頭のモゴ・ムームが左蹴(げ)りを放ってくる。

上と横からの暴風に対し、オキツグは右手の村正(むらまさ)を肩に担いだまま動かない。

ソゴ・ラーラの右拳の背後に青い断面が見えた。次の瞬間、手首から拳が落ちる。右肘(ひじ)が両断され、肩も切断。胸板と腹部、腰に水平の線が描かれ、叫ぼうとした鶏頭の嘴も水平に切断。十数カ所の切断面から青い血と内臓を散らしながら、ソゴ・ラーラだった肉片がオキツグの背後へと流れ、落下。慣性のままに転がり、護衛隊や武装査問官が避ける。間で止まり、量子散乱していく。

遅れて、遠い壁に轟音(ごうおん)。モゴ・ムームの左脛(すね)から先が激突していた。正面では、牛頭の邪天使は足を振りきったまま止まらない。肘(ひじ)から肩の断面が見える。胸から腹部、腰に太腿(ふともも)が分割され、巨体が倒れていく。

倒れていくモゴ・ムームは猛牛の雄叫(おたけ)びをあげる。自らの死が見えていても、背中で光輪が展開。文字を宿した光がオキツグに降りそそぐ。条件を定めれば、問答無用で相手を塩に変える超定理系〈神威不帰塩柱劫罰(ゴドーム・ソモーラ)〉の呪式(じゅしき)だった。

「小賢(こざか)しい」

殺到する光に対し、オキツグが静かに言いはなった。侍(さむらい)の前で絶対死の呪式の光が弾(はじ)け、文字ごと分解。青い量子となって空間に消えていった。

呪式が破られ、モゴ・ムームの膝(ひざ)から胴体の破片が床に落ち、青い血と内臓を散らす。次々と肉と内臓が落下していった。最後に牛の頭部が落ちる。横倒しになった口から舌をはみ出させ、両目は別々の方向を見ている。次の瞬間、頭部は頭頂部から顎(あご)まで縦に両断。続いて右頬(ほほ)から左頬の線で割れる。四分割された断面から、四分割された青白い脳漿(のうしょう)が見えた。脳はすぐに量子分解を起こしていった。

オキツグは立ったまま動いていない。

「え？　は？」

理解不能さのあまり、俺は変な声を出していた。ギギナも喉の奥で唸る。仕掛けたワーリャスフ本人も、最初の怒声で口を開けたまま追撃ができなかった。皇太子も護衛隊も、法院の武装査問官たちも驚愕の落雷に打たれていた。

ソゴ・ラーラとモゴ・ムームは、聖典の記述において人々を塩に変換した神話時代の怪物だった。実際にルゲニア共和国で数万人を殺害し、皇帝の式典で猛威を振るった〈大禍つ式〉である。それぞれが伯爵級であるため、合わされば侯爵級ほどの力を持つ。ワーリャスフとともに歩み、二千年以上も死を撒き散らしてきた天災だ。ルゲニアでは、俺たちが死力を尽くしても追い払うことが精一杯だった。

神話時代からの怪物二体を、オキツグはなにもさせずに斬って捨てた。攻防すら発生せず、初撃で終わった。断面からして初撃で数十回も斬ったはずだが、一回も太刀筋どころか刃そのものが見えなかった。

すでにソゴ・ラーラとモゴ・ムームの分割された肉体の大部分が量子散乱を起こし、今、完全消滅した。あとにはなにも残らない。

「な、んじゃそれは」

召喚咒式を放った姿勢のまま、ワーリャスフがようやく言葉を発した。

「なんじゃそれは？　聖典の邪天使たちを倒し、神罰咒式を気合い一発で消すなど、なんじゃそれは⁉」

二千年の魔人が驚きと怒りの叫びを発した。先を越された全員の内心を代弁していた。

神話の超咒式を村正の次元切断で遮断、量子干渉結界で防ぐ、とかそういう次元ではない。気合いとともに咒力を放っただけで、超咒式を掻き消したのだ。単純に咒力量と強さが違いすぎたのだが、どれくらいの桁が違うのか概算もできない。空を割り、光を斬った異邦の侍の強さは、底と果てが見えない。

「驚くことではない。この程度なら、それがしだけでなくミルメオンと、先に絶命した白騎士ファストも可能とする小技だ」

口元に咥えた小枝を揺らして、オキツグは呑気に答えた。目には、先に散った同格のファストへの哀惜が掠めていた。ミルメオンと白騎士ファストとオキツグは、他と次元が違う。違うがゆえに、三者は分かりあえていた。

登場時からオキツグはただそこに立ち、刃を担いで立っているだけだった。しかし誰もなにもできない。オキツグという存在がいるだけで、場を圧倒し、支配しているのだ。

「これは受け売りなのだが、ワーリャスフに〈異貌のものども〉よ」

オキツグの口が静かな言葉を紡ぐ。

「あまり人間を舐めるな」

オキツグが右肩から冥法村正の刀身を離した。次の瞬間には、ワーリャスフとユシスへと、冴(さ)え冴えと輝く切っ先が向けられていた。黒の瞳(ひとみ)には、人間を嘲弄(ちょうろう)するものへの正しき怒りがあった。

俺は息を呑(の)む。ギギナは目に刃の光を宿し、オキツグを見据えていた。邪天使二体を斬ったときと同じく、時間が飛んだかのようにオキツグの動作の間が見えない。最初も今も魔杖刀(まじょうとう)の咒弾は使われていない。つまり、発動する咒式ではなく、体に宿る恒常咒式と剣技だけで神話の怪物を殺し、一瞬で刀を前に向けた。

前に会ったときにオキツグは空を斬ってみせたが、超破壊力すら余技にすぎなかった。侍の強さの本質は、剣術にこそあると理解できてきた。超咒式などなくても、刃で斬ることを極めれば、生きている敵は必ず倒せるのだ。これは俺たちが想像できる強さの上の上の、その上だ。なによりオキツグには天地と自身を貫く道理というべきものがあった。常識外れの強さや剣技に、人としての眩(まばゆ)いばかりの正しさが宿っていた。

オキツグに刃を向けられて、ようやくユシスの唇(くちびる)が開く。

「これほど、か」

切っ先から目を離せずに、ユシスは苦い言葉を吐いた。

「モルディーン十二翼将(よくしょう)筆頭、サナダ・オキツグ。これほどの相手だったのか」

ワーリャスフの額(ひたい)から頬(ほお)に冷や汗が流れる。

「人類の歴史の積み重ねは、ここまでの戦士を生みだしたか」

何千という戦いを潜(くぐ)ってきたはずのワーリャスフも、初めて見るほどの戦士だったのだ。

俺もオキツグに対して抱く感覚と、近いものが分かった。〈龍〉のゲ・ウヌラクノギアの瞳(ひとみ)に見られたときに近い。近いが違うのは〈龍〉には極大の恐怖、オキツグの構えには崇高さへの畏敬が湧(わ)くことであろう。

「あれに、オキツグに勝てる人間はいない」

圧力のなかで、ギギナが全員の脳裏を貫く感慨をつぶやく。この場の勝敗はすでにオキツグが来た時点で決したのだ。

俺も動けず、目だけを動かして先にいるオキツグを確認する。味方として並び、なおこの圧力である。あの刃(やいば)の前に立つ〈踊る夜〉は、生きた心地がしないだろう。

オキツグに対峙(たいじ)したギギナを見た俺も、数万の可能性のすべてで相棒の死を幻視したほどの相手だ。今回も二人の魔人がなにをしようと、オキツグが一刀で斬(き)って、終わりとなる予想しかできない。

しかし、オキツグの勝利を保証したギギナ本人が、屠竜刀(とりゅうとう)での全力突撃体勢を崩さない。

「だがしかし」

「そう、だがしかし、となる」

相棒の懸念に応えた俺の脳裏にも、嫌な感じが横たわる。あれほどの凄絶(せいぜつ)さを見せたオキツグがいてなお、危機感が消えない。原因は、ワーリャスフとユシスの先にいる小柄な人影だ。

俺の内部に潜んでいた緑の人物の正体が分からない。懸念や危機感というより、不吉さがある。

重圧に耐えて、ユシスが左手を右へと向ける。緑の布をまとった人物が呼応するように右手を掲げる。手には白の〈宙界の瞳〉があった。

「少し〈宙界の瞳〉の力を引きだしてあげよう」

緑の人物は声を発した。女だと分かったが、俺は硬直していた。そんな、ありえない。

「全員、我のほうへと全速力で集結せよ！」

ヨーカーンがかつて聞いたことがない、緊迫感を帯びた声を発した。ギギナが俺の腰に左腕を回して、急速後退。デリューヒンや重量級部隊は盾を投げ捨てて必死に走る。勇士ニャルンですら、四足で脱兎のごとく駆けていた。全員がヨーカーンを目指して走る。イェドニスとイチェードと護衛隊、ソダンと武装査問官たちも下がっていく。

逃げる俺の右手に追ってくる小さな影。ニドヴォルクを吸引しながら、赤の〈宙界の瞳〉が帰還。握っている俺の指を透過して装着される。所有者を解除したはずが、できていない、訳ではない。どうやらニドヴォルクもこの場に残れば死ぬと、指輪ごと移動したのだ。つまりそれほどの極大危機だ。

全員が下がったことを確認し、最前列にいたオキツグも先を見据えたままで後退してきた。この状況で殿を受けもつなど正気ではないが、頼りになる。

俺たちの周囲では、ヨーカーンが両手で紡いだ呪式が展開。七色の呪式が俺たちに絡みついた瞬間、虹色が広がる。

見える全方向が、虹色の万華鏡のような世界となっていた。上下左右の感覚が消えていた。足場がなく、空中浮遊しているかのような状態だった。自分では動けないが、一方向へと引っ張られている感覚がある。

「〈虚ろ哭きのアウゴイデア〉よ、我らを安全な場所へ導け」

先には逆さとなったヨーカーンが色とりどりの宝玉たちを従えて進んでいる。先導するのは、白く輝く宝玉だった。あれがアウゴイデアらしい。

オキツグにキュラソー、モルディーンの姿のジェノンなどは慣れているらしく、進行方向に頭を向けて安定姿勢をとっていた。

俺からは翼将たちが逆さとなって見えているが、この空間に上下はない。頭に血が上る感じもしない。

先行集団以外は、俺とギギナと似たような状態だった。イチエードにイェドニスに親衛隊、ソダンに武装査問官たちも、ほとんどの者が揺れるか回転している。

周囲の仲間たちも、ほとんどのものが混乱して上下左右に旋回しつづけている。リコリオなどは完全に目を回していた。初体験のものたちは無軌道に回転しつづけ、悲鳴が響きつづける。嘔吐の声も聞こえた。

ニャルンだけは虹色の空間を泳いでいた。なるほど、無重力空間に近いのだ。

「動くと回る」

虹色の空間でギギナの声が響く。揺れていたものは手足を止めて、空中で止まる。

「すでに回転している者は、逆方向に回転する力を加え、相殺しろ」

ギギナの追加指示が飛ぶ。俺は手足を回転の逆方向へと動かす。空間に抵抗はないが、逆の力が加わって姿勢が安定していく。

回っているものは、体を逆方向へと捻る。徐々に回転が緩まり、止まっていく。俺の目の前を吐瀉物が通り、体を引く。

「しかしこれが」自分で体験することになるとは思わなかった。「毎回モルディーンたちが長距離瞬間移動している、転移咒式か」

原理として、理論的予想だけはされている。この宇宙が四次元的に歪んでいるなら、現在位置と目的地の三次元的距離は四次元的に近づけることが可能である。三次元空間を畳んだ平面として、四次元空間を通って抜けていくと、元の位置から遠い三次元の場所に到達できることになる。

ただし、四次元空間への穴を作るには、負の質量などの訳の分からない力が必要とされる。さらには四次元空間を安全に抜け、常に公転と自転をしているこの天体の任意の場所につなげる超々演算力も必要となる。すべてが規格外にすぎる超咒式だった。

ヨーカーンを先導する、白色の宝玉が輝いていた。膨大な咒力と組成式が展開している。

エミレオの書を試作品として作られた宝玉で、超高位の〈異貌のものども〉が封じられていると前に知った。この現象を起こしている〈虚ろ哭きのアウゴイデア〉はおそらく四次元生物である〈大禍つ式〉であろう。故郷の力なら、これほど異常な力も展開しやすい。

「抜けるぞ。それぞれに備えよ」

ヨーカーンの言葉とともに、白い宝玉が虹色の壁に入り、本人と宝玉たちも続く。翼将三人にアブソリエルに法院関係者も入っていく。俺とギギナも虹色の壁に入る。

壁を抜けた瞬間、風。冷気。周囲には白い水蒸気。足下には遠い白と黒。アブソリエルの街並みが見えた。

転移咒式空間から、高空に俺たちは出ていた。途端に重力が俺たちを引っ張る。

「おおおおおっ」

俺の体は風を切り裂いて落下し、驚きの声も上へと置き去りにされていく。落下していた俺の体が急停止。俺の襟首をギギナが摑んでいた。翼と圧縮空気の噴射で落下速度を緩めている。

他のものたちも各自の飛行咒式で滞空か滑空して降下していく。先ではジェノンが両手を翼に変えていた。口は嘴に変わり、顔から羽毛と羽根がさざなみとなって体を走っていく。体格も巨大化。翼がはためく。

ジェノンは生体変化系第六階位〈千一夜大鵬顕現〉の咒式によって、大鳥と変化していた。翼の全幅は飛行機ほどもある。体は家一軒ほど。足は象をも摑めそうな大きさとなっている。

ジェノンの大鳥の背へとオキッグとキュラソーが降りたつ。大鳥が旋回して、周囲の飛行咒式を持たないものを背に乗せていく。救助が間にあわない、半数ほどの飛行咒式を持たない者たちが落下。すぐに止まる。

それぞれの体に虹色の咒式が絡んで、空中に留めていた。吊り下げる数十もの線をたどっていくと、俺たちの右の一点に集まる。咒式は、緩く減速してヨーカーンの周囲にある青い宝玉から放たれている。単純に吊り下げているだけだが、贅沢は言えまい。

「俺は親切だから言うけど、出口は飛び降り自殺用に作るべきではないぞ？」

風の間で、俺は先の高空を飛ぶヨーカーンに抗議しておく。

「〈虚ろ哭きのアウゴイデア〉は我が命に忠実に応えた」

ヨーカーンの目は俺を見もしなかった。俺はさらに抗弁しようとして、大賢者が眼下へ向ける目の真剣さに気づく。

「安全な場所は、ここまで遠くにしかなかったのだ」

大賢者の目は悲哀の青に染まっていた。俺はヨーカーンの眼差しを追っていく。

眼下には、右から左へとアブソリエル首都であるアーデルニアの街並みが見えた。丘への道が続く。街路のあちこちには小さく戦車の砲塔、人の頭が見える。数千人はいる。皇宮奪還を目指して首都防衛軍が集結していたのだが、現在は進軍が停止している。

となると左にはアブソリエル皇宮がある。

見て、俺の息が止まった。ともに降りていく所員たちも驚きの声を発して止まる。法院の査問官も息を呑んでいた。イチェードと兵士たちは絶句していた。

アブソリエル皇宮へ続く道が、途中で消失していた。黒い土だけが広がり、先にあるはずの皇宮も見えない。

皇宮を含む丘が、丸ごと消滅していた。地面には半球状の穴が穿たれている。右から左へと見て、地平線近くまで大穴だった。

あまりに巨大すぎて距離感が狂う。

目算だが、穴は直径一キロメルトルもある。穴の縁は断崖となっていた。黒い地層の間に、切断された地下階層の断面が見える。切断された上下水道から、水や汚水が零れている。水が穴へと落ちていく。手前の縁に隠されて底は見えないが、直径からすると地下五〇〇メルトルには達していると予想できる。

「なんなのですか、あれは」

降下しながらのイェドニス新公王の呆然とした声が響く。

「あれでは、皇宮突入を支援した私の護衛隊たちは、全滅したと」

部下のほぼ全滅にイェドニスは首を左右に振っていた。

「皇宮を包囲していたはずの、近衛兵や駆けつけてきた首都防衛軍も消えたというのか」

人としての感情をほぼ失ったはずのイチェードも、呆気にとられていた。ヨーカーンによって転移咒式を発動させる〈虚ろ哭きのアウゴイデア〉が、皇宮近くに転移させていたら、俺たちも消えていた。一瞬でとにかく遠くに、が唯一の生存の道だったのだ。

大穴の周囲に土砂や瓦礫は一切降っていない。街並みもなにひとつとして破壊されていなかった。

ヨーカーンが降下していき、大穴の手前に着地する。羽ばたきによって生まれた烈風で減速。大鳥となったジェノンが着地。背からはオキツグやキュラソーが降りていく。宝玉に吊られていた人々も着地していく。俺とギギナも大地に降りたつ。

全員が信じがたい破壊の風景の前に立っていた。丘への道が途中で消失している。傾斜を前へと歩んでいって、縁に立つ。足下から即断崖となっていた。先には黒々とした半球状の大穴が広がる。

これほどの大穴を穿つような大爆発なら、首都アーデルニアのかなりの部分が吹き飛んでいるはずだった。しかし首都は無事だった。

穴の壁に水道管や地下階層の断面が見える。断面は鋭利な刃物で切られたかのように滑らかだった。

「大地と上にあった、皇宮その他の全質量が消失したとしか思えませんが」

トゥクローロ医師の分析が大気に流れた。爆発ではないなら、消失である。だが、どういうことなのか。ルゲニアにいたトバイアトの塵化咒式なら、分子結合を分解して塵が残る。しかし、穴には塵すら見えない。ただ消えている。質量を消したならその熱量が放射されるはずが、それすらない。

俺の脳裏に嫌な感じが流れる。正体が摑めないなにかだ。

「これ、あれですよね」

俺の隣から穴を見下ろし、ヤコービーが言った。

「世界地図にある〈龍〉が開けた穴みたいです」

地図士ヤコービーの発言は、全員の脳裏に衝撃を与える。地図士の言ったことが正解だと誰もが分かってしまった。

俺も〈龍〉が穿った穴を何度か見たことがある。どれもこれも大昔の痕跡のために風化していたが、ここと同じく半球状の穴となっていた。

だんだんと俺にも関連性が分かってきた。最悪の結論が出てくる。

「おそらくだが、白の〈宙界の瞳〉の力を引きだすと、あの〈龍〉」言うしかない。「ゲ・ウヌラクノギアの力を、一部とはいえ再現できる」

俺の言葉で周囲に衝撃が広がる。言った俺も悪寒に襲われている。

〈龍〉の名前を出すことは全人類の禁忌であり、一部の人間しか発音もしない。俺もなんとなくそうしていたが、今なら実感できる。ただひたすらに恐ろしい。

「〈踊る夜〉が不完全に〈宙界の瞳〉の力の一端を引きだしただけで、城塞を消す。〈龍〉がいくつかすべてを手にしたら、異界の牢獄から出て、世界地図にある穴が増えることになる」

結論が無音の衝撃となって、人々を打ち据え、言葉を失わせた。

世界にある穴でも小さいものは直径数センチメルトルから数メルトルで、数万か数十万かの総数は誰もしらない。ただし、最大級の穴は、神聖イージェス教国にある直径一〇〇〇キロメルトルを超える大穴である。

人類が南方からウコウト大陸にようやく到達した時代の大穴だから、被害はほぼなかったと考えられている。ただし、現代では都市どころか、小国家なら丸ごと消える超破壊となる。超大国であっても首都と国土の大部分が消失する。

一個でこれなら〈宙界の瞳〉がそろったならどうなるか。さらなる大破壊を起こせるだろう。聖典や神話に語られる天変地異が起こることになる。

〈龍〉の力によって人類の時代は終わる。〈龍〉でなくても〈大禍つ式（アイオーン）〉に〈古き巨人（エノルム）〉が手にしても同じことになる。〈踊る夜〉の考えはまだ分からない。大破壊だけが〈宙界の瞳〉の力とは思えない。

俺はアブソリエル皇宮（こうぐう）跡地から、空を見上げる。

「ここでは引き分けというか、痛み分け」

女の声が遠くから空に響いた。どこか愉快そうな声だった。声の発生源を探す。

穴の対岸、一キロメルトル先の地に三人の人影が浮遊していた。知覚眼鏡（クルークブリレ）で拡大すると、ワーリャスフとユシス。さらに緑の布をまとった女の姿が空中にあった。

穴から空の風景が割れた。あとから軋む音と烈風。

俺の傍らでオキツグが村正を振るっていた。咒式による干渉が空間を切断していき、悲鳴のような音を立てる。空間断裂は一キロメルトル先の三人に殺到。ワーリャスフだろうがユシスだろうが、当たれば防御不能の必殺の刃だった。

次元断裂は三人の前で止まり、空間が絶叫する。

緑の人影が右手を掲げていた。指に嵌まる白い〈宙界の瞳〉の手前で、オキツグの次元切断は止まっていた。三人の下と上の空は割れていく。

赤の〈宙界の瞳〉が可能とした咒式干渉結界の、超絶強化版だ。膨大な咒力でオキツグの咒式を分解し、物理干渉が起こる前に破砕したのだ。しかしオキツグほどの超咒式士の超咒式を分解するなど、ありえない。ありえないことを可能としている。

次元断裂が戻って、風が吹く。一歩下がっていたワーリャスフが戻る。ユシスも刃を下ろした。二人の魔人であっても、オキツグの一撃を防げなければ死を覚悟していたのだ。

対岸の緑の女の長い髪も吹き乱れる。間には唇が見えた。知覚眼鏡でさらに拡大する。

「次は決戦の地で会いましょう」

女の唇の動きが見えた。ああ、俺は予想を事実として確認してしまった。

遠くに見える女の姿は、唐突に消えた。

知覚眼鏡の倍率を戻す。〈踊る夜〉の三人は光の尾を曳いて、高速飛翔していた。すでに空の彼方へと消えていく。

ジェノンが大鳥の翼をはためかせる。傍らのオキツグが左手を掲げて制止した。

「止めておけ。もう追いつけぬ」

語るオキツグの左肩からは黒煙が上がっていた。大袖の装甲に穴が穿たれ、貫通していた。

「追いついたとして、今の我々の戦力では止められぬ」

オキツグの刃は、白の〈宙界の瞳〉で防御できても、そもそも反応できない速度である。だからオキツグの刃と同時に、ユシスの光線咒式がオキツグの左肩の装甲を打ちぬいて、一瞬の時間稼ぎと刃の軌道を変え、緑の女の防御を成立させた。

一瞬の駆け引きだが、ユシスの戦闘の勘は凄まじい。一方で光速の遠距離狙撃を装甲だけに留め、体に当てさせないオキツグは、もう理屈が分からない強さである。

「オキツグの予測が正解だよ」

俺も念押しして、追撃に向かおうとする所員たちを止めておく。勝算が見えない追撃戦で、もしオキツグとヨーカーンが同時に倒れたら、人類側にある勝機は減退する。おそらくはほぼ完全に消える。

なにより兄であるユシスはもう俺の敵だった。疑いようがない。

「〈踊る夜〉はなにをしたいのだ」

風に吹かれながら、ギギナの問いが流れる。全員が思う疑問だった。

「そして新たな三人目はなんなのだ」ギギナは俺を見た。「ガユスに寄生してこの機会を狙っていたが」

そこでギギナは首を振った。

「いや、誰にも分かるはずがないか」

「俺には正体が分かったよ」

なんとか俺の口から答えが出た。ギギナが俺を怪訝な目で見た。オキツグやヨーカーン、他の者たちも俺を見ていた。

思い出せば、予兆はあった。フロズヴェルに囚われたとき、夢で俺は俺と対峙した。だが、夢の俺は俺の知らないことを知っていた。俺の内部にいて外を見ていたから知っていたのだ。ミルメオンが仕込んだ〈虎目〉より前からいて、ずっと黙っていた。七都市同盟の〈猫目〉が俺に入り、さらにリプキンへと移植され正体が判明して死んだときも、ずっと黙って動かなかった。

しかし、俺が死んでは寄生する自分も死ぬ、と寄生体も仕方なく動いたのだ。賢く鋭敏であれば、あそこで気づけたはずだった。自分の無能さと迂闊さに腹が立つ。

俺から抜けでた寄生者の足は見覚えのある形だった。緑の布は手術台の患者や遺体にかけられていた布だ。ユシスが信頼して計画を任せる存在。そして咒式でわざわざ聞かせてきた、最初のあの声。成長して多少変わったとはいえ、俺だけは絶対に聞き違えることはない。

「あれは、俺に寄生して、この事態を引き起こしたのは」

言いたくない事実を、俺は胸の痛みとともに引きだしていく。寄生が始まった時期も分かった。あそこだ、少年時代のあの場からだ。

「俺の妹、アレシエル・レヴィナス・ソレルだ」

終章　我ら人なりしゆえに

人は哀(かな)しみと苦しみを乗り越え、許せるのかという問いに、私は否(いな)と答える。我々(われわれ)にできることは、乗り越えられない哀しみと苦しみを抱きしめ、許せないと叫ぶことだけである。叫びつづけることだけなのだ。

オブチュエンド　オベリエ戦争においての発言　神楽暦(かぐられき)一六八七年

四方を白い壁に囲まれた中庭には、整えられた緑の芝生が広がる。天井は一面の硝子(ガラス)で覆(おお)われていた。空調が行きとどき、夏でも涼しく、今のような冬でも中庭は暖かい。敷地には木が何本か植えられて、優しい木陰を落としていた。

木陰には看護服の中年女性が立つ。端末を体の前で抱えて、直立不動となっている。無表情だが、目線は前から外さない。

看護人の前に長椅子(ベンチ)の背があった。清潔な病院着に小さな体を包んだ老婆(ろうば)が腰を下ろしていた。動きが少ない老人特有の肥満体。灰色の髪は、頭頂部で少し薄くなっていた。長い髪は丁寧に梳かれて三つ編みにされている。口はなにかを嚙むように動く。歯はほとんど抜けており、顎が小さい老人特有の顔となっていた。

緑の目は靄がかかっているが、一点を見つめている。老婆の眼差しの先で両手は編み針を握り、せわしなく動いていた。

人差し指に青い毛糸をかけて、左右の編み針の交点で編まれる。下には編まれた青の布地が下がっていた。

老婆の緑の目が輝く。手が動き、最後の糸を結び、切る。

「できた」

老婆の両手は編みあげたものを掲げる。小さな靴下だった。老婆の左手は傍らにある籠を探る。今できた靴下にもう片方の靴下を合わせる。満足そうな顔で籠からさらに取りだす。青い毛糸の襟巻きと帽子が両手に握られた。

「できた、できた！」

老婆は濁った目で叫ぶ。背後に立つ看護人がうなずき、端末を操作する。

「できた、できた！」

看護人が連絡をしていく間にも、中庭に老婆の叫びが続く。喜びの声だった。

「できた、できた、あったかいふくができたこれでだいじょうぶ！」

中庭の先には、白い壁がそびえる。黒い四角が並ぶ。内部から中庭が見える窓だった。見えない窓の間には、銀色の扉があった。戸口の上にある照明に灯りが灯る。何重もの鍵が解除される音が連なり、扉が開く。灰色の髪をした白衣姿の男性医師が現れる。

「できたできた、これでみんなあったかいしあわせしなない！」

老婆は歯のない口で笑みを作り、緑の目も喜びに輝いていた。先に立つ老医師の背後で扉が閉まり、何重もの鍵がかけられる。確認してから医師が芝生を踏んで進んでいく。椅子に座る老婆の前で止まる。背後に立つ看護人がうなずくと、老医師もうなずきを返す。異常なしを確認した男の目は、老婆へと向けられる。

「ついにできましたか。良かったですね」

老婆の両手が動いた。老医師は思わず下がろうとして、その場に踏みとどまった。老婆は編みあげた三つの品を両手で掲げていた。

「これでみんなだいじょうぶ、だよね？」

老婆の緑の目には憂慮の色が浮かんでいた。

「ええ、大丈夫になりますとも」

医師は穏やかに同意してみせた。

「おくってすぐにおくって」老婆に三つの品を老医師へと押しつける。「はやくおくらないとみんなさむいさむいってなる。あかちゃんしんじゃう」

老婆の目には真剣な心配があった。心の底からの訴えだった。それゆえに老医師は悲しみの目となる。平静を装って、老婆からの品を恭しく受けとる。老婆は眠そうな目で老医師を見上げる。

「みんなといつあえるの？　きたところをみてみたい」

「もうすぐですよ」

老医師は悲しく微笑んで答えた。

「もうすぐっていつ？」

「もうすぐです」

「もうすぐですか」

老婆は喜び、一転して寂しい顔になる。緑の目は過去へと向けられていた。

「ほんとうは」

歯がほとんどない口が動き、止まった。老医師が待っていても続く言葉はない。老婆の目は虚ろとなり、どこも見ていなかった。

老婆が見ていなくても、医師は受けとった毛糸の襟巻きに帽子、靴下を畳んで脇に抱える。右手に持つ電子端末に左手を走らせて、経過を書きこむ。

「では、届けてきますね」

老医師が言ったが、老婆は中庭の芝生を見つめていた。返答がなくても、老医師は反転し、来た道を戻っていく。

「あれ、だれ？」

老婆の不思議そうな視線と言葉を背中に受け、医師は歩んでいく。看護人も老婆に問いに答えず、無言を貫いた。

老医師は入ってきた扉の前で手をかざす。何重もの鍵が解除されていき、再び扉が開く。老人は扉を抜けて屋内に入る。扉はまた自動で閉まって、施錠されていく。老医師の左右には、廊下が広がる。老人は息を吐いた。疲労の息だった。

老医師が視線を右へと向ける。中庭への窓の前に、若い医師が立っていた。目には疑問の色が浮かんでいた。

「あの患者はなんなのでしょうか？」

窓を見たままで、若い医師が問いかけた。

「重度の精神疾患からの認知症。私が見た三回とも、襟巻きに帽子と靴下を編んではあなたに渡していますが、どういうことなんでしょう」

老医師はさらに重い息を吐く。脇に抱えた毛糸の編み物たちを見る。

「君は半年前に入ったのだったな。ここ半年は彼女に発作がなく担当以外は呼ばれなかったから、そうなるか」

老医師が目を上げる。窓から中庭を見つめた。

「三度ではない。私が知っているだけでも、患者の編み物は最低でもここ十年、休みなく続いているそうだ。実際はさらに前からかもしれない」

「十年、以上ですか」

青年医師は窓へと目を戻す。中庭では、また老婆が編み針を握っていた。夢見るような瞳で、編み物が再開される。両手は一心不乱に編んでいく。背後に立つ看護人が前に出た。老婆の口元から零れる涎を布で拭いていく。世話を受けても老婆は気にせず、編み物を続けていた。

老医師は、窓越しにいつも変わらない光景を再確認していた。

「患者はずっと三つの品を編んで、完成すると送る。君は十年かそれ以上で毎日毎日繰り返されているあの光景を、三回見ただけだ」

「どこの誰へ送るのですか？」

「私は担当医師として、院長へと渡すだけだ。院長は外からの担当に渡し、どこへ行くかは知らされていない。その担当も知らずに別の輸送担当者へと渡すだけだ」

老婆の担当医師は三年で交替する。次の担当が青年医師であった。老医師が十年としたのも前任者からの言葉でしかない。収容時期から誰なのかを特定させないための処置だろう。二人の間には沈黙が降り積もる。

若い医師は老医師が受けとった品を見る。

「襟巻きは大人用で、帽子は子供用ですね。靴下はもっと小さな子供用くらいの大きさ。ご家族用なんでしょうね」青年医師は考える。「なにかの決まりきった動作をする、となると儀式的行為でしょうが」

青年医師は先任医師を見る。

「ご家族は来られないのでしょうか」

「厳密な規則ではないが、院長から身元と依頼主を知ろうとするなとは言われている」

老医師の目には悲しさがあった。

「ただ、もうすぐ担当を外れる私もずっと気になっている。院長に尋ねず、医師同士で推測をするだけならいいだろう」

重い口が開かれた。

「潤沢な資金を与えられ、腕利きの医師が集められた、この立派な病院の一般病棟は世間向けのおまけでしかない。一般向けは、彼女を治療する医師たちの腕を落とさないための練習台で、本体は特殊病棟と彼女だ」老医師は長年の推測を述べていく。「彼女が死ねば、この病院は解体まではされずとも資金が止まり、一般向けの病院へと自然に変わっていくだろう」

「そんな資金と目的が」驚きの目となって、青年医師は窓へと目を戻す。「やはり彼女は誰なのかが気になります」

「分からないが推測材料はある。若年性認知症と各種疾患で老化は激しいが、彼女はまだ四十代から五十代といったところだろう」

「えっ」

青年が驚いて窓へと目を向ける。編み物を続ける老婆は少なく見積もっても七十代、八十代以上にしか見えない。実年齢はその半分だとしたら、どれほどのことがあったのか。

「治るのでしょうか？」

患者を遠く見据えて、青年医師が問うた。

「あとで診断書を引き継ぐが、彼女にも一応の病名はある。だが、本当に病なのかそういう人格なのかは分からない。入院する前からああいった状態で、なんらかの衝撃を受けての結果や、呪式の影響での症状でないことはたしかだ」老医師は言葉を連ねる。「歴代の診断書から好転の兆しは一切なく、悪化を緩やかにすることで精一杯だ。おそらくほぼ確実に一生あのままだろう」

老医師は断言した。

「心と脳について、我々はまだ知らないことが多い。多すぎる。しかし」

老医師は言葉を句切った。中庭の老婆は長椅子に座って編み物をしていた。一心不乱に編みつづけている。看護人は背後に立ちつづけている。

「そうしかし、個人的には彼女はこのまま死ぬまでなにも思い出さないほうがいい」

老医師は左脇にある編み物を、もっと強く挟んだ。

「三年診ているだけでも、少しずつ彼女の過去が垣間見えた。おそらく彼女自身から彼女を守るために、これほどの施設と看護が整えられている。ならば依頼主と彼女のために、人生には思い出さないほうがいいこともある、とすべきなのだ」

二人の医師は、そろって窓から視線を引きはがした。老医師が歩きだす。青年医師も廊下を歩き、先人の背を追っていく。老婆の診断を青年医師が受け継ぎ、そしてまた次の医師が受け継ぐ。その誰（だれ）かもまた後任に受け渡す。あと数十年は続くのだろう。

中庭では、長椅子に座る老婆が編み物を続けていた。背後には看護人が立ちつづける。

編み針を握る老婆の両手が止まった。緑の目に光が戻っていく。

「ほんとうはわたしもみんながすきだったの。こんなわたしにとってもやさしくしてくれて、いのちがけでまもってくれていいひとたちだった。だいすき」

老婆の声に痛切な響きを帯びていた。

「でもわたしはだいじにできなかった。いつからかあたまにきりがでて、なにをだいじにするべきかわからなくなっていった。わたしにはわたししかみえなくなってしまった。だからあんなことをした」

声には深い悲しみが宿る。

「わたしのためにゆめをおい、みんなのゆめをかなえようとするひとを、おうえんするどころかきずつけてしまった。だけどだけどほんとうは」

老婆は悲痛な言葉を述べた。緑の両目からは涙が零（こぼ）れている。悔恨の涙は皺（しわ）深い頰（ほお）を伝わり、顎（あご）にまで達する。続けようとした老婆の顔から、表情が消えた。

「ほんとうは、ええと、ええと」涙を流す老婆は続きを思い出せない。「あれ？」

目には残酷な霞がかかっていく。

「わたしはわたしおっとやこどもやせきにんにしばられたくないどれいにならないじゆうじゆうじゆうじゆうっ！　わたしはわたしでありたいっ！　じゃまするならこどももおっともわたしもいらないっ！」

唇から漏れる言葉に狂気が混じっていく。老婆が両手で喉を掻きむしる。爪が肌を破り、血が滲む。背後に立つ看護人が無感情に魔杖短剣を引き抜く。切っ先で医療呪式が発動していく。

「きらいきらい、みんなきらいっ！　きら」

老婆の言葉は唐突に途切れた。看護人の精神安定呪式の作用により、患者の意識が強制的に変化させられたのだ。残酷なようでも、他に老婆の自傷や自死を防ぐ方法がなかった。

老婆の緑の瞳は夢見るような眼差しになっていた。直前までの激昂を忘れて、視線が中庭を彷徨う。先ほどまでのことや自分の言葉への興味が消えたのだ。今は芝生を凝視していた。

「むし、いる」

空調に揺れる草と先端にいる天道虫が気になったのだ。赤い体にある黒い模様を老婆の目は数えはじめる。目尻からは涙が零れる。

背後から看護人が無感情に手を伸ばし、老婆の無意味な涙を布で拭った。

「うふふ」

老婆は赤子のように笑った。

「うふふふ」

笑い声は続いた。

立体映像で、イエドニス新公王が発表を繰り返していた。間には前最高指導者イチェードによる退位と王位継承の公式発表が挟まる。全土全軍に反乱は許さないという、公王至上命令が繰り返して報道される。

新公王の終戦宣言により、アブソリエル軍はガラテウ要塞跡地を西方諸国家連合軍に明けわたし、退去した。西方諸国家連合も進軍せずに奪還で留めた。失敗国家であったイベベリアとネデンシアの両国の即時復活はならず、西方諸国家によって管理されることになった。両国民が旧体制に激烈な反対をしているので、これからどうなっていくかは分からない。

イエドニスによって後アブソリエル皇帝と後帝国は廃され、後公国と公王に戻った。戦争は起こってしまったが、最悪の結果だけは避けられたのだ。

同時にモルディーンがジェノンの口を介して伝えた、諸国家大連合の構想が発表されて、何重もの驚きがアブソリエルと大陸全土を沸騰させている。

立体映像でのイエドニスの目線は、たまに正面から横へと向けられ、正面に戻る。画面には映らないが、外では記者のアーゼルが声明原稿から報道の仕方まで指導し、即興で補助しているのだ。

アーゼルがアブソリエル再建への助力をしたので、沸騰で済んでいる。道理と感情の両面を手当する的確で手早い宣伝が広まり、第二の反乱可能性も消えている。起こったとしても同調する国民は少ないだろう。俺が関わってきた人間が強力な手札となっていた。落ちこんでいたときに迫った経緯を謝罪しておいて、本当に良かった。

関係した俺たちも、後皇帝から新公王体制への一日での移行などという激変は、理解できない。一夜明けての外野からはもっと分からないだろう。イェドニスとアーゼルの両輪で、政治的正統性を作りあげていくしかない。

目を戻すと、咒式士最高諮問法院、アブソリエル支部の講堂が目に入る。

広いはずの室内は騒然としていた。机の間を、軍服姿の将校や士官、背広姿の官僚が行き交う。書類を抱えて情報士官が走っていく。背広姿の男が携帯通信機を片手に忙しそうに語っている。軍人が通信機と電話に交互に指令を出していた。新たな通信機器を抱えた官僚が進み、机に下ろす。さらに通信がされる。急速な設置のために、床には乱雑な配線が絡まっていた。

皇宮が吹き飛んだため、法院の支部がアブソリエル軍の指令所となった。講堂には二百人ほどいるが、前と左右の部屋にも軍人や制服組が集っている。廊下にも人が行き交い、大混乱の場となっていた。

情報によると、六大天の残る三者も道を定めていた。アブソリエル派のカリュガスは引きつづき新公王に忠誠を誓い、撤退中の軍をまとめている。中立派のヴィヌラサも新公王イェドニスに恭順し、協力体制となった。パンハイマの縁戚であるサンサースも参戦した。内心がどうかは分からないが、今のところ素直にアブソリエルのために動いている。

アッテンビーヤ、ロマロト老にドルスコリィの戦いと死は無意味ではなかった。少なくとも、あなたたちのお陰でイェドニス新公王と俺たちが生き延び、この結果につながった。

あなたたちが願ったアブソリエルになっていくはずだし、新公王イェドニスがそうしてくれると、内心で死者に呼びかけておく。呪いではあったが、やはり命の恩人には敬意を示しておきたい。

などと考える俺も多忙さに陥っていた。一連の事態をエリダナのメッケンクラートとラルゴンキンに報告したが、さらなる電子報告書を作成している。できたものから送信し、さらに次を書く。書類書類書類、また書類である。ああ、協力関係にあるナイアート派の上級法務官、ベモリクスへの連絡もやらねばならない。

報告書の大筋が完成して、手を振って映像文書を閉じる。隣にいたドルトンに情報を転送する。立体映像での文字を青年が確認していく。読み終えるとうなずいた。

「ええ、これで大筋は終わりです」

言われて、俺は手を伸ばす。書類仕事はよくやっているが、これほどの量は初めてだ。

「大筋以外が山ほどありますけどね」

続くドルトンの言葉で、俺の動きが止まる。さぞ苦渋（くじゅう）の顔となっているだろう。

「ドルトンは本当に俺に似てきたな」

俺の言葉にも、ドルトンは穏やかに微笑（ほほえ）んでいた。大変な事態だが少し和（なご）めた。

実際、大所帯になるに従って、計画に準備に補給に各方面への連絡に後始末と、事務量が増えている。ドルトンは戦闘において地味に見えるが、要所を必ず押さえてくれる。

「後方支援にまとめ役と、頼りにさせてもらうよ」

俺は右手の甲を長身の青年の胸に当てる。

「では、これからもガユスさんの真似（まね）をさせていただきます」

俺の返答を待たずに、ドルトンはすぐに廊下へと向かっていく。

「悪口という、俺の悪いところまで真似しているように見えるが」

「悪いと分かっておられるなら、多少は控えたほうがよろしいかと」

歩む青年の背に投げておくと、返答もなかなかのものが来た。

「苦境や窮地でこそ軽口を叩（たた）けというのが、ジオルグ時代からの伝統でね」

「それは年季と場数が違いすぎますね。後輩としては精進します」

テセオンが横顔で浮かべる微笑みを隠すように扉が閉まり、姿は消えた。部屋の人々による喧噪（けんそう）の音が戻ってくる。

あとは交渉上手のドルトンとエリダナにいる経理のローロリスで話しあったほうが、より正確で詳細な報告書になる。正確な報告が届けば、メッケンクラートも次の進路を定めやすくなるだろう。

現実に戻ると、ドルトンが言ったように書類は多く残っている。俺は再び立体光学映像の文書を呼びだす。他に俺が作るべきは、犠牲者たちの最期を遺族に報告する文書だ。良いやつも、それほど知らないやつも犠牲者にはいる。これだけは、現地指揮官である俺が書かねばならない。誰もしたくないことだが、俺が選んだ進路で死んだものたちに対する責任がある。

今はまだ冷静に書けないと、文書を消す。

講堂に目を戻す。前方で机を囲むのは、アブソリエル軍の再建と大方向転換のために従事する指揮官たちだった。

指揮官たちの中心は、イチェードだった。軍服姿で報告を受けては即断して返し、次々に来る報告に決断を示していく。ただの一人でイチェードは戦場と全軍を支配しきっていて、俺としても見とれるほどの采配だった。

イチェードは後アブソリエル帝国初代にして最後の皇帝、退位してからは太上皇になった。現在はアブソリエル公国軍総監督となって、アブソリエル軍を立て直している。

対外的な最高司令官は新公王イェドニスだが、実質上はイチェードが率いる。歩兵から最高指揮官として戦って数十年のイチェード以外に、百万を超えるアブソリエル軍を指揮できる人物はいないのだ。

ただし、イチェードの内部には、もう人らしい心はほぼない。過去の悲しみも怒りもなく、正義も情熱もない。ただ理性によって、任命された義務として動いているだけだ。理解不能だが、そう言うしかない存在となったのだ。

俺は壁から背を離す。講堂から廊下に出る。廊下を行き交う人々の波の間を抜けていく。事務所のグユエに出会ったので、帰還準備を全員にさせるように伝える。グユエは俺になにかを言いたそうだった。しかし強引に口を閉じ、敬礼して去っていった。

かつてフォインを殺した犯人が俺に取り憑いた寄生体だったことで、複雑な思いがあるのだろう。俺にできるのはフォインを裏切った訳ではないと態度で示すことだけだ。あとはグユエがどう受けとるか、本人に任せるしかない。

俺の前を、武装した査問官たちが列をなして走っていく。続いて書類を抱えた事務員たちが進む。法院もシビエッツリが死亡し、大混乱となっている。他の法務官が任命されてまで、ソダンが上級査問官と支部長に急遽昇格しての新体制で大忙しなのだ。

ソダンが属するナイアート派と俺たちの協力体制も続くこととなっている。アブソリエル新公王の後押しもあり、法院でのナイアート派とベモリクス上級法務官の発言力が強くなった。これで法院本体の助力も得られるだろう。

大陸と世界の状況は絶望的だ。しかし、人々の抵抗は始まっている。

ツェベルン龍皇国、オージェス選皇王領の北辺にオルネコンドの地が位置する。山岳と峡谷と森と川が複雑に交差し、隘路となっていた。森の終点には城壁が長く続いている。壁の背後に灰色の城塞がそびえていた。

北から大軍で龍皇国に侵入して首都を制圧するには、北方戦線を突破して、オルネコンドの地を通らねばならない。龍皇国の北辺の守りの要所であった。

城塞と城壁を背景にした森には、多くの天幕が並ぶ。間では切迫感がある表情で兵士たちが行き交う。焚き火を囲む兵士は不安な顔を付き合わせていた。間では負傷者が天幕へと運ばれていく。

木々の間に居並ぶ咒式化戦車や装甲車も、砲塔が折れ、弾痕が穿たれ、車輪が外れていた。甲殻咒兵の巨人も傷つき、膝をついていた。整備兵たちが大急ぎで応急処置をしている。帷幕に集う士官たちは立体光学映像の地図を前にし、戦線を検討している。通信兵や伝令からの報告が来ると、士官たちの顔に暗雲が垂れこめる。吉報はどこにもない。

ツェベルン龍皇国北方戦線の各地が破られ、撤退してきた軍勢がオルネコンドの地に集結していた。

失意と絶望が垂れこめるオルネコンドの街道に、足音と蹄の音が響く。背景には履帯の重々しい音が連なる。うつむいた敗残兵たちの顔が上げられた。

街道を美しい少年少女が歩んでいた。全員が美々しい甲冑（かっちゅう）と兜（かぶと）で身を包んでいたが、今は戦塵（せんじん）に汚れていた。目を失い、鼻が吹き飛んだものは包帯で応急処置をしている。手足を失ったものを、他のものが支えて進む。間を行く戦旗も薄汚れ、いくつかは破れていた。

戦馬は疲労の色を見せている。跨（また）がる騎士も片腕を失っていた。履帯（りたい）を軋（きし）ませて進む戦車も、弾痕がいくつも穿（うが）たれている。装甲（そうこう）車は負傷者を乗せて進む。

全兵士の額（ひたい）には紋章が刻まれている。人造人形である〈擬人（クンスツ）〉である証であった。

一団の先頭は装甲車だった。開けはなたれた後部からは、車椅子に座す男が見えた。戦場ではありえない典雅な服。羽毛の襟（えり）巻きの上には、黄金の髪に青い瞳（ひとみ）と貴族的な顔があった。

バロメロオ公爵（こうしゃく）と人形兵団の行進であった。

敗走だったが、どの〈擬人〉の顔にも悲壮感はない。傷つき、仲間が破壊され、敗走であろうと彼らは気にしないのだ。

兵士たちは歓呼の声をあげて、陣地に迎えた。兵士たちは、公爵と人形兵団が最後尾を受け持つことで助けられていた。敗走する軍勢を守り、敵軍の追撃を撃退し、また次の龍皇国（りゅうおうこく）軍を救いに向かったことを知っていたのだ。

北方戦線全体が崩壊せず、整然とオルネコンドに再構築され、兵士たちが今生きている理由は、バロメロオたちの奮戦以外に理由がない。

左右からの敗軍の歓呼の叫びにも、バロメロオは退屈そうだった。

「美しくないものたちに喜ばれてもな」

公爵が残念そうにつぶやいた。

「美しくない死体に内臓の山はもう見たくもない。無能な他人の敗戦処理もしたくない」バロメロオの口からは、嘆き(なげ)と不満が次々と零れ(こぼ)ていく。「美少女と美少年の裸体を愛で、音楽を奏(かな)でて詩を紡ぎ(つむ)絵画を描いて余生を過ごし、来世もそうしていたい。可能ならその次の人生も」

軍神とまで呼ばれる男の述懐に、左右を進む馬の上でエンデとグレデリが笑う。

「どれもバロメロオ様に向いていません」

「分かっている。私には軍事という下劣な雑事の才能しかない。これだけ美と性と愛に焦がれているのに、なんという悲劇か」

バロメロオが重ねて嘆くと、エンデとグレデリが周囲の大歓声を手で指し示す。

「それでも兵の歓声に応えてさしあげては？」

「〈擬人〉に人間らしい仕草をしろとされるのも、私らしいな」

自嘲(じちょう)の笑いとともに、バロメロオが指揮車から右手を軽く掲げる。途端に周囲の兵士たちの歓声が爆発する。兵士たちの手拍子が鳴り響く。戦車や装甲車の上では、龍皇国旗やオージェス選皇王旗を振るものがいた。

「うん、美しくない兵士どもの応援や喜びなど、心底どうでもいい」

大声援に対しても、バロメロオはまったく興味が湧かなかった。指揮車と一軍は粛々と進んでいく。

城壁の前でバロメロオの指揮車が停止する。後続の人形兵団も止まっていく。指揮車からエンデとグレデリによって、バロメロオの車椅子が下ろされる。公爵が手を振ると、人形兵団が左右に分かれていく。故障した〈擬人〉たちが工房へと向かう。整備兵たちも追いかけていった。

車椅子のバロメロオと側近の二体、親衛隊の十数体が前へと進む。城壁を抜けてオルネコンド城塞の敷地に入る。

城塞の大扉に続く階段と傾斜の前で、一団が停止する。

段上の兵士によって、正面の大扉が左右に開かれていった。エンデとグレデリがその場に右膝をつき、頭を垂れる。〈擬人〉の精鋭たちも即座に膝をつき、頭を下げる。死と戯れ、主君のバロメロオすらからかう〈擬人〉たちの下を向いた顔には、ありえない緊張があった。

車椅子のバロメロオが右手を掲げる。手袋に包まれた五指を握りこみ、胸の中央に当てて頭を下げる。

「オージェス王家、北部守護軍副司令バロメロオと人形兵団、ただ今をもって帰還いたしました」

「よくぞ帰還してくれた、バロメロオ公爵」

正面から現れたのは、黒の僧服に赤帽子で眼鏡の中年男。モルディーン・オージェス・ギュネイであった。

右後方には、長身を黒い軍服で包んだ隻眼の青年が立つ。左後方には飛行眼鏡を頭にかけた少年のような青年が跳ねて並ぶ。イェスパーとベルドリトのラキ兄弟が近侍として控えていた。ベルドリトがふざけようとすると、隣の兄が肩を押さえて止める。

「敗戦の将ごときに過分なお言葉です」バロメロオは頭を下げたままで答えた。「猊下にして選皇王代理からの指令である、北方戦線の厳守ができず、面目次第もありません」

主君バロメロオの謝罪に、エンデとグレデリ、〈擬人〉親衛隊の頭がさらに下がる。

「バロメロオは、こういうときにはふざけないのだね」

モルディーンは階段を降り、バロメロオの前に立つ。枢機卿長は右手を伸ばし、従弟の手を取る。公爵は顔を上げる。

オージェス王家軍の実質上の最高指導者と、最高位の将軍の目が斜めに結ばれる。

「人の目がありますのでやりましたが、反省の演技はこれくらいでいいでしょうか？」

バロメロオは不敵に笑ってみせた。モルディーンも典雅に微笑みを返す。

「それでこそバロメロオ、我が従弟殿だ」

モルディーンが右手で城塞を示し、歩みはじめる。バロメロオの車椅子をエンデとグレデリが押す。城塞の扉をイェスパーとベルドリトが押し開いていき、一団は城塞に入る。

城塞の門でバロメロオが目を見開く。

「あ、従兄殿、ひとつ大事なことを忘れていました」

バロメロオが言って、モルディーンが足を止めて背後を振り返る。車椅子のバロメロオは真剣な目をしていた。

「オキツグが生還した以上、私に任じられた翼将筆頭代行の役目は返上してよろしいでしょうかね」レコンハイム公爵は重い息を吐いた。「クロプフェル師も従兄殿も、あらかじめオキツグの生還が分かっていて、私にやらせただけでしょう？」

バロメロオの問いに、モルディーンは微笑んだ。

「そうでもしないと、従弟殿は局地戦では勝つか維持できても、北方戦線全体では勝てないと判断し、早々に撤退戦へと切り替えてしまう。他の兵士を一人でも多く生還させるために、普段より奮闘してもらう必要があった」

枢機卿長の笑みが深まる。悪戯っ子の笑みであった。

「卓見ですが、意地悪にすぎます」

レコンハイム公爵も笑みを返した。人形遣いの笑みは人形よりなお大きく、無機質であった。

「では、幼少時に我々で悪戯をやったように、逆襲の手を探りましょう」

バロメロオの笑みが深まる。

法院の一角に、俺たち攻性呪式たちの一室があった。事務方が全力で動いていた。元軍人のデリューヒンとリューヒン姉弟が、書類を書いては部下に渡す。トゥクローロ医師が医療や生存報告をまとめる。

すべてを情報分析担当のモレディナが統合し、結論を出してはエリダナ本部へと連絡していく。モレディナの顔や体は包帯や治癒呪符が覆っている。超呪式の負荷から回復しきっていないが、モレディナが情報の中心ゆえに踏みとどまってもらうしかない。

俺もさらに書類連絡書類連絡書類、とどこまでも続く。

まとめたものを、会議室へとグユエ、続いてデッピオが運んでいく。この書類と報告の山にこそ元騎士で商売上手なローロリスがいればと思うが、だからこそエリダナから動かせない。

所員でも、ギギナやテセオン、ピリカヤやニャルンといった戦闘の専門家は宿舎で待機するか、法院の護衛をしているらしいが姿は見えない。いても邪魔なのだけど。

事務方と書類と端末の山の先に、テセオンが座っていた。見ると本を読んでいる。数法系呪式士だが、事務にはまったく向かない戦闘系の男が珍しい。

俺の視線にテセオンも気づいて、顔を上げる。

「ああ、これ？」

テセオンが答えた。

「皇宮の迷宮の戦いで、俺とモレっさんで、ドルスコリィって咒式士の技を参考にしただろ?」

「ああ、あれか」

テセオンとモレディナによる対禍つ式咒式は、恐るべき一手だった。

「それをメッケンクラートさんに報告したんだ。でよ、この本を読めって言われて、図書室で見つけた」青年が本を掲げてみせた。「本家の咒式はどうかが気になるだろうし、今しかないから読めってさ。んで、朝から読んでいる」

言ってからテセオンが肩を狭める。

「……不良が読書ってとバカにするだろうが、俺は」

「バカになどする訳がない」

俺はテセオンの謙遜を遮った。テセオンは小さく驚いたが、周囲のものも小さくうなずいている。

青年は自分がギギナなど他の前衛に火力で劣ると理解していた。だからこそニャルンに剣術を習い、モレディナの協力で新咒式を編みだすなど、本質が真面目だと全員が分かってきている。

「俺はドルスコリィについてあまり知らない。本の感想は?」

「現代で数法系咒式なら、まずレメディウス理論だろうが、この人もすげえんだ。いや、本当にすげえ数法系咒式士としか言いようがない」

テセオンは素直に感心してみせた。握る本を見る目には尊敬の色があった。

「ドルスコリィは、アブソリエルというでっけー国のてっぺんの数法咒式士だった！　んで、咒式理論家としてもたいしたもので、俺なんかにも分かりやすく書いてくれている！」

青年は興奮で本を振ってみせた。

「さらによ、先王に言われたことを守り、何十年も内心を隠し、戦争を止めようと命を張った。危機が起こらなければ、そのまま一生静かにイチェードに仕えるつもりだったんだろう。男としても気合いが入りすぎているよ！」

振っていた本と言葉が止まり、テセオンの目に哀しみが宿る。

「……そんなすげえドルスコリィさん、アッテンビーヤさんとロマロトさんたちが、みんなの生活と命と国を守ろうとしていたんだ。だけど」

テセオンは自然と敬称をつけて三者を呼んで、言葉を止めた。青年の目が窓の外に向けられる。俺も追う。

法院の壁の先に、アブソリエルの街が広がる。大国の美しく整然とした街並みは戦前も戦後も変わらない。人々もいつの間にか戦争が始まり、なぜか王が代わって、勝っても負けてもいないのに終戦となった。どこか腑に落ちていないだろうが、それでも大乱は避けられた。

「先王が指示し、三人の抵抗によって始まった戦いで、俺たちが生き延び、イェドニス新公王による事態の収束へとつながった」俺は彼らを思い出す。「おそらく三人は王弟イェドニスの協力がない時点で、死の危険性を分かっていた。しかし進んだのだ」

アブソリエルとイチェードは大きく間違ったが、最悪の戦争を避けられた。事情が分からないままの人々がどうあろうと、その大量死も防いだ。今さらながら三人の戦いと、残した呪いという願いがすべてを引きよせたと分かる。だが、彼らはもういないのだ。

「すげえ人たちだったのに、残念だ」

淡々とテセオンが述懐した。俺が目を戻すと、青年の横顔には寂寥感があった。

「本当にすぐ傍まで近づいていたんだ。俺がもっと勉強して頭が良かったら、生きているうちにあの人たちに教えを受けようと考えられたんだ。残念だよ」

メッケンクラートは青年を慧眼で見いだしたが、あくまで錬成系だ。テセオンに数法系の師はおらず、ほぼ独学だ。テセオンは自らの師となれる偉大な数法系咒式士を、ついに見つけた。しかし師になれる人物は近い場所と過去で亡くなってしまった。哀しいすれ違いにすぎた。

ああ、俺も同じだ。俺からもテセオンになにか言っておきたくなった。

「生きているうちに会えなくても、本で言葉を受けとれる」余計かと思ったが言葉を足す。「おまえはすでにドルスコリィ氏の咒式から近いものを実現させた。ならばテセオンが後継者で、その本はおまえに届くために書かれたんだよ」

俺が言うと、テセオンは反発もせずにうなずく。青年の目は書に戻る。熱心に文字を読んでいく。テセオンは今になって開花しはじめている。ならば期を逃すべきではないと、もっとも参考になる本を勧めた、メッケンクラートの導きは実に的確だった。さすがに咒式の元教師と言うべきか。

　ああ、俺もジオルグやハーライル、ロレンゾの本を読み返したくなった。

　今はもう会えない人々でも、本や記録がその考えや言葉を教えてくれる。誰(だれ)もが途中で倒れるが、言動だけでなく、本や記録で知った誰かが遺志を引き継ぎ、先へと進めさせるのだ。

　俺にたいした業績や学問的発見はない。それでも大事件に関与した普通の人間として生きているうちに、ジヴと子供たち、後輩や後世の人へとなにかを書き留めておくべきかもしれない。

　テセオンと追憶と遠い未来の想像から目を外し、端末で報告書の改訂を書き終わる。前よりは良い提案となった。しかし、つい先ほど伝令のグユエとデッピオが出ていっていた。見回すと、他の事務方も多忙そうだ。端末を握ったまま俺は席を立つ。

「あ、ガユスさん、報告書なら私が」

　先にいる新入所員が俺へと声をかけてくる。すでに椅子(いす)から立っていた。

「いいよ、気分転換もしたいから、直接届けにいく」

　俺が携帯を振ると、所員は椅子に腰を戻す。書類と人々の間を抜けて、俺は部屋を出る。途端に廊下を行き交う人々の騒然とした流れに出くわす。人々の間を抜けて進んでいく。

　急ぎではあるが緊急ではない報告の前に、外の空気を吸おうと建物を出る。中庭に出て、息を吸って吐く。冷たい冬の大気が俺の内と外で循環し、気分も少し入れ替わる。冬空は青く澄んでいて、硬質の陽光が中庭に降りそそぐ。

だけど背後の建物内から、人々の声や音がまだ聞こえる。音を避けようと、植木や長椅子（ベンチ）のある敷地を歩んでいく。俺がおちょくるべきギギナたちはどこ、ってああ、護衛だから壁の外か門だなと自己解決しながら進む。先はさらに静かだろうと建物の角を曲がる。

見えた光景で俺の足が止まる。

中庭には二つの人影があった。一人はドラッケン族の戦士の装束、長槍（ちょうそう）形態の屠竜刀（とりゅうとう）を右肩に担いだギギナだった。

対するは東方の着流し姿で、魔杖刀（まじょうとう）を提げた中年の男が立つ。モルディーン十二翼将（よくしょう）筆頭、サナダ・オキツグだった。

二人とも俺の登場に気づいただろうが、目は互いから離さない。離せる訳がなかった。

オキツグの口元で小枝が揺れる。

「どうしてもやるのかね？」

東方の侍（さむらい）が問うた。

「以前は」

ギギナは横目で俺を確認し、すぐにオキツグへと戻した。

「ガユスの邪魔（じゃま）で止められたが、あれは正しかった。あのときの私はまったく貴様に届いていなかった」ギギナは自分の無力を認めた。「だが今ならどうか」

ギギナの挑戦に、オキツグは息を吐く。

「アブソリエルの再編、西方諸国家の連帯。なにより神聖イージェス教国と〈踊る夜〉に〈異貌(いぼう)のものども〉の最強者たちの暗躍によって、大戦が見えてきている」オキツグの目は遠い北の空を眺めていた。「今は貴殿とやりあっているような時期ではないと思うがね」

オキツグは恬淡(てんたん)としていた。

どうやら再びの果たしあいをギギナが望んだという状況らしい。ギギナは攻性咒式士(こうせいじゅしきし)として十五階梯(かいてい)。剣技だけなら、ウコウト大陸諸国家に名が通るほどの腕前となっているはずだ。挑戦したくなる気持ちは分かる。オキツグはギギナと、続いて俺を見た。

「なによりこちらとしては、アブソリエルの事情を解決した貴殿らに感謝の念こそあれ、敵対する理由がない」

「あれは」

話が俺に向けられて驚いてしまう。

「イェドニス新公王(こうおう)の決断と、イチェード前公王の譲歩で決着しただけです。俺たちはほぼなにもできず、イェドニス新公王陛下との契約で、時間稼ぎをしただけです。なにより最後はオキツグ殿をはじめとする翼将たちに助けられました」

「過剰な謙遜(けんそん)は嫌味になるぞ」

オキツグが軽く笑い、口元の小枝も揺れる。

「誰(だれ)かが時間稼ぎをしなければ、あの場は最悪の結末となり、後帝国と周辺事情がどうなっていたか分からぬ」異邦の戦士は気負うことなく言った。「貴殿らが時間稼ぎをしてくれたからこそ引きよせられた結果だ。呪式士(じゅしきし)として人として胸を張るがいい」

オキツグは断言した。俺の胸に熱いものが灯(とも)る。大陸最強剣士が、俺たちの戦いは無意味ではないと評価してくれたのだ。俺たちは死闘に死闘を重ね、世間や呪式士業界や市当局、公王(こうおう)にまで評価を受けられるようになったが、オキツグからの謝辞は一線を画す。本物中の本物の呪式士に胸を張れとまで言われたのだ。自然と俺の背筋が伸びて、姿勢が正される。

「今までの事情と、世界の状況は分かっているつもりだ」

ギギナは屠竜刀(とりゅうとう)を肩の上で旋回。胸で旋回させ、後方に引いて腰を落とす。左手を前に掲げて、必殺の突撃姿勢となる。

「だがしかし、私が知るかぎり、オキツグが最強剣士だ。どのような事情があっても、再びの一戦を逃(のが)す気はない」

ギギナの覚悟の声だった。同時にオキツグへ最上位の敬意を払っている。異邦の剣士は困ったような顔となり、俺へと目を向けた。

「そこのガユス殿よ、前のように相棒を止めてくれないかね？」

オキツグも俺を個人として認識してくれているようだ。しかし、だ。

「止めません」

俺もオキツグという超剣士に敬意を払うようになった。偉大なオキツグに胸を張れと言われたなら、ここは引いてはならない。

「今回は戦場での殺しあいではありません。剣士同士の果たしあいなら、それは俺が口を出す領域ではありません。我(われ)らの時間稼ぎを功績とするなら、それが挑戦の対価としてもいいはずです」

俺なりに思うことを語ると、オキツグは反論しない。オキツグ自身の言葉が、俺たちに不撓(ふとう)不屈(ふくつ)の気概を抱かせたのだ。決意とともに、俺は相棒へと目を向けた。

「やれ、ギギナ。俺たちがあれからどう戦ったか、見せてやれ」

俺はギギナの決断を後押しした。慢心でもいい加減さでもない。ただ、相棒に挑戦させたいのだ。

「ガユスの許可などいらぬ。私は私の勝手でやる」

ギギナは不敵に笑った。考えれば、俺がギギナの行動を肯定するのはほぼ初めてのことだった。

「そうか」

オキツグが言った。

「貴殿ほどの剣士にそこまで見込まれたなら、男としては受けねばならないな」

オキツグは右手を左腰にある魔杖刀(まじょうとう)の柄(つか)に添えた。前回の対峙(たいじ)で、オキツグはただ立っていただけだった。今は初めて柄に触れている。抜かずにギギナに対処できるとはオキツグも判断しない。行けるかもしれない。

「では、お相手いたそう」

オキツグが言った瞬間、中庭の大気が変質した。空気が硬質化し、氷結した。

傍から見ているだけなのに、俺は怖気を感じていた。オキツグと対峙するギギナは奥歯を嚙みしめていた。踏みしめる足が跪くまいと耐えていた。

見ただけで分かった。俺も少しは剣技をやるが、オキツグは格というか次元が違う。聖地アルソークでは竜の猛者が放つ咒式の光を切断したとも聞いた。光を斬るという不条理は、前もってすべてを予想し、刃を光の通り道に置くことで可能となる。訳が分からない剣境である。

先に〈踊る夜〉のワーリャスフとユシスが対峙したが、戦わずに全力で退去したのも当然だ。一人の戦士として、オキツグに勝てる人類はいない。白騎士ファストとミルメオンが肩を並べるだけで、他とは冠絶しすぎている。

俺にはギギナが踏みこみ、最初に放つであろう数百の刃の幻視ができた。さらに続く数千の変化、そこからの数万の変化となると、もう俺の想像が追いつかない。前回はギギナのどの初手もオキツグが刃を抜いて斬る、で死ぬ光景しか見えなかった。

だが、今なら。

「行け」

俺の唇は思わず言っていた。自分の言葉を理解して、両手で拳を握る。まだギギナでは、オキツグという世界最高峰には届かないかもしれない。だけど。

「行け、ギギナ」

願いを重ねる。俺たちの戦い、希望は、どこかに届いてほしいのだ。

「参る」

正々堂々と宣言し、ギギナの姿が消えた。音と衝撃波が吹き荒れる中庭で、突撃からの屠竜刀が突きだされる。

金属の激突音のあと、オキツグはギギナの背後へと抜けていた。右手は魔杖刀を握り、鞘に戻すところだった。刃が納められ、澄んだ音が響いた。

風が静まる。

二人は背を向け合ったまま、中庭に立っていた。

「え、刀を戻す？　いつ抜いた？」

俺の目は、またもオキツグの動きがまったく見えなかった。怪物という言葉すら届かない、超絶の技である。急いで目線を戻すと、ギギナが左膝をつく姿があった。戦士は屠竜刀を握って旋回。膝を上げて再び突撃姿勢を取る。

「予想の上だと分かっていたが、予想以上にすぎる」

ギギナの目には敬意があった。体のどこも斬られていない。ただ、屠竜刀の刀身がわずかに震えている。ギギナの手が痺れているのが見てとれた。

音と両者の位置と体勢から、なにが起こったのかが俺にも推測できてきた。おそらく音速を超える屠竜刀の一撃を、オキツグはわずかに鯉口を切って抜いた刀身で受け、弾いたのだ。力に角度、すべての動きをわずかでも間違えれば、オキツグと、当然のようにギギナが死んでいた。両者を死なせないための完全な対処だった。

俺の背筋には悪寒が疾走する。やはりオキツグは次元が違う。違いすぎる。

「もう一手を所望する」

ギギナは犬歯を見せて笑っていた。目は燦然と輝き、心の底から楽しいといった笑顔になっている。まるで子供のような笑顔だった。

「私とネレトーは今、一心同体となっている。今なら、そう今ならっ！」

ギギナは闘争を叫んだ。

俺には少し寂しい。俺もクエロも、ストラトスも、師のジオルグであっても、ギギナを心底から笑顔にすることはできなかった。できる訳がないのだ。

ギギナの悲しみ、強さを求める心に応えられるのは、オキツグほどの剣士だけだった。そして俺が知るかぎり、他には二人だけだ。

「ここまでだ」

背中をギギナに向けたまま、オキツグが断じた。

「まだだ、まだ答えは出ていない」

ギギナの目には悲痛さが宿っている。屠竜刀を強く握り、怒りすら抱いている声と体勢だった。

「言葉ではなく、剣を交えてこそ分かることもある」

オキツグの声は静かだった。

「貴殿の過去は知らぬ。だが、貴殿の悲しみが追い求める強さ、その先にある答えはそれがしにはない。他の誰かでなければならない」

「それはどういう」

ギギナが問うと、オキツグが振り向いて横顔を見せた。

「それはギギナよ、汝自身がよく知っているはずだ」

オキツグが優しい微笑みを見せた。ギギナの顔には複雑な表情が浮かびあがる。最高の相手との再戦が消えた喪失感が強く見える。同時にオキツグの指摘の正しさが、正しすぎると理解できるまた別の悲しみが見てとれた。

俺にもオキツグの正しさが分かる。脳裏には、隻眼の青年と、青き蝶の刺青を持つ男の幻影が掠めていた。ギギナも同じであろう。

「なに、我らがこの大戦を駆けていくなら、いずれまたどこかで出会う」オキツグもどこか楽しそうだった。「汝の悲しみからの強さ、その先の答えを見つけた先でなら、また仕合を受けよう」

オキッグは再戦を誓った。ギギナの目には希望の輝きが宿る。

「必ず」ギギナは答えた。「今はまだ答えは見えず、資格がない。だが、必ず」

ギギナは膝を伸ばし、屠竜刀を旋回させた。刃と柄を分離させ、背中と腰に収納した。

「ああ、そうだ」

そこでオキッグが右手を掲げる。

「貴殿の刃、それがしに届いていたぞ」

右手に引かれた着流しの服の袖には、わずかに切れ目が入っていた。俺の背筋に電流が走る。

ギギナはまだオキッグの境地には及ばない。だがしかし、その刃は世界最強剣士にわずかとはいえ触れたのだ。

俺はギギナを見た。中庭に立つギギナの顔に満足はない。それでも晴れやかだった。剣舞士は今の全力を出しきったのだ。

俺の胸が熱くなる。俺たちの血と汗と涙と死の戦いに、本当は正しさどころか意味すらないかもしれない。だけど、続けていればどこかに届くのだ。

ギギナがそれを証明してくれた。

穏やかなギギナの視線を追って、俺もオキッグを見る。異邦の剣士はすでに右手を振って、歩きだしていた。

「悔しいが、あれは良い人物だな」

「ああ」

俺が言うと、ギギナがうなずいた。

オキツグがモルディーン十二翼将（よくしょう）でも、筆頭である理由が分かる。オキツグはかつて主君と敵対した俺とギギナを憎まず恨まず、武人として相手をしてくれたのだ。立場がまた違えば再び敵対するかもしれないが、オキツグが模範を示したため、俺たちにも憎しみはないだろう。たとえオキツグと敵対したとしても、最大の敬意を払って戦うべき相手だ。

ふと思いついた。歩んでいくオキツグの背中に、知覚眼鏡（クルークブリレ）で法院からの式による計測をやってみる。数字が跳ねあがっていき、俺は慌てて停止した。〈大禍つ式（アイオーン）〉のときとは比べものにならない上昇速度が恐ろしかったのだ。あと一瞬でも見ていたら、俺はもうオキツグの前に立てなくなる。分からないままでいよう。

建物の間をオキツグは歩んでいく。途中で脇（わき）道から黒背広の人影と長身の男が合流する。キュラソーと、おそらくジェノンだろう。

前に気になったジェノンの顔が見えたが、目鼻に口にと普通だ。なんというか特徴がない。似顔絵を描こうとしたら苦労するだろう。俺も他人に説明できない。ついでにあの顔も本来のものではないだろう。

キュラソーは東方系の玲瓏（れいろう）な顔に不機嫌といった表情をしていた。右手に端末を握って誰（だれ）かと通話し、左手に対象の書類の束を抱えていた。事態をモルディーンに説明する大量の書類作業が続くというわけだ。事務方の大変さはあちらにもあると、少し親近感が湧く。

キュラソーが振り返り、切れ長の黒い目が俺とギギナを見た。とくに興味もなく、前へと向きなおり、歩んでいく。以前は殺しあった関係だが、キュラソーは指令に従ったからで、俺とギギナはそれに抵抗しただけだ。心理的な遺恨はない。向こうは部下を俺たちに殺された恨みはあるだろうが、それも命令の範囲だからと押しこめている。ただし事情が変われればまた殺しあう可能性はあるので、馴れあう気はない。

三人の翼将は角を曲がり、姿が見えなくなった。ヨーカーンの転移咒式で、北方の戦線とモルディーンの元へと向かうのだろう。彼らには彼らの戦場があるのだ。

中庭に俺とギギナが残った。

息を吐く。俺なりに緊張していたのだ。ギギナも深い息を吐いた。疲労が混じる息であった。ギギナであっても、ただの一撃で気力を使いきったのだ。

「ああ、そうだ」俺は思い出す。「これからのことだが、考えるべきことが多い」

「だろうな」

ギギナは即答した。

俺たちのアブソリエルからの進路がまだ決まっていない。去った〈踊る夜〉たちは北方戦線へと参戦していくと予想される。再生したニドヴォルクは引っこんだまま出てこない。モルディーンが提示した、大連合と軍はどうなるのか。

列挙していくだけで、頭痛がしそうな事態だ。ギギナも明確な答えを持たない。世界に吹き荒れる大嵐のなかで、俺たちという木の葉はどう動くべきなのか。

そしてなにより。

「ああ、貴殿らか」

声に目を向けると、少し離れた場所に男が立っていた。

アブソリエル軍の実質的最高司令官、前公王にして元後皇帝であるイチェードが中庭に足を踏み入れた瞬間だった。横には親衛隊長のサベリウが付き従う。イチェードは記憶を思い出すように、俺とギギナを見つめる。

両者はすでに敵対関係ではない。俺は即座に右膝をついて騎士の礼を取る。ギギナは立ったままだが。

「止めたまえ。私は貴殿の主君ではなく、その資格もない」

イチェードに言われても、俺は動けない。モルディーン枢機卿長やアラヤ王女という王族と話したことはあるが、アブソリエルの公王や後皇帝という大国の代表者には緊張する。身分制度に平伏するような性根はないが、イチェードは確実に偉人の類いだ。敬意を払われてしかるべきである。

「重ねて止めていただきたい」

イチェードが重ねて俺の礼を不要とした。俺は立ちあがる。ギギナは平然としていた。なにか話したいことがあるのだろうと、サベリウが背後に引いた。

「たしかギギナ君と、そしてガユス君と言ったかな」

ギギナと俺を見つめて、イチェードが問うた。

「ええ、はい、そうです」

俺としては気まずい。

「あちらはいいので?」

俺は見当外れな言葉を出してしまった。窓からは、建物内部で行き交う人々が見える。問題は山積みでなにも解決していないのだ。

「すでに大局への指示は出した。あとはアブソリエルの各軍が実行し、そこからの反応を待つだけで、私にも休息が必要だ」

イチェードも建物と人々を見据えていた。百三十万もいたアブソリエル軍に新体制を納得させ、軍を引かせ、北方に転進させるだけで大仕事だ。かつての百三十万の軍勢も正規軍は百万程度。予備役や徴兵された未熟な兵士や傭兵の削減という大問題が残っている。しばらくは再編と反乱への警戒だけで手一杯となるだろう。

中庭で俺の言葉が絶える。ギギナはとくに気にしない。親衛隊長のサベリウも護衛のみに徹して、気まずさを救ってくれない。

俺個人には、後アブソリエル帝国とイチェードに対する恨みはない。俺に不幸というか災厄をもたらしてきた〈宙界の瞳〉を手放したいだけのことが、いつしか〈踊る夜〉と、なにより〈龍〉の解放を防ぐことにつながり、戦いが拡大しただけである。被害を受けた人々の敵討ちの考えも浮かんだが、当事者や遺族たちに成り代わっては引き受けられない。

ただ、後帝国を阻止するために、何人もの仲間や戦友が命を失っている。イチェードが手を下した訳ではなく、最終的には敵対した親衛隊や〈大禍つ式〉戦での死亡である。遠因ではあるが恨みが湧きにくい。イチェードに対しては言いがたい複雑な感情がある。人物だけではない。遠目でも小さな違和感があったが、近くで話すと左腕に巻いた毛糸の腕章だけが浮いている。

「ええと、なにかご用でしょうか」

沈黙に耐えきれず、俺から問うた。

「緊急ではないが、大事な用が後回しになったことをまず謝罪したい」

建物から俺へと向き直り、イチェードが答えた。

「あの場において、モルディーン卿にうながされたとはいえ、貴君の言葉が私を動かした。礼を述べたい」

イチェードが頭を下げた。

「え、いや」

貴人中の貴人に頭を下げられると、こちらが困る。

「あれは本当に一般人の思いつきでしかないです」

「だが、贖罪の道は貴君の発言で示された」

イチェードの言葉が零れた。先にいるサベリウも頭を下げていた。

一対一となると、なんとも妙な感じがする人物だ。心を失って理性と正しさのみに生きるイチェードは、どこか人間とは思えない。

「またなにかあれば、忌憚なく言ってほしい」

イチェードが再び頭を下げた。俺はまた畏まる。

「そう言われるなら、こちらからもひとつだけ問いがあります。なんというか忠告めいたことですが、よろしいでしょうか？」

俺が言うと、イチェードがうなずいた。発言許可をわざわざ取ってしまったが、仕方ない。

「分かっていると思いますが、あえて問います。モルディーン枢機卿長が示した大連合計画は、良いように見えますが、アブソリエルにとって過酷なものとなります」

俺の説明にイチェードが重々しくうなずく。

「眼前の敵が大きすぎることもあるが、第三次大陸戦争も防ぐために、後アブソリエル帝国を使い潰す気であろうな」

俺が気づくようなことなど、英雄であるイチェードも気づいていた。

「再征服戦争は〈龍〉の一撃を使ったことで、アブソリエル軍がほぼ消耗していない。今後の懸念を考えての大連合構想で、モルディーン卿の恐ろしさが分かる」

イチェードが再確認した。

俺が生まれる前にあった第一次大陸戦争の原因は、暗殺や同盟が錯綜する国際事情などいろいろ言われるが、今でもよく分からない。

しかし負けた国々は戦場で叩き潰されたのではなく、後方の政治的勧告と交渉で敗戦となった。当然、前線の軍隊は「まだ自分たちは負けていないのに」と不満を持った。となると軍は後方の国内の裏切りだと思い、その後の過激な政権を支持する基盤となってしまった。その結果、第一次大陸戦争の復讐戦としての第二次大陸戦争を呼んだ。

「モルディーンの策は、人類存続のための対神聖イージェス戦争にアブソリエルを引きこむだけでない」口調を変えてイチェードが解読していく。「西方諸国は、モルディーンが提唱した大連合に参加しても、再征服戦争で敵対したアブソリエルには協力しないだろう。私とアブソリエルを難所に向かわせて軍事力を消耗させ、戦後の憂いまで減少させようとしているのだ」

俺の脳裏には地図が浮かぶ。地理的にもいまだ敵意渦巻く西方諸国を通ることは難しく、ツェベルン龍皇国の北西戦線しか戦える場所がない。モルディーンはついでに崩壊ぎみな自国の北西方面の防衛まで、アブソリエルにさせる気なのだろうが、大連合という美しい目的ゆえに反論はできない。なにからなにまで正しく現実的だが、悪辣である。

「では」

「分かって、なお受けた」

イチェードの顔には後悔も憂いもない。

「私と、帝国を願ってしまったアブソリエルの贖罪とは言わない。しかし、モルディーン卿の思惑に乗せられていると分かっていても、他に道がない」

イチェードの答えにも迷いはなかった。戦後の計算があっても、まず眼前の〈龍〉と〈踊る夜〉に〈異貌のものども〉の危険は大きすぎる。神聖イージェス教国が大陸を制覇するか、人類以外の世界となるか、滅亡するか。さらに別のなにかなのか。自身と自国が使い潰されると分かっていても、モルディーンの計画に協力せざるを得ないのだ。

改めて、イチェードとアブソリエルにとって険しい道だと再確認してしまった。だが王と国民が選ぶ、選ぶしかなかった道に、一般人の俺が言えることなどない。

言葉がまた絶えた。

どうでもいいけど、俺に応対させているだけのギギナに腹が立つ。おまえもなにか話せよ。

「いかん」

ギギナが警告の声を発した。銀の瞳に警戒心が閃く。目線を俺も追って、最悪の出会いを見つけてしまった。

「おまえっ、イチェードおっ！」

中庭に悲鳴のような少女の叫びが響きわたる。

城塞（じょうさい）の広間は軍人や官僚、作業員たちが行き交う雑踏となっていた。

間をモルディーンとバロメロオ一行が進んでいく。主君を見つけた兵士たちが敬礼し、官僚が一礼をし、人々が黙礼を行（おこな）う。一行は粛々（しゅくしゅく）と進んでいく。

「北方戦線の報告はすでに受けている」

歩みながらもモルディーンが語る。

「〈異貌のものども〉を統率した史上初の軍勢。占領をしない焦土戦術。神聖イージェス教国はなりふり構わない、国運を懸けた大戦を仕掛けてきた。戦況は圧倒的に不利となっている」

モルディーンによる現状の再確認が続いていく。車椅子（いす）のバロメロオは無言で聞いている。

一団は正面の階段を上り、折り返しの廊下を進む。公爵（こうしゃく）が口を開く。

「この場面でクロプフェル師が使えないということは、皇都の状況も悪いので？」

「さすがレコンハイム公爵は察しが良すぎる」モルディーンが答えた。「龍皇（りゅうおう）ツェリアルノスⅦ世陛下が御危篤（きとく）だ。クロプフェル師が皇都の大結界の維持と同時に、つきっきりで陛下のお命も支えているが」

モルディーンは先を言わない。バロメロオも問いを重ねない。後方の〈擬人（クンスツ）〉たちは戦況の悪さだけでは済まないことを察した。前々から病床に伏していた龍皇の崩御が起これば、国内が混乱に陥る。巨大な外敵に対してはまとまるべきだが、次の龍皇を狙う五王家の争いが起こらないとは誰も断言できない。争いが起これば、モルディーンの政敵にして、軍部のグズレグ参謀次官が策動する可能性がある。

聖者クロプフェルの延命咒式と補助の医師団の咒式が一瞬でも途切れるか、咒式で可能な限界に達すれば、龍皇国は今以上の不利となる。

「北方戦線と同等かそれ以上の重大事に従事するクロプフェル師は、一秒も皇都から離れられない」バロメロオは事態の悪化を確認する。「この国難に際して、龍皇国には龍皇の寿命という時間制限が重ねられて、なかなか大変だ」

バロメロオは他人事のように二重の国難を語る。背後にいる〈擬人〉たちのほうが主君の失言が罰せられないかと心配顔となっていた。通路をモルディーンが進む。

「私の失態は聖地アルソークにあった」

歩みつつ、モルディーンが語った。横を行くバロメロオの横顔には疑問が浮かぶ。他の翼将たちも主君の意外すぎる述懐を聞いていた。

「聖地アルソークで仕掛けた罠は、最善ではないにしても次善の策だったと思われるが?」

バロメロオの推測に、後続のものたちも内心で同意していた。アブソリエル戦線を見るかぎり、個別に襲われたなら〈宙界の瞳〉は今頃そろってしまっていた。どこにも瑕疵はない。

モルディーンは答えずに歩む。廊下の端(はし)で螺旋(らせん)階段に達する。

「聖地で弱き人々の犠牲が出ると分かっていて、なおなした。我(われ)ら弱き者が、弱き者を守ることを怠った。それが敗因だ」

階段を上がりながら、モルディーンの言葉が放たれた。〈擬人〉たちに車椅子(いす)を押されながら、バロメロオは肩を竦(すく)めてみせる。

「なるほど、まったく分かりませんな」

「趣味を除けば、君は合理的な現実主義者だからね」

モルディーンは軽く笑う。

「それは従兄(いとこ)殿も同じであろう」

バロメロオも軽く返してみた。

「私のどこからが趣味で、どこまでがそうでないのだろうね」

モルディーンの微笑(ほほえ)みは謎(なぞ)めいていた。主君にして従兄の言葉に、バロメロオは返答できなかった。モルディーンに率いられ、一行は階段を上っていく。

車椅子を押されながら、バロメロオは前を行くモルディーンの背を眺めている。従弟(いとこ)のバロメロオから見ても、従兄のモルディーンは理解を絶する一面がある。モルディーンは暴虐の兄アスエリオを密かに廃し、その長子をオージェス家選皇王とした。

本人がオージェス王家を乗っ取り、ゆくゆくは龍皇となっても誰からも文句は出ないほどの力量と業績がある。しかしモルディーンは王や龍皇の地位をまったく求めない。

対して、バロメロオはなににも忠誠心を持たない。レコンハイム公爵の車椅子姿を見れば、持てる訳がない理由を王家の誰もが知っている。

バロメロオの危うさは龍皇国上層部も認識している。公爵が率いるのは兵士ではなく〈擬人〉である。国民や兵士の支持を必要としないため、バロメロオの心ひとつで反乱が容易に起こってしまう。一万の兵団のうちならいいが、反乱に呼応した人の兵士を数万、数十万ほど率いれば、龍皇国すら傾ける軍才があった。

前を行くモルディーンの背を見るバロメロオの胸中にも、思惑が渦巻く。内心では「今、従兄殿を殺害すればどんなに美しい戦争が始まるだろう」や「一軍を率いて従兄殿やオキッグと対決するのは、なんと美しい裏切りか」という思いが時折去来してしまう。

「バロメロオ、また良からぬことを考えているね」

先を行くモルディーンが背中越しに言葉を投げてきた。

「そのとおりです。ここで従兄殿を殺したら世界はかなりおもしろいことになるだろうなと」

軽やかにバロメロオが返すと、空間が凍る。即座にイェスパーとベルドリトが腰の柄に手をかけて、護衛体勢となる。

「バロメロオ卿、俺は冗談が分からないほうです」

隻眼の男に残る目には、静かな刃の光があった。

「僕はバロバロのこと嫌いじゃないけど」飛行眼鏡を額にかけた少年は、闇色の微笑みを浮かべていた。「あ、やっぱ性癖がゲロゲロに気持ち悪いから、好きでもないや。猊下の敵になるならウニョルンって殺そう」

ラキ兄弟からは、万本の針のような殺気が放たれる。主君を守るはずのエンデとグレデリが硬直していた。二人は以前とはまるで違っていた。絶対の守護神として、バロメロオと人形たちのおふざけを許さない。いくらバロメロオと〈擬人〉の集団でも、今のラキ兄弟と戦っては無事に済むはずがないと、一瞬で理解できた。

人形たちは、背後から影が落ちていたことに気づいた。〈擬人〉にあるはずのない凄まじい恐怖が二体を貫いていた。横目で確認すると、喪服姿の女性が立ち、黒い日傘が影を落としていたのだ。

帽子から下ろされた黒繻子が、女の顔を覆っていた。

喪服姿の背後にいた、親衛隊の人形たちも固まっていた。人間を遥かに超える感覚器官を持つ〈擬人〉たちが、人影の現れた瞬間をまったく感知できなかったのだ。

傘を差した喪服の女性は、十二翼将五位、カヴィラ・アレイドだった。ただの一言も話さない沈黙の淑女である。人形たちの護衛をまったく無意味とし、カヴィラはバロメロオの背後を取り、無言で立っていた。

黒絹に包まれた左手がエンデとグレデリの間を抜け、バロメロオの頭上に掲げられていた。

モルディーンの命令があれば、公爵(こうしゃく)を殺すという姿勢であった。〈擬人(クンスツ)〉たちがどれだけ早く動こうと防げない、絶対死の間合いとなっていた。

階段の上下で無言の緊張が満ちる。

「かなわぬな、従兄(いとこ)殿」

車椅子(いす)のバロメロオは正直に告白した。

「だけど、私は良いことを考えたことがないんだ。美と芸術と快楽のことで、常に頭がいっぱいでね」

「だから信頼している」

モルディーンの歩みは止まらず、階段を進んでいく。イェスパーとベルドリトもなにごともなかったかのように反転。主君の背を守って階段を上がっていった。階段でカヴィラの姿は消えていた。

バロメロオがうながすと、ようやくエンデとグレデリが動く。バロメロオの車椅子が押されていく。人形の双子(ふたご)は顔を見合わせ、前へと向きなおる。

「イェスパーとベルドリトのラキ兄弟、前と別ものですよね」

グレデリが問い、エンデがうなずく。

「前は私たち二体でなら、どちらかには勝てるかもと思えたけど、今は無理だ」エンデが語った。「今ここにいるバロメロオ親衛隊(しんえいたい)全員で向かっても、おそらく二秒で全滅していた」

「それが分かるだけ、君たちの性能も向上したのさ」

車椅子のバロメロオが軽く言った。

「今のあの兄弟を侮ると、私でも危ないよ」

翼将で三位とされるバロメロオが二人を評した。主君を運ぶエンデとグレデリはふざけることをしない。二体と親衛隊の〈擬人〉たちは周囲を探るが、喪服姿の女はどこにも見当たらない。

「ラキ兄弟もそうですが、あのカヴィラ・アレイドって何者なんですか。精鋭の親衛隊と私たちですら感知できないなんて」

車椅子を押すグレデリの声には〈擬人〉にはありえない恐怖が滲んでいた。

「あれは昔からオージェス王家に仕えている。クロプフェル師と同じくらい古くからいるらしい」

薄く笑いながらバロメロオが答えた。

「あれはおっかないぞ。事情ゆえに自分が聖地に入れず、モルディーンが危機に陥ったことで責任を感じている。だから今、モルディーンに危害を与える、もしくはその兆候すらあれば」

バロメロオが右手を掲げて、首に当てる。「すぐに殺しにくる。公爵である私であってもね」

バロメロオの説明にグレデリが首を竦める。序列で言えば、カヴィラは、五次元咒式の魔人アザルリ、剛力無双のシザリオスや人間生物兵器であるウフクスより強いということになる。

〈擬人(クンスツ)〉がいくら集おうと敵(かな)う相手ではないのだ。

「そして」エンデが口ごもる。「猊下(げいか)は人や人形の心でも読めるのですかね」

グレデリと並んで車椅子(いす)を押すエンデには、さらに深い畏怖(いふ)があった。常にバロメロオの傍(かたわ)らにいるだけに、モルディーンの指摘が正確すぎたと分かったのだ。

「お尋ねしたいのですが、我々(われわれ)はあの方とバロメロオ様とどちらについたほうがいいのですかね？」

グレデリの小声にも畏怖があった。〈擬人〉たちの異変にも、バロメロオの横顔は変わらない。

「モルディーンもなかなか指揮はできるが、武勇がなく咒式(じゅしき)も使えない。贔屓(ひいき)目に見るなら、軍事指揮官としては良い知将程度だ」バロメロオの分析は正確ゆえに、事実であった。「戦場で互いに同数同程度の一軍を率いて百回戦えば、百回とも私が圧倒的に完全に勝つよ」

バロメロオはこともなげに言った。エンデとグレデリも主君の強さを知る。バロメロオは勇将や知将、老将に驍将(ぎょうしょう)といった程度なら山ほど撃破してきている。バロメロオが主君と戦場で相対しても負けない、ということが〈擬人〉たちの安堵(あんど)となった。

「だけど本当に戦うとなれば、私は戦場に立つことすらない。戦場に向かう前での最初の一回で殺されて、二回目はない」

バロメロオの予想の重さと確実さに〈擬人〉たちは口を閉じた。戦いで知勇を競うどころか、その戦いをさせずに勝つ、というモルディーンの恐ろしさが理解させられたのだ。

バロメロオの唇には微笑みがある。バロメロオはモルディーンの盤面を、その外に広げる広大な盤面を美しいと感じていた。その美しさに忠誠心を持つ一点でのみ成立している、危うい主従であった。

しかし、その一点があるがゆえに、両者は絶対の主従となっている。モルディーンが用意する戦場より美しい闘争の場は、バロメロオには存在しないのだ。

一行は螺旋階段を上りきった。青い絨毯の廊下を進むと、前方には扉があった。扉の両脇に立つ兵士二人が敬礼とともに扉を開く。モルディーンとバロメロオが間を抜ける。応接室へとモルディーンを先頭に一団が進んでいく。

モルディーンが窓の前で止まった。バロメロオと追随するものたちも止まった。

「これからレコンハイム公爵ならいかにする？」

モルディーンが問うた。バロメロオの蒼氷色の瞳の温度が下がる。

「猊下が提示した大連合は最善の策でしょう。西方戦線をアブソリエルと西方諸国家が押しあげるか維持するだけで、全戦線の崩壊が防げ、維持できます」

バロメロオは迷いもなく答えた。

「しかし、維持は維持であって、長くは続けられません。いずれ敵の大物量に押し切られるでしょうな」

バロメロオは遊戯の盤面を説明するように分析を紡ぐ。

「なにより敵には〈異貌のものども〉の最強者たちと〈踊る夜〉までいる。どれだけ軍事的優位を保とうと〈龍〉の一撃が来れば逆転される。即死の刃は止まりましたが、我らが処刑台の上にいることは変わらないでしょうな」

全員の脳裏に聖地アルソークの惨劇、さらに世界地図にある穴が思い出された。

戦いを終わらせるには、どこかで決戦を挑む必要がある。だがその決戦の地で〈龍〉ゲ・ウヌラクノギアの一撃が軍勢に下されれば、敗北は必定。決戦に敗れたなら、各国による大連合は崩壊し、個々に撃破されてしまう。ゆえに長い戦線での防衛戦を取るしかないが、教国軍という常識外れの大物量が押しよせていた。

アブソリエルに対しての〈大禍つ式〉と〈龍〉とのように、途中で連帯が崩れる幸運は望めない。神聖イージェス教国と協力者たちは絶対的に相容れないが、大戦争に勝利するまでは結束が崩れそうにもない。

バロメロオにできるのは戦場で敵を撃破するまでである。人類が経験したことのない〈異貌のものども〉との大戦争が、どういう結末でどういう落とし所になるかは考慮の外であるのだ。

「従兄殿には、この大いなる絶望に勝ち筋が見えているのかね？」

楽しそうにバロメロオが問うた。モルディーンは微笑む。

「私はすでに一敗している。今までも数限りなく負けてきた」

モルディーンが答えて、前に進む。窓に手をかけ、左右に押し開く。

北の冷たい風に逆らうように、モルディーンとバロメロオが外に出る。イェスパーたちも続く。

城塞の上層からは、北の光景が見渡せた。城壁から城塞へと各戦線からの敗軍が集結している。敗残兵たちは窓辺に立つモルディーンを見つけ、声をあげる。拳が突きあげられ、歓呼の声が響きわたる。

モルディーンは手を軽く掲げ、連なる大歓声に答える。兵士たちからの歓声はさらに強まり、怒号となっていく。

人々の間には報道陣が撮影機を並べていた。大陸諸国家に現況が伝えられている。すでに宣伝戦が開始されていたのだ。

窓辺に立つモルディーンの横から、ベルドリトが顔を出す。

「後アブソリエル公国に続いて、西方諸国家連合軍が正式に参戦表明をしたよ」手が立体光学映像を呼びだし、主君に示す。「ルゲニアが資金と兵器援助を表明。ビスカヤ連邦のヨズパリデ王子主導で、北方諸国も大連合への参戦を表明したよ。各地からの義勇兵も出てきたみたいだね」

画面にある報道に、数字が重なっていく。モルディーン枢機卿長の健在、オキツグ帰還、北方方面軍再集結の一報で、諸国家が危機を共有しつつあった。民衆や企業からの寄付金という支持も来ていた。モルディーンが西方諸国家連合を裏から支援して成立させ、勝機を散発的ではなく一時に重ねてみせたことで、世論が爆発したのだ。

モルディーンは兵士に手を振りつづけてみせる。

集まる軍勢の先には、針葉樹による森が広がる。遠くには雪を冠した山々が連なっていた。

視認できる光景の先には、狂信者と強制された奴隷兵と農奴兵の大軍団が迫ってきている。人とは違い、降伏も交渉もできない〈異貌のものども〉の大軍勢も進軍している。合わせて数百万規模という空前絶後の大軍勢だった。

後方に立つイェスパーの顔にも緊張があった。主君とともに歴史の暗部を駆けぬけてきた歴戦の翼将であっても、これほど絶望的な戦況を経験どころか、聞いたことすらない。陽気なベルドリトの目にも隠しきれない畏怖があった。

軍神とされるバロメロオであっても、劣勢どころか窮地と断じている。

「今回も勝ち筋など見えない。終わりの始まり、などという陳腐な決まり文句が現実化しそうな情勢だ」

眼下の兵士へと手を振りながら、モルディーンが気軽に宣言した。

「されど、毎度のことだ。毎度のことなら我らの弱さをもって、毎度のように人々を救おうではないか」

事態の重さに対して、あまりにも軽やかな宣言だった。

バロメロオは一瞬呆気にとられた。段々と理解にいたって苦笑した。

「たしかに毎度のことで、もう数十回目、いや百回には達していましたな」

バロメロオは自分たちの深刻さがおかしくなってしまったのだ。イェスパーにベルドリトも薄く微笑んだ。モルディーンは何百何千もの戦いを準備し、優位に進め、勝利してきた。

しかし、勝利の確信があって戦えたことは多くない。

人智を尽くして、勇気を振り絞り、歴代翼将と多くの兵士を死なせ、ようやく勝利できただけだ。敗れることもあったが、なお立ちあがり、勝利を強引に引きよせて血染めの手で掴みとった。本人が心から敬愛し、恐るべき力を持つ兄王アスエリオすら、モルディーンは涙とともに打ち倒してきた。

モルディーンは無敵でも無敗でもない。敗北の山を積み重ねて、最後に危うい勝利を掴んで世に平穏をもたらしてきていた。

どのような困難であろうと、なさねばならないなら、なすのだ。それが人々の上に立つ者の絶対の責務なのだ。

「そう、我々の人々を救うための戦いはもう百回は超えているだろう。いつもの戦いならば、いつものように勝利しよう」

モルディーンが微笑んだ。眼鏡の奥の目は、北の風景を通し、先を見据えていた。

「私は負けたが、負けないよ」モルディーンが続ける。「神聖だという神の国と強大な〈異貌のものども〉の挑戦に対して、「弱き人類を舐(な)めるな、そう言ってやろうではないか」

モルディーンの静かな宣戦布告が放たれた。

バロメロオは頭を垂れる。イェスパーとベルドリトが跪(ひざまず)く。〈擬人(クンスツ)〉たちも倣(なら)ってかしずく。

立体光学映像では、各国や企業、人々による物資や兵器、資金の支援の数字が跳ねあがっていく。義勇兵の数も増えていく。

すでに戦争は開始され、敗北が許されない大戦が始まろうとしていた。

俺は声へと振り返る。建物と建物の間にある回廊に、小柄な影が立っていた。ゴーズ共和国の少女、カチュカだった。

「おまえ、イチェードっ！」

再び叫ぶ少女の目には、憎悪の炎が燃えさかっていた。俺は最悪の出会いに遭遇している。カチュカはアブソリエル戦争におけるゴーズへの挑発で、家族と知りあいを失っていた。本人も雑兵に襲われ、強姦(ごうかん)されそうになったのだ。

「おまえのせいで、お父ちゃんとお母ちゃんが、みんながっ！　死んだっ！」

カチュカが足を踏みならして進んでくる。少女は怨敵(おんてき)であるイチェードへと直進してくる。親衛隊長(しんえいたいちょう)のサベリウは、すでに剣の柄(つか)に手をかけている。イチェードが命令しなくても、害意が見えている相手を殺すことを躊躇わない。

　絶対に両者を接触させてはいけない。

「カチュカ、気持ちは分かる、分かるが」俺はサベリウを手で押しとどめながら、イチェードの前に出る。「今だけは抑えてく」

「下がっていただきたい」

　イチェードの右手が俺の前進を止め、前に出る。

「これは私の罪である」

　イチェードの重ねての制止で、俺とギギナはその場に留まるしかなかった。サベリウは腰を落としたまま、必殺の姿勢を取っている。

　凄まじい形相のカチュカが進んできて、イチェードの前で止まる。

　歴戦の軍人にして高位攻性咒式士でもあるイチェード太上皇は、長身で筋骨逞しい体格である。カチュカは仇敵を見上げなくてはならなかった。

　カチュカの背景にある建物から、回廊へと人影が出てきた。リコリオがカチュカを追ってきたのだ。一瞬で事態を察したリコリオを、俺は目で止めた。リコリオは柱の陰で止まり、事態を見守る。

「おまえがみんなを」

　カチュカは右手を振りあげ、五指で拳を握る。自分の無力さに少女も気づく。カチュカの目が動き、足下を見つめた。庭にあった石を拾う。尖った箇所を前にし、両手で構える。

カチュカを止めなくてはならない。だけど、どれだけ強く、絶対に勝てない相手であっても家族や知りあいの仇を取ろうとする少女の怒りと悲しみを、誰が止められるのか。

「殺してやる、殺してやる、殺す殺す殺す」

呪いの声とともに、カチュカが石を振りあげて前へと進む。両目からは涙が零れていた。再び前に出ようとする俺を、イチェードの左手が止める。

イチェードはわざわざ大地に右膝をつく。カチュカが石を振り下ろす。鈍い音と鮮血。

跪いたイチェードの左目の上、額に石が当たって切り裂いていた。血はイチェードの目に入り、頬へと流れる。

「おまえがいなければ、おまえが戦争なんてしなければばっ！」

泣きながらカチュカが再び石を振りあげる。

「お母ちゃんとお父ちゃんも、ピップもヘンデイアも、みんな死ななくてすんだ、こんなに悲しいことも起こらなかった、あたしも人を殺したいなんて思わなくてすんだっ！」

「カチュカといったか」

流血しながらもイチェードは少女へと言葉を放つ。

「汝のその怒りは正しい。どこまでも正しい」

跪いた姿勢でイチェードが言いはなった。

「私を殺したいなら、殺すがよい。多くの人間にその権利があるが、代表して汝がなせ」

イチェードは反省の身振りで言っているのではない。自暴自棄でもない。ただ自分の戦争に対する復讐が正しいからと受け止めるのだ。サベリウが限界だと前に出ようとするが、俺とギギナで進路を塞ぐ。最悪の事態にはさせないと目で示すが、サベリウはいつまでも止まってはくれない。

「おまえの許可などいらないっ！」

叫びとともに、カチュカは再び石を落とした。イチェードの左目に激突し、鮮血が跳ねた。跪いた姿勢のまま、男は動かない。サベリウが殺害に動く前に、俺とギギナが止めに入りに動く。だが、イチェードの左手は敢然と掲げられたままで、他者の関与を許さない。

「殺してやるっ、おまえは死ぬべきだ！」

カチュカはさらに石を落とす。赤が跳ねて、イチェードの左目からは血が噴出する。

「なにが大アブソリエル圏だ、後アブソリエル帝国だ！　おまえとおまえたちの都合や夢なんか知るかバカっ！」

絶叫し、カチュカは血染めの石を戻す。流血しながらも、イチェードは本当に動かない。少女の力が弱く、イチェードが身体強化をしているとしても、目から脳へと石が届けば死ぬ可能性がある。

イチェードが殺されると国家的な大問題になる。本人がそれを許容したとしても、ゴーズとアブソリエルの大戦争が起こる。さらにこれから神聖イージェス教国と〈異貌のものども〉に対抗するはずの、大連合が崩壊する。

イチェード本人が介入を拒否しても、俺は止めなくてはならない。だが、俺やギギナが動く必要はなかった。

待っていたが、カチュカによる四度目の殴打はなかった。

石を頭の前に掲げて、少女は荒い息を吐いていた。赤に染まった石から血が流れて、カチュカの額に斑点を描く。目の憎悪と殺意はさらに燃えさかっていた。これから先、カチュカの一生で消えることはない炎だ。

「あたしは、おまえを、赦さないっ」

「すまない。だが赦すな」

イチェードが声を荒らげた。

「国家は、特異な個人によって動いてなどいない。歴史や情勢、利益や偶然という支流が集って大河となることに近い。アブソリエルの再征服戦争は起こるべくして起こった」

イチェードが語る。

「だが、それでも大アブソリエル圏は私の夢であった。親友と妻と国民の夢でもあったとも思っていた」イチェードが発音する動きで血が跳ねる。「しかし違っていた。私が皆の夢であると思い、皆が私の夢であると思っただけであった。我々は互いに夢という幻覚を見ていただけだったのだ」

　イチェードは淡々と告げた。先ではサベリウが悲痛な表情となっていた。親衛隊こそイチェードの過去を知り、夢を共有してともに戦い、それが粉微塵になる様を見てきたのだ。モルディーンは使命を与え、イェドニスが命令を下して事態は収拾された。それでも、イチェード本人の問いは残っていた。

「しかし、我々の夢や幻覚などは汝、カチュカや他者には無関係である。我々の夢による暴虐を受けたなら、正しさに従い、赦すな」

　イチェードは言いきった。心を失った男は、理性と正しさによって自分を処断したのだ。俺には彼を悪とは断じきれない。だが、善悪正邪の意味などとうに尽き果てている。

「カチュカ」

　俺はイチェードの背後から少女に呼びかける。

「イチェードを赦してはいけない。だけど、今はまだ殺さないでくれないか」俺なりにカチュカの怒りと悲しみを理解しつつも、言わねばならない。「彼はこれから少しでも人を死なせないために、生きていてもらう必要がある」

「分かっている！　リコリオお姉ちゃんに聞いた！」

　俺だけではなく、世界に向けてカチュカが叫んだ。先にいるリコリオが目を閉じ、胸の前で両手を握りあわせる。

少女の瞳と胸中で渦巻く炎を、俺は知っている。かつて俺が抱いた、そして今も抱えて、内側から焼き焦がす黒い炎だ。

「カチュカ、彼は君のような悲しい目に遭う人を、一人でも減らすために戦おうとしている。人をこの世を救うために、死を願うほどの苦しみの末に死んでもらう」

俺の説得は無理なことを言っている。俺自身ができなかったことだ。だけど。

「だから」

「分かっているっ！」

カチュカが石を下ろして、天を仰いだ。瞳が見開かれ、中庭の上に広がる空を見ていた。石は手から大地へと落ちた。

「分かっているけどっ！」

カチュカが目を閉じて、号泣した。俺はイチェードの横を抜けて、前に出る。泣きじゃくる少女を両手で抱きしめる。カチュカは俺の胸に顔を押しつけて、叫びつづける。

殺したいほどの敵が、自分のような悲しみを減らす者であることに、少女は折りあいがつけられないのだ。誰であろうと納得できる訳がない。俺もギギナも世の不条理に立ちつくし、その悪夢を再体験した。何度目であっても、納得できないままだった。

それでもカチュカはイチェードを殺さなかった。殺せなかったのではなく、少女は意志で選択したのだ。

「すまない」

横目で確認すると、イチェードは膝をついたままの姿勢だった。男は右目を閉じていた。左目からは血が流れつづけ、顎から胸に達していた。

「理性ゆえに、謝罪したい」

心を失った男は、謝罪を重ねた。

「ただ、すでに私は悲しみを感じられないことに、悲しみがある。赦しは請わない。赦されてはならない」

イチェードの声に感情は宿らない。そうしたくても、すでにできなくなっていた。そうあるようにイチェードが自身に定め、果たしたのだ。人であるが人ではない心で、人の心を感じられない悲しみを思う。

世界はイチェードを赦さず、俺も赦せない。しかし俺はイチェードをそうさせた過去を、失われた心を悼む。

イチェードの周囲に狂気や惨劇がなければ、邪悪が忍びよらなければ、優しい夫で父で兄で、勇敢なアブソリエルの名君となっていただろう。

だけど、その未来は消えた。気高き夢や命をかけた愛は潰えたのだ。本人はもうその喪失すら感じられない。俺はモルディーンがかつてレメディウスに抱いたであろう悲しみが、少しだけ分かった。

「それは違います、イチェード陛下」

沈黙を保っていたサベリウがついに言葉を発した。

「陛下は、人です」

俺とギギナは思わずサベリウを見た。

「大逆者にして子殺しをなした、あのペヴァルア妃を、それでも陛下は殺しませんでした。縁ある外国への追放処分に留めましたっ」サベリウは過去の真相を叫んでいく。「ペヴァルア妃は、医師の管理下で狂気と夢幻の世界で平和に生きております。これは人でない者にできる恩赦ではありませんっ！」

サベリウの悲痛な叫びで、血染めのイチェードの顔には苦渋が溢れた。

「陛下は人の心を失ってはおりません。誰よりも人であります！　だからこそペヴァルア妃の狂気の毛糸編みを受けとり、忘れないようにできるのですっ！」

サベリウが言いきった。親友であるイチェードの人ではありえないほど、なれど人であるからこそなした気高い赦しを、サベリウはずっと胸に押し隠していたのだ。同時にイチェードに不似合いな、左腕の腕章の正体もようやく理解できた。

イチェードは左手で血染めの顔を覆った。立っていられず、膝を中庭につく。

「ああ」

掌の間から、イチェードの感情を帯びない嗚咽が放たれた。

「分かっている。分かっているのだ」

イチェードの指の間、失った目からは血が零れる。右手は左腕に巻かれた毛糸を握る。腕章に見えたが、襟巻きらしい。

「私は友や妻の、人々の病や狂気や願いから、本人たちを守れなかった。血を流し、命を懸け、己にできうる全力を尽くしたが、守れなかった」

鮮血と命によって紡がれた言葉が続く。

「あれ以上のなにを捧げれば守り救えたのか、皆を笑顔にできたのか。プファウ・ファウの悪夢の世界を利用して何千何万回と考えても、あれ以上はできない。できなかったのだ」イチェードの声は、人という種の嘆きの声となった。「だから私は赦してなどいない。私が赦されないように、あいつらを赦してなどやるものか」

イチェードの目から血は零れても、涙は流れない。当時の悲しみも苦しみは過ぎ、消滅したとしても、かつてあったそれらのためにイチェードは責務として背負ったのだ。

「友を信じ、妻を愛し、子供を待望した心や、猫たちの体温すら思い出せない」

心を破砕したがゆえに、イチェードは涙を零すことを許さず、できなくなった。

「時間を戻せたら、あの幸せな一時に戻せるのならっ」

悲しき男の言葉が止まる。

「いや、もし戻れたとしても、あの人々や時間を大事だとはもう思えない。いずれ必ず崩れるものだと分かってしまったのだ」

イチェードは誰(だれ)よりも人間らしい姿を見せていた。恐るべき悲しみと苦しみと重責を一身で受け、良き過去を良き一瞬を、誰よりも取り返したいと願っていたのだ。願いだけが残り、思う心はもうない。たとえ戻れたとしても、意味はない。起こったことを戻しても、死者を蘇生(そせい)しても、変わってしまったイチェードの心は戻せない。

法院のソダンによる精神分析が、残酷なまでに正しかった。狂気に負けて妄想に逃げたものたちと違い、イチェードは心を破壊する数々の事態にも屈しなかった。狂気に逃げることなく、最初から最後まで他者と国家が要請する自らの責務を果たした。どこまでも正気であり、正気を手放さないと決めて通した、正気すぎるがゆえの悲しみがあった。

「人の心はあそこまでできるのか。あのような地点まで達するのか」

俺はカチュカを腕のなかに抱えた状態で、イチェードという人の果てを見据えた。

カチュカと同時に、俺は人の世の不条理を抱きしめていた。カチュカが上を向く。

「イチェード、おまえがどれだけ偉い王様で皇帝だろうが、正義だろうが国の都合で人々の夢だろうが、そんなことで許される訳がないっ！」

俺の胸でカチュカが天へと叫んだ。

「だけどイチェードっ！」

悲鳴のような少女の叫びが止まる。カチュカは顔を歪(ゆが)めて再び口を開く。

「あたしっ、のように泣く子を、そしてあなたのようになる人を、一人でも減らしてっ！　こんな悲しみ、誰にもあっちゃいけない！　だからみんなを救ってから死ね！」嗚咽のなかでカチュカは必死に言葉を紡ぐ。「お父ちゃん、とお母ちゃんたちなら、絶対そう、言うから！　リコリオお姉ちゃんも、言わないけどそうするだろうから！」

カチュカの言葉に、回廊に立つリコリオが両手で顔を覆う。

「あたしも、それが正しいと分かっているから！　でもっでもっ！」

言いきって、カチュカが号泣した。涙は滂沱と流され、俺の胸を熱く濡らす。リコリオは回廊の柱に寄り添い、目からの涙を拭った。

大地に倒れていたイチェードは荒い息とともに、上半身を起こす。歴戦の武人にして元後皇帝の顔は、血の惨劇を超えた壮絶な表情となっていた。内心がどうあるのか、もはや俺にも推測できない。

「王でもなく皇帝でもなく、人としての私の最後の甘えは断ち切ろう」

膝をついた姿勢となり、イチェードはカチュカへと頭を垂れた。

「愛と友誼が消え、夢が潰えたあとの夢への神聖なる契約だ。この命が尽きるまで、今この世にある戦争を止める戦いに殉じよう」イチェードの口からは炎の言葉が吐かれる。「どれほどの死闘であろうと勝利を掴み、泥土に塗れて惨めに死んでみせよう」

騎士の誓約の姿勢で、イチェードが答えた。違う。断頭台で首を刎ねられることを待つ死刑囚の姿だった。彼の心が到達した心境は神でも悪魔でもありえず、人ですらない。俺の想像できる遥か彼方の地点だった。すべてと自分自身を失っても、正しきことをしようとする意志、理解できないほどの責務だけで動いている。

真摯な男の絶対の誓約で、カチュカはさらに大声で泣いた。モルディーンの戦略やイェドニスの命令より重く、正しいものがイチェードに誓わせたのだ。

「優しい子だ」

俺はカチュカが泣くままにさせた。

「本当に優しい子だ」

離れて立つギギナが言葉を重ねた。

「優しくなんかなりたくない、赦したくないよっ！　でもでもっ！」

カチュカは大声で泣きつづける。

自分の耐えがたい苦しみと悲しみを、だからこそ他人にも起こってはならないとして、カチュカはイチェードを殺さなかった。少女は聡いが、なにより優しすぎた。

自ら引き受けたイチェードは、いや俺や大人、社会や国家や世界は、どんな理由があろうと、これほど過酷な決断を、人にさせてはならない。子供に、カチュカに気高い決断をさせてはならなかったのだ。

少女の哀しみと涙を受け止めながら、俺は空を見上げた。アブソリエルの空は残酷なまでに青く、果てしなく広がる。

俺に使命感はない。実際に運命も命令もない。国家も世界も〈異貌のものども〉も知ったことではない。そんな大層なことは、俺たちよりもっと偉い人たちがやるべきことだ。

それでも、一筋の涙、一粒の涙を止めるため、俺にできることがあるのなら、やらねばならない。事実として兄ユシスと妹のアレシエルが世に災禍を起こしているなら、止めねばならない。

愛した者であろうと、世界の敵となるなら殺してでも止めなければならない。だが、イチェードは為政者として、正しい使命としてそれをなし、心を失い、別の災禍を引き起こした。イチェードほどの覚悟と決断が、俺に可能だろうか。その恐ろしい結末を引き受けられるのだろうか。

答えのない問いの答えを、それでも俺は出さなくてはならない。

あとがきっぽい

　四年ぶりに続きが出ました。

　多くの人々のご支援とご声援によって、なんとか出ております。事情によって、なにかを描けるような状態ではなかったし、現在も完全に回復した訳でもありません。

　事情を説明するのも気が進まず、あとがきを遠慮し、編集部にも仕方ないことだと受諾していただきました。

　しかし、それでも続きを出せたという事実があり、自発的に前言を翻(ひるがえ)すことにしました。

　不可能を可能とさせてくれた、多くの人々に深く心より感謝を申しあげます。

※空白が多いので、メモにでもお使いください。
バンクシーさん、落書きをお待ちしております。

それでは機会があれば、またどこかで。

GAGAGAGAGAGAGAGAGAGA

ガガガブックス

ロメリア戦記

～魔王を倒した後も人類やばそうだから軍隊組織した～

著／有山（ありやま）リョウ

イラスト／コダマ

定価：本体 1,400 円＋税

魔王を倒した直後、王子から婚約破棄されて人生のどん底に突き落とされる令嬢ロメリア。けれど、彼女はくじけない。魔王軍の残党を狩り、奴隷となった人々を解放するため、自分だけの軍隊を組織し、いま出陣する！

ガガガ文庫2月刊

されど罪人は竜と踊る24 いつかこの心が消えゆくとしても

著／浅井ラボ

イラスト／ざいん

〈踊る夜〉や〈異貌のものども〉すら操りきった、心なき皇帝イチェードとの対決を目指していくガユスとギギナたち。それぞれの癒しえぬ傷跡はどこへと向かう？　赦しは訪れる？　後アブソリエル帝国編、ここに完結！

ISBN978-4-09-453113-8（ガあ2-26）　定価1,045円（税込）

衛くんと愛が重たい少女たち2

著／鶴城 東

イラスト／あまな

小動物系男子・衛くんは、愛が重たすぎる少女たちに包囲されている！　元アイドルの従姉・京子とつきあうことに落ち着いたかに見えたが、今度は京子の元アイドル仲間、桂花がグイグイせまって来た！　謎なんだけど!?

ISBN978-4-09-453105-3（ガか13-6）　定価858円（税込）

やはり俺の青春ラブコメはまちがっている。結2

著／渡 航

イラスト／ぽんかん⑧

年明け、迎えた新学期。ある噂話をきっかけに、彼と彼女は自らの本心と向き合うことに……。これは、秘めた本当の気持ちを伝える物語。青春小説の金字塔「俺ガイル」、もう一つの物語「結」新章突入！

ISBN978-4-09-453061-2（ガわ3-32）　定価836円（税込）

GAGAGA

ガガガ文庫

されど罪人は竜と踊る㉔
いつかこの心が消えゆくとしても

浅井ラボ

発行　2023年2月22日　初版第1刷発行

発行人　鳥光 裕

編集人　星野博規

編集　湯浅生史

発行所　株式会社小学館
〒101-8001 東京都千代田区一ツ橋2-3-1
[編集]03-3230-9343 [販売]03-5281-3556

カバー印刷　株式会社美松堂

印刷・製本　図書印刷株式会社

Printed in Japan ISBN978-4-09-453113-8